昨日再现

人物游记美文选萃

夏国平 著

文匯出版社

图书在版编目（CIP）数据

昨日再现：人物游记美文选萃 / 夏国平著. — 上海：文汇出版社，2018.6
ISBN 978-7-5496-2611-3

Ⅰ.①昨… Ⅱ.①夏… Ⅲ.①散文集-中国-当代
Ⅳ.①I267

中国版本图书馆CIP数据核字（2018）第109540号

昨日再现——人物游记美文选萃

作　　者 / 夏国平
责任编辑 / 鲍广丽
封面装帧 / 王　翔

出 版 人 / 桂国强

出版发行 / 文匯出版社
上海市威海路755号
（邮政编码200041）
经　　销 / 全国新华书店
排　　版 / 南京展望文化发展有限公司
印刷装订 / 上海丽佳制版印刷有限公司
版　　次 / 2018年6月第1版
印　　次 / 2018年6月第1次印刷
开　　本 / 640×960　1/16
字　　数 / 280千字
印　　张 / 19.25

ISBN 978-7-5496-2611-3
定　　价 / 68.00元

自 序

今年春天，应邀去福建莆田、厦门还有龙岩自驾游。途中，随手在朋友圈发微信，抒发旅行途中的感受，很多朋友都纷纷回复我，很希望我能够多写一些类似的文字。8月，和几位复旦好友胶东半岛结伴旅游，又在朋友圈发表了一些激扬文字，受到的鼓励更多，不觉又有创作的愿望萌生。之前曾出版过两部长篇小说，散文随笔随意写来断断续续也是有一些的，但还没有像模像样地动笔写过一组一组的文章。三十几年来，应该说是走遍了祖国大地，从海南的天涯海角到黑龙江的漠河北极村，从胶东半岛的成山头到新疆伊犁的霍尔果斯口岸，青藏高原、内蒙古草原、云贵高原、四川盆地、中原大地、华南两广都有我旅行的足迹，纵情于山水之间之时也遇到了很多趣事或者是令人难忘的事情，甚至还遇到一些简直不可思议的巧合事件，至今想来仍然会忍俊不禁。这些经历恰恰是旅游带来的另一层面的乐趣，如果能用文字表述出来，自认为也是一件挺有意义的事情。信手写了几篇，自我感觉还不错，于是便一发不可收。我给自己定了一个写作的基调：必定是真人真事、真情真景、真实感受。当然在这个基础上还是有稍稍的润色和加工。这几十年来，国内走过的地方实在是太多了，很多景点也就是走过看过而已，也有很多景点景色确实不错，但在旅游过程中却没有波澜或是意料之外情理之中的事情发生，形成文字也就停留在一般性的景点介绍而已，写出来总觉得比较呆板。林林总总筛选了一些自己认为还值得写的情和景，想起了曾经在那个景点遇到或经历的有意思的事情。想着想着，那画面瞬间就清晰地浮现在眼前；想着想着，心情就开始激动起来，坐在电脑前一挥而就，几个小时就是一篇文章。也没有按照时间的顺序排列，想到就写，都是一些自己在旅游过程中亲身经历过的事情，不知不觉，8月上旬动笔到9月下旬，不到两个月，居然写了二十几篇。金秋十月，到新疆和内蒙古欣赏胡杨林，旅游途中断断续续也写了有6篇，回来后又再接再厉，三个多月居然写了33篇，约20万字。今年春节是在杭州西溪湿地度过，湿地的景致又让我情不自禁地写了一篇《西溪湿地别样情》的散文。

在动笔的过程中，再次沉浸在这些昨天发生的故事，或激动，或感慨，或流泪，或微笑，都是生活中实实在在发生的事情。它们在我昨日的生活中陆续地出现，随口就哼出了那首著名的经典英文歌曲《昨日再现》，想着我的这些篇章岂不也是昨日再现？不假思索，就将这本散文随笔命名为《昨日再现》。

稍稍归类，《昨日再现》中所写的34篇文章也不完全是散文。散文，形散神不散，虽是写景抒情，但还是有一个自认为的“灵魂”蕴含其间。这个所谓的“灵魂”其实就是这篇文章所要抒发所要赞叹的“那一个”。我的这些篇章中有纯粹写景有感而发的，如《乳山成山一并走》《走马东风航天城》；也有以景传情带出难以忘怀的情节赞美人间真情的，如《湄洲仙岛拜妈祖》《有缘万里来相会》；还有几篇作品既像是散文，又像是诗情画意般的小说的，如《玛吉阿米遇知音》《彩云之南君故乡》等。我也就统一归类在散文游记的大范畴之中了。在写作过程中，又有几个人物形象在自己的脑海中跳跃，栩栩如生，感觉到他们的一举一动、一言一行，就像是在昨天发生，这也是昨日再现。一鼓作气又增添了几个篇章，如《海燕飞翔在天堂》《命运多舛杨曙捷》等。这些篇章，并不属于散文的范畴，应该是人物片段描写的二三事，但完全是真人真事，没有丝毫发挥想象的成分在内，我也一并归入了《昨日再现》。

和文汇出版社已经是三度联手，之前文汇出版社曾帮助我出版过长篇小说《天堂鸟》和《灰色的建筑》，获得了成功。在我的文学创作之路上，文汇出版社的副总编辑张衍老师给了我很大的帮助，我的两任责任编辑鲍广丽老师也给予很多的帮助，一并感谢。

2018年2月28日于上海

目 录

有缘万里来相会

不到新疆焉知新疆地域之辽阔，不到新疆怎晓新疆景色之大美。新疆，新疆，天堂遗留在人间的一处净土，去过一次新疆，就在那么一瞬间没来由地爱上了它。我欲因之梦伊犁，飞度关山抵伊宁。再度踏上新疆这片神奇的土地，遍走塞上江南伊犁州这片上帝特别眷顾流淌着牛奶和蜜的富饶之地，吻一吻大西洋遗留在东半球的最后一颗明珠赛里木湖，亲一亲欧亚大陆最美的那拉提草原，带一把薰衣草的馨香一路珍藏到上海，留一程惠远城的足迹作为对林则徐的敬仰，最后再乘车行驶在横跨天山岭的雄伟无比的果子沟大桥。领略天路举世惊叹的壮美景致。伊犁，浸润在江南风韵里的西域风情引无数游客竞折腰，处处风景处处情：是你带领着我沐浴着大西洋的暖湿气流，一路

赛里木湖的秀美风光

追寻一路游走在数百里的风景长廊流连忘返；是你陪伴着我一直走到了中国的西大门霍尔果斯口岸，丝绸之路从这里继续一路延伸向欧洲。伊犁，感谢你让我这来自上海的客人在饱览你的美景之外，还赠给我一段万里之外的奇缘。

从乌鲁木齐乘飞机抵达州府伊宁，导游“嘟嘟”小姐已舞动导游旗等候。甫在旅游车内坐定，“嘟嘟”小姐迫不及待地介绍伊犁独特的地理位置，两面是山，中间是平原，面朝大西洋，伊犁是大西洋的暖湿气流送到东半球最远的地方。得益于大西洋暖湿气流的眷顾，伊犁物华天宝，有塞上江南之美誉。“嘟嘟”小姐例行公事介绍完毕之后，就向伊犁之行的第一站赛里木湖进发。赛里木湖，号称大西洋的最后一滴眼泪，滴落在伊犁谷，她是伊犁州的一张名片。赛里木湖的美无法用语言描述，面对赛里木湖，400多平方公里的湖面波澜不惊，蓝天白云下平静的湖面就像一张硕大无比的蓝宝石般的地毯温柔地拥抱伊犁州的土地。赛里木湖从来就不须人工的雕琢，她的大美就在于天然去粉饰，无意争宠爱。她淳朴干净得几乎没有杂质，湖面上可以看到天上的白云无拘无束地游动，使得静如处子的赛里木湖平添一份动态的美感。半蹲在湖边，捧一掬清冽的湖水湿润干燥的脸庞，透彻心扉的凉意深深感受到赛里木湖骨子里面的冷傲。远眺近看赛里木湖，静静地看，默默地思，千万别去惊扰她，赛里木湖就会赠送给你无数的奇思妙想。钟爱赛里木湖似乎有点走火入魔，其实不唯我一人对赛里木湖如此情有独钟，湖岸边安静的沉思者比比皆是，实在是难见喧哗者。几步之遥，有一摄影爱好者在捕捉赛里木湖的各种倩影，投来的侧面形象似曾相识，稍稍留意，他却转而离去径直寻找赛里木湖的美丽。

饭馆，新疆特色的餐饮。邻桌有熟悉的声音飘来：“可以考虑再加一盘土豆丝。”回首寻找，说话者乃在赛里木湖所遇的似曾相识的摄影者，还是送来背影，熟悉的声音继续，“新疆的土豆那是一绝。”这似曾相识之人，这字正腔圆的普通话均极为熟悉，飘入千家万户，每天耳濡，焉有不熟悉之理？情不自禁，绕至其面前，抬头，互相照面，礼节性的微笑。沪语试探：“侬是上海电视台的黄浩？”颔首认同，很有礼貌地起身握手，沪语问道：“侬也来自上海？”距离顿时拉近，比邻而坐，共享一盘土豆丝。啤酒干杯，抹嘴笑曰："黄老师知否？两年前有一公益慈善活动，曾和你有电话沟通，邀请你出任主持人。"恍然大悟，再度握手："原来是你相邀。活动完毕，我们是说好见面的，却爽约了，想不到这见面竟会在这里。"双手紧握，久久不松。本该相逢在上海，想不到两年之后居然在万里之外的西域边陲喜相逢。太有戏剧性的情节，忘情地仰头大笑，互开玩笑说是赛里木湖太纯洁，我们的见面必得在赛里木湖。又是一阵会心的笑声，笑声过后彼此不得不承认这就是缘分。黄浩告知，利用休假独自一人遍游北疆，昨日从喀纳斯抵达伊犁州，盼望着有个熟人能结伴，且总感觉到赛里木湖会给自己一个惊喜。果然，世界之大，人海茫茫，能在行万里路之后走在一起，重拾旧缘，啧啧称奇。"缘分太奇妙。"由衷感叹。黄浩颔首笑答："都是天地过客，很多人事无法把控，随缘就是缘分。"颇有禅意。所谓缘分，其实就是遇见了该遇见的人，无论何时何地。缘分浅的人，有幸相识却又擦肩而过；缘分深的人，相见恨晚从此不再天各一方。

上海电视台节目主持人黄浩

一路西行，欧亚大陆最美的那拉提草原呈现在眼前。与黄浩并肩前行，一路之上见其总是留意脚下的每一步，又见其环顾周边的每道景，边拍照片边自言自语："这些照片以后在做节目时可以派上用处。"没走几步路，又在东张西望的，直至黄浩的某个举止扑入你的眼帘，这才恍然大悟黄浩他时时留意脚下为何。黄浩乃是环保主义者，他容不得污染环境的垃圾从自己的眼皮底下溜过。感叹他的自律，万里之外依然保持本心，不为名声，只为良心。没有说教，很平常地告白：

“我是新闻工作者，理当从我做起。”说完，他又捡起游客扔在草原上的一只空矿泉水瓶放进随身携带的塑料袋，若有所思地对我说道：“我不能够挽留昨天，但我可以把握今天。”哦，亚里士多德的名言。微笑着同样用亚里士多德的箴言回复黄浩：“我们日复一日做的事情，决定了我们是怎样的人。因此所谓卓越，并非指行为，而是习惯。”彼此会心一笑，心走得更近。

美丽的那拉提草原就像是上帝打落在人间的调色盘，更像是凡·高画笔下向日葵和星空的合体，多姿多彩，如梦如幻。无法想象大自然的力量能够让草原的每一寸土地以如此之美的形态存在。一片片起伏的山坡无边无涯地延伸，广袤的草原将你的视线一直送到最远的地平线。那拉提，层次感极为分明的草原，满山漫坡艳丽的花朵被绿色的基调衬托，每一朵花儿都在大声宣告“我要怒放的生命”。大西洋的暖流将那拉提装扮成一座绚丽无比的大花园，深深感慨，殊不知草原还有如此丰富的大美。远方有骁勇的哈萨克牧民扬鞭策马驰骋在美丽的草原，和天上的雄鹰相呼应，又给那拉提增添了几多生动几多活跃。生动的黄浩，活跃的黄浩，有些跃跃欲试，建议我效仿哈萨克人骑马纵横那拉提，我拱手告饶，婉言谢绝。黄浩坦言告知：“作为一个主持人，得有各种各样的生活体验，丰富自己的阅历。”他朝我挥挥手奔向哈萨克族的骑士，不一会儿，一匹黑骏马载着黄浩骑士从我的身边一晃而过，黄浩驰骋在那拉提大草原，骑士潇洒的雄姿定格在我的镜头中。哦，热爱生活并尽情享受生活的黄浩。

告别那拉提，西行至祖国的西大门霍尔果斯口岸，过了此关卡就是哈萨克斯坦。黄浩善言，感情丰沛，他盛邀合影留念，言语动人：“我们身处318国道最西段的尽头，我们的友情发轫于318国道最东端，漫漫318国道，东西纵贯一万里，联结着我们的友情，太奇妙，太不可思议。明明是两年前应该在318国道最东端的上海人民广场相约见面，结果却是在两年后318国道的最西端霍尔果斯口岸喜相逢。此处往西是国外，上海往东是公海，我和夏老师是纵贯一万里，踏遍祖国青山绿水来相逢。有缘，实在是太有缘分。”微笑报之以黄浩，感同身受，在国门旁界碑前合影留念。这张合影吾与黄浩的友情极具象征性。公众人物黄浩曾在系列情景剧《开心公寓》中扮演一个大堂经理王小帅的角色，形象清新，很深入人心，且在上海电视台较早的综合性娱乐节目《智力大冲浪》与上视节目主持人豆豆有过合作。霍尔果斯口岸来自五湖四海的游客众多，一对大学生情侣偶遇黄浩，喜出望外，连连叫嚷太开心了，执意要求和黄浩合影。一发即不可收，黄浩的拥趸霎时来了一片，争着要和他合影，黄浩均笑着应允，不厌其烦。小憩之时，黄浩私下和我耳语："我乃凡人一个，职业的缘故曝光率高一些而已。"平平常常的心态，不以物喜，不以己悲，心态极好。很是认同黄浩的说法，诚恳地回复："我们会成为很好的忘年交。"黄浩笑曰："那是自然，回上海后在318国道最东端的人民广场我俩再把盏庆贺。"击掌确定，面朝东方，心领神会。

从霍尔果斯口岸由西向东一路行走在伊犁谷，遍野的紫色薰衣草引导我们进入中国的普罗旺斯。口岸结识的一对大学生情侣形影不离我和黄浩左右。他们来自重庆，称伊犁旅游最高兴的是认识两位来自上海的老师，尤其是黄浩，尊为心中的偶像。薰衣草，爱情的象征，古道热肠的黄浩充当两位大学生的义务摄影师，选景选址帮助摆Pose，感动得两位大学生声称一定要到上海来看望我们。伊犁河谷，是我国最大的薰衣草种植基地。紫色是富贵的象征，伊犁薰衣草基地，填补了我国香精生产的一块空白。黄浩是感性之人，独自置身薰衣草的海洋似在深思。遥遥地朝着我招手，挨着他坐下，也享受一把薰衣草的熏陶。黄浩似有所悟，娓娓絮叨："如果总是匆匆而过，再美的风景都会被你错过。我们不妨停一停，站一站，最好能够坐一坐，慢慢地欣赏周边的风光，这样才不会辜负眼前的这片美景。"真是一个旅游达人的感悟。见证和黄浩的一段友情奇缘，彼此都不约而同地选中了一款象征友谊天长地久的薰衣草香精，黄浩笑着打趣："赠人精油，手有余香。回到上海，和夏老师在318国道的起点再度相见，手背上一定要洒几滴来自伊犁河谷薰衣草基地的精油，闻香寻找夏老师。"好有情调的创意。黄浩，对生活的热爱，对朋友的真诚由此可见。

满载着薰衣草的芬芳，沿伊犁河谷一路向东。惠远古城是伊犁的一道人文景观，是清朝禁烟英雄林则徐流放伊犁的生活之地。城内既有古代将军的幕府，更有遗留的历史痕迹作为沙俄鲸吞我中华国土的见证。惠远古城留给游客的不是那种如同游览赛里木湖和那拉提草原之后能够享受自然美景所带来的赏心悦目，它带给游客的是一种历史的沉重和压抑的感受。清廷的无能腐败曾经给华夏民族带来不可弥补的创痛，是一道永远不可抹去的伤痕。面对林则徐纪念馆正门安放的一尊汉白玉林则徐塑像，感慨民族英雄即使流放边地亦念念不忘“苟利国家生死以，岂因祸福避趋之”的精神世界，尽忠报国思想是几千年来中国知识分子最崇高的境界。黄浩对着林则徐的塑像深深鞠躬，他似乎在酝酿一个爱国主义教育的节目，私下询问，果不其然，敬业精神令人钦佩。黄浩博学，他引用一段稻盛和夫的名言作为参观林则徐纪念馆的感受：“不论你多么富有，多么有权势，当生命结束之时，一切都只能留在世界上，唯有灵魂跟着你走下一段旅程。人生不是一场物质的盛宴，而是一次灵魂的修炼，使它在谢幕之时比开幕之初更为高尚。林则徐就是这样的人，他即使流放在边陲，也铭记‘苟利国家生死以，岂因祸福避趋之’。他在伊犁为各民族做了许多好事，比如兴修水利。我个人认为林则徐的人生谢幕比他的人生开幕更为高尚。”黄浩说得真诚，说得动情，一档爱国主义教育节目似乎在他的心头酝酿成熟。

沙俄时代，沙俄政府在伊犁设有行政驻辖机构。后人或许是对那段屈辱的历史念念不忘，任由有沙俄侵略象征的那栋俄罗斯风格的建筑物风吹雨淋，残垣颓壁在风雨中苟延残喘，内心深处或许还在期盼着呼啦啦顷刻倒坍化为灰烬，从而在心头永远抹去那段屈辱的历史。黄浩和我坦言，他想建议地方政府修缮这栋建筑，使之成为一个很好的爱国主义教育基地。历史是不能被遗忘的，黄浩感慨。随之，黄浩独自一人零距离走进这栋破败的建筑物，一口气拍了许多张照片。这是文物，不能被遗弃，这是活生生的爱国主义现存的教材，不该用仇恨来鄙视它的存在，有识之士才会有如此深远的构想。想起黑格尔的名言：一个民族有一群仰望星空的人，他们才有希望。时光斑驳了曾经，岁月浸染了伤感，人们大都会选择释然。“正是这些曾经刻骨铭心的剧痛才能让我们懂得历史是不能被遗忘的，牢记历史就是为了珍惜当下。”黄浩像是对我又像是对自己在呢喃。来自重庆的大学生情侣在一边听得黄浩的侃侃，信服得连连点头。男孩是教育工作者，他当即表示要向黄浩学习，弘扬爱国主义的精神。

走过果子沟大桥即将抵达伊犁的州府伊宁市。宏伟壮观的果子沟大桥飞架在天山之巅，蜿蜒绵延数公里，宛若一条长长的中华巨龙俯卧在崇山峻岭之中。这条巨龙横空出世，天堑变成通途。凝视着叹为观止的果子沟大桥，黄浩又有感而发："这是一座民族团结、中华腾飞的桥梁。置身果子沟大桥，就是最生动的爱国主义教育。"一席话博得所有游客的喝彩和鼓掌。

又回到了伊宁，相见和告别的地方。陌生的城市，来往的行人都行色匆匆。黄浩邀来自重庆的大学生情侣和我俩一起共进晚餐再作告别。依依惜别，两个年轻人将乘坐火车回乌鲁木齐，黄浩先扬招了一辆出租车，他看着两个年轻人上车后才放心地和我继续站在路口等候下一辆出租车。

时隔半月，在上海接到黄浩的电话，相邀在318国道起点的一家餐馆把盏，会心一笑。万里之外的奇缘引出一段友情的佳话且绵绵不断。感谢伊犁，大西洋的温润，让我们也得到了沐浴。伊犁，你好。

（2014年7月7日去伊犁旅行与黄浩在赛里木湖不期而遇）

前度刘郎又重来

——重游刘公岛有感

1994年暑假，学校组织青岛旅游，八大关等名胜印象深刻，和T教授相约，以后还要再度游览这座美丽的海滨城市。结束，工会的老师开始发回程的船票，又是五等舱席船票，床铺是在客轮的最底层，不透风的房间空气浑浊，汗流浃背蒸桑拿的环境，这一夜绝对是难以安眠。也可以放弃底层的床铺，在轮船的甲板上枯坐一整夜。夜深海上风大，那也着实吃不消。

心里头纵然有一百个不情愿也没办法，学校就这个条件，只得闷闷不乐地拿了船票。有老师在自行想办法，准备贴一些钱换一张四等舱的船票，好歹可以有个通风的房间。我和T教授商议也可以采用这个方法，换一张四等舱或者是三等舱的船票，返程之旅可以好受些。跑到售票处咨询情况，船票早就售罄，包括五等舱和散席的。既然没有船票，何不奢侈一把到极致，自行坐飞机回上海，机票可是大把的有。和T教授一拍即合，订购的机票是后天傍晚近5点的航班，还得在青岛驻留两天。听说威海刘公岛不错，且今年正好是甲午战争发生100周年，利用这个间隙开启威海一日游，参观甲午战争博物馆自我来一个爱国主义教育不啻是个好主意。

威海到青岛的大巴约有四个小时的车程，我和T教授在翌日午后抵达威海。赶到码头，驶往刘公岛的最后一班轮渡刚巧启航，必须等到明天才能了却游览刘公岛的心愿了。可我们是明天傍晚的航班，若明天登刘公岛参观游览，赶青岛的航班时间上无论如何都来不及。进退两难之际，售票处的工作人员好心提醒，旁边恰有一艘军舰将驶往刘公岛送给养，你们可以试着去求求情。

和T教授二话不说，快步登舰，掏出教师工作证，称今年是甲午战争发生100周年，学校委派我俩到刘公岛参观学习。我俩回上海后要将参观的感受如实传达给我们的学生，让他们牢记这段屈辱的历史。T教授还特意补充，我们是可以支付费用的。如此，舰长同意。我们欲支付相应的登刘公岛的船票费用，舰长不收，他大手一挥，放行。并派一战士相陪。

乘风破浪，站在甲板上远眺，黄海上的刘公岛时隐时现。100年前，就是前方的那片水域，清朝的北洋水师与明治维新后的日本海军那屈辱的一战何等惨烈！国耻难忘啊，那丧权辱国的《马关条约》。北洋水师的英魂切盼后世的国人能为他们雪耻，魂归故里，如今的甲午战争博物馆为百年前的英烈提供了归宿，他们的英名载入了史册。思绪如波涛翻滚，我和T教授原先的兴奋骤然间荡然无存，各自凝视远方心情沉重。小战士在一旁热情介绍：刘公岛是上午接游客，下午送归客的一日游，岛上没有住宿开放。故舰长吩咐，上海的老师为爱国主义教育来到刘公岛，必须安排好住宿，且免费。

登岛，听命安顿好住宿，和T教授环岛漫游。游客均返回威海，故岛上所有景点的售票处都撤除，皆为免费游。两个上海游客在夕阳的陪伴下迎着阵阵海风随意而行，惬意至极。甲午战争博物馆，那实景模型演绎的悲壮一幕幕展现在眼前，我和T教授驻足良久，脸色凝重。出博物馆，顺着山路抵达峰顶，看到了当年抗击日寇的炮台。抚摸锈迹斑斑的大炮，瞄准那片水域的远方，遥想着炮弹齐发所产生的结果该是大快人心，然堂堂大清王朝的北洋水师，却壮志未酬饮恨而亡。奇耻大辱，永世难忘。今天，百年后的中华，可以宣称立足于世界的东方了。

夕阳西下，继续环岛漫游。不经意间走过一渔民居所，随意攀谈间主人竟愿意置一餐纯胶东半岛的饮食款待，执意不收费，但拗不过我们。只是象征性地收了点费用。主人称这是他生平第一次对外招待且有收入。T教授打趣，也许这是你市场经济的开始。满天星斗缀满夜幕，和T教授带着未尽的游兴返回驻岛连队的宿地。小战士根据舰长的指令特意安排我们住到条件好些的连队卫生所，很是干净的一个房间。稍事休息，和T教授拾步井台边，借着灿烂的星汉两人在空旷的原野聆听着海涛声和松涛声，与大自然坦诚相对，在最原始的天体浴场享受着天人合一的洗濯，我和T教授的心灵迅速得到了升华，身心得到了极大的放松，我们回归了自然，享受着原生态的生活方式，此时此刻，突然感觉到自己的内心是极其干净的。

一宿安眠。清早7点赶到了码头，心中兀自叫苦不迭。威海市开往刘公岛的下一班渡船要8点才到，8点半才返航回威海。焦躁不安中等到8点半渡船驶向威海，一上码头，便急切切地坐上开往长途车站的公交车。甫抵车站，就看到一辆发往青岛的班车从长途车站驶出来。下一班要再过一个小时，如若再延误一个小时，肯定是赶不上航班了。我们乘坐的公交车上的驾驶员闻知我俩的情况后，当即叫我们下车打的去追赶那辆刚刚开出车站驶向青岛的长途车。和T教授跳下车扬手再招出租车，偏偏又等了好久，这才明白何谓心急如焚。总算来了一辆出租车，二话不说，钻进车厢就要求司机追赶那辆开往青岛的长途班车。30分钟后，远远看到前面有辆大客车不徐不疾地行驶着，车后玻璃上清晰可见威海到青岛的字样。大喜，令驾驶员加足马力，超过大客车，将车横亘在大客车面前。大客车驾驶员不知发生何事，一个急刹车。T教授抛给出租车驾驶员50元人民币后，我们快速奔向大客车，叫嚷着："开车门，快开车门！"

开长途大巴的驾驶员被横亘在他前面的出租车吓了一跳，一个急刹车后探身窗外想看个究竟。我跳下车拍打大巴的车门，T教授则走到驾驶员面前解释。大巴的车门吱呀一声打开，来不及向出租车驾驶员致谢，我和T教授就跳上了大巴。大巴继续向青岛进发，我俩探身车窗外，挥手向威海的出租车驾驶员表示感谢。

坐在车上，我和T教授都长长地吐了一口气，几分钟后我和T教授相视而笑，一块石头终于落地了。T教授定定神后不无诙谐地和我说道："这威海看起来还得来一次，否则我们对不起威海。"我握起拳头笑道："一言为定，再来一次。"大巴沿着威海到青岛的公路稳稳地行驶，我俩望着车窗外胶东半岛沿途的风景，心情甚好。"要致富，先修路。山东的公路的确不错。"T教授发表感言。大巴一路行驶，过了乳山抵达海阳后停了下来，威海到青岛的车程已经过半。司机让我们下车，我们以为是半途休息。

中途休息没错，但我们大巴的车况确实发生了意外，大巴的左前轮被道路上的不明硬物给扎坏了。前面还在称赞山东的路况好呢，终究也是小概率的偶然事件，换个轮胎也就可以了。谁料想这大巴的备胎居然也是坏的，起不了作用。也真不明白是怎么回事，总之驾驶员在等待着他人送备胎过来，询问一下，要大半个小时才能换好新轮胎继续开车。我和T教授的心倏地又悬到了喉口，这“好运”怎么接二连三地降临到我俩的头上？我们还得赶班机呐，再耗下去估计我俩又要脱班了，看来结果是前功尽弃，我俩只能互相对望苦笑不已。“做好再度在青岛旅游的准备吧。”T教授不无自我调侃。

我和T教授也实在是背运。大巴最终抵达青岛长途客运站，我俩心急火燎地再次乘坐出租车赶到青岛机场，我们的航班换取登机牌刚结束。心中又是拔凉，最终还是未能赶上登机，我一屁股坐在地上，浑身没有力气。

结果，这结果倒是惊天大逆转，过山车一样的有惊无险。换取登机牌刚结束还不到两分钟，T教授试着前去磨嘴。T教授再度站在我面前的时候，我见他喜滋滋地拿着两张登机牌在我的面前摇晃，一场惊心动魄的威海游最终结束。

刘公岛，暌违23年，我遵守了承诺，前度刘郎又重来。故地重游，江山依旧在，只是容颜改。漫游刘公岛，隐隐感觉似乎少了往昔的那份淳朴，商业气息时时扑面而来，处处都得留下买路钱。遥想当年逍遥刘公岛，那可是一分钱都没花。甲午战争博物馆与23年前相比显得更为庄严肃穆，只是周边店肆鳞次栉比，几里长街商业的吆喝声不绝于耳，冲淡了博物馆的历史厚重感。喃喃自语：今天的刘公岛，确实多了些景点，但又少了些承载历史的感觉。甲午海战，激励华夏多少仁人志士勿忘国耻，卧薪尝胆，才有我泱泱中华政和景明、繁荣昌盛的今天，登临刘公岛该怀有怎样的心情参观才是？

我们一行又坐缆车到岛上制高点棋盘山峰凭吊两个甲子年前设置在此的炮台。峰顶游客稀少，耳边少了聒噪声，再度抚摸锈迹斑斑的大炮，感慨万千。遥想当年我们拥有世界上远比日本海军先进的“致远”等舰船，又有着虎踞龙盘的炮台，应该是天翻地覆慨而慷，然甲午海战却葬送了整个北洋水师，大清王朝气数将尽。这场海战犹如一面镜子折射出人类历史发展的客观规律，顺应国际潮流，改革开放是一条颠扑不破的真理。可不是吗，今天，我们的航母穿越宫古海峡驰骋于日本东面的西太平洋，是最好的诠释。已是黄昏时分，斜阳夕照，凉风习习，海景风貌尽收眼底。万顷海面微波荡漾，点点归帆渔舟唱晚，湮灭于黄海120年的甲午海战的硝烟在和平岁月的祥和气象中早已荡然无存，只能从刘公岛的历史遗迹中寻觅，从历史的故纸堆里查阅。然而，这段国耻是永远不能忘却的，忘记过去就意味着背叛。

漫步岛上，匆匆走过路过众多聊以充数的景观，独自徜徉，东寻西逛，心灵感应提醒我还应该再寻找什么，但心里面着实也不清楚。不经意间，竟然会信步来到了23年前曾经享用过一顿晚餐的民居，正是。门脸虽然改装得华丽，但胶东半岛特有的气韵依然存在，我的直觉告诉我肯定没错，就是23年前我和T教授享用晚餐的那所民居。稍稍有些激动，跨过门槛，只见一年轻的男主人笑脸相迎。寒暄片刻后，得知他的这个农家乐起源于23年前的一个他父亲开的小饭馆，这个小饭馆还是得益于两个上海的老师启迪。父亲那晚请两个上海的老师免费用晚餐，谁知那两位老师给了他父亲饭钱。联想到来刘公岛的游客

我和T教授1994年参观甲午海战纪念馆

日益增多，他的父亲就开了这个小饭馆，现在逐步演变成一个颇具规模的农家乐。真的是应验了T教授当初的那句话：这也许是你市场经济的开始。我怦然心动，话音激动：“你的父亲？”农家乐年轻的老板转身用手一指，笑道：“这不是。”迎面相遇的是一位脸膛枣红身材魁梧的山东老汉，穿着时尚的T恤，手捧茶壶朝着我微笑，满面慈祥。“大叔，可认得我？记得我？”一脸的疑惑。23年前的偶遇在他记忆的长河中再也找不到一丝波动。一丝冲动几乎脱口而出，涌到喉口却又咽了回去，这23年前的“朝花”今天“夕拾”似乎有邀功请赏之嫌。海风习习今又是，今岁沐风是他人。甲午海战的风云在刘公岛依然找寻得到痕迹，只是换了人间。

刘公岛旗顶山炮台

我的心情释然，虽是这农家乐的所谓的“启蒙人”。其实是必然的发展趋势。只要改革开放的春风吹遍大地，势必有这样的农家乐雨后春笋般涌出，默默地为他们祝福是最好的告别方式。跨步走出农家乐，还是在力图寻找当年记忆中的模样，记忆也难以复全。侧首朝甲午战争博物馆送去告别的一瞥，努力地寻找自己所渴望的那种回味，终于有了答案。当年偶然的刘公岛之行带来很多未料到的偶遇，且最后一刻都有惊无险，并且看到了市场经济在现实生活中的一个实例，这才是旅游中最值得回味的。

（于1994年和2017年分别两次到刘公岛旅游）

乳山成山一并走

胶东半岛之旅乳山和成山两地安排在旅行计划中。为何称之为乳山？盖因辖区内有大乳山而得名。象形会意于中国的地名而言比比皆是。同行的L君在乳山银滩边购置海景房，在上海时就盛邀我们前往参观并到其居所前的银滩搏击海浪。L君告知，正因为看中了这片蓝色的大海和银色的海滩才在乳山置房作为夏天避暑的后花园。

霪雨霏霏，天公很不作美，驱车迤逦驶向乳山，目的地为L君购置的公寓。抵达，稍事参观后便穿上泳裤，冒雨奔向银滩。伫立海滩，迎面是一片汪洋浊浪翻。拥抱大海，哪怕狂风巨浪，舍我其谁？一群童心未泯的弄潮儿跃身大海，任凭风吹浪打。C教授更是勇敢地迎着盖过其整个人的海浪无畏地挺向大海的深处，他迎着海浪跃身而起，倏地又陷入海浪的包围。如此反复，不亦乐乎。雨势越来越猛，海浪越来越大，置身大海，面对排山倒海的巨浪，深感蚍蜉撼树不自量。何谓沧海之一粟，今天才感同身受。享受冲浪刺激的同时更感悟到只有敬畏自然才是珍爱生命，迎风冲浪余勇可贾，人定胜天实不可取，顺应自然才是真理。

乳山之行匆匆结束，成山头则是我们此行翘首以待的重要目标。位于中国最东端的成山头与韩国隔海相望，垂直距离仅为94海里，乃中国最早的观赏日出之地，自古享有“太阳升起的地方”之美誉。亦有地理学家称其为中国的好望角，极言成山头地理位置之险要。一路上，彼此笑谈有关成山头的种种传说，对于成山头之碑石刻有“天尽头”衍生出的诸多故事各有其表。人未至成山头，成山头的神秘莫测倒使得诸位平添几分好奇。驾驶员林师傅冷不防没来由地嘟囔出一句话，我就坐在他的身后，听得很清楚：头上三尺有神明，不可不信不可全信。

沿胶东半岛边缘一路向东，雨势越来越猛，阴沉的天气让同行的旅伴个个心情都很不爽。成山头，莫非你要在暴风骤雨中欢迎我们的到来，以彰显你恢宏万千的气势？我们早已深谙你素以巍然峭壁耸峙海岸，巨浪飞雪扑面著称于世，然你也应该有性情温存的一面吧，何故不予宽柔相济拥抱远道而来的觐见者？几千年来，多少帝王将相、文人骚客一路风尘前来拜谒你，都是因为你地处华夏大地的最东端，看到了我们华夏幅员的广袤而对你膜拜不绝。我们虽是后人，可都是一脉相承的使者。我们骄傲自己系中华民族的后裔，生于斯，长于斯，自然也要丈量这片土地的宽广，亲临山东半岛这片陆地的最东边，你该明白我们的赤诚之心吧。也许心存善念，也许心诚则灵，一俟进入成山头景区，天边就出现一抹亮色，云罅里露出了阳光，成山头放晴了，而我们的身后依然雨势不减。东边日出西边雨，道是无晴却有晴，成山头被我们感动了。极目天边，无限风光在前头，成山头，拥抱你来了。

同行的游伴个个都按捺不住心头的喜悦之情，急急下车，奔向大海，边行边赏扑面而来的景色。首先映入眼帘的是秦王的战车和仪仗队，2 000年前的壮观场面这复制的模型无论如何是神韵稍逊，但至少能激起我们无限的遐想。绕过秦王的“战车”，甩开秦王的“侍卫”，大步流星，奔走在最前沿，最想效法嬴政昔日那双手叉腰，面朝黄海，气吞山河之势，以表明此时心潮澎湃。后人可以精心复制秦王东巡成山的仪仗阵势，后人亦可模仿秦王威仪天下的气势，其实后人真正的愿望是希冀在此时此地能够浮想联翩，舒展胸臆。

2 300年前的庄子在《逍遥游》中写大鹏水击三千里，抟扶摇而上者九万里。汪洋恣肆，想象力发挥到无以复加的程度。遥想秦始皇2 000多年前从咸阳出发一路东巡，普天之下莫非皇土，斯人斯景可以想象得出何等壮观辉煌。早于他近300年的先哲庄子胸臆间的豪放绝对是感染激励了他，伫立成山头时，秦始皇颇有海阔凭鱼跃，天高任鸟飞，苍茫大地我主沉浮的霸主气概。成山，成山，他必定扯开嗓门大吼一气，吼声肯定是瞬间被涛声淹没，然存贮于胸臆的万千思绪肯定是如同脱缰的野马恣意驰骋。可不，其君临天下，舍我其谁的威仪至

成山天尽头的壮美景观

今有复制的模型长存于天地。

时间定格在公元前221年，秦始皇统一中国。第三年（公元前219年），秦始皇东巡。在泰山封禅之后一路向东，为求长生不老，东游海上希冀遇仙山而未得。司马迁《史记》记载：方士徐福上书言“请得斋戒，与童男女求之”。秦始皇遂“遣徐市发童男女数千人，入海求仙人”。胸怀宏图大略的嬴政，此刻东游的唯一愿望就是能与大秦王朝共度千秋，其伫立于成山头的那一刻，胸臆间荡漾着什么？后人的任何浮想联翩都不为过。难道还有超越秦始皇希冀的他和他的大秦王朝千秋万代永存于世的梦想，庄子的《逍遥游》都没有嬴政如此的天马行空之无边遐想。

我亦如登临成山头的其他游客，站立于2 000多年前秦始皇曾伫立的成山头，遥想秦始皇的神奇遐思起于何种缘由。中国历史上的第一个皇帝嬴政横扫荆楚，征服齐鲁，其驻足成山头必定壮怀激烈，踌躇满志，蕴含于心胸的抱负使得他面朝大海心潮澎湃。他在横扫六国，统一中华进而拥有从西到东绵延几千里的大秦版图基础上更添壮志凌云，他要一酬大秦帝国万世延续的宏筹大略。然其驻足成山头，这位中国的始皇帝无法再跨出一步，浩瀚大海阻挡了他前进的脚步，于是秦始皇就认定成山头应该是天的尽头，是他大秦王朝在东方的尽头，故秦始皇认定这天的尽头该是秦朝王国的东方大门，海天一线的那边则是仙山琼阁，成山头是天上人间的分水岭。巍然耸立在秦东门的秦始皇，祈求大海，渴望长生不老，祈祷上苍，期盼帝国千秋，遂命徐福“入海求仙人”，遂命丞相李斯写下“天尽头秦东门”，将帝王的雄心壮志镌刻于成山头之石碑，成为万世之表。公元前350多年前，马其顿国王亚历山大征服统一了希腊，灭掉了波斯，东征印度，创造了欧洲历史的辉煌。曾有人问亚历山大大帝，靠什么征服了整个世界。答曰：坚定不移。秦始皇嬴政当之无愧于中国的亚历山大。100多年后，东方的亚历山大嬴政用他的坚定不移统一了文字，统一了度量衡，统一了中国，建立了中国历史上的第一个封建王朝——秦朝。历史上有影响力的人物都是能做出果断决策的坚定不移之人，亚历山大如此，秦始皇如此，近代史上的华盛顿亦如此。华盛顿在决定人民的命运时表现了坚定不移的强大力量，最后统一了南北方各州，创建了美利坚合众国。

神龟虽寿，犹有终年。梦想着自己能长生不老，梦想着秦朝能万世永续，然一代枭雄却偏偏天不假寿。为梦想东巡成山头，却英年命陨东巡途中，至今已长眠咸阳地宫2 000多年。江山代有才人出，各领风骚数百年，这是人类不可逾越的客观规律。后人由此感悟出来的真理：满则溢，是也。

历史的长河滚滚向前，成山头后来者络绎不绝，今天我们一行数人也因循几千年中华历史跳动的脉搏东临成山。思绪穿越2 000多年，隔着时空心头在和秦始皇默默对话，恍然醒悟历史嬗变的脉络从来不以个人的意志所决定，纵使人类历史长河中有短暂的一段可以把控，但终究是历史长河中的一滴水珠。成山头依然矗立在山东半岛这片陆地的最东端，笑看历史上风云叱咤的人物纷纷成为过眼烟云。

站在成山头以观沧海，山岛耸峙，水何澹澹。纵览天尽头海天一色横无际涯之壮阔，叹不能左牵黄，右擎苍，聊发少年狂。站在成山头，思绪亦万千。

时光荏苒，后人许是忧虑一语成谶，凿“天无尽头”之碑于成山头。天尽头，天无尽头，一个无字道尽世界之万象的无限奥秘。古往今来为世，上下四方为界，世界一词诠释了人间沧桑之个中三昧。世存在于界，界造就了世，亘古不变的是世界，流传于世界的是历史。载入史册的历史人物浩浩荡荡，如取之不竭的沧海之水。然万事万物都是过眼烟云，这千秋功罪，后人自有评说，只要地球还存在于宇宙。

耳边厢同行的呼唤打断了天马行空的思绪，原来该启程游览下一个景点始皇庙。再次回眸天尽头，无言微摇头，一切尽在不言中。寻找身边的同行旅伴，这才发现，我们一行8人，唯有我和C教授无所顾忌地和天尽头石碑零距离地相拥。相视而笑，恍然大悟。再度微笑，心有灵犀。我俩均已年过花甲，历尽人间沧桑，修炼得宠辱不惊，自然也无所忌讳也。会合，L君提议，我们该合影一张留下这难忘的记忆，众人附和。L君随手遥指：那一边，最好。众人视线一致顺L君遥指处，一块牌楼造型的石碑矗立于成山头的另一侧海岸边，石碑上同样镌刻着三个大字：好运角。互相拊掌大笑，纷纷涌向好运角。拍照的游客络绎不绝，好不容易轮到了我们，随意排列次序在好运角前留影，个个都微笑灿烂，但愿好运降临。凡夫俗子，何尝不想好运降临。

随后一行又前前后后跨进始皇庙，乃是道教之地。有一道教人士认真讲解并不失时机地宣讲道家文化，随波逐流，听之任之。走马观花结束，该和成山头作揖告别了，两块石碑又浮现在眼前：一块是天尽头，一块是好运角。

成山头好运角风光

上车，返回途中。车刚启动，天气竟又阴沉沉的，不大一会儿雨点就敲打车窗，且越来越密集，我们都称幸运至极。看来成山头的好运角是给我们带来了好运：游成山头，天气晴朗，离开成山头，大雨扑面，让我们带着财势而归。民间有说法：雨势蕴含财势。再度回望天尽头，这天尽头啊，是中国的山东半岛这片陆地最东端的地方，由此迈出的第一步应该是踏上华夏大地的第一步。跨出第一步，就领略到了好运角给我们带来的好运，我们此行的所有人肯定是好运连连。故而你，倘若有幸来到成山头，应该先到天尽头，再去好运角，这才是游览成山头的完美之旅。

（2017年8月中旬与复旦众校友游成山头有感而发）

滑雪受伤亚布力

东北大庆的学生翔雨盛邀冬季去牡丹江滑雪，时尚的体育运动，兴致盎然。北风卷地白草折的极地寒冷，此生还未有刻骨铭心的经历，遥想双脚操纵滑雪橇双手撑住滑雪杆面对群山迎风呼啸往下俯冲的感觉该是极具刺激的。茫茫雪山一飞人，纵横高山，飞跃峡谷，颇有纵一苇之所如凌万顷之茫然的飘飘欲仙心境，动态的画面质感强烈。太诱惑人的邀请，遂购买机票飞至哈尔滨。

翔雨和他大庆的发小海山早早地在太平机场迎候，一出机场，朔风扑面，寒气逼人，北国的极寒如同桀骜不驯的刚烈男性，没有任何过渡就一下子把你装进他的世界，逼迫你就范他的强势张力。肃杀的世界一片银装素裹，呼吸时吐出一团团白色的雾气瞬时就迷糊了眼镜的镜片，不一会儿就觉得耳朵发烫。翔雨说是室外空气寒冷所致，并告知此刻哈尔滨的气温是零下25摄氏度，真正领略到何谓冻得连下巴都要掉下来的诙谐调侃。想起了我们这一代耳熟能详的现代京剧《智取威虎山》中参谋长少剑波的唱段：朔风吹，林涛吼，峡谷震荡；望飞雪，漫天舞，巍巍群山披银装，好一派北国风光。翔雨的发小海山是印尼华侨，其父亲在20世纪50年代自雅加达到北京求学，学习石油勘探专业，60年代支援大庆油田的建设并安居乐业，海山和我的学生翔雨都是大庆的第二代移民。当天，翔雨安排在哈尔滨中央大街附近的一宾馆下榻，晚餐后又陪同在中央大街闲逛领略俄罗斯风情的建筑。翔雨戏称，徜徉中央大街是帮助我进行一下热身赛，先期体验冰天雪地的气候，同时感受中央大街浓郁的俄罗斯文化，一举两得。一边说一边还让海山购买冰棍，三人一人手持一支冰棍在冰天雪地的中央大街边逛边吃，真是里里外外透心凉。环顾四周，像我们这样吃冰棍的游人还真不少，成为中央大街的一道独特风景。

清早，整个哈尔滨市白雪茫茫，睡梦中翔雨来电告知该启程进军亚布力了，抵达目的地约需要三个小时，务必在中午之前拥抱亚布力。翔雨思考问题甚是缜密，亚布力的气温比哈尔滨更低，中午这个时间段赶到亚布力，气温会稍稍高一些。顾及我是南方客，此时纵横滑雪场也许我的感觉会舒服一些，我除了感动之外还有就是真正体会到了浓浓的师生之情。完成出发前的一切准备，纷飞的大雪中我们驱车奔赴亚布力，开始了一场憧憬已久的滑雪之旅。

亚布力滑雪场位于牡丹江下属的尚志市。尚志乃赵尚志也，威震中外的著名抗日将领，深受人们爱戴和敬仰的抗日民族英雄，后牺牲于日军的屠刀之下。黑龙江设置尚志市就是为了纪念这位伟大的民族英雄。

从哈尔滨出发，一路迎风冒雪，时速控制在60公里以内，旅途中设备很不错的越野车的车轮还几度打滑，翔雨牢牢地控制住方向盘，不敢有丝毫的闪失，海山则冷不防地爆出一两个幽默的段子借以活跃车内的气氛。车内暖气开得很足，翔雨营造了一个春天小环境的气候，我们只须套上一件毛衣即可。车窗外则是北国风光，朔风呼啸，万物肃杀，雪花漫天飞扬。前瞻后望哈尔滨至牡丹江的高速公路，前不见有车行，后不见有车跟，天地之间飞雪浩渺搅动着茫茫之大地，一派千里冰封万里雪飘的景象。

三小时后翔雨告知抵达亚布力，时间已过晌午10点，雪过天晴，天空湛蓝。下车之前，细心的翔雨将事先准备的羽绒服等御寒衣物一并分发，再三叮嘱务必穿得严严实实方能下车。遵嘱，穿戴停当，就像个臃肿的“北极熊”，体形瞬间庞大了许多，对着越野车的后视镜自我端详禁不住笑出声来，如此装束今生乃第一遭。迫不及待地跟着海山下车，被翔雨唤住，他发现我的帽檐还有隙缝，小心地帮助扣紧，这才放心地让我跟着他下车。

大雪过后的亚布力，空气极为清新，深深地呼吸，整个肺部都有清凉的感觉。放眼瞭望，群山环抱的亚布力将世间最纯真的洁白无私地袒露在你眼前。海山兴奋，称如此天气驰骋于茫茫雪原绝对刺激。这个根在赤道的印尼小哥恰恰是从小喝着松花江水长大的，黧黑的肤色多少还能见证他有着南国族群的基因。亚布力，我们来了，真不知道该多少次亲吻你这片土地才会让你见证我们那驰骋滑雪场的雄姿。兴奋之余隐隐冒出一缕担忧，初学滑雪者，不摔跤是不可能的，要摔多少次，还真的是不得而知。海山张开臂膀不顾一切地在雪地撒野，也罢，该放开的时候无需故作矜持，我也禁不住跟着海山跃跃欲试在晶莹洁白的雪地上就势翻滚。老夫聊发少年狂，生于南国，长于南国，北国冬季的壮观景象令深藏在心的童趣大发，北国冬季的壮观景象令深藏在心的童趣大发，我和海山撒野得有些肆无忌惮。翔雨忙不迭地将我们的顽皮装入他的镜头之中。

亚布力滑雪场是目前我国最大的集滑雪旅游和滑雪运动员训练比赛的综合性滑雪场，国家极地科学考察办公室的冬季训练基地也设在这里。整个滑雪场及配套的旅游度假村由长白山脉张广才岭的三座山峰组成，即海拔1 374米的主峰大锅盔山，海拔1 100米的二锅盔山，海拔1 000米的三锅盔山。整个滑雪场处于群山环抱之中，林密雪厚，风景极为壮观。亚布力滑雪场的设施非常完善，总计有11根初、中、高级滑道，它的高山滑雪道是亚洲最长的。滑雪场所在地域属温带大陆性气候，冬季的极端最低气温为零下44摄氏度，积雪最深的厚度可达一米以上，没有污染，滑度好，滑雪场内有长达5公里的环形越野雪道，是非常理想的滑雪场所。

为亚布力此行，翔雨事先做足了功课。我们泊完车后跟随着翔雨进入更衣大厅。翔雨为我们仨分别请了教练。我们按要求选择了适合自己脚尺码的滑雪靴，套上厚重的靴子后又遵嘱紧扣靴子上的夹子，不能松动。孙悟空头上被套了紧箍乖乖地听凭唐僧的摆布，这滑雪靴就是套住我们双脚的紧箍，双脚就像绑上了石膏极其不听指挥地顺着教练的指令艰难地迈向滑雪场，这身家性命就交给教练了。跟着教练行走，缓慢地行至一坡度较为平缓的雪地，按要求踏上滑雪板。教练告知以窍门：先是前脚掌套住，后脚跟使劲地往后蹬，听到响亮的啪的一声就说明你踏上了滑雪板。

总算完成了武装，来到一处视野开阔、没有障碍物的平缓雪地开始小试牛刀。教练说之所以选择这样的地理位置是便于我们的身影时时在教练的监控之内，若有闪失教练随时可以出手相助。海山嘀咕：

作者在亚布力滑雪场滑雪时的留影

也太小瞧我们了，该选择一处坡陡弯多的地方才够刺激。教练笑称，待会看情况再定。教练让我们仨先做一下热身，熟悉一下场地。我们根据要求在平地上先侧着身子走，接着教练再让我们尝试着用内八字走路的方式向前迈步，也不知道摔倒了多少次，总算能够稳妥地走路且不摔倒，教练称可以带着我们尝试着滑雪了。

跟着教练坐电瓶车来到一处坡顶，和教练面对面，双手被教练抓住，按其指令保持两只脚下的滑雪板平行行驶，以保证自己是顺着滑雪场地的坡度方向在滑行。我跟着教练，根据掌握的心得，拽住教练的手缓缓滑行。飞起来了，滑雪场上一个身穿鹅黄色羽绒服的身影迎着呼呼的北风风驰电掣般朝坡底飞驰，身边不时有滑雪者闪过，耳畔朔风呼啸而过，怎一个爽字了得。滑雪板扫过之处，雪花四散飞溅，在教练的带领下，“矫健”的身影在雪坡上恍若一道黄色的闪光风驰电掣掠过茫茫的雪原，尽情宣泄着生命的能量发挥到极致所带来的动感享受。滑雪是勇敢者超越自我的挑战，是渴望生命的律动能达到一个真王的高度。此刻我的感觉是我站在了一个全新的起点，整个人正产

作者在亚布力滑雪场滑雪时的留影

生着一种质感的飞跃。我志在辽阔，畴昔梦登天。没有亲身的体验，无法领略滑雪的感官刺激。

教练笑称如此再进行三个小时的训练就可以独自驾驭滑雪板驰骋于群山环抱的雪原，我亦笑着回答："那我岂不成了雪山飞狐。"哈哈大笑，笑声荡漾在滑雪场。突然有所悟，人性有时候就得找个机会尽情地宣泄，压抑得太久对自己实在是一种人性的自我摧残。正可谓人生得意须尽欢，千金散尽还复来。

重复回到高高的滑雪场坡顶，我们仨都享受了滑雪带来的心灵冲撞的愉悦，沉浸在滑雪的欢乐之中，翔雨不假思索地延长了我们的滑雪时辰。我们在教练的带领下再次向新的高度相向飞驰，朔风中听得翔雨的声音："再加两个小时！"海山的声音也从一侧飘来，他用俄语表达此刻的兴奋之情："乌拉！"

乐极生悲，仅仅是一分钟的时间。海山呼喊"乌拉"的余音还在滑雪场的上空缭绕，顷刻之间海山的又一声呼喊震惊滑雪场。自诩能独自驰骋于滑雪场的海山，在准备向山下俯冲之时，身体平衡失控，一个趔趄重重地摔倒在雪地，连带着滑雪板翻滚几十米最后倒在一处地势平稳的雪地。海山，海山，我和翔雨，还有教练，还有诸多的滑雪者都将目光集中在海山倒地的方向。海山，我们看到他在蠕动身体，海山，我们看到他挣扎着努力了好几回都没能使得自己站立起来。翔雨不顾一切地大叫："海山！"他一步一步挪步移向海山，他扔掉滑雪杆，索性趴在雪地上，一步一步往前挪动，接近海山："海山，海山。"翔雨的呼唤飘荡在滑雪场的上空。

紧急送海山到亚布力滑雪场的急救中心，初步诊断的结果是脊椎骨受到了挫伤。医生一脸严肃地告知：类似的伤者年年都有，严重者可能会终身瘫痪，在轮椅中度过一生。但目前很难判断海山的摔伤程度，最好立即送到哈尔滨最好的医院拍CT检查。没有丝毫犹豫，一辆急救中心的救护车载着躺在担架上的海山一路呼啸着飞驰哈尔滨。翔雨半跪在海山的身边不停地嘘寒问暖，发小间的真挚友爱尽情流泻。"海山，海山，千万别有事啊。"翔雨焦灼地搓着手，眼眶里分明有泪光。北国冬季的夜晚很早降临，夜色中只看到越是接近哈尔滨，越是漫天的雪花飞舞，越是接近哈尔滨，翔雨的心情也越发沉重。他不安地问我："老师，海山该不会有问题吧？"我心中没有底地安慰："翔雨，海山吉人自有天相，不会有问题。"翔雨话匣子打开，在我的印象中，他是个沉默寡言性格内向之人，此时此刻他和我讲了许多他和海山之间的往事。翔雨面对昏睡着的海山发誓："海山，不管花多少钱，我都要给你治疗。哪怕抚养你一辈子，我也没有二话。"急救车内昏暗的灯光下，明显地可以看见翔雨泪光闪闪。躺在担架上的海山听见了翔雨的一番赤诚表白，紧闭的双眼沁出的泪珠顺着他的脸颊蜿蜒。翔雨，海山，你们两人的真情流露我尽收眼底，这才是人世间最难能可贵的真情。翔雨，海山，亲如兄弟的友情，关键时刻得到了验证。人道是夫妻、兄弟、朋友都是同林鸟，大难临头各自飞。翔雨没有，大难到来他和海山依然不离不弃，人间自有真情在。

海山被送至哈尔滨医科大学第一附属医院，连夜对海山诊断，我和翔雨静坐在医院急诊室外长廊的木质条椅上，不安地看着时间一分一秒地流过，那个冬夜是感觉中时间流淌得最慢的漫漫长夜。偶有医护人员进出，翔雨总是像打了鸡血般地跳将起来，冲上前迫不及待地询问海山的诊断结果。迷迷糊糊中阵阵倦意带我进入瞌睡蒙眬的状态，似听得翔雨兴奋的声音在我的耳边反反复复："老师，老师，海山没大问题。"猛然惊醒，看到翔雨十几个小时没有显现的开心在脸上一览无遗："CT报告出来了，没啥大问题。老天保佑啊！"翔雨长长地吁了一口气，由衷地笑出声来，笑着，笑着，翔雨转而又泪流满面："我真不敢想象海山如果摔坏了，我怎么对他的家人说。"我拍拍翔雨，故作轻松地说道："我不是说了嘛，吉人自有天相。"翔雨点头，他望着白天曾经在那雪原上纵情驰骋的亚布力方向，感慨万千："真的是惊魂滑雪亚布力啊。我还要和老师、海山再度滑雪亚布力。""一言为定。"我和翔雨握手立盟。

日光熹微，翔雨执意要我回宾馆好好休息，他替海山办妥了住院手续并请了特别看护后，将坐长途大巴再度返回亚布力，我们的车还在那里。翔雨送我至宾馆，笑曰："我还得赶到亚布力，为我们下次亚布力之行再度打前站。"心细如发丝的翔雨临走时欲言又止，吞吞吐吐："老师，待会帮我去看看海山，再给我打个电话。海山醒来肯定会找我的。"我送翔雨到电梯口，让他一百个放心。翔雨，我一会儿就去看海山，我会告知他我所目睹的一切。

微笑中看着翔雨渐渐远去的背影，翔雨，我的学生，我记住了，我们仨将再度滑雪亚布力！海山，你听见了没有？

（此事发生于2005年的黑龙江亚布力滑雪场）

川西遇险泥石流

童话世界九寨沟和黄龙的绝佳美景令人流连忘返，踏遍青山绿水，风光这边独好，不忍挥一挥手与其渐行渐远。九寨沟，黄龙，数日来几几回回地拥抱你，留给你几多深情几多爱，行将别离愁绪无端涌上心头。不忍别，不忍离，声声呼九寨，句句唤黄龙，钟爱之情系心中。踯躅徘徊多少遍，最终还是与你依依不舍惜别离，不带走一片云彩，只把对你的深深印象永驻我之心田。

启程返回成都，再取道重庆开启神往的三峡之旅，另一波旅游的高潮正翘首以待。几天的结伴之旅，游伴们都逐渐熟悉，相约到成都后一起在春熙路再度聚会，品尝成都小吃，作为此次旅游的收官。盛邀驾驶员罗师傅和导游夏小姐一起参与，均很高兴地应允。

进入汶川境内，天低云暗，大巴“哼哧哼哧”地盘山而行，川西崇山峻岭中独特的羌族建筑时时映入眼帘。极具民族风情的建筑，底楼挑空，拔地而起，瘦长纤细的建筑形态如同烽火楼，又似瞭望台，置身其间，视野开阔，颇有韵味。从羌寨走出的姑娘小伙向我们招手微笑，一穿着羌族特色服饰的小伙正襟危坐羌寨小楼前的大石块上，一管羌笛横置于唇间，笛声时断时续飘入车窗，车厢内有赞曰：独特的川西风情，引人入胜。仁者见仁，智者见智，吾却倏尔之间心情陡然变得伤感，总觉得声声羌笛，余韵悲戚，加之灰沉沉的天，黑黢黢的山，混褐褐的江，与人间天堂九寨黄龙形成迥然不同的比照，不由低吟“羌笛何须怨杨柳，春风不度玉门关”。心头总有感觉，这景致这笛声似乎与天地间的某种自然万象冥冥中存在默契和暗合，且彼此正在慢慢“合钵”，猝不及防之时会让你臣服其交汇之时所爆发的威力。何种默契，哪般暗合？百思不解其详。不思也罢，世间多少事，实难以人的意志为转移，最佳的选择就是顺应自然。如此，心情释然。

翻过一大片的重重山岭，大巴开始沿着岷江一路南行，湍急的岷江流水如同脱缰的野马滚滚向前，灰褐色的激流呼啸奔腾，无所阻挡。旅游大巴驶入一片难得一见的开阔之地，不知名的野花正绽放得绚烂，驾驶员罗师傅闻得车内游客皆有好心情，遂停车宣布给予各位下车“唱山歌”的享受。罗师傅戏谑道 :“唱山歌时以大巴为界限，男左女右。”呼啦啦的一片笑声中大家鱼贯下车。面对岷江，男士们纷纷注入一股涓涓“细流”。笑对岷江调侃 :“问岷江何以得丰沛？为有源头活水来。”众男士哄然大笑，源头来水向岷江洒得更加欢快。

山花盛开的原野，恣意撒欢片刻，顿感轻松许多。出游该半月有余，面对奔流不息的岷江没来由地激起一股浓浓的思乡之愁，仿若游子伫立岷江边，远望着家乡上海的方向，惊涛拍岸的岷江水拍到了内心最柔软的地方。离家时间长了，自会有抹不掉的思念之情，纵然斯是陋室，吾倍感独馨，根在那里。逝者如斯夫，不舍昼夜，乡愁亦如流水，绵绵思绪不舍昼夜。天南地北的游客，有一对来自台湾的叔侄，侄子是台湾高雄人士，祖籍四川，回故里省亲由叔叔陪同遍游四川各地，叔侄二人岷江边的对话不时从耳畔掠过，那是一段浓浓的乡愁维系着海峡两岸的思乡之语。豁然开朗，乡愁乃是人类的共性。羁鸟恋旧林，池鱼思故渊，正是。

复回车内，继续前行，务必在天黑之前赶到松潘县城，住宿一晚，第二天一早启程便可直达成都，明晚同路人还有一场告别盛宴。途中司空见惯的景象：时有碎石从山上掉落，滚入桀骜不驯的岷江，激起几尺高的黑浪。车内有人戏谑 :“倘若是哗啦啦啦铺天盖地从山上滚滚而下，那就是泥石流啦。”“那我们可以赶上一睹壮观的泥石流，实景大片一部。”彼此的玩笑越说越邪乎，满车的游客还真的被撩起兴致，戏说泥石流。

我没有参与饶有兴致的泥石流话题，摇下车窗，视线投向岷江，奔涌的江流披荆斩棘奔往成都方向，涛声震耳。自问：为何岷江在这一段如此随性恣意？自答：高山流水，落差巨大，及至抵达一马平川的成都平原则显其流水温顺的另一面。李冰父子开凿都江堰乃顺应自然之举，顺应自然才能改变自然。豁然开朗，此中有真意。

戏言不幸成谶，渐渐地前方的车辆明显地多起来，且车速越来越缓慢，最终在山脚下戛然而止。驾驶员罗师傅的神色凝重，脸部爬满担忧。凭借经年往返于成都到九寨沟这条线路的行驶经验，罗师傅的直觉不会有差池，他低沉的成都口音在车厢内回绕："你们说的泥石流来了。"一片肃静，面面相觑，谁都不知道该怎么办。罗师傅和导游夏小姐商量片刻后估计达成共识，夏小姐用扩音喇叭告知："现在罗师傅到前面去了解泥石流的灾情，各位在车内等候消息，千万别下车，安全最重要。"

人的一生会有太多的无奈和烦恼，有太多的伤感和惆怅，有多少往事不堪回首，有多少记忆如过眼烟云，但总会有一些人生驿站所经历的事情还是刻骨铭心留在你的记忆深处。川西遇险泥石流，终生难忘，多少次和T教授说起此行的遇险，还是话题不绝。泥石流阻挡了前方的路，罗师傅孤身踏险了解灾情，所有的游客都在耐心地等待，不安地等待。许久，罗师傅返回车内，郑重告知前方山体塌方，滚滚泥石流隔断了公路，当下依然有大量的石块不断地从山坡滑落，且今晚有大到暴雨降临，会形成更令人揪心的次生灾害。目下是进无路，退亦无路，前方泥石流还在逞威，后面成百的车辆形成了一股势力更为壮观的车流，左边是奔腾南下的岷江，右边是高耸入云的岷山，"四面楚歌"。沉默啊沉默，不在沉默中爆发，便在沉默中听命，谁都不知道接下来的分分秒秒该如何度过。车厢内可怕的寂静在持续，耳畔又隐隐飘来哀怨的羌笛声，一分一秒都感觉这时光流逝得是如此的缓慢。终于有人憋不住了，后座几位来自广州的年轻大学生询问罗师傅该咋办？一呼百应，满车厢的游客都提出同样的问题：我们应该怎么办？司空见惯类似的地质灾害，胸有成竹的罗师傅安慰话语一番后道出早已烂熟于心的解决方案："今晚肯定是就地过夜了，没有其他的解决方法。明天的出路有两条，征求大家的意见，到底选择哪种方案。如果泥石流和次生灾害不断发生，那就带上行李跟着我往后顺原路走，我们公司会安排大巴来接应，我们绕道甘肃返回成都，这条通道最保险，但时间上会多一天，费用也会增加，汽油费、住宿费等都是大家掏腰包，初步算了下，每位得多承担200多元。"有游客提问："第二种方案是哪种？"罗师傅不假思索："原地等待，灾害什么时候过去，道路什么时候通畅，那就什么时候走。”游客紧紧追问：“要等多久？”罗师傅答复：“也许一天，也许三天，吃不准。”终于有游客叫嚷：“三天，那怎么行，我不干。”那边厢有来自吉林长春的游客扯开嗓门：“绕道甘肃的费用是旅行社的事情，夏导游必须给我们一个交代。”车厢内乱成了一锅粥，此时此刻每个人都从自己的角度考虑问题很难有共识产生。乱哄哄你方争罢我登场，之前的和谐氛围荡然无存。危难之中解决问题的唯一方法必须是冷静和理性，此外是彼此的包容和理解。一片争吵中正感叹缺失了什么，原来是这个内因，恍然明白，这就是文化。

再度的沉默，一片沉默中与我同行的T教授语惊四座。T教授是20世纪60年代复旦大学国际政治系的优秀毕业生，在这个旅游团体中有很大的气场，受到众游客的尊重。“谁都不愿意碰到这样的事情，既然碰到了，就该考虑如何解决。埋怨罗师傅，泥石流又不是他带来的。说心里话我们应该感谢罗师傅，他为我们提供解决问题的方法。产生的费用可以要回来，问谁要？有啊，就在前面，去问泥石流要。”T教授的最后一句话给车厢里带来了笑声，僵持的气氛显得活跃起来。好

川西风景，作者和T教授摄于从九寨沟返回成都的途中

多支持T教授的游客都表示尊重罗师傅，听从罗师傅的安排，没有人再提出异议。四川汉子罗师傅也许被感动，他向T教授表示感谢，他又提出了第三种解决问题的方案，他建议暂且克服一宿，看看明天泥石流的灾情发展到什么程度再做打算。假如明天泥石流所造成的次生灾害不再继续，交通管理部门下属的抢险队很快地会打通一条走道，那么我们迅速地通过这条便捷走道。公司在松潘有小型的备用车辆供临时周转，可以先乘坐备用车辆到松潘，再等候成都派车过来，不用再取道甘肃。但还得在松潘县城住宿一晚，因为要等候成都派来的大巴。次日一早赶往成都，当天晚上即可抵达。导游夏小姐也不失时机地替罗师傅说话："第三种方案一般没有驾驶员会提出来，风险很大，万一通过灾区，山顶上有石块滚落下来，哪位游客受伤，驾驶员要承担全部责任，公司是不负任何责任的。罗师傅是真心替大家考虑，节约时间，节约费用。"四川汉子罗师傅有些感动，他跟着插话："上海的T教授说的话感动了我，你们尊重我相信我，我也应该尽力为大家服务。我承诺我们公司不再多收每位游客一分钱，汽油费由我们公司负责，住宿费和餐费你们承担。交给夏小姐，用多少收多少。"T教授接着罗师傅的话语重心长："出门在外，互相体谅，互相帮助，你站在他人的角度着想，他人就会为你着想。彼此尊重，齐心团结，守望相助。"满车厢骤然间爆发出经久不息的掌声。

塌方区这一侧的原住居民也跟着积极行动起来，岷江边就地垒起了灶台，大铁桶舀起浑浊的江水，一筒筒的挂面从家里搬出，还有食盐和辣椒等调味品。一切进行得极为神速，不经意间岷江边一字儿排列好多的简易面摊。饥肠辘辘，满车满车的游客涌向面摊，一碗寡味的清汤挂面居然要10元钱，且三口两口就吃个碗底朝天，在成都曾享用一海碗荤素搭配令人大快朵颐的面条才只要5元钱。不吃也得吃，没有其他选择。排队等候买面条，心里生恨，肚里生饿，饿与恨，自然解决饿为先。吃完面条买瓶矿泉水，6元钱一瓶，平时是一元钱一瓶，买了；路边苹果树上的苹果2元钱摘一个，平时是一毛钱一个，摘了。愤愤不平中无奈地接受这一切，兀自以国情和国民特色自嘲。忽地思念起罗师傅的种种好处，有一位游客看到罗师傅远远地走来，从衣兜里拿出一包烟硬塞给罗师傅。

天色渐暗，淅淅沥沥的雨点从天而降，倏尔之间大雨如注，罗师傅让导游夏小姐招呼我们大巴上所有的游客速速返回车内，俨然是这个非政府组织中的领军人物，一切行动都信服地听从他的指挥。罗师傅一而再再而三地叮嘱：“为了安全，别再下车，今晚只能在车里过夜。”有生以来第一遭啊，昏暗的车灯照射出一张张表情凝重的脸庞，乘兴而来的旅游竟然遭遇自然灾害泥石流，老老实实地蜷缩在逼仄的车厢内动弹不得，没奈何，只能屈服于自然，顺从地等待滚滚泥石流偃旗息鼓，再乖乖地为其打扫逞威后的狼藉战场，开通人类出行的通道。车外是一片混沌的世界，隆隆的雷声，滂沱的雨势，闪电时而划过天边，岷江的呜咽则一分钟都不消停。雨声，雷声，滔滔岷江声，声声撞击着所有游客的心头，留下一片惆怅和无奈，当一切都显得无能和无助之时，唯一的方法就是等待，时间会改变一切。不安中一分一秒地挨过漫漫长夜，到天明该是怎样的局面？希望的目光都聚焦在罗师傅的身上。罗师傅和身边的副驾驶员一个趴在方向盘上，一个斜歪在靠椅上，他们带头闭目养神。

难熬的长夜总算挨了过去，天边露出了鱼肚白的光亮。有游客下车行方便，不一会儿上车，惊呼声唤醒了车内所有的游客：“太可怕了，我们前面大概有几十辆车，后面看上去有上百辆车，我们夹在中间，进也不是，退也不是。”都寄希望于今天云开日出，泥石流阻塞的通道能够打通，罗师傅带着我们走出“封锁区”。听得这一番话，所有人心中燃烧的希望顿时化为泡影。“罗师傅呢，他在哪里？”有人高叫，众人目光聚焦驾驶室，却不见罗师傅和他的副驾驶员，连导游夏小姐也不见人影。众游客转而将目光投向T教授，T教授双手高举交叉摇晃：“我也无可奉告，但我相信他们是想办法去了。”T教授的话让所有人复又安静。

来了，罗师傅和夏小姐还有副驾驶员都来了，希望来了。罗师傅上车，话语带有兴奋：“再过一个小时，会有一条便捷通道清理完毕，各位带上行李跟着我冲出塌方区。”满车厢响起雷鸣般的掌声。罗师傅摆手继续说道：“还是有危险的，山上还有碎石块滚下，你们必须听从我的指挥。男同胞们一部分走在前面，一部分留在最后，所有的女士和孩子都在中间跟着导游夏小姐。过了塌方区，我们公司在松潘的周转车辆就等在那一边，我的副手他只能等道路全部畅通后再将我们现在乘坐的这辆车开回成都。”掌声又送给了副驾驶员。副驾驶员表示感谢后告诉所有的游客："师父在成都到九寨沟这条线往返了十几年，他太熟悉这里的一切。我和夏小姐一大早就跟着师父前去抢险指挥部沟通，终于答应给我们行方便，趁着安全的空隙由我师父带着大家冲出塌方区。”罗师傅任由自己的副手唠叨，他甩下一句话："你们也应该谢谢T教授。”说完，他跳下车站在岷江边一口又一口地抽烟。

冲破“沦陷区”走向“光明”的前方，紧张兴奋笼罩在每个人的心头。悄悄地不做任何解释，跟着罗师傅一步一步挺进塌方区。绝大部分的车辆还是沉寂一片，也许沉浸在一夜惊恐中的人们才刚刚进入不安的梦乡，罗师傅示意我们尽量不要弄出声响，影响我们的计划。好在我们的大巴距离塌方区比较近，前方阻塞的车辆好多都是大卡车，惊动他人的概率较小，稍有响动岷江流水的奔涌声浪也能盖过。沿着岷江，紧靠车流，一个个跟着罗师傅猫步潜行，身体绝对不能超越前面车辆车窗的高度，眼睛紧紧地盯住前面游客的后背，向着光明的前方移动着艰难的脚步。道路崎岖泥泞，一夜暴风骤雨虽然停歇，淅淅沥沥的雨滴依然顽强地钻进你的脖子，清晨时分，钻进衣领的雨滴还是令人有丝丝凉意，寒战接连几个。打头阵的、压轴的男同胞们神圣使命在身，人性最善良的闪光点亮了行进的队伍，无一例外。所有的男同胞都承担两件负荷沉重的行李，女同胞和孩子们个个轻装上阵，最多也就一公里左右的路程，何其漫漫，何其艰难，唯有一个心愿，跟着罗师傅向前走啊走，迈出的每一小步，都是带来希望的前进。

到了，泥石流肆虐的区域，骇人的场景惊得众人张大嘴巴哑然，公路上凭空陡增一座山包，紧挨岷山延伸至岷江的江流中央，偶尔还有小块的飞石呼啸而下，砸向岷江激起浪花。清除路障的抢险人员冒着危险抓紧在这“崇山峻岭”中开拓出一条“胡志明小道”，仅仅是将因泥石流的肆虐从而在公路上拱起的山包清理得稍稍平缓，再铺上一些矸石碎块，要想越过还得踩着泥石流深一脚浅一脚地谨慎向前。有人胆怯，畏葸不前，罗师傅愠怒："不愿走的回到车上去，我的副手会带上你们；愿意走的赶快跟上。”话毕，率先一脚踏上塌方的碎石。没走几步，山上又有一些小碎石掉下，众人都不敢迈动脚步。导游夏小姐着急，大声叫嚷："赶快跟上啊，再不走就没有机会啦。"她紧跟在罗师傅的后面，紧接着T教授、广州的几个大学生都紧随在后，惊心动魄的穿越行动终于开启。约半小时的时间，大功告成，胜利的喜悦尽显每个人的脸庞，甚至有人赞叹罗师傅为英雄，罗师傅却依然寡笑，闷头走在最前面。

欢庆过后跟着罗师傅迈步走向前方等候迎接我们开往松潘古城的临时周转车辆，骤然间我们的身背后訇然作响，有如雷鸣。皆回首，大惊失色，泥石流又滚滚而下，岷山和岷江联结在了一起，山水相依。劫后余生的感觉啊，个个都拊掌庆幸，罗师傅，你神机妙算，真是个英雄。

我们是第三批乘坐这辆中型的巴士，车轮滚滚向前，一路驶向松潘，路况特好，车辆极少。罗师傅也兴致极好，播放《潇洒走一回》的歌曲，此起彼和，我们都跟着哼唱，心情好极了。不一会儿就到了松潘，川西一座颇负盛名的古城。罗师傅和导游夏小姐安顿完住宿，夏小姐特地告知各位，赶紧洗漱后休息两个小时，再用午餐，餐后参观红四军胜利会师的纪念碑。今晚则早点入睡，明天一早出发奔向成都。

徜徉松潘古城，心情特爽，参观红四军会师纪念碑，别有一种心情。松潘的夜宁静安逸，这一晚睡得美极了。次日结账，哑然失笑，人均费用居然与塌方区吃岷江水烧煮的清汤面等费用的支出相差无几。自然感谢罗师傅不已，若没有罗师傅的勇敢之举，若没有罗师傅在汶川的深厚人脉，我们此时此刻正处于进亦难退亦难的尴尬境地，那该是怎样的一种心境，不敢假设。

次日启程，穿过茫茫草原，望不到边的绿油油草地，色彩多姿的花儿开得无比艳丽，川西的秋天在不知不觉中降临到我们的身边。抬头遥望，蓝天白云，秋阳温柔，近观四周，欢快的游客在茫茫草原尽情撒欢，用自己的真情聆听秋天的心语，用自己的脚步丈量秋天的大地，参与驰马纵横草原的年轻人扬鞭挥马奔向草原的深处尽情拥抱广袤的草原，有人在引吭：蓝蓝的天上白云飘，白云下面马儿跑，将欢乐的气氛推向极致。生活真美好，理解最重要。回想惊心动魄的川西泥石流遇险记，一波三折，每个人的感悟都得到了升华。敢问此行九寨沟和黄龙，最难忘的景点是什么？不约而同：遇到泥石流。呵呵，感谢川西遇险泥石流。

锦江区总府路邻近春熙路的赖汤圆总店，欢乐的气氛一浪高于一浪，把盏举杯，感谢罗师傅，罗师傅却走到T教授面前，他深深地一鞠躬："谢谢T教授。"罗师傅仰首满杯啤酒喝完。T教授眼眶微微潮湿，耐人寻味的话语令人回味："人间真情在于理解，理解在于沟通，沟通需要体谅，体谅就得换位思考。"满座爆发久久的掌声。突然间罗师傅举杯："谢谢大家，干杯！"

干杯，为了友情！干杯，为了真情！难忘的泥石流，谢谢你。

（此事发生于1993年8月四川九寨沟、黄龙的旅行归途中）

湄洲仙岛拜妈祖

福建莆田会故友，得盛情款待。友人具珍馐，把酒话桑麻。觥筹交错，酒酣耳热之际闻得友人明天会陪同登湄洲岛拜谒妈祖并前往南少林寺参观。友人很是自豪地相告：这两处旅游景点实乃我们莆田的两张文化名片，汝必游之。稍稍遗憾，吾等只能两者游览其一，后面的游程安排得满满当当，明晚务必在厦门晚餐。莆田友人笑着回复，称他悉听尊便。说起来吾对妈祖文化也略知一二，知晓妈祖是东南沿海渔民出海打鱼的保护神，且世界上信众很多。每年妈祖的诞辰日湄洲岛还有盛大的祭祀活动举行，世界各地的妈祖信众纷至沓来祭拜他们心中的女神，尤其是台湾的同胞对妈祖更是尊崇至上。嵩山少林寺已经留下本人游历的足迹，各种各样的印象至今挥之不去，因此多少会将这南少林寺的文化划归于河南登封的北少林寺文化范畴并等同看待，故不去也罢。知之甚少的妈祖文化倒是撩拨得心头顿时想跃跃欲试，便不假思索回复，很想上湄洲岛拜谒妈祖。

同行的安徽巢湖籍朋友阿光击节附和称也想拜谒妈祖。阿光的两个叔叔于1949年随国民党军队越过海峡迄今在台湾生活了60多年。30多年前两岸对峙松动，他的两个叔叔才得以辗转返回故土探望阿光的奶奶，随着开放的大门打得更开，叔叔他们返乡省亲也更加频繁。后来阿光的奶奶作古，两个叔叔也渐渐垂垂老矣，阿光这一辈和他们的两个叔叔也就鲜有机会在上海或安徽经常相聚。但也听得阿光屡屡说起，他的堂兄弟们时常会陪同叔叔和婶婶去莆田湄洲岛拜谒妈祖，隔着一条海峡，来往极其方便。阿光的两个婶婶都是闽南人，婶婶和他的堂兄弟们都是妈祖的信众，两个叔叔几十年来在妈祖文化的熏陶下也皈依成为妈祖的信众。叔叔、婶婶们年岁上去了，内地往来减少了，但在阿光的堂兄弟们陪伴下登临湄洲岛膜拜妈祖则经年不辍，海峡对岸的亲人祈求妈祖保佑海峡两岸的亲人彼此平安。阿光记得叔叔他们在前年的这个时间曾邀请过上海的亲人一起前往湄洲岛祭拜叔叔、婶婶他们心目中的女神——妈祖，共同为两岸的亲人祈福。可惜，阿光和他的哥哥恰巧在忙于不可推却的商业活动，竟没有机会和台湾的亲人相聚在湄洲岛。“那次我们本该可以在湄洲岛共同祭拜妈祖再次团聚的，现在想想是有些可惜。”阿光不无遗憾地喃喃自语。“不过我的叔叔他们会经常到湄洲岛祭拜妈祖。”我善意提醒：“保不准明天在湄洲岛你会和你的叔叔他们相见在妈祖庙。”阿光笑笑：“哪里会这么巧，不过可能性也有。”又回复阿光：“无巧不成书，相信心诚则灵，再说妈祖会庇佑你们海峡两岸的亲人。”阿光不无高兴地说道：“但愿如此，借你吉言。”

朋友邀请晚宴的包房在这座酒店的最高层，我跟随阿光挪开靠椅不约而同地走到这栋酒店最高楼层的落地长窗前伫立，遥望妈祖庙的方向各有所思。我所思的乃是妈祖文化为何有两亿信众尊崇，绵延千年而不衰，一种文化的产生且生生不息并越来越兴旺，必然有其客观存在的因素。客观因素之一必然是其文化有适合的土壤给予生存并发扬光大，明天登临湄洲岛必要探个究竟。阿光在想些什么？不得而知，该不会想着明天会在妈祖神像前膜拜时喜出望外地遇到自己的台湾亲人吧？此念头刚冒出，我就情不自禁地微笑着为阿光祝福，希望有这样的巧合，因为妈祖会显灵。莆田的朋友站在我俩的身边，遥指前方灯火阑珊处告知：那里就是湄洲岛，湄洲岛再过去，就是台湾。热心的朋友在一旁为我俩所憧憬的那个地方做相关地理位置的详尽解释。我的心跳略略加快，似有所悟，海峡两岸一衣带水紧紧相连，同根同族同文化，妈祖乃是两岸信众的共同膜拜，妈祖文化是一种割不掉的亲情延续，这是妈祖文化存在的客观因素之一。如此，倘若阿光明天真的能在妈祖庙见到台湾的亲人不足为奇也，我判断这可能性极大。

深夜的莆田，灯火璀璨，高楼林立，无昔日渔村的半丝痕迹，活脱脱的一座东南沿海的不夜城。阿光叹曰：变化真大。30年前阿光也曾经来过莆田，那就是一个土得掉渣的小城镇。诚如莆田的朋友所言，如今的莆田是一座现代化的城市。高楼耸峙鳞次栉比，灯火亮遍半爿天际，莆田繁华有目共睹，一掷千金者也有领教，但我总感觉莆田还是缺失了一些东西。经年来东游西逛，全国各地近百个城市走遍，历数游走过的这些东西南北中的城市建筑，其雷同或相似如出一辙，这白天的街道风貌和晚上的夜景璀璨，惊人相似。城市的个性在哪里？本土的文化在哪里？都严重缺失。妈祖，我在想你必定蕴藏有独树一帜的文化，所以你的生命历千年而不衰。

一夜安眠，翌日早餐后，朋友就引领我们登车一路驶向湄洲岛。道路平坦，莆田的另一大人文景观在道路两侧呈现，目不暇接。富裕的乡间，新楼幢幢拔地而起，竞相“媲美”，这边厢的住宅楼建造有五层，比邻而造的势必是六层楼，紧挨六层楼的绝对是七层楼，目及之处，我们看到最高的民居建筑高达12层楼，仅仅是一户家庭的住宅。好气派的梯形建筑群，络绎不绝。甚为不解，委实没有必要的过度奢靡，为何？比富比阔，那实在是没有必要。地方上的友人支支吾吾出面解惑，坦言告知，莆田的乡俗所致，莆田人好面子，攀比心理导致楼层造得越来越高。莆田人致富后为光宗耀祖首先就是回故里建造楼宇，受用地面积的限制，无法平面铺展其财大气粗，就往高处里拔。谁都不想被乡人耻笑无能，愧对家族的老祖宗，就开始以高度作为财富的炫耀。同行者仍持有疑惑，紧追不舍：建造这十几层楼的住房，这个家庭起码要住几十人，难道在莆田都是几十人组成的大家庭？“哪里。”友人尴尬地笑笑。停顿半晌坦言相告：“最多也就是住个两层三层的，其余的楼层只能用来养鸡养鸭，是给家禽牲口住了。再有空着的就只能够空着喽，谁会有工夫打理？都成了蛇窝了。家里都是老人孩子，成年人在外经商，哪里会住这么多的人？晚上你来看看，每幢楼的大部分楼层都是黑灯瞎火的。”闻罢，个个无语。哦，莆田，莆田，这就是莆田，这就是莆田的文化。妈祖诞生于莆田，这莆田文化该是妈祖文化的一部分还是妈祖文化是莆田文化的一部分？抑或两者是互不相干的独立文化？妈祖文化的精髓该是什么？

一路沉默中友人告知湄洲岛快到了，一行人开始活跃，鱼贯下车。湄洲岛坐落于湄洲湾，东临台湾海峡，与宝岛台湾遥遥相望。隔海远眺，烟波浩渺处，薄雾氤氲的仙山琼阁时隐时现，那就是南国蓬

作者和一群好友在湄洲岛妈祖塑像前合影

莱湄洲岛，妈祖的诞生地。趁友人购上岛门票的间隙浏览候船室门口张贴的有关湄洲岛的介绍：湄洲岛南北纵向狭长，形如娥眉，故得此名。距台湾岛的台中仅72海里，自古以来就是闽台民间交往的桥头堡。湄洲岛不仅有旖旎的自然风光，更有令人魂牵梦绕的人文景观，是闽名遐迩的海上和平女神妈祖的故乡。湄洲妈祖是全世界两千多座妈祖（宫）的始祖庙，始建于宋初，是妈祖文化的发祥地，是世界上26个国家和地区2亿信众顶礼膜拜的圣地，誉为“东方麦加”。

湄洲岛，我千里迢迢前来拜谒，看的是你对妈祖文化的传承，你不能让我失望，你代表的是我心目中认定的一种真正意义上的文化，你可得为莆田增光。登岛，一路拾级。逼仄的山道信众和游客摩肩接踵，无不虔诚。湄洲妈祖庙以前殿为中轴线依山势而建，形成纵深300米高差40余米的主庙道。从庄严的山门，高大的仪门到正殿，由323级台阶连缀两旁延伸的各组建筑，气势极度不凡。祖庙山顶建有14米高的汉白玉巨型妈祖雕像，面向大海，栩栩如生。朝拜的人流如织，我和阿光跟随熙熙攘攘的信众一路瞻仰。了解到妈祖是北宋初人，名谓林默，2亿信众的心里认定是她千年来保佑着海峡两岸的渔民出海平安，妈祖林默是所有信众尊崇的平安女神。山道两侧大小不等的妈祖殿堂次第铺展，深层次地展示妈祖文化的精髓，各等妈祖的塑像，各类描述妈祖文化的书籍和音乐全方位地向参观者和朝拜者呈现一个2亿信众膜拜的伟大的东方女神的立体形象。妈祖文化是海峡两岸劳动人民千百年来尊崇信仰妈祖过程中遗留和传承下来的物质精神财富，是中华民族重要的文化瑰宝之一。近千年来妈祖文化传承的是保佑黎民平安，救济苍生安宁，亲情永续相承，世界长久和平。这才是仁爱博大的妈祖文化的精髓。

踏上湄洲岛，阿光总显得心绪不宁，东张西望的。半山山道一侧的妈祖殿堂传来赞颂妈祖的乐声，阿光被这震动心灵的梵音触动，他脚步踌躇，回眸张望殿堂。我比阿光多登几级山道，转身好奇地看着他一动不动的模样。那殿堂里传来的音乐似乎和阿光有心灵感应，阿光的神情绝对是被殿堂里的景象给吸引住了。连呼几声，阿光竟丝毫没有听到，跳跃到阿光的身边，拍打他的肩膀，笑着提醒：小哥儿，快上去吧，在山顶你可以远眺台湾，和你的亲人来一个心灵感应。阿光摆手，神态严肃，他的目光依旧停留在殿内，整个人不动也不摇。瞧着他一反往常之态，百思不得其解，顺着他的视线朝殿堂内东张西望，原来是一拨信众在请妈祖的塑像。我身边有游客轻声耳语：这是台湾同胞来湄洲岛请妈祖塑像，他们要请回台湾，供奉在台湾的妈祖庙。我和阿光的视线集中在一个焦点，我们看到妈祖端庄的塑像被一老者双手托举，神态如妈祖一般安详。老者身坐轮椅，他被小辈簇拥轻轻推出殿堂，他的身后有好些人跟随。这一行请妈祖塑像的台胞无不庄严肃穆，每个人的脸庞无不透露出端庄。轮椅被推出殿堂，老者抬眼回望殿堂，刹那间，阿光双手捂住嘴眼睛睁大发光，他的身子在微微颤抖，我正惊讶阿光的失态，还不及盘问，只见阿光瞬间又张开双臂扯开嗓门叫道："叔叔！"我恍然大悟，妈祖，妈祖，你真的显灵了，阿光的愿望成真了。

海峡两岸的亲人在妈祖庙邂逅，喜出望外之余更多的是百感交集。老者环顾身边的后辈娓娓道来：阿光是我们家族长房的孙子，你们都是他的弟弟妹妹，你们的身上都流着同样的血，你们是永远不可分割的一家人。这一幕太感人，游客们纷纷称难得一遇，不知是哪位游客带头为这海峡两岸的一家子鼓掌，为他们相逢在妈祖庙而啧啧赞叹。我悄悄后退几步，替这海峡两岸的一家人拍下这动人的一幕：阿光偎依在他叔叔的身边，他的弟弟妹妹们站在他叔叔和他的身后。他们身处湄洲岛，但是他们却不约而同向北方遥望，那里是他们的根。生活有时会在不经意间出现突如其来的惊人一幕，惊人的一幕在发生过程中必然会有高潮迭起，难以猜测却情理之中。谁都没有预料到阿光的叔叔推开了轮椅，朝着家乡长跪不起。年近九旬的老人口中在叫着："娘！"妈祖，妈祖，这才是我们对妈祖文化世代传承的最好诠释，妈祖文化的精髓不就体现在阿光叔叔的那一跪？感动的同时，耳畔响起了于右任的《望大陆》：葬我于高山之上兮，望我故乡。故乡不可见兮，永不能忘。阿光事后告诉我，他的叔叔百年后是要和自己的奶奶紧紧挨在一起的。

相见时难别亦难，阿光将要和来自台湾的叔叔一家子告别，场面动容。不再惊扰阿光，让他好好珍惜这每一分每一秒。和阿光做了个挥手的动作，匆匆拾级山道赶上其他几位同行的好友。登上峰顶，一尊巨大的汉白玉妈祖雕像巍然矗立，全球2亿信众的圣母面朝大海，目光端庄慈祥，遥望着水天一色之处，保佑着赶海人的平安。顺妈祖的目光瞭望，极目之处是台湾；回眸身边熙攘的人流，亦是台湾同胞，他们无不虔诚地叩拜在妈祖的脚下。恍然明白，千百年来妈祖的庇荫未有中断，妈祖文化根植于两岸同胞的心中。何谓同根生？此是也。何谓文化的传承，此亦是也。何谓文化的传承者，阿光和他的亲人们是也。噫，微斯人，吾谁与归？

（此事于2017年3月4日登临湄洲岛时）

永定土楼世无双

江南的农历早春二月乍暖还寒，最难将息。春寒料峭，阴冷难忍。欣逢福建的朋友盛邀到闽地小游数天，大喜，邀上几位好友不假思索随即自驾前往。一路驱车从上海南下，走莆田，游泉州，逛厦门，玩得不亦乐乎。阳春三月的季节，丘陵起伏的八闽大地早就春意盎然，绵延起伏的山岭满是绿色晃动。扑入眼帘的春色几近乱花渐欲迷人眼，生态环境的改善使得福建青山绿水重现，产业得到了新的提升。20世纪80年代我们耳熟能详的那些出自晋江等地的产品至今还引得国人诟病一片的“制造业”，该在这片土地上渐行渐远了吧。福建呈现在我们眼前的是山清水秀，生机勃勃，我和我的同行旅伴均有类似的感觉。

参观龙岩永定的土楼为此行的收官。土楼，隐藏在福建省的腹地龙岩境内，是以传统的家族血脉以及客家文化为凝聚力并世代传承的建筑奇葩。八闽大地，几十年来，游走多次，沿海的城市几近走遍，武夷山也囊括在曾经走过的游程中，唯独永定土楼，虽心向往之，却难以成行。于我而言，永定土楼，养在深闺人虽知，却大隐隐于乡间行路难。今年的福建之行，朋友则将永定土楼列为重点游览项目以了却我多年的夙愿。

我们从厦门出发。一早登上渡轮离开鼓浪屿，长驱直入龙岩。过了漳州，进入龙岩地界，就看到土楼的宣传广告时不时地映入眼帘。散落在龙岩永定境内的土楼据说有8 000余座，清一色的客家人居所。客家人，顾名思义为客居他乡之人，其实说得更为精准些即是迁徙到南方的汉人，其原籍在河南洛阳一带，故客家人又自称“河洛人”。中国历史上前后共有五次大迁徙，始于秦始皇时代，东晋战乱时期迁徙规模开始壮大，汉人为避战乱大举南迁，流落到当时被称为南蛮之地的闽粤一带后开始定居生息，历尽千年从而逐步形成具有特殊身份的一群民族。客家人其生活方式至今仍保留大部分的中原文化特征，另一方面又吸纳了所在地原住民的文化精华。有人说：有太阳的地方就有中国人，有中国人的地方就有客家人。由于客家人行走天下，移民世界，被戏称是农耕民族中衍生出来的另一支“游牧民族”，且在海外商界成功者诸多，因此也获得“东方犹太人”的称号。有人赞曰：生生不息的客家人，你的根在哪里？寻找理想家园的客家人，何处是你的乐土？莽莽中原，滔滔黄河，惊涛拍岸，奔腾咆哮；煌煌中华，泱泱大国，源远流长，博大精深。中原是客家人的故土，那里有客家人的根！客家人的乐土就在自己的脚下。充满生机和活力的客家人，无论走到哪里，都能开拓出崭新的天地。

了解了客家人的起源，对土楼的文化就能有更深刻的理解。土楼历史悠久，风格独特，结构精巧，是客家人自卫防御的坚固楼堡。土楼的结构功能充分满足了小农经济的需要，全家族人在得到基本生活保障的同时又尽享几代同堂阖家团圆的天伦之乐，我们选择众多土楼中的典型代表承启楼参观。承启楼号称标杆性的土楼王，其依山偎翠，外形似古堡巍峨质朴，如现代体育馆气势恢宏，又像地下冒出的“蘑菇”绚丽多姿，更像从天而降的“飞碟”神奇壮观。静卧在山谷一片开阔地的承启楼，被建筑学家誉为世界上独一无二的神奇的山区民居建筑，其高大厚重粗犷的建筑风格和庭园院落端庄清丽的造型艺术，天衣无缝地融于如诗的山乡神韵从而独领土楼的风骚。承启楼是中国古建筑的一朵奇葩，与北京天坛、敦煌莫高窟等建筑名胜竞放异彩，被联合国教科文组织列为人类文化遗产。

福建的土楼分为南靖土楼和永定土楼。为避免再度遭遇战乱，永定的客家土楼主要分布在福建西部和南部的崇山峻岭中，地势险要，易守难攻。土楼是千年来他们家族繁衍生存至今遗留在世界上的活化石，每一栋永定土楼都有说不完的故事。永定土楼是同姓家族的聚集，房间为单间，这也是土楼原始建造理念“敦亲睦邻”的体现。

拾级跨入承启楼，顺时针环游。举目四望，大红灯笼高高挂，炫目的红色烘托出土楼一派节日的气氛。抬头才望见土楼的最高点，纵目望不见土楼的延伸地，每家每户门洞敞开，居所鳞次栉比无有间隙，回廊环绕土楼毫无障碍。穿梭不息的人儿自由进出底层的每家每户，似有为炊饮忙碌的身影，亦有外来客人探奇的进出，一切都安然有序，如水中游鱼般自在，一派盛世太平之景。世象万千，无论魏晋都不能让承启楼内的客家人从自我安逸自我沉醉中自拔。外来的游客步入这承启楼岂不也是暂且“客居”承启楼的客家人？吾非鱼，安知鱼之乐。吾非客家人，焉能知晓客家人之乐。绕承启楼亦步亦趋，底层居所亦有商业性的营运，大凡是书画篆刻或者是传递土楼文化的手工艺品，主人的嘴角友善地漾起微笑迎接南来北往进入承启楼的一拨拨临时“客家人”。有朋自远方来，自然是不亦乐乎。我不由击节惊叹：此楼比景只应天上有，人间哪得几回闻！承启楼为客家文化的典型代表当之无愧。

行将告别承启楼之际，很想留一份回忆并将这份回忆带回上海。恰见承启楼的大门口有一身材瘦削面容清秀的小伙在兜售自家产的烟

永定最为著名的土楼——承启楼

叶，可以现场制作卷烟，20元一盒。据云：客家人自迁徙闽地后，即开始种植烟草。如此，购一盒客家自产卷烟，也是传承客家文化的一种方式。同行抽烟者饶有兴致，跃跃欲试，购买了好几盒号称自制的客家土烟。趁小伙卷烟叶之时与其攀谈，告知姓张，祖籍河南洛阳。知我们来自上海，小张竟称自己也想走出这客家盆地有机会来上海，或发展或看看，均可。不假思索礼节性地回复小张，赞赏客家人四海为家的精神在他的身上再次得到了印证。机灵的小张还真来了真性情，他放下手里正在卷制的土烟，不失时机地试探着问我是否可留下通信的方式。没还等我做出是与否的决定，小张就拿出小纸片将他的姓名和手机号写上，很是恭敬地呈送给我。我瞅见对方送来的眼神甚是干净，且言辞诚恳，遂予以应允。彼此互赠微笑，挥手告别。

我们这一拨从沪上出发行至永定的旅伴按秉承每到一地必在标志性景点前合影的惯例，在承启楼前一字儿地排开照一张集体照，正欲找寻一游客帮忙按下快门。小张远远地招着手向我们奔过来，他主动请缨为我们拍照，小张说拍摄承启楼的最佳角度于他来说是烂熟于心。听从小张的指挥，我们调整好位置让小张按下快门。我们又盛邀小张和我们一起合影留念，小张微笑着摆手："每天都会帮很多游客拍照，但我从来不参与合影。若有缘我们无论何时何地肯定会再相见，若无缘彼此留存美好回忆在心间。"回答得还挺有哲理的。这个客家人称得上是新一代的传承客家文化的形象使者，手制客家土烟传承的是客家的物质文化，刚才的那番话语传承的岂不是客家人信奉随缘，像蒲公英的种子一样飘到哪里都能随遇而安却又积极进取的精神文化？这种客家文化对内尊崇团结一致，对外主张张弛有度。土楼，是客家文化团结一致的象征，小张的言行，恰是客家文化对外张弛有度的体现。小张，小张，你这个眉清目秀心底明净的客家小伙子，我不由得对你刮目相看，没来由地我居然相信我会和你有缘再相见，我非常肯定自己的想法。"再见。"我们朝站在承启楼大门前和我们告别的小张挥手致谢。

承启楼，该和你说再见了。再次驻足承启楼前恋恋不舍，惊叹外化建筑巧夺天工之余，更为感慨的是土楼凝聚的华夏亲情文化该如何长久传承。当今广厦千万间，彼此却以邻为壑，缺失的恰似土楼文化

作者和好友在永定土楼承启楼前

的内涵。土楼带给我的不仅仅是建筑文化在视觉上的冲击力，更让我感受到客家文化历千年而不衰，这是一种民族力量的凝聚力，从另一文化层面上来理解，客家人确实当之无愧于“东方犹太人”的称谓。天马行空的思绪让自己的心情也变得美美的，同行好友闻之哂笑余实在是想得太多，无语。子非鱼，又安知吾之鱼之乐。

暮霭四合，挥别土楼，有故友亦在下一驿站翘首等待。山路逶迤，散落在山乡的土楼灯火次第闪亮。蓦然间突发奇想，复又下车，踟蹰于一桥塊，凝神屏息追寻灯火阑珊处，那是土楼闪烁的温情和亲情。此时，夜幕垂近，月儿如钩，遥挂苍穹。又信步走向一侧丛林，唯见明月林间照，但听清泉石上流，此中有真意，欲辩已忘言，土楼牵动我的心。

车行继续，颠簸中倦意袭来，似进入拥抱土楼的梦境。南国的早春，气候变幻莫测，忽听得淅沥春雨敲打车窗。萌动的生命或许在春雨中躁动，明天云开日出之时那漫山遍野的新绿又会扑入眼帘，那是希望。

福建之行结束约两个月，孰料真的接到了小张的电话，告知他来到了上海。不忍拂却相邀之情，与其见了面。眉清目秀的小伙竟然在上海开启了经商之举，原来其经商规划早就烂熟于心，胸有成竹之后才跨出这一步，我们是他在承启楼接待的最后一批客人。我戏称小张，又到上海来做客家人了。微笑颔首表示赞同，相约一年之后再邀我见面。询问小张来上海干何营生，清癯的脸上闪动一丝善意且又狡黠的微笑，称一年之后再见分晓。那时候，也许会常住上海继续发展，也许会再远走他乡探索新路，也许还会在承启楼前依旧兜售自制的客家土烟。无论哪种生活样式，经历了，明白了，想通了，最后会选择一种最适合自己的方式安身立命，只要自己觉得这种方式适合自己就行，做老板也好，卖土烟也罢，心地安然那就无所谓了，生活还是简单一些为好。每天在承启楼前看着日升日落，目送往来宾客，我岂不是在和天地自然交流，我岂不是在和天下众人交往，我岂不是在拥抱世界？想起了在承启楼门口小张的那家出售自制土烟的小店，墙面上有一副过目不忘的对联：江山明月，本无常主，得闲便是主人；大道至简，活在当下，知足便能常乐。眼前面对面坐着静静地喝着茶的小张虽年轻，感悟却颇深，有些刮目相看于他。没错，生活的意义其实在于简单，人修炼到一定程度，会淡泊一些事，会趋于简单。简，不仅是一种至美，也是一种能力，更是一种境界，是拷问灵魂的究极问题。老子《道德经》云：万物之始，大道至简，衍化至繁。简言之即越是真理的东西就越是简单的。当一个人能透过纷呈的世相，探知到内在的本源时，那种大彻大悟的心境，便是素简，非淡泊无以明志，非宁静无以致远。简单，吾之认为是生活的最高境界。万事万物，都有一个共同的规律：从简单到复杂再精炼为简单，是一个否定之否定的过程。简单，开始是一种单纯，最后是一种高度浓缩。不经历复杂的简单，品不出丰富的味道；尝尽人间百味，还是清淡最美；看透人生繁华，还是平淡最真。简单，是看透人生的智慧结晶。无怪乎，我看小张这客家小伙子的眼神是清澈之中蕴含深沉，原来他的这般年龄也经历过一个简单到复杂再到简单的否定之否定的历练。我由衷赞叹："你这个年轻人，可真的是东方的犹太人啊，当今的东方犹太人。"小张抿嘴浅笑，良久才回复，我却觉得其似乎是顾左右而言他："上海的见面缘于在承启楼偶然的邂逅，和老师你有缘。"

之后，小张又和我通过几次电话，再以后，他就杳无音信，手机号也更换了。曾给我发过一条信息，有一句话印象至深。老师，其实在这个星球上我们都是客家人，我颇为认同。偶然的刹那间，创造了这么个个体，呱呱落地后客居一个过程即烟消云散。这个过程是寻寻觅觅，冷冷清清，凄凄惨惨戚戚的过程；是轰轰烈烈，热热闹闹，悲悲壮壮风风光光的过程；是平平常常，清清淡淡，老老实实，傻傻乎乎的过程。然无论是怎样的过程，你都是这个星球上的"客家人"，唯有每一个"客家人"所创造的各种文明会陪伴着这个星球留存于世。承启楼依然存在，但也总有一天，会走向消亡，物质没有永恒。活在这个世界上，不以物喜，不以己悲，万事万物，宠辱不惊，是一种境界，这种境界必得修炼到心无杂念，凝神安适，不拘泥于眼前得失，才会有这样的长远而宽阔的境界，这种境界常人难以企及。

诚如斯所言，人生何处不相逢，人生何处没有缘。诚如其感触，人生处处留痕迹，人生处处能生存。泰戈尔言：天空不留痕迹，鸟儿早已飞过。诚如泰戈尔所言。

（2017年3月5日游览福建永定土楼后有感）

民族友谊在新疆

不到新疆怎知中国之大，不到喀纳斯怎知新疆之美。新疆160多万平方公里，占中国土地总面积的六分之一，地域广袤，景色之美令无数人心向往之。北疆的自然风貌，南疆的人文景观，西部的塞上江南风光，东部的丝绸之路要冲无一不美誉享天下。绵延千里的天山东西横贯将新疆划为南疆和北疆，南疆有塔里木盆地，北疆有准噶尔盆地。新疆的地貌简言之是一山两盆地，天山南北泛指整个新疆。不成文的约定俗成：不到喀纳斯就等于没有游览过北疆风光，不去喀什城就好似没有领略到南疆风情。阿勒泰地区下辖的布尔津境内的喀纳斯湖区其自然景色为北疆风光的翘楚，有东方瑞士之称。金秋时节，喀纳斯受到上帝的眷顾最多，山水相依的喀纳斯灵动飘逸，层峦叠嶂的阿尔金山脉层林尽染，依偎在山脚下的喀纳斯湖流淌着翡翠般的湖水。此时不到喀纳斯，怎知地球上还有如此绝美秋色，上帝把最绚烂的秋天的美景全部都倾洒在喀纳斯。童话世界、人间仙境的语言描述终也显苍白。相传成吉思汗西征，途经喀纳斯，不由被喀纳斯湖周边的美景吸引，遂遗留一支部队驻守喀纳斯。成吉思汗钦定：待西征凯旋喀纳斯将成为他终老的地方。至今在喀纳斯湖畔阿尔金山脉的缓坡地带散落的一栋栋小木屋内居住的图瓦人还宣称其是成吉思汗的后裔。

维吾尔族好友亚力坤·艾买提是新疆师范大学的教师，彼此称得上是半个校友，都在华东师范大学有过不同教育模式的学习。金秋时分，由亚兄带领开启了一场难忘的北疆自驾游之旅，印象极为深刻。两辆自驾车出乌鲁木齐沿准噶尔盆地的边缘一路向北，左侧是茫茫戈壁滩，右侧一路之上有零星小镇和村落点缀。当晚抵达可可托海，亚力坤·艾买提的学生早就在哈萨克族的毡房前迎接。亚兄的学生是一位哈

作者的维吾尔族好友亚力坤·艾买提

萨克族女同胞，精明干练，豪爽侠气，她引我们进入毡房内，席地而坐后遂着人取出一套精致的银质酒杯，从大到小依次在一张矮桌上排开，乳白色的马奶酒在所有的酒杯满斟。一个哈萨克族小伙子托着酒盘送到亚兄的学生面前，亚兄的学生唱着欢迎远方客人的歌曲从酒盘取出最小的酒杯又双手捧杯扭动着舞蹈一般的碎步来到你的面前。亚兄友情提示：这是哈萨克族人欢迎尊贵客人的仪式，请你喝下这杯酒。自恃有些酒量，场面上酒风也很被认可，接过酒杯礼节性地抿了一口，酸酸的，甜甜的，酒精度也不是特别高，于是无所顾忌地仰头一口抿干。亚兄学生的歌声不断，在毡房内满场子地旋转跳舞，最后一个舞姿的造型恰到好处地落在你面前，随即奉上第二杯酒，满目真诚地敬献给你。不假思索，接过酒杯仰头一干而尽。亚兄的学生舞蹈跳得更欢快，唱着吉祥的歌曲举起第三杯马奶酒送到你面前。心里有点儿犯怵，这酒杯一个比一个大，总共斟满了十杯酒，酒盘里剩下的七杯酒难不成要全部干完？两杯酒下肚，马奶酒的后劲悄悄爬上来，求救的眼神送给了亚力坤·艾买提。亚兄善解人意，替我解围，但要求我这第三杯敬酒必得喝完。征得亚兄学生的同意，喝完第三杯酒后赶紧半躺在地，眼瞅着毡房的屋顶开始旋转，顾不得斯文，整个人索性四仰八叉躺在地毯上。喝酒的接力棒交给了亚兄，亚兄师生唱着歌，跳着舞，将欢迎的气氛推向第一波高潮。

迷迷糊糊中亚兄的声音传来，睁开眼睛只看见刚才托酒盘的哈萨克族小伙子牵了一头大绵羊来到我的面前，亚兄说一会儿他的学生就会用这头羊烹饪美味的手抓羊肉犒劳远方的客人，连声感谢后又翻身迷迷糊糊地睡了过去。再次被亚兄唤醒的时候，闻得毡房内肉香弥漫，努力睁开眼睛，被亚兄拽着坐到他指定的座位，亚兄告知："你是远方的客人，请你坐上座。"容不得谦让，就地而坐，眼前的景象不由被吓了一大跳，一个熟羊头直接放在我的面前，祈祷和祝福的话语连续不断出自亚兄的学生之口，随后亚兄的学生又左手捧起羊头，右手用事先准备好的小刀割下一只羊耳朵递给在座年龄最小的一位哈萨克族年轻人，哈萨克族的风俗，意思是小辈要听长辈的话。随后亚兄的学生又要尊贵的客人务必先用刀割下第一块羊肉后其他的宾客才能跟着动刀，哈萨克族的盛情在毡房里装得满满的。盛情难却，入乡随俗，头脑也稍稍清醒，在亚兄的指导下中规中矩地完成了哈萨克族满意的礼仪程序。众宾客大口喝酒，大口吃肉，将气氛又一次推向了高潮。酒酣耳热，羊肉差不多也消化殆尽，满屋子的各族兄弟姐妹都快乐地唱歌跳舞。

觉得有些燥热，且酒精的作用还在隐隐作祟，趁亚兄他们不注意时掀开毡房门帘的一角走到户外呼吸新鲜空气。意想不到毡房外可可托海的景色如此之美，深深地呼吸，空气清冽沁人心脾，竟然觉得还有丝丝湿润在舐舔你的脸颊。天空是深蓝深蓝的，星罗棋布，低垂的星空中有闪闪眨眼的小星星对着你调皮，记不得有多久没看到这么璀璨的星空之夜了，顿时想起了莫扎特的一首著名的儿歌：闪闪发亮的小星星。假如此时有一支《小夜曲》在这迷人的夜色中轻盈地飘荡，并有天籁般的童声在演唱《闪闪发亮的小星星》，岂不就是现实版的童话世界。夜色中酒精的作用逐渐退隐，整个人却深深地醉了，陶醉在这迷人的夜色中，尽情地看着星星在对自己眨着眼睛，《莫斯科郊外的晚上》中的歌词脱口哼唱：夜色多么好，令人心神往，多么迷人的夜晚。

抬头仰望星空这是宇宙对地球人的馈赠，可是对我这个地球人来说这是多么奢侈的一件事。在新疆的可可托海，终于有机会奢侈一把。茫茫的宇宙，蕴藏着多少人类未知的秘密。据说人类迄今所认知的宇宙只不过是冰山掀开了一角，充其量只掌握了其5%的奥秘。置身在满天的星空下，孤独的身影被无边的黑暗包裹，感觉到一个个体的生命实在是太渺小，唯有无数的个体齐心合力拧成一股绳才能有无限的张力向茫茫的宇宙延伸，一代又一代，锲而不舍，向宇宙的深处不断探索，冰山的一角才会掀得更开。如此，这个世界首先需要的乃是和平与大同，民族的团结，世界的大同，是地球存在于茫茫宇宙的需要。毡房内，有维吾尔族的亚力坤，有亚兄的哈萨克族学生，还有我们从内地来的汉民族游客，民族的团结在小小的毡房内得到了体现。仰望星空，北斗星就在视线的正北方，远古时代，北斗七星是人类的指路明灯，和平、大同其实也正是人类和平共处的指路明灯，是各国各民族守望相助生生不息的思想基石。但愿人长久，才能千里共婵娟。

带着万千思绪回到毡房，欢快的气氛还在推进，加入了象征民族团聚的舞蹈行列，和亚兄的学生手拉手跳起了舞蹈，虽不合节拍，但心有灵犀，彼此配合默契，默契的源头来自彼此对民族大团结的认同，对自己祖国的深深挚爱，我们只有一个家，名字叫中国。也许是巧合抑或是心灵的感应也是共同的，亚力坤·艾买提这对师生，维吾尔和哈萨克两个不同民族的代表应邀携手跳起欢乐的草原舞蹈，两个哈萨克小伙子则字正腔圆地用汉语高唱《我们的大中国》，毡房内所有的不同民族的新老朋友都加入了《我们的大中国》的大合唱，为亚兄师生的双人舞喝彩助威。亲身体验游牧民族的豪放热烈的生活方式，心头也随之会涌动豪情，人类潜在的奔放本能得到了贲张，热血在血管里迅速地流动，毡房的顶部都快要被欢乐掀翻，今晚的聚会达到了高潮。夜阑人不散，正在疑虑不知今晚如何入眠，亚兄的学生宣布各位可以就寝。令人脑洞大开的是毡房的一角叠放的一床床崭新被褥被哈萨克小伙抱了过来，每人一条被褥，新朋旧友拉过一床被褥就地而卧。以毡房的中心为线，男左女右席地而卧。我和亚兄的学生恰好比邻而卧，两个人头对着头互相愉快地微笑，不知道说了多少话儿，慢慢地进入了梦乡。

一觉醒来，朝霞已经钻进了毡房的隙缝，左右打量，亚兄的学生不知什么时候已悄然离去，其他宾客还沉浸在香甜的梦境。非常有趣的景观：每个人都被被褥裹得紧紧地，只露出一个脑袋。细数围绕着毡房形成半个弧形挤挤挨挨睡在一个空间的人头，居然有十来个，其中还有五个是一头秀发抛在被褥外。哑然失笑，第一次体验男女群居的生活，着实有趣。

可可托海的清晨是宁静的，安逸的。北疆水资源丰沛，秋天灵动温润。满山满谷花开遍地，泉水叮咚，鸟鸣声声，好一处鲜花盛开的山村。生命一如这山谷深处盛开的花朵，不管是否有人来欣赏，它都会尽情地绽放，自在地凋谢，生命从来不是为了别人而存在。亚兄的学生前来送行，按哈萨克族礼节和亚兄一起挥别哈萨克族的朋友们，再由亚兄引导游览可可托海的著名景区石钟。山道弯弯，迤逦伸向大山的深处，亚兄告知翻越这座大山对面就是蒙古国。半山坡有一处相当不错的温泉，尚在开发中，设施不甚完善。同行者有跃跃欲试的，称在大山深处天体能与天穹浑然一体岂不快哉，美哉。然男女混合有悖于中华传统，女同胞们倒也爽快，她们与山泉鲜花为伴嬉戏于山野之间，天体温泉的享受任由男士自由潇洒。亚兄身强力壮，陡峭的山道大步行走，尾随者个个气喘吁吁。及至半山腰，豁然开朗。腾腾热气山间氤氲，恍若乳白色的云雾弥漫在周边，烟笼雾罩，缭绕翠谷。人间仙境，赞叹者由衷而发。温泉是一汪几十平方米的水池，三面用木板围有半人之高，一边入口无遮无挡，可以环视四周绿色环绕的翡翠山谷，女士们就在山谷间嬉水摘花。30多摄氏度的水温，极为惬意，宽衣解带，五位男同胞纵身温泉，捧起一掬温泉水，顽童般互相泼洒，光着身子的爷儿们在山野间过起泼水节来了。霞光斜射在温泉，滑爽的温泉在阳光下泛动粼粼的波光。仰头看蔚蓝的天空下云卷云舒，侧耳听山谷中不绝于耳的鸟鸣，时时还有女士们的笑声传来，平添灵动的气息。整个人沉浸在滑润的泉水中，或闭目养精神，或抬头望云天，或聆听鸟儿鸣，那种惬意此生难以再有第二回。五位男士忽地一个个都缄默不语，沉浸在自己的世界中，物我两忘，享受着这份人生难得的幸福。原来幸福就是这么简单，随时随地就在你身边。与其追求可望而不可即的虚幻幸福，还不如开心地度过每一天，在自己的身边寻

作者在喀纳斯月亮湾

找幸福，享受幸福，这才是真正的幸福。

卸下疲惫，一身轻松。迈着矫健的步履跟随亚兄行走在山道间，亚兄带着我们领略可可托海的景观。迎面的山道忽地冲出千军万马阻挡了我们上山的道路，避之不及差点和领头的撞个满怀，亚兄眼疾手快拽住我跳跃到山道旁的斜坡，目睹潮流般的队伍从我们面前肆无忌惮地大摇大摆向山下而行，几位哈萨克族牧民骑着高头大马扬鞭指挥着自己的队伍。亚兄解释："这是哈萨克族的牧民在转场，山上已经很冷了，牧民得赶着羊群到地势低洼的牧场过冬，游牧民族逐水草而生，转场对牧民是很重要的。"目送浩浩荡荡的队伍一往无前，随亚兄一路上山看可可托海的景观。

晌午时分，进军喀纳斯。自驾车沿额尔齐斯河一路北上，目标阿勒泰，亚兄又有学生恭迎。额尔齐斯河是中国境内唯一的一条注入北冰洋的河流，河床并不宽，河水流淌得也不湍急，河岸边向日葵迎着太阳绽放得欢快，额尔齐斯河滋润着两岸的农牧民，丰衣足食。亚兄的学生盛情款待。午餐后我们又继续出发，下一站就是布尔津，喀纳斯的所在地。喀纳斯，东方的瑞士，无数行者逐梦的人间仙境。来了，终于来了，越来越接近喀纳斯，山地风光渐渐透露无限美，颇有阿尔卑斯山的风光。越野车在山坡行驶，忽上忽下，风光宛如油画扑入眼帘，远山的原始森林色彩斑斓，正可谓霜叶红于二月花。满山遍野的草丛中各色花儿竞相绽放，牛羊家畜奔跑在山坡，美不胜收。景区外的风光如此令人着迷，免不了有些陶醉，亚力坤却说美丽这才掀开一个角。你站在喀纳斯景区的月亮湾欣赏层峦叠嶂的原始森林从山脚有序地排列到山峰，色彩红黄绿相间；你或在观鱼台眺望整个喀纳斯湖，硕大无比的绿宝石镶嵌在群山之间，不经意或能和喀纳斯湖的湖怪来个约会，那才真正美死你。

布尔津驶往喀纳斯景区的车辆潮流滚滚，跟随亚兄，减少了诸多劳顿，顺利进入喀纳斯景区。感谢亚兄的精心安排，我们一行不住宾馆住民宿，下榻在半山坡图瓦人的木屋，别有一番风情让你领略，旅途中平添了一份民俗的乐趣。小木门吱呀一声，身着蒙古族盛装的图瓦人开门揖客。图瓦人，成吉思汗的后裔，秉承成吉思汗的钦旨固守喀纳斯，代代相传，不离不弃，一守千年。图瓦人称成吉思汗就驻守在他们的心中，大汗和他的后裔生生息息相守在一起，从来没有离开过他们的生活。此时此刻在成吉思汗后裔的小木屋内，看着图瓦人遵从一切蒙古民族的生活习俗，难道我们在小木屋可以穿越千年和成吉思汗对话？图瓦人很是自豪地宣称，他们天天和成吉思汗生活在一起。细瞧图瓦人，蒙古族特有的脸形，行为举止生活方式与蒙古族的传统更是一脉相承。盘腿坐在小木屋内的地毯上，喝奶茶，吃奶酪，手抓羊肉一大盘，令人食欲大开。马头琴音乐缭绕在小木屋，蒙古族特有的长调作为图瓦人的迎宾曲，真不知道自己是在蒙古高原还是喀纳斯景区。亚力坤是维吾尔族，其学生是哈萨克族，小木屋内的图瓦人称自己是成吉思汗的后裔，是蒙古族，几天来在北疆和各民族兄弟姐妹相处的日子里体会到了民族的融洽，民族的团结。各民族兄弟欢聚在一堂，庆贺我们幸福的生活。国泰民安，此是也。喀纳斯的夜晚安静极了，枕着喀纳斯湖进入了香甜的梦乡，明天全方位地饱览喀纳斯的美景。

北国的秋天早晚温差大，进入9月下旬，瑟瑟寒意袭人。晨光熹微中亚力坤带领着我们向观鱼台的最高处进军，居高临下纵览喀纳斯湖的美景。喀纳斯湖，中国最美的湖泊，湖光山色美不胜收。“喀纳斯”是蒙古语，意为“美丽而神秘”。喀纳斯湖景区融高山、河流、森林、湖泊、草原等奇异的自然景观，成吉思汗西征军点将台、古代岩画等历史文化遗迹与蒙古族图瓦人独特的民俗风情融于一体，有驼颈湾、变色湖、卧龙湾、观鱼台等主要景点。喀纳斯湖更兼几大奇观：千米枯木长堤，是因喀纳斯湖中的浮木被强劲谷风吹着逆水上漂，在湖上堆聚而成；湖中巨型“水怪”常常将在湖边饮水的马匹拖入水中，给喀纳斯平添几分神秘的色彩。还有雨过天晴时才有的奇景：喀纳斯云海佛光。

登临观鱼台，纵览喀纳斯，人间仙境始方信。美好的时光总是太短暂，喀纳斯，要和你说再见真的是太难。不忍别离，喀纳斯，叫我怎能放得下你。亚兄却催促启程，傍晚必得抵达福海县。一步三回头，情系喀纳斯，默默许愿：喀纳斯，等着我。直到越野车驶出了大山，驶离了布尔津，那颗心才恋恋不舍地从喀纳斯收回来。

又是亚兄的学生在福海和布尔津的交界地迎接我们。哈萨克族人性格豪爽直率，下车刚一相见亚兄的学生就开门见山：“客人先上船游览我们的福海，天色再晚，就看不到福海的美景。”汽艇载着客人驰骋在宽阔无边的湖面，劲风猎猎，景色蔚为壮观。上岸，被引进餐厅，亚兄的学生早就恭候，话语依旧爽快：“你们来新疆吃鱼难得，晚上安排全鱼宴，尝尝我们福海的鱼。”鱼宴还没呈上，美酒却已上桌，6瓶62度的伊犁特曲。待到全鱼宴上桌，更是惊得连吐舌头，整整24道用福海的鱼烹饪的各种菜肴，生平第一遭享受如此奢华的全鱼宴。亚兄的学生真不愧为女中豪杰，率先举杯，简短的祝酒词后仰头干了杯中的伊犁特曲。哈萨克族、维吾尔族、图瓦蒙古族，真诚全部体现酒杯中。晚宴的高潮是烤全羊，金黄油亮的烤全羊散发的香味令人垂涎三尺，还有红柳枝条的羊肉串。亚兄学生的言语依旧简单明了：“我们今天有鱼有羊有美酒，鱼羊组合就是鲜，亚力坤的朋友就是我们的朋友，远方的客人，欢迎你。”亚兄的学生有些兴奋，也略有些醉意：“我们布尔津的美景在喀纳斯，美味在福海。我们和北京、上海有缘分，中国的三个直辖市和我们都紧紧联系在一起，”说起自己的家乡，亚兄的学生口若悬河，“北京天津布尔津，福海上海中南海。我们是不是紧密地联系在一起？”亚兄学生的幽默激起所有宾客的会心笑声，共同举杯祝愿福海越来越美好。

昏昏沉沉被架入宾馆休息。翌日一早，亚兄敲门来邀早餐，示意头晕喉干免早点，亚兄着急称不行，早餐无论如何都得去，他的学生和阿訇都等候着。云里雾里被亚兄拽着至餐厅，满满一桌丰盛的早餐准备停当，一头戴维吾尔族小花帽长髯飘飘的老者开始祈祷，这是哈萨克族和维吾尔族的最高礼仪。完毕，亚兄的学生将一碟裹着黄油的马肠子递到我的面前。“尊贵的客人，请。”亚兄在一旁适时提醒，这是哈萨克族和维吾尔族最高的礼仪，务必将这马肠子吃下。无所适从，黄黄的油，白花花的肠子，如何下得了口，酒精浸润的胃还没有得到休养生息，马肠子又伺候在上，面对盛情，面对礼仪，进亦难退亦忧。亚力坤催促声声，他的学生尊敬连连，老阿訇虔诚满满，马肠子象征着民族的友谊。奉献很重要，民族的习俗得遵从，夹起马肠，闭起眼睛，一口吞下，喉口里的感觉滑向肠胃，喝水，再喝水。亚力坤在一旁怪怪地笑，他招呼各位入座就餐。

告别福海，告别福海的新朋友。依依不舍中自驾车启程，满载着哈萨克族朋友的友情，继续我们的行程，下面一站旅程还有蒙古族的朋友等待着迎接我们。我们喀纳斯之游带来了一场各民族交流的盛会，各民族在交流中团结得更加紧密，民族的友情得到了升华，谢谢各民族的朋友。

（2011年9月游北疆可可托海、喀纳斯和福海）

黄山遇险天都峰

黄山，黄山，三山五岳均游遍，名山大川都拜访，唯独对你黄山情有独钟。最是不舍黄山俊伟挺拔的奇松，黄山翻腾起伏的云海，黄山滑润爽肤的温泉，黄山千姿百态的怪石，四时黄山四时景，春夏秋冬各不同。明代旅行家徐霞客登临黄山，有感而发盛赞黄山气象万千的壮观美景："博海内外之名山，无如徽之黄山。登黄山，天下无山，观止矣。"徐霞客的这段评述被后人演绎为妇孺皆知的"五岳归来不看山，黄山归来不看岳"的赞美黄山之绝句。1990年12月15日，黄山被联合国教科文组织确定为世界文化和自然遗产。自然指的是实景，文化指人文景观及其内涵精神。最是一年好光景，春风十里游黄山，5月鲜花开满黄山的季节里，一干好友再度自驾黄山游。

黄山原名黟山，因峰岩青黑，远望苍黛而名，县名亦由此而来。后因传说轩辕黄帝曾在此炼丹，故更名为黄山。凭借黄山在全世界的声名远扬，历史上极负盛名的文化暨商业名片徽州之名遂被黄山取而代之，多少还是有些遗憾。徽州的盛名实在不亚于黄山，一代徽商推动中国近代实业的兴起影响至今，功不可没。

黄山有72蜂，主峰莲花峰海拔1 864米，与光明顶、天都峰并称三大黄山主峰。黄山的代表景观为四绝：奇松、怪石、云海、温泉；三瀑：人字瀑、百丈瀑、九龙瀑。黄山的迎客松是友谊的象征，承载着拥抱世界的东方礼仪文化。人民大会堂就有巨幅的迎客松国画，迎客松下，见证着我国和全世界爱好和平的各界人士的友谊绵绵不绝。

清晨，从上海出发，沿沪苏浙皖高速一路往西往北而行，车程约7个小时，抵达黄山脚下汤口镇。泊车后，我们一行十人步行几分钟至换乘中心乘坐新国线大巴车上山，前往慈光阁坐缆车直上玉屏楼。此

黄山著名的迎客松

行游黄山，以玉屏楼为中心，迎客松前合影，四周景色游览，再一路行走过鲫鱼背后直上天都峰。玉屏楼是黄山集奇景之大成的绝佳之处，著名的迎客松就在玉屏楼的左侧。徐霞客赞美玉屏景区为“黄山绝佳处”，并留下“左天都，右莲花，背倚玉屏楼，两峰秀色，俱可手揽”的传世记载。

缆车徐徐上升，黄山“雄、奇、险、幻”的绝世美景恍若一幅无边的油画在游客的眼前次第铺展，目不暇接。数十年来，黄山旅游不下五次，每次都有新的惊喜，江山依旧在，景观似昨天。黄山的旅游设施更为完善，黄山的交通亦更为便利，黄山的消费也节节递增。黄山于我而言，承载着的并不仅仅是对绝美景色的怀念，还在于曾经的一段刻骨铭心的经历。

我们在玉屏楼宾馆下榻。趁日光正好，小游周边景点。自恃在这次旅游的朋友中间，唯独我对黄山熟悉得很，故自诩为半个导游，每到一个景点便指点江山尽己所能进行介绍。玉屏楼左有狮石，右有象石，两石形同拱卫。前有迎客松，后有送客松，皆为游客流连忘返之地。春和景明，周边的“仙人飘海”“羊子过江”“金龟望月”“松鼠跳天都”“孔雀戏莲花”等奇岩巧石皆清晰可见，秀色可餐，景色如画。和朋友们在玉屏楼前远眺天都峰，近观莲花峰，遥看极具个性造型的奇峰雄峙，所有的人都被黄山的美景深深吸引。迎客松前照相是必不可少的，晚霞之下迎客松前合影留念时，都有黄山归来不看岳的感触。多名游伴遥指玉屏峰啧啧称奇，惟妙惟肖的“玉屏卧佛”就在峰顶，头左脚右，生动逼真，峰石上刻有毛泽东的草书“江山如此多娇”，好几位都频频颔首连连感叹 :“江山如此多娇。”这里还是观赏前海云海景观的最佳区域，波涛汹涌蔚为壮观的云海让每一位游客都有身处仙境的感觉，惜乎是日天气晴好，玉屏楼前未有云海奇观出现。根据气象预报，明天天气转阴雨，或许能一睹云海，但愿。晚上，觥筹交错后早早入睡，第二天一早上天都峰，登上峰顶，再从天都峰后背一路游览而下。

也许越是安全越会放松警惕，大意失荆州，此言丝毫不假。晨起，春雨霏霏，山道湿滑，山间雾气弥漫，这样的天气上天都峰可得小心翼翼。不禁回想起1990年暑假第二次游黄山的情景。我因义务献血，学校工会奖励我到黄山休养，我和同校的史老师以及另外两位女教师金老师、顾老师一起攀登天都峰。过鲫鱼背时，两边万丈深渊，没有任何铁栏杆等保护措施，极少有大胆者迈开脚步在光溜溜的大石背上稳稳当当地走过鲫鱼背登上天都峰，游人在鲫鱼背前畏葸不前最终作罢只得和天都峰作拜拜者很多。那次我和史老师是一头一尾，我打头阵，史老师压阵，趴在鲫鱼背上，眼睛正视前方天都峰，几乎是贴着鲫鱼背手脚并用一步一步地向前挪动最终抵达天都峰。印象中第一次是1979年读书时来的黄山，也是在暑假，那次似乎没有过鲫鱼背的经历。不过现在鲫鱼背有保护设施，铁栏杆排列在鲫鱼背两侧，大步流星走过鲫鱼背亦不会有恐慌心理。如此，反而减少了刺激，对曾经经历过无遮无挡过鲫鱼背的我来说，在这种安全措施稳当的条件下走过鲫鱼背，多少有些寡味。旅游，本身就是和惊险、新奇交织在一起的。

和众朋友约定，翻过鲫鱼背，然后从后山一路游览，傍晚前抵达山下汤口镇住宿。是日，霪雨霏霏，黄山呈现出另一种烟雾缥缈的仙境，不少游客互相呵护小心翼翼踩着天梯一步步上山，场面温馨。突然想起了吴冠中曾经多少次在风雨飘忽的黄山绝顶作画，他的妻子就站在后面为他撑着伞，那场景曾感动无数的游客。多少年后，他的妻子患上阿尔茨海默症，总怕煤气没关好，去厨房来来回回地开关煤气。吴冠中就跟在她身后，她开了，他就关，从不嫌烦。人间大爱其实就在平凡琐事之间，爱其实就是无私地付出。眼眶有些湿润，一如脚下湿漉漉的石梯。山路湿滑，回首一再叮嘱各位务必小心谨慎，留神脚下的每一步。天都峰上的鲫鱼背，黄山第一险峰，以险峻奇丽著称。我们从玉屏楼启程迈步天都峰，手扶铁索栏杆，沿着“天梯”攀登1 564级台阶，即至海拔1 770米处的石虹，这里是登峰顶的必经之处。此石虹长10余米，宽仅1米，两侧是千仞悬崖，深邃莫测，其形状颇似出没于波涛之中的鲫鱼之背，故得名鲫鱼背。自上而下，坡陡达85度左右，若遇风吹云涌，仿佛山摇石动，攀登时尤为惊险。清人许全志有诗记鲫鱼背之险恶：“无意吞舟归北海，何心借水跃昆明。游人尽是批麟客，竹杖芒鞋脊上行。”过鲫鱼背，不光需要体力，更需要勇气。如今天堑变通途，以往那种过鲫鱼背的惊心动魄不会再有，多少还是有些遗憾。旅游过程中，还是需要一些挑战，战胜自我达到胜利的顶峰，这种愉悦是旅游的乐趣之一。我因有此前过鲫鱼背的惊险经历，故此次从容走过，同行的朋友中凡属第一次的经历者在过了鲫鱼背之后还是心有余悸，很是后怕。

过了鲫鱼背，沿后山一路下行。后山一扫天都峰前山烟雨迷蒙的景象，如丝的细雨抽去，薄薄的云雾身边缭绕，黄山的景色又如一幅水墨画，景在身边，人在画中，好不惬意。蓦然抬头，只见前方的山谷云海翻腾，黄山一绝云海展现在眼前，成排成排浩浩荡荡地向你涌来，壮观天下无。兴奋得忘乎所以，赶紧回首招呼后面的朋友，扯着嗓门："快来看……"还没来得及说出"云海"两个字，只觉得脚底下一滑，仰面在陡峭的山道上摔下，山道两侧是万丈深渊。只觉得眼前一阵发黑，整个人就势往下滚，似乎还听得耳畔有惊恐呼叫的声音，随后就什么都不知道了。

也不知过了多久，迷迷糊糊中听得我们一行人中小黄的声音："醒了，醒了。"还听得我们团队中阿光的声音："血还在流，赶快止血，再送到山下抢救。"浑身软绵绵的，很是机械地被架起来并扶到石阶一侧坐定，一阵山风吹来，头脑稍稍有些清醒，只见得自己外衣的衣袖、衣襟血迹斑斑，用手一摸，满手的鲜血，脑袋瓜的左侧似乎还在不断地汩汩流血。看到小黄掏出了一包中华牌卷烟，他和阿光一起剥出烟丝撒在我头部流血的地方，随后小黄又紧紧按住我头部的伤口，大声地询问："谁有创可贴？创可贴？"头脑似乎更清醒一些，不断地询问："我这是怎么啦？这是怎么回事？"没有人顾得上回答，只见得身边团团围着许多人，挤得逼仄的山道来往游客都无法通行。迎面有几个年轻的女孩，连声说道："我们有，我们有。"随即递上一包急救用品，有创可贴，还有纱布、绷带等临时急救的医疗用品。包扎完毕，被几个兄弟给架着一路向下拐到一个略微通畅的坡道，有好几个抬轿子的挑夫正坐在坡旁休息，不由分说，被扶上轿子，一路下山。小黄和另外两个兄弟阿光和春军一路跟在轿子后面急速下山。

轿子一直抬到汤口镇我们泊车的地方，小黄和春军搀着我上车，阿光一路驾车疾驶奔向屯溪市中心医院。此时，我基本上神志清醒，只听得春军在向急诊科的医生主诉："病人从黄山天都峰的后山下山，因台阶又湿又滑，走得又快，一不留神就滑倒，从山上往下滚了十几米，幸好前面有几个女大学生一齐用身体挡住了他，才没有继续滚下去，病人临时包扎的急救用品也都是这几个女大学生提供的。”医生抬眼看着春军，用讥笑的口吻说:“继续滚下去？再滚就滚到万丈深渊去了，这种事情在黄山见怪不怪，哪一年没发生过？每年都有。”医生又看看我，调侃道:“你的命真大，大难不死，必有后福。你真的是死里逃生。”我喃喃自语:“我什么都不知道，脑子一片空白。”医生回复:“你被石头猛然一击，间歇性失忆，当然不知道。你得好好去感谢那几个女大学生。”这位医生也喜欢说笑，“都说是英雄救美人，总算碰到美人救英雄了，不过我也不知道是不是救了个英雄。也许是……”我赶紧接过医生的话头说道:“不是也许，我就是狗熊。”急诊室里顿时笑声一片。春军也笑着和医生说:“后福来到，我们再到屯溪与医生你共享后福。”

按照医嘱，拍了脑部CT，在等待CT的结果时，小黄向我描述几个小时前发生在天都峰后山那骇人的一幕。过了鲫鱼背，我独自一人走在最前面，小黄紧跟在后，其他的几位则不急不缓沿着下山的石道慢慢悠悠谨慎下行，一路观赏着天都峰两边的壮丽景色。正巧前边有一大片云海飘来，我急于召唤大家观赏，回头时没站稳，脚底一滑整个人就往山下滚去，这一段下山路两边都是悬崖峭壁，且没有任何遮挡，小黄吓得心里在叫这下完了，出人命了。苍天有眼，前面几个从后山上山的女大学生手拉着手呈半包围形状硬是将我给阻挡不再往下滚。这几个女大学生是我的救命恩人，只是再也找不到她们了，她们消失在黄山游客的人流中。小黄他们当时也急于救我，没来得及向她们道谢。听完小黄的叙述，我自感激在心，所谓的人间自有真情在，大爱在人间，莫过于此。感谢你们，因为有你们，世界而美好。纵然间歇性的失忆，无法回想起这动人的场面，但人间的这份真情是可以永远传承，这是民族的美德，这是文化的体现，这就是真正的国家软实力，人间大爱其实就在身边的平凡小事之中。

CT结果出来，无有大碍，医生最后的诊断结论为轻微型脑震荡，告知需静心休息两天，其间倘若有呕吐、头晕，需立即上医院就诊。回到汤口镇，其余的几位兄弟都在停车场等待，阿光已经提前电话告知医生的诊断。考虑到还得观察两天，倘有变故，毕竟还是上海的医

作者和他的好友们在黄山玉屏楼前合影

疗设施令人放心，小哥华强决定当即打道回府，众人皆无异议。

晚上抵达上海，华强等坚决不让我回家，另行开了宾馆，一齐陪同我下榻宾馆，按照医嘱入住在宾馆观察两天。两天后，神清气爽，兄弟们才放心地同意我回家。再次感受到朋友间的大爱，满满地体会到大爱就在平凡的具体琐事间。我根据预定的黄山旅游日程平安回家，黄山旅行就此画上句号。

至今我还是没有能回忆起当初在黄山的天都峰后山，我从山道向下滚落的情节。由此联想到很多雷人的电视剧为了情节的一波三折，扣人心弦，总会设计某个关键性情节因为某个角色的失忆而无法还原，由此引出后面故事的扑朔迷离，最后因失忆者的记忆恢复从而真相大白，全剧也就基本结束。现在想来这失忆并不是说想要恢复就能恢复的，至少我有这个亲身的经历。至今我的朋友们在相聚的时候提到当年的黄山旅游我从山上滚落的情节，还是人人谈虎色变，太可怕了，简直不敢设想，大家都这么说。我总是故作轻松地笑曰："大活人还在你们面前呢。"玩笑过后，还是感恩朋友的真情，关键时刻朋友的挺身而出一直是感恩在心。与此同时，我们大家也都会感谢那几个不知姓名的女大学生，都会异口同声：都亏了那几个女大学生。于我而言，还有一个深刻的教训，那就是即使你有经验，还是得正视客观现实。自以为比同行者更懂得黄山，却不顾当时的天气，不提防脚下的泥泞，结果差点一失足而成千古恨，经验成了经验主义，那是害人的。此外，还在惦记着春军对屯溪市中心医院急诊科医生的承诺，该在何时才能完成去看望他的承诺，不得而知，却念念不忘。当然最铭记在心的就是人间自有大爱在，这人间的大爱，在亲朋好友之间，也在素昧平生之间。

（此事发生于2014年5月在黄山旅游之时）

钟灵毓秀小孤山

四十年前，二十刚过的年龄，在崇明农场战天斗地，生活简单而乏味。站在长江的大堤边，滚滚江水在脚下奔涌而过，前方不远处就是东海。想起了一首歌的歌词：长江滚滚向东方，奔向东海迎太阳。记忆中也有一些关于长江的肤浅的地理常识，长江发源于青海省的巴颜喀拉山，流经全国十个省市自治区。心里面在想着，这万里长江的上游不知啥模样？真想有朝一日能够溯万里长江而上，饱览祖国的大好河山。那个年代，那个年龄，此语一出，身边的同龄人不假思索地耻笑我是异想天开，痴人说梦。默然无语，是该遭到他人的哂笑。痴人说梦，确实不假。我把青春献海岛，扎根农场一辈子才是我们的不二选择。

冥冥之中异想天开有可能成为现实，痴人说梦竟然梦想成真。同在一个木工车间的好友余昌，其父亲支援三线建设辗转江西九江下辖的德安县落户。5月鲜花盛开的融融春日里，余昌欲赴九江探亲。那一日，余昌也恰好在长江边的大堤上与我一起遥望长江感慨万千，说者无意，听者有心，余昌闻我有此意愿，很真诚地邀请我一起去江西。"我们可以乘船到九江，可以上庐山。"余昌满脸真诚。庐山，多么诱惑人的风景名胜地，想起了伟人"天生一个仙人洞，无限风光在险峰"的豪迈诗词，苏轼的"不识庐山真面目，只缘身在此山中"则是在1978年后重新走进课堂才学得的。那个年代伟人的诗词是烂熟于心，倒背如流。庐山，"暮色苍茫看劲松，乱云飞渡仍从容"的地方，看到过伟人在庐山的照片，坐在一把藤椅上，背后是雄伟壮丽的庐山，能不向往？不假思索应允同行。

前期的一切琐碎手续完毕，一周之后和余昌一起从上海的十六铺码头上船，开启了生平第一次的长江之旅。出吴淞口，溯长江而上，兴奋之情自始至终挂在脸上，和余昌靠在船舷边遥望苍茫夜色中的长江，两岸星火点点，江面舟楫往来，两人迎着徐徐春风尽仅有的一些可怜的知识海阔天空地胡聊，天色变黑都不愿意返回船舱休息。第二天晌午，我们的客轮在南京停泊，看到了南京长江大桥，脑海中又有伟人“一桥飞架南北，天堑变通途”的诗词浮现。

短暂停泊后，客轮又继续缓慢前行，渐渐地进入了安徽境内，两岸不断有农人劳作的场面在眼前掠过，也觉得新鲜，看得久了，单一的场景一直延续，视觉也有些疲劳，返回舱内。躺在下铺，微闭双目，权作休息。耳畔传来一下又一下江水拍打船体的声音，躺在上铺的旅客则在一下又一下地唉声叹气。闲聊时得知他是上海68届知青，在江西插队已经整整7年，他自嘲这辈子不知要来来回回在长江上奔波到何时才能休。对面上下铺是一对夫妇，女的也是上海知青，嫁给了江西老表，刚刚新婚，老表偕妻子到上海看望女方的亲人。看得出女方的脸上并没有洋溢新婚的快乐，倒是江西老表心情甚好。总觉得我们这个四等舱里的旅客心情都很低落，唯一愉快者看来就是那个新婚的江西老表了。

躺在床上不久，忽听得有人在叫：小孤山，看，小孤山。很快地有很多旅客涌向船舷争先恐后一睹小孤山的风貌。急急地奔向甲板，硬是从人群中钻出一条缝挤到甲板的最前端，看到了人称的小孤山在江面上兀然矗立。真正惊讶于小孤山在茫茫江面的一枝独秀。一江春水滚滚向东流，浑浊的江水机械而又重复地拍打着船舷搅得人的心绪万般不是滋味。景色单一乏味，令人无端地涌上淡淡的思乡之情。蓦然间在你的眼前突兀耸立一座满目葱郁的小孤山，倒使得你眼睛一亮。纤细灵秀的小孤山，古色古香的建筑物被一片葱茏掩映，真是风景这边独好，漂浮在长江上的孤独游子眼前有一抹盎然的绿意闯入你的视野，心头或许也真的会豁然开朗。我上铺的那位知青就在我的身边，看到迎面而来的小孤山，阴沉的脸上也不经意间流露出一丝欣喜，很快地又似乎在喃喃自语："看到了小孤山，九江也就快到了。"

于我而言，生平第一次看到小孤山，心情是快活的，她的秀丽让我陶醉，真希望能够拥抱她一回。虽近在咫尺，却几无可能，看着她与我们慢慢地擦肩而过，渐行渐远，留下一团葱绿在视线范围内晃动，耳畔则时断时续听得有人在介绍小孤山的动人传说。小孤山山腰有一

小孤山风光（一）

座启秀寺，青瓦红墙，寺内供奉着小姑娘娘像，民称“小姑庙”。小姑乃清纯绝色少女，与彭郎相爱，终难成眷属，投江殉情，死后化作秀资超然的“小孤山”，亦称“小姑山”。彭郎因悲小姑之死，遂化成石矶，立于江边，即“彭浪矶”，亦名“彭郎矶”。小姑山在江北宿松，彭浪矶在江南彭泽，小姑、彭郎遥遥相望，铸成“海门第一关”，成为横锁长江的“楚塞吴关”。此说无所谓杜撰，无所谓真实，小孤山和尼姑庵相依相伴终究会引出这般哀婉的故事。

就此和小孤山一别四十年，再也没有一睹小孤山的机缘。然而在这四十年中，梦中出现小孤山的倩影不下十次，每次梦中的小孤山都给我带来一段无限的遐思。我曾梦见天堂里的母亲在小孤山向我招手，我也曾梦见自己在小孤山半山腰的尼姑庵中品尝素斋，甚至还梦见小孤山被评为5A级的景区，那座尼姑庵被改建成了佛学院，每次梦境中出现的小孤山都会给自己带来一次惊喜，每每惊喜过后也总是扪心自问，是否和小孤山有解不开的缘？是否必得登临小孤山一解四十年来对小孤山的思恋才得心安。小孤山，你在我的心中是那般圣洁，你的满目葱茏，你的秀美幽深，你的婀娜多姿深深地烙在我的心坎，挥之不去四十年。就是四十年前沿长江溯流而上经过你的身边时对你的深情凝望，四十年里居然在梦境中出现你有十次，小孤山，看来我一定要拥抱你一次才心安。你的美在我的心头不知被描绘了多少次，我不知道该用怎样的语言赞美你的秀美。也许我唯有零距离地接触你，拥抱你，才会真正地感受到你的秀丽你的美，一如四十年前在长江上对你的惊鸿一瞥。

四十年后的5月居然又一次在梦境中出现了小孤山，尼姑庵改建成了农家乐，小孤山游人如织，好生热闹。我亦有幸得到一份请帖，被邀请前往小孤山旅游，同时被要求为小孤山的发展建言献策。心里激动，大声叫嚷：“我愿意。”醒来，黄粱美梦一场，甚是好笑。好梦过后不久的周末，我的安徽安庆籍学生兴国请我晚餐。席间，兴国热情地邀我暑假去其故乡安庆一游。兴国对安庆的地理人文景观如数家珍，向我一一介绍。兴国在重点介绍了天柱山之后还意犹未尽地补充道：“假如有兴趣的话，还可以开车到宿松，登临长江边的小孤山。”说者无意，听者有心，猛然想起数日前的南柯一梦，眼睛突然一亮。竭力抑制内心的激动，暗地里则自言自语：小孤山，四十年来难分难解难割难舍的小孤山？莫非宇宙间真的存在着人的第六感应？否则兴国怎会邀我去安庆？小孤山，你是自然界的物，我是自然界的人，人和物之间纵然有着相互依存的千丝万缕的联系，四十年前与你的邂逅纯属偶然，为何四十年来却与你剪不断理还乱？四十年来你辗转托梦于我，表述你与我的不解之缘，甚至在数日前的梦境中赠我邀请函一份，谁料到今天我的学生恰好邀我去安庆，去你小孤山一游，这万事万物之间到底存在着一种怎样的内在联系？难道真的有万能之手在掌控着芸芸众生？不得其解，却又实实在在是在身边演绎的事实。无法求其解，只能归为缘。笑着接受了兴国的邀请，意味深长地说道："此行安庆我最想去的地方就是小孤山，四十年来从未放下。"

择了一个方便之日，由学生兴国陪同坐高铁前往安庆，游览了天柱山，参观了诗人海子的故居后我们取道长江防洪大堤一路行车直奔小孤山。在安徽省宿松县和江西省彭泽县烟波浩渺的长江上，孑然兀立着一座风姿秀逸的小山，这就是小孤山，又名小姑山，它孤峰独立，山高约百米。安庆陪同的友人介绍小孤山如数家珍。小孤山无处不景，无景不奇，庙宇亭台，层次分明。山旁有龙角石，临江陡峭；最称著的为山中的龙耳洞，洞内风光旖旎，冬暖夏凉，深不可测；山顶有龙口，势若仰天长啸。自山下至山顶，亭、楼、阁错落有致，古树翠竹掩映，水天一色。小孤山虽属弹丸之地，名声却很大。被称为山水诗鼻祖的谢灵运所作《登江中孤屿》，传就是为小孤山而作。苏轼的"大孤小孤江中央"更是脍炙人口的名句。陆游在《游小孤山记》中描写道：凡江中孤山，如金山、焦山之类，皆名天下。然峭拔秀丽，皆不可与孤比。小孤山被文人骚客们青睐，最初有谢灵运，继而有顾况、卢仝、王十朋、陆游、王守仁、袁枚等，连明朝皇帝朱元璋、朱厚熜也来附庸风雅。画家们则纷纷将小孤山入画，唐代李思训《长江绝岛图》，画的就是小孤山与鄱阳湖上的大孤山。当你泊船小孤山下，沿着那364级石阶，蹑磴扪萝，一步步登上小孤山顶，立刻会有一股磅礴之气冲撞着你的心扉。登高纵目，看上下天光，樯帆透迤；大江澎湃，水阔天高。你也许会想起小姑和彭郎的爱情传说，你也许会浮现出昔日江上干戈铮铮的鏖战。大江与雄关相连，诗情与战火交织，你会情

小孤山风光（二）

小孤山风光（三）

不自禁地高吟一曲苏东坡的“大江东去，浪淘尽，千古风流人物”。

极具诱惑力。惹得我四十年对小孤山的相思之情越发强烈。学生兴国开车驰骋在长江大堤上，心和我一样飞到了小孤山。兴国为安庆怀宁人，他告知我，这小孤山他此生还从未来过，听朋友如此介绍家乡的美景，颇有些自豪。兴国的朋友笑笑，回复我们，称也有近二十年没有来过小孤山了。

小孤山，四十年的念念不忘今天终于如愿以偿能走近你，亲近你，终于站在了小孤山的脚下。小孤山不再是一座孤岛，枯水时节与陆地连成一片。小孤山就像一个无人照看的孩子，孤零零地孑立在江边，满目荒芜，杂草丛生，建筑衰败，垃圾遍地。小孤山形容枯槁，如同迟暮之年的老妪在风雨中飘摇。遥想着四十年前第一次目睹小孤山的情景，回味着安庆朋友刚才对小孤山绘声绘色的介绍，我揉着眼睛努力地对自己提问：这就是我魂牵梦绕的小孤山？难以置信！我竭力否认这就是我好几回梦境中出现的那座美丽的小孤山，我竭力否认这不该是我心心念念思慕的小孤山。抬头向上望，攀附着小孤山的绿荫在骄阳的炙烤下耷拉着脑袋有气无力，毫无生气的小孤山如一处废弃经年的旧园子被孤独地抛弃在长江的边上，存留在心头四十年的美好印象瞬间荡然无存。历史有时候就是这样残酷，残酷地将人们内心中最美好的记忆景象无情地打碎，然后又把打碎的残片重新粘起来，试图还原后再呈现在你的面前。面对复原残片的堆砌，内心究竟是欣喜还是悲哀？

兴国在小孤山对面的小卖部买了门票，踩着扬起的尘土顶着骄阳踏入小孤山，一路小心翼翼避开遍地的垃圾拾级向上攀登，游客寥若晨星。及至来到半山腰走进心目中的圣殿，梦境中的佛学院无有踪影，空空荡荡的寺庙年久失修，斑驳陆离，一看就知道早就没有佛事在里举行。寺庙的入口处有天后圣母简介的石碑，为1991年立，由此推断，二十五年前小孤山的香火定是很旺盛，如今的小孤山是今非昔比。寺庙内有几个光着膀子的大汉躺在地上午睡，也有算命卜卦的麻衣相士见有游客，立马吆喝着要给我们看相。赶紧离开，登上最高处，远眺长江，百般滋味涌上心头，兴国和安庆的朋友都在兀自摇头，小孤山，盛名之下的小孤山竟然是如此颓败的模样，真令人意想不到。“以往的小孤山可不是这样的。”安庆的朋友还在自我解释，自我安慰。稍顷，彼此都无语，遥看前方，唯见长江天际流，近观目下，但悲不见孤山秀，对小孤山四十年的美妙想象刹那间就如美丽的肥皂泡沫经不起轻轻地一击就烟消云散。

记忆，是一枚种子，总是习惯在思念中发芽。四十年前长江上看了一眼小孤山，就此在人生的漫漫时光里始终念念不忘。何以对小孤山会有这样的思念情结？现在想来也许是那个年龄，经历肤浅，孤陋寡闻，小孤山在长江中突兀而起，众人对它的品评深深地镌刻在我的脑海。指间的岁月不经意间滑过四十年，四十年来对小孤山时有思念，停留的印象始终以真善美作为衡量的准则。加之当时自己经历和学识的匮乏，小孤山是首次闯入自己心坎的一座秀美的江中孤山，对小孤山的思维定式就此定格。再加上无限美好想象，容不得自己有亵渎的想法去玷污小孤山，所以，真正走进小孤山，落差实在太明显。形影独立小孤山峰顶，悟出了浅显的道理一条：当你没有见过最好的，你就常常以为自己目前所拥有的就是最好的，从而将自己禁锢在小小的世界里，而忘记了世界之大。小孤山静默于尘世的一隅，看着其沧桑岁月中留下的斑驳痕迹，有几多伤感也就不难理解。然小孤山确实是一座文脉积累深厚的佛山，传诵千年不衰，而今天却衰败凋零，深为小孤山嗟叹。

渐行渐远小孤山，为小孤山叹息。千百年来文人墨客眼中的小孤山钟灵毓秀，风景绝佳，何以颓败难掩面？归途中和兴国在探讨，安庆朋友的说法似乎为小孤山的一蹶不振找到了一些佐证。小孤山交通不便，平时游客就很少，在商品经济的大潮中，小孤山很难有经济效益体现，地方政府也没有财力修葺小孤山的寺庙，小孤山是被商品经济大潮摒弃的孤儿。不免为小孤山鸣不平。小孤山是宝贝，揣着宝贝却不当宝贝，不免有些伤感。小孤山的历史文脉千年传承，没有理由遗弃小孤山。梦中的小孤山有佛学院，有农家乐，小孤山，等待着你的复兴。何时小孤山才能一如梦境中的景象？但愿很快。黑格尔有言：世上不是缺少美，而是缺少发现美的眼睛。小孤山，你的美何时再能被发现？被发掘？

（1975年5月在长江上曾与小孤山擦肩，2015年8月登上小孤山）

烟花三月下杭州

江南人间四月天，阳光明媚，微风和煦，赏春踏青的绝好时机。做教师的优越性充分体现，本周连续几天和T都同时没有课，又不坐班，何不再度相伴来一次说走就走的远足。和好友T如此一说，竟不谋而合。“正有此意。”T笑曰。当即拍板相约明天一早悄然出行杭州，再一路沐浴着春风上龙井。满眼葱茏的山坳里两个人随机选一处浓荫匝地的香樟树，就着大树下的石桌相对而坐，泡一壶明前茶，浅饮慢品龙井香茗，环看四周山乡景致，洗洗肺，醒醒脑，心无旁骛地东张西望，信口开河，想到哪说到哪，悠闲自得几天岂不惬意，真可谓赏心乐事农家院。

20世纪90年代初，工薪阶层出游以精神满足为首选，囊中羞涩，丰俭不得随意，精打之外，还得细算。和T是极好的哥儿们，但AA制是彼此遵从的守则。抵达杭州，闻得武林门附近有浴室兼旅馆的下榻之所，价格低廉，且可租用自行车出游，真是天上掉下的馅饼，兴冲冲赶往，果然。

最是一年好光景，环绕西湖慢慢行。春风习习中一前一后两辆自行车从武林门出发，过断桥沿北山路驶向岳坟，先拜谒精忠报国的民族英雄岳飞，再徒步缓行漫游苏堤。大江南北宜人湖光山色皆是，唯对西湖情有独钟，江南甚是好，风景旧曾谙，几度苏堤行，依旧别样情。T忙于摄影，吾则跟随其后大饱眼福，东拼西凑古人对西湖的赞颂诗词杜撰小诗：偷得浮生半日闲，赏春踏青西湖畔。湖光潋滟晴偏好，春来湖水绿如蓝。桃红柳绿西湖情，如织游人画廊行，暖风熏得人微醉，十里春风十里景。T闻之回首半真半假称赞：“编辑也是一门高深的学问。”吾闻知亦哑然失笑，两人忽又会心地相视一笑，各自沉醉在西湖多姿多彩的绚丽景色中。

T性格刚毅，疾恶如仇，人称“八贤王”，是颇有些相似。和T关系莫逆，故经常看到他每每有出其不意之举。“难能可贵”的是于常人而言乃生活中很具象化的一些平凡琐事往往是见之避之不予理会，省得自找没趣或自寻烦恼。大千世界芸芸众生不予自律的情形乃见怪不怪，可偏偏若他见之闻之定当是可忍，孰不可忍，仗义执言，无所顾忌。绵绵苏堤六钓桥，不觉行过桥三座，外西湖景色更诱人，真正是乱花渐欲迷人眼。T忙不迭地选景拍照，前边两株垂柳之间正好有一株花朵灿烂绽放的桃树，背景是三潭印月时隐时现在浮光掠影中的西湖，一幅“桃红柳绿映西湖”的绝佳取景地。T兴致盎然，来回走动调整焦距，反复甄选最合适的取景地，我亦放言，为其这幅摄影作品题诗一首，诗画一体见证我俩西湖二度游的情谊。一切准备就绪，快门马上按下，“传世之作”即将流芳，蓦然间出现一幕令人惊愕的插曲，T气不打一处来，见得T这次是真正的脸都气得发绿，我在一旁目睹此情此景，也跟着愤愤然。一对恩爱有加的情侣冷不防窜进T的镜头，但见那袅袅婷婷的红衣女郎在男友的点拨下摇晃腰肢挤进T镜头中的两棵柳树中间，紧接着双手又抓住姹紫嫣红的两株桃树枝丫，扭动丰臀一骨碌地坐在桃树叉开的枝丫间，动作太猛，花枝乱颤，落英缤纷。那位男士还在一个劲地嚷嚷着要他的女朋友按照他的要求摆Pose，女的满满地撑在桃花丛中，扭来扭去不停地询问是否可以了。T气得脸色发青，一个箭步冲到搔首弄姿的女郎面前，大声呵斥：“你拿着这张照片是要受到良心的谴责的。”女的觉得莫名其妙，送给T一个白眼，我行我素。T更是怒气冲天：“西湖美景不是你的私家花园，旁边有牌子明文告知严禁攀爬树木，你竟然视而不见。你独霸一方，破坏绿化，毁坏景观，你还有道理？”T的措辞也实在是激烈，那女的估计是受不了了，抱着树枝回敬T：“有毛病。”T义正词严：“你是真正的有毛病。你的病是不遵守社会公德，你的所为必当要受到批评。”这番话确实也言重，说得那女子呆坐在树上不知该怎么办才好，她的男友自知理亏，赶紧拽下自己的女友一溜小跑离开T的视野。好一段时间，T才平复心情，执着地将那幅画面收入自己的镜头。

夕阳西下，西湖被绚烂的晚霞浸染，黄昏中的西湖景色更为妙曼。

T感慨："难怪直把杭州作汴州了，这般美景是最能消磨人的意志的。"一路移步换景行走，返回岳坟取寄存的自行车。桥堍下有一卖艺人在游客必经过的拐弯处索取费用，占领了游客从西湖返回北山路的必经路口，颇有点不留买路钱，休想从此过的霸道行径。路人或许是多一事不如少一事的心态，纷纷掏钱扔向地摊上的一个搪瓷盆。卖艺人听着硬币的声音还会朝那个搪瓷盆探头张望，口中唱着小曲："五分钱就打发人，你会倒霉的，小气鬼。"T见状，又有些不情不愿，他示意我远离卖艺人，不留一分买路钱。心领神会，两人跳入旁边的一条小径绕个圈子也可以走出西湖回到北山路对面的岳坟。刚进入那条小径，只听得身背后那卖艺人拉着胡琴用信天游的曲调在唱歌讥讽我和T："大路不走走小路，不肯掏钱摔跟头。"觉得有趣，"扑哧"一笑。T一本正经："此风切不能助长。"

此行杭州，三天的行程，重点是第二天。T告诉我他的安排：清早赶到灵隐寺烧香拜佛，然后上龙井品香茗，再骑车过九溪十八涧，登上六和塔，饱览钱塘江的风景。翌日，天蒙蒙亮，T和我便从住宿地武林门骑车出发，过断桥，沿北山路一直向西骑行，再次经过岳坟，骑车径直奔灵隐寺。灵隐寺，又名云林寺，灵隐寺，又名云林寺，始建于东晋咸和元年（326），至今已有近1 700年的历史，为杭州最早的名刹。灵隐寺地处杭州西湖以西，背靠北高峰，面朝飞来峰，两峰挟制，林木耸秀，深山古寺，云烟万丈。目前，灵隐寺主要由天王殿、大雄宝殿、药师殿、法堂和华严殿为中轴线，两边附以五百罗汉堂、济公殿、联灯阁、华严阁、大悲楼、万丈楼等建筑构成，共占地130亩。灵隐寺属全国重点文物保护单位。

庄严的大雄宝殿，佛祖端坐莲花宝座，庇佑芸芸众生，虔诚地叩拜佛祖释迦牟尼，默默许愿。佛学讲究因果，不管你做什么，都会有一个相应的后果在等着你，会引导事情往某个方向发展。种善得善，善有善报。人有七情六欲，情绪和欲望就像火山一样，总是需要出口，需要爆发，如果你没有觉察，它很可能导致严重的后果。如果能觉察，用善念控制并予以引导，则善莫大焉。但愿人心向善，澄宇清明，世界大同。但愿佛法无边，能给信众带来好运。走出巍峨的大雄宝殿，希冀在佛祖前的许愿能够灵验。T对佛教的见解颇有自己的独到之处，他认为佛教的终极目标是获得对真理的证悟。如果欲望是你洞见真理的障碍，那你就需要放弃欲望，如果欲望并不构成障碍，那就和你没有关系。处理欲望和情绪的过程，也是引导你洞见真理的过程。故T对我跨进大雄宝殿，膜拜佛祖连许三愿，希冀佛祖能够保佑并兑现很不以为然，认为一已欲望是影响洞见真理的障碍，佛祖没理由予以保佑。和佛祖的心灵沟通必须建立在无我忘我的境界，才能和佛祖真正地对话，达到洞见真理的彼岸。佛教，归根结底劝解人心向善。“那我们就带着善向龙井出发，而龙井的善也正在前方等着我们。”笑着和T开玩笑，出得灵隐寺继续向龙井出发。

龙井已能遥遥望见了。上坡路骑车，费力又费神，晌午时分，离龙井村只有几百米之遥，气喘吁吁，双双路边席地而坐，稍事歇息。

杭州西湖风光

远远地瞧见村口有人在向我们一路挥手小跑而来，是当地的茶农，一中年农妇。她盛情邀请我俩去她家买今年新采摘的明前龙井茶。T不予理睬，起身推车就走，农妇竟迎面挡住我俩的去路，且更是热情有加，一再声称我们可先去她家免费喝茶，口感正宗再考虑买茶。T厌烦农妇的缠绕："天下没有免费的午餐。"语毕，加速推车，甩开农妇。农妇不依不饶，紧紧身后尾随，一路喋喋不休，直夸自家新茶好。我们刚刚将车推进龙井村，农妇就笑着指着前面紧靠着那口龙井旁的一栋小屋很是兴奋地介绍："那就是我的家，你们跟我来，我现在就给你们泡茶，我们用的都是自家龙井里的井水，茶叶是清明前刚刚采的，喝得满意，你们再买。"还没等我们表示，她又不由分说，扯开嗓门吼着让家里人快来招待她拉来的客人。环环相扣，衔接得天衣无缝，马上有人出现，在农妇家门口设置的石桌上放上茶杯、水壶等，眨眼工夫就有两杯新茶泡上，还有瓜子等小吃也一并搁在石桌。"赶鸭子上架，不去也得去了。"朝T努努嘴无奈地笑笑，心里明白只能这么跟着农妇乖乖地走了。T不言不语，径直推车爬坡进村，走过农妇家门口，脚步依旧不停留。农妇觉得诧异，拉着T的自行车后座的书包架叫道："客人你走过头了，我家就在这里，你看，茶都替你泡好了。"T一脸惊异，一本正经地看着农妇，歪头询问："我们答应到你家去喝茶了？一路上跟着，你烦不烦？"农妇被T训斥得一愣一愣的，她直瞪瞪地看着T半晌说不出话来。还没等农妇回过神来，T一抬脚跨进紧挨着农妇家的另一户农家院，高声吆喝："我们喝茶来了，上最好的明前龙井茶。"院内应声而出一老者，笑着欢迎我俩，随即将我俩安排在他家院内的一张石桌旁落座。那招揽我们生意的农妇站在院子外面，气呼呼地看着我们，两只手握成了拳头状，看那架势是恨不得要吞了T。T举着茶杯，阳光下端详着杯中漂浮的嫩绿的茶叶，慢悠悠地品茗，点头赞赏："好茶，好茶也。"又深深地呷了一口，微闭双眼，沉浸在幸福之中。少顷，斜眼瞟院外，农妇还没走，还在气呼呼地怒怼T。T高声叫嚷："这茶不错，不错也，给我分二两半的装四盒，要精装的，我要送人。"老者欣喜，连声谢谢，说："你买一斤茶，我也得送你一两好茶，一斤价格就当九两算。"还没等我开口，T又替我主张："我这个朋友也替他装一斤好茶，包装可以和我的一样。"院外还没走的农妇气急败坏，却又不敢发作，本以为这桩买卖是落进她的腰包的，无端花落别家院，且得来全不费工夫。她不但竹篮打水一场空，还受到T的奚落，心里头必定是气愤至极。T不理不睬，慢慢品茶，很有闲情逸致地欣赏院落四周的景致。

告别龙井村，见得那农妇又在村口死磨硬缠游客去她家品茶买茶。T推着自行车走到农妇面前："你做生意拉客人我没意见，但是像你这样穷追猛打只能够吓跑客人。"T这么一说，农妇好不容易拉来的几个客人一下子又跑到先前我们喝茶的那个院子，这下农妇气得脸都发绿，终于憋不住破口詈骂："你骑车还没到九溪，车子马上掉链子。"农妇使尽了恶毒的语言骂骂咧咧好一阵子，方才解恨。我朝T狡黠地一笑："这妇人够凶狠的，看来我们此行并没有沐浴到龙井的善也。"T笑着回复："她认为我们坏了她的生意，其实恰恰是她自己坏了自己的生意。生意不能靠强求，善待游客，种善得善，必有善报。当你开始朝着自己的内心看，要求自己如何善待他人的时候，你就是在朝着你的生命高度的精神世界升华，因为你没有功利性的驱使，这就是佛教精神。"回复T："诚如你所言，但像你这样的精神高度，我也不太能做到。"T

杭州龙井风光

平静地答复："那你就需要修行，那就需要我们对人间的自私挺身而出予以制止，引导他们从善。"难也，T追求的境界需要为人处世极其坦诚，无一己私欲，若有这样的人，他必定万人敬仰，因为他已经无坚不摧。

杭州九溪十八涧位于西湖之西的群山中，上自龙井起蜿蜒曲折7公里流入钱塘江。古时候人们常用"九"字来表示数量众多，这条山区溪流一路上穿林绕麓，不知汇合了多少涓涓细流。十八涧是指这条山区的溪流的源头——龙井一带无数的山涧泉流，"九"的倍数十八乃极言溪流之多。九溪十八涧万壑争流，景色天然，少有匠气。"溪水因山而曲折"，忽左忽右，其中六处溪流漫过山径，上置石步，游客可涉水溪中，也可自石上鹤步而过，各有意趣。清俞曲园有诗：重重叠叠山，曲曲环环路，丁丁冬冬泉，高高下下树。身临其境走，人在画中游。徜徉在群山环抱的十八涧，赏心悦目游完半程景，溪边小坐，手捧清泉润肌肤，沁凉宜人。杭州最美处窃以为不是在西湖，而在九溪十八涧，没有西湖的历史人文，却有着潺潺流水和清新的空气。诗兴勃发，建议和T各自即兴作诗一首以助旅游好心情。T不假思索，信口拈打油诗一首：龙井声名誉，恰逢缠客妇。九溪景色幽，一扫心头堵。有趣。

启程，方向六和塔。前方有一段路可以骑车，T刚要跨上车却又停下，朝我两手一摊，苦笑："车链子断了。"捧腹大笑，不幸被那农妇言中，冥冥中和龙井拉客的农妇缘分未了。满山满谷唯见葱绿满目，但听流水潺潺，却人迹罕至，哪有修车的地方。但生活中失之和得之往往是相辅相成的，不能骑车，我和T推着自行车漫步在九溪十八涧，沿途倒是领略了更多的自然风光，很多景致骑车一晃而过是无法欣赏到的，如此，还真的要感谢自行车的链条断了。一路行至六和塔下，修车泊车登塔。哂笑T："也许过二不过三。""别唯心主义。"T笑着回答。

六和塔又名六合塔，取"天地四方"之意，位于钱塘江畔月轮山上，是北宋时吴越王为镇钱塘潮而建。六和塔高近60米，建造风格非常独特，塔内部砖石结构分七层，外部木结构为八面十三层。远观六和塔雍容大度，气宇不凡，塔内远眺，则可看到壮观的钱塘江大桥和宽阔的江面。六和塔是中国古代建筑艺术的杰作，被列为西湖三十景之一，属全国重点文物保护单位。拾级而上，跨步入塔，砖石台阶陡峭，塔内光线昏暗，抬头仰望犹似一线天。小心翼翼攀至六和塔最高处，唯见钱江向东流，气象万千，美不胜收，极目浙天舒，胸臆间喷涌浩荡之气。“孤塔凌霄汉，天风面面来。江光秋练净，岚色晓屏开。”站在六和塔的最高处吟诵古人赞颂六和塔的诗词心情格外舒畅，人有的时候需要往高处走走，所谓站得高看得远，心胸随之豁然开朗，世间万象眼前翻卷，宠辱不惊，境界也。

杭城小游归来一月有余，造访T府上，沏一壶龙井香茗，话旅游趣事，很自然地引出龙井偶遇农妇记，生生地将诅咒演变成现实，“八贤王”笑得茶水溅满衣襟。旅游中的奇遇轶闻在回味时那种乐趣只有亲身经历者才有最深切的体会，想必此时此刻那龙井农妇的耳朵肯定是在发烫。

（1995年春与T共游杭州时的所见所闻）

午夜惊魂北极村

8月中旬的哈尔滨，秋天的韵味很有感觉，学生翔雨陪同在哈尔滨徜徉，印象最深刻的就是俄罗斯风情十足的中央大街和东正教韵味浓厚的索菲娅教堂了。在太阳岛小憩，松花江水在身边流淌得甚欢，江风习习，静静地坐个半晌，朝着一江流水发呆，也是一种享受。冷不防翔雨突发奇想，建议明天自驾一路北上去漠河，到中国的北极村走一走。翔雨坦言，虽生于黑龙江，长于黑龙江，哈尔滨、齐齐哈尔、牡丹江、佳木斯、大庆都留下足迹，但漠河北极村却实在是遥远，心

住在中国最北的“北极人家”的风光

心念念想着有朝一日能够在祖国版图的鸡冠上昂首挺立，那真的是极有意义的。我从南国来，喜欢四方游，翔雨的设想正合吾意。于是乎，和翔雨，还有翔雨在大庆的发小海山来了一次说走就走的漠河北极村三人行。

从哈尔滨出发到漠河得穿越茫茫的大兴安岭，在林海中一路驰骋想想也惬意得很，脑海中随即有老舍的散文《林海》的章节涌现。越野车在无边无涯的原始森林中蜿蜒，与绿色的海洋来个约会，一路之上盎然的绿意扑面而来。欣赏着北国风光，高唱着《走上这高高的兴安岭》，兴之所至，途中下车，在林海中恣意撒野，采摘蘑菇，拈花惹草，逗趣松鼠，或走进大森林，与森林的的主人鄂伦春族有个零距离的接触交流，最好能受到邀请，和他们有个围绕着篝火的联欢，体会驯鹿民族，体会驯鹿民族在深山老林的生活。有些想入非非，情节任由杜撰，北上漠河的自驾旅行实在是诱惑人。

计划用两天抵达中国的北极漠河。根据路程测算，第一天从哈尔滨出发务必在当晚赶到加格达奇住宿，第二天早起驾车过内蒙古再折回黑龙江继续北上，约大半天就能走出大兴安岭，午后拥抱漠河，晚餐在中国北极村。秋高气爽的月夜，随意溜达北极村，遥看满天的星斗，聆听黑龙江的涛声，眺望对岸俄罗斯的灯火，不是神仙，赛神仙，已经在想象明天傍晚时分的场景，心里头美滋滋的，真心感谢翔雨的突发奇想带来一次酣畅淋漓的中国北极之游。

一路欢笑一路歌，歌声送我上漠河，当天晚上如期抵达大兴安岭地区的行政中心加格达奇，明天一天的旅程将在美丽的大兴安岭的林海间穿梭。大兴安岭，无边绿浪翻卷，阵阵林涛呼啸，遍野山花盛开，就像展翅翱翔的雄鹰在高高的山冈鸟瞰无边的美景，想想也觉得浪漫。经过达斡尔族的聚集区，翔雨宣布：大兴安岭向我们张开欢迎的臂膀。曾经在伊春小兴安岭的原始森林盘桓，那几百年的参天红松在脑海中留下难忘的印象，自忖大兴安岭该有更原始的绿色生态给我们惊喜。在一片片次生林中游弋，努力寻找心目中的大兴安岭。大兴安岭，中国的绿色宝库，蕴藏着无穷无尽宝藏的大兴安岭，如今失却了原始的苍凉和神秘莫测的容颜。1987年5月6日那场震惊中外的大兴安岭火灾至今让人心有余悸，给从那个时代走出来的人心里烙下深深的瘢痕。

纵然大兴安岭在努力地透过一抹抹的新绿向世人宣示着勃勃生机依旧，但大兴安岭要找回当年，“路曼曼其修远兮”。

一路沉重，看到了前方的公路有横幅悬挂：漠河欢迎你。漠河北极村是中国最北的城镇，是观测北极光的最佳地点，中国“北方第一哨”所在地。北极村全年平均气温在零下5摄氏度，极寒最低气温可达零下50摄氏度。凭借中国最北、神奇天象、极地冰雪等国内独特的资源景观，与三亚的天涯海角共列最具魅力旅游景点区榜单前十名。时值旅游旺季，误打误撞一路行到此，担心到了北极村住宿爆满，露宿村头，恰巧看到在县城漠河的一家旅行社有广告张贴，专门代理游客住宿北极村的业务，心头大喜，预付定金办理了在北极村入住村民家的手续。

过胭脂沟，北极村就在前方遥遥等候我们的到来。抵达村口，一块巨石镌刻有“北极村”三个大字，红色油漆涂刷，很醒目，旁边有一中年汉子看到我们越野车的车牌号，主动上前自我介绍，称接到旅行社的通知，特地迎候我们。跟随着他进了北极村，被引入一农户人家。刚推开院落的栅门，正屋房门突然洞开，跑出来一个年轻人没来由地冲着我们又蹦又跳嘿嘿嘿地大笑不已，紧跟着出来一位中年妇女，呵斥了年轻人几句，又热心地替我们提行李，引我们进入预留的客房，一张大炕占据半壁“江山”的屋子还算整洁，这是我们在北极村的住宿地。

安顿完行囊，我和翔雨、海山在宽大的院子里散步。农家自留地里苞谷成熟，清香散发，海山捋一串苞谷的“胡须”顽童似的贴在下颏，仿照着舞台上京剧老生的走步在院落里拿腔拿调，逗得翔雨和我捧着肚子笑个不停。猛听得背后也跟着有一串串很放肆的笑声，回头见被女主人关在内屋的那个年轻人正隔着窗户手舞足蹈地狂笑不已，不由心生恐慌。

趁女主人张罗晚餐，我们仨信步走出院落，溜达北极村，村民都很纯朴。北极村处于北纬53度以上的高纬度地区，整个北极村静谧清新，乡土气息浓郁，植被和生态环境保存完好。原住民热情介绍：每年夏至前后，一天24小时几乎都是白昼，午夜向北眺望，天空泛白，像傍晚又像黎明。夏至前后以及深秋朗月常常万里晴空，是观赏北极光的最佳时节。如今的北极村不仅是一个历史悠久的古镇，已然成为一种象征，一个坐标，每年都会有大量的游客蜂拥而至，体会生活在中国最北方的那份乐趣。村民还热心提议，到了北极，千万别忘记要寻找中国的最北点，还可以坐船在黑龙江潇洒一回，看看对岸的俄罗斯风景。

听完村民介绍，饶有兴致地到黑龙江畔欣赏落日风光，远眺江对岸俄罗斯的田园村舍。都道是最美不过夕阳红，纵然初升的太阳照耀大地，万物兴盛，即将降下帷幕的落日余晖映照在江面，其多姿多彩撞击着同是夕阳人的心坎。瞭望落日辉映下的黑龙江，感慨万千。一束束绚丽的余光照耀着粼粼的水面，江水被折射得五颜六色，心情煞是激动。风景这边独好，赞叹夕阳之美远甚朝阳，美到色彩斑斓，美到心花怒放。朝阳喷薄欲出，光芒照耀浓烈，夕阳虽不如朝阳光焰万丈长，却也能倾其色彩的极致坦坦荡荡精彩大地，绚烂却又不失柔和与温馨，这是夕阳之美的精髓。吾亦步入夕阳之年，最是一生好光景，不负做回地球人，尽享余生好年华，大好河山任我行。

回到住宿地，房东端出的第一道大菜是产自黑龙江的哲罗鱼，用黑龙江的江水炖煮，其味之美，其汤之鲜，无与伦比。还有小院里自家种植的蔬菜好几道，主食是苞谷和白面馍馍。大快朵颐之后在院子里抬头仰望漫天的星星。北极村正值秋高气爽的季节，天气晴朗，能见度很高，满天星星低垂，闪闪眨眼，北斗七星遥挂长天，在旷野中行走，这天上的指路明灯抬头就能找到。想入非非，假如能和可遇不可求的北极光邂逅，此次北极村之行该是大满贯收官了。据说极光都是后半夜出现，翔雨和海山竟然跃跃欲试，盼望着奇迹能够幸运地降临。他俩让我先休息，和我约定，如果看到极光，随即就会叫醒我。

躺在北方的大炕上，听着外面的院子里翔雨和海山的闲聊慢慢进入梦乡。不知过了多久，觉得耳根痒痒的，似觉得有人用什么东西在我的面部来回滑动，以为是蚊子，随手拍打一下，翻了个身又沉入梦境。半醒半寐的状态，感觉卧榻之旁有人酣睡，冥冥之中似觉得翔雨他们回来了，懒得睁开眼睛，右臂膀顺手一甩，应该是碰到了翔雨，他们回来了。翔雨倒也顾念着我，他也不开灯，黑暗中他和海山挨着我在炕上躺下。我有一句没一句地问道："还是没有等到北极光？"翔雨他们没有回答。仅仅过了一会儿又觉得耳朵边怎么那种奇痒无比的感觉重新出现，有什么软绵绵的东西在自己的脸部一下又一下地来回扫动，抬起右手臂，手掌“啪嗒”掴自己的面颊，抓住了一丝丝的那软绵绵的东西，凑到眼前努力地细看，闻到了一股清香味，原来是那苞谷的“胡须”，有人恶作剧地将一把“胡须”放在我的下巴。毋庸置疑，肯定是翔雨或者是海山在搞笑，困意阵阵，没有兴趣和他俩玩笑，抓过贴在下巴的“胡须”随手一掷，嘟嘟囔囔：“看你们能把极光给盼来。”话音刚落，耳边有阵阵嘿嘿嘿的笑声，越笑越开心，越笑越响亮。这笑声不像是翔雨的，也绝对不是海山的，总觉得这笑声何其熟悉，猛然惊醒，这岂不是房东那个令人觉得怪怪的儿子的笑声。吓得一骨碌坐在炕上，黑暗中瞥见房东的儿子果然坐在我的面前，来者不善，善者不来，一下子被吓醒，赶紧朝炕角落里退缩，并顺手抓过一个枕头准备自卫。想想心里头也怪害怕，黑灯瞎火的屋子里，大变活人一个坐在炕上，且就在我的身边手舞足蹈，嘴巴里发出一阵阵怪异的嘿嘿嘿的笑声，想象这房东儿子的乖张举止，不由得吓出一身冷汗，整个人禁不住毛骨悚然。赶紧开灯，这下真的是被房东的儿子吓得不轻，灯光下，只见他浑身赤裸盘腿坐在炕上，满炕滚动着好多好多的苞谷，苞谷尾部的“胡须”被他一把一把地扯下，他不停地抓起一把把苞谷的“胡须”开心地在我的脸上来回滑动，乐不可支，嘴巴里嘿嘿嘿的笑声瘆人，我只觉得浑身的鸡皮疙瘩都起来了。

第一个反应房东的儿子肯定精神有问题，或许是个智商很低的弱智儿。为何要将苞谷的“胡须”粘在我的脸上，想起了海山之前在院子里曾经的举动，他肯定是觉得有趣，拿我来做试验品。我只觉得又好气又好笑，就故意朝着他吹胡子瞪眼想要吓跑他。岂料他一点都不怵人，也朝着你挤眉弄眼的，还嘿嘿嘿地笑得更为起劲，撅起光光的腚在你的面前爬来爬去，非要把那“胡须”再度一把又一把地往你的脸上粘。天哪，看着他白花花的屁股在我的面前晃来晃去的，简直不能忍受，这屋子怎么能够待下去？从炕上一跃而起，夺门就走。院子里翔雨和海山还在静静地仰望星空呢，见到我出来，翔雨笑笑：“没有叫你，你倒出来了。这北极光看来是盼不来了，我们也正要进屋睡觉呢，只是觉得这满天的星空太美了，就多看一会儿。”我苦笑着正欲开口，房东的弱智儿子光着身子蹦蹦跳跳地跑到了屋外，手里依旧抓着一大把苞谷的“胡须”，嘿嘿嘿地笑着在院子里开心地转圈子，翔雨和海山倒是被吓了一大跳。半夜三更的，院子里冷不防有“魔鬼”乱舞，翔雨也实在是吓得不轻。还是海山机灵，大声叫嚷：“房东，房东快出来！”女房东和她的丈夫被惊醒，赶到了院子里，赶紧喝住了他们的弱智儿子，丈夫架着儿子回到了他们住的屋子，女房东则一个劲地向我们仨赔不是。这一晚折腾得够呛，老是担惊受怕，万一房东的弱智儿子再度骚扰咋办。

早晨起床，女房东一见到我们就一个劲地道歉，声称她的弱智儿子被丈夫带到其他亲戚家去了，我们继续住一晚是绝对平平安安的。见我们没有吱声，又赶紧补充说两个晚上的住宿费她就全免了，唯一要求的就是千万别到旅行社去投诉，这样会断了他们的财路。女房东眼圈泛红，在我们面前絮絮叨叨不停，就因为有这个弱智儿子，所以村委会一直不同意她家接待游客，其他村民靠接待游客每年都有好几万的收入。好不容易才盼到村委会同意让她家试试接待客人，我们正好是她家接待的第一批游客，也想着能通过家庭旅馆积攒些钱给儿子看病。如果她的弱智儿子的傻帽被村委会知道，她家就再也没有机会接待游客了。

翔雨本身就是心地善良之人，他回复女房东，今晚仍然会住在她家，住宿费也会分文不少，也不会到旅行社去投诉，只是希望能看管好她的弱智儿子。女房东感激涕零，一再恳求，务必今晚让她无偿请客我们一次，她要表示自己的一份感谢。翔雨也表示感谢，但一再申明：“饭钱必须支付。”很为翔雨赞赏。记得有一则美国的俗语是这么说的：过错不是稀奇事，稀奇的是别人有过错的时候别去讥笑他。更何况一个智商低下的傻子，别去讥笑他是一种厚道。厚道是河水深层的功能，它有力量，但表面不起波浪。厚道者能沉住气，虽然厚道不一定得到回报，但厚道者为之厚道，就在于不图回报。离开农户家，翔雨和我说着心里话：“看着他们好不容易得到接待游客的机会，咱不能毁了人家。”点头称是。厚道不是愚钝，很多时候却被认为是愚钝。所谓“贵人话语迟”，迟在对一个人一件事的评价沉着，尤其在别人蒙羞之际，“迟”的评价保全了别人的面子。真正的愚钝是不明曲折，而厚道乃是明白而又心地善良，以宽怀给别人一个补救的机会。翔雨正是这样，有如此的学生，倍感骄傲。

虽一夜惊魂，游览北极村的兴致丝毫不减。穿过一片金黄色的麦穗地，沿着黑龙江行走，江边有一尊苏联士兵谢尔盖的雕像。20世纪50年代黑龙江发大水，谢尔盖为救北极村的村民英勇牺牲，特立塑像缅怀这位英雄。根据女房东的告知，北极村的最北点在黑龙江和树林之间，除非徒步，否则无法到达。往北行路约二十分钟，见有一块“最北点”的指示木牌出现在眼前，这是通往丛林深处的一条木板路，由木吊桥、木板路组成，蜿蜒曲折。一路上可以见到许许多多的“北”字，有的写在树上，有的刻在石上，这个“北”是经典颜体，那个“北”是唐太宗手迹，从古至今，几乎包揽了所有能找到的历代名家所书的“北”字，成为北极村的一大亮色。沿着形态各异的“北”字，终于抵达我国最北端的广场——北望垭口。北纬：53°29′52.58″N东经：122°20′43.48″E的标志就在这里，旁边一块巨石上刻着“中国北极点”这五个大字。中国的北极，国土的“鸡冠”，就在我们的脚下。

走过中国北极第一哨，体验一把黑龙江上行的感觉。坐上汽艇，

作者和学生翔雨在中国的北极点合影

在北国的猎猎劲风中汽艇沿着黑龙江主航道中心线靠我国一侧飞驰，伸手浸润在黑龙江，自诩右手在中国，左手在俄罗斯，好不得意。北极村还有很多景点值得一游，美丽的观音山、元宝山、飞来松、古驿站等都和各种美好的传说交织在一起，也都值得走走看看。但是来到北极村，还是以寻找一切与“北”相关联的景点为旅行的主要目的。北极村有“神舟北极石”“最北第一家”“北陲哨所”“北极神州”等景点，都与“北”有关。还可以在“最北邮局”寄一张盖着中国“北极”纪念戳的明信片给内地的亲友或者是自己，纪念“最北”之行。

是日晚上，回到住宿地，女房东果然备下一桌丰盛的菜肴款待我们。她的丈夫做他的下手帮忙，在县城工作的小儿子也赶来和我们见面。三个远道而来的游客和三个主人围坐在一起，觥筹交错，相谈甚欢。这世间万事万物就是这么微妙，因为遭遇了他们家的弱智儿子的骚扰，我们和房东之间明明从此以后老死不相往来的，恰恰相反，就是因为他们家的弱智儿子的骚扰却拉近了彼此的距离，结下了友谊。道理其实很简单，换位思考，懂得包容，也许彼此就会走得更近。世界上有些事不管我们愿意不愿意，都会发生；世界上有些人不论我们喜欢不喜欢，都要面对，人生中遇到的所有的事和人，都不是以我们的意志为转移。愿意也好，讨厌也罢，该来的会来，该到的会到，没有选择，无法逃避，我们能做的就是面对，接受，包容，放下，调整好自己的内心，用善良、爱心感染生活，感染人生。多为他人着想，就是为自己着想，以真善美的宗旨做人，其乐无穷。翔雨和海山回大庆后，他们的很多朋友去漠河北极村，都首选翔雨推荐的这户农家作为住宿地，当然他们的弱智儿子再也没有节外生枝的事情。几年后，忽一日，翔雨来电问我有否兴趣再度到北极村。我不假思索：“非常愿意。”说心里话，心里头还真的很想念房东家那个弱智儿子的。泰戈尔说过，我们生来都是旅人，不顾旅途中的危险，艰苦，虽然有时忍受不了，但有爱从四面八方伸过手来，让我们学会响应，不陷入迷惘。曾经在北极村旅游的那段经历，或许也是对泰戈尔这段话的一种诠释。

（2004年8月游漠河北极村）

斩蛇碑亭何处寻

21世纪初，因工作关系我带着两位学生杨永庆和叶亮曾在徐州小住两个月。徐州古称彭城，两汉文化的发祥地，有“彭祖故国，刘邦故里，项羽故都”之美誉。徐州文化底蕴深厚，历史遗迹众多，文化遗产和名胜古迹尤以“汉代三绝”著称于世，以汉代兵马俑、汉墓、汉画像石为代表的两汉文化耀眼夺目。明清文化看北京，隋唐文化看长安，两汉文化看徐州，楚汉风韵，徐州遍地可寻。徐州又称“五省通衢”之都，地理位置极为重要，自古就是兵家必争之地。据文献记载，从春秋战国鲁成公十八年（公元前573）到1949年中华人民共和国成立之前的2 500年里，徐州九里山一带发生的规模较大的战事就有400多起，几次重大的战役彻底改变了中国的历史进程。2 000多年前韩信九里山定计“十面埋伏”，围困楚霸王项羽，张良一夜轻箫瓦解楚兵，最后乌江边霸王别姬自刎，留下了至今人们仍然在传诵的著名诗句：九里山前古战场，牧童拾得旧刀枪，顺风吹动乌江水，好似虞姬别霸王。九里山前著名的楚汉战争是汉高祖刘邦建立大汉王朝的历史转折点。

客居徐州期间，在徐州工作的学生常来看望我，并有沛县籍的。当地的学生们陪同我和杨永庆以及叶亮遍游徐州。湖光山色的云龙湖颇得西湖神韵，三面环山，青山叠翠，湖光潋滟，水波粼粼，为徐州风景绝佳处，是徐州的一张自然景观名片。淮海战役纪念馆气势恢宏，其人文景观亦闻名遐迩。然最能体现“两汉文化看徐州”的则是龟山汉墓、汉兵马俑、狮子山楚王陵和汉画像石等。目光驻留两汉文物，仿佛能够穿越时光隧道置身在汉朝的历史尘埃之中，零距离地和2 000多年前的大汉王朝亲密接触，汉朝的气息扑面而来。忽思之：吾乃汉人，岂不是汉人归汉。陪同参观的恰好是沛县籍的刘姓学生，玩笑于他："陪着你膜拜你的老祖宗来了。"小刘笑曰："我爷爷说我们这一族还真的是高祖的后裔呢。先生若对两汉文化感兴趣，有机会可拜访我的爷爷，他可是有满肚子的两汉故事。"君自故乡来，应知故乡事，欣然应允。

择日，随学生去探望其祖父。沛县在徐州北，过九里山擦过丰县就属沛县辖地。横亘于徐州西北郊的九里山，丰厚的历史沉淀在徐州无出其右者。九里山最光辉灿烂之处在于它是高祖刘邦平定天下建立大汉王朝的历史见证，此外，九里山还最能集中体现两汉的早期文化史韵，九里山是西汉荣辱兴衰的缩影。九里山凝聚着龟山汉墓、火山汉墓、天齐汉墓等，鬼斧神工的墓穴甬道，栩栩如生的彩陶兵佣，巧夺天工的汉画像石，让你领略帝王将相的奢华，慨叹能工巧匠的睿智。九里山的主峰海拔仅143米，山不在高，有龙则灵。西汉的王侯公爵都选择九里山为归宿之地，汉墓的每道断垣残瓦都写满历史的纹络，为后人研究西汉的早期历史文化提供了丰厚翔实的史料。九里山，大汉王朝的龙兴之地。沛县泗水的亭长芒砀山斩蛇揭竿起义掀开反抗秦王朝横征暴敛的第一页，九里山则结束了楚汉之争奠定刘邦的汉家基业绵绵延续400余年，芒砀山和九里山是汉王朝兴起的两大关键点。慨当以慷："到徐州登九里山遥想十面埋伏、四面楚歌，知晓泗水亭长建立汉朝仰仗韩信，到永城登芒砀山遥想释放役徒、斩蛇起义，拜谒斩蛇碑亭后人景仰祭奠沛公。"学生小刘闻之又笑着回答："拜谒斩蛇碑亭先生又何必去芒砀山，我爷爷说沛县就有斩蛇碑亭。"惊讶不已，新闻一枚，若斩蛇碑亭是在沛县，岂不改写了历史？赶紧随学生驱车直奔沛县。

沛县，苏鲁交界处的蕞尔之地，乃汉高祖刘邦之故乡，沛县人号称其家乡为千古龙飞地，一代帝王乡。司马迁的《史记·高祖本纪》写道：高祖，沛丰邑中阳里人，姓刘氏，字季。沛丰邑即江苏徐州辖治的沛县和丰县。中国的郡县能有多少被载入《史记》？沛县当之无愧。载入《史记》，即载入史册。汉朝始建于公元前202年，亡于公元220年，绵延400余年，是继秦朝之后的大一统王朝。由此可见沛县的历史至少在2 200年。中国的郡县历2 200多年而不更其名，一以贯之，沛县忝列其中，可见沛县文脉之深厚，可见沛县历史之悠长。刘邦生与斯长于斯40余年，史学家对刘邦的盖棺定论是汉民族和汉文化伟大的开拓者之一，对汉族的发展、中国的统一和强大有突出贡献。刘邦出身农家，成为汉朝的开国皇帝之前，仅仅是沛县泗水亭长，亭长是管十里以内乡民的小吏。刘邦以亭长的身份为泗水郡押送役徒去骊山，役徒们很多在半道逃脱。刘邦思忖行至骊山役徒也差不多逃得精光，自己到了骊山反倒会被朝廷治罪问斩。走到了芒砀山，刘邦趁着月黑风高释放所有役徒，自己也借着酒兴逃命，遇见一条大蛇挡路，刘邦挥刀斩蛇揭竿起义，最终建立大汉王朝，成为中国历史上的一个传奇。

自秦始皇统一中国，建立中国的第一个封建王朝秦朝至最后一个封建王朝清朝的覆灭，两千余年封建王朝的历史，唯有汉朝延续的时间为历代封建王朝之最，前后共有四百多年。大汉王朝对中华民族大一统厥功至伟，尤其是对中国西域边陲的巩固和拓展起到了先河的作用。沛县，穷乡僻壤之地，何以一代君王出自苏鲁交界之地？斩蛇碑亭是历史的转折点。汉高祖刘邦斩蛇起义，斩蛇碑亭何处寻？史载芒砀山。今有学生竟然称斩蛇碑亭在沛县，说得言之凿凿，且出自汉高祖故里沛县并自称是高祖嫡传后裔的刘氏家族我学生的爷爷之口，岂不颠覆了我的三观。学生沛县的居所距离沛县县城也就几公里之遥，学生的爷爷刚过米寿，老前辈端坐堂屋欢迎孙儿的老师。茶过三巡，言归正传。这位年迈的刘邦后裔不假思索地告知，斩蛇碑亭毫无疑问是在沛县。耄耋之年的老先生似乎记忆犹新，声称自己二十多年前在沛县辖地的高祖斩蛇碑亭驻足歇脚，还在碑亭祭奠先祖，言之凿凿，不得不信。进而询问，在沛县的何方？老人家说了好几个地方都被其孙儿逐一否定，看来年事已高的老爷爷对斩蛇碑亭的具体方位是有些忘却了。学生提醒，不妨去沛县的大风歌高台问端详。言之有理，县城有大风歌碑纪念地，前往一探究竟。

沛县县城不大，大风歌高台为县城的亮点，弘扬汉朝文化，沛县特地仿汉风遗韵风格建造一座泗水亭公园。泗水亭，为汉高祖刘邦“试为吏”时的遗迹。沛县人为纪念刘邦曾任过泗水亭长，复建此亭。泗水亭公园对面建有汉城一条街，一条颇具规模的汉宫古街贯穿南北，两边是气势非凡的汉风建筑。一座泗水亭公园和一条汉风长街要撑起汉朝风韵勉为其难，历史的承载不能靠外化的仿古来体现，喧嚣一时的汉城街终因招商乏力而显萧条，泗水亭公园在经营的过程中也逐渐趋于商业化，难以寻觅汉朝文化的真实韵味，与九里山保留的原汁原味的西汉文脉相比简直是大相径庭，不可同日而语。与泗水亭公园遥遥相对的大风歌高台也借势扩建，其南侧新建了汉未央宫，东侧则是江苏省重点文物保护单位珍藏着的大风歌碑的歌风台。汉未央宫和汉宫古街乃至泗水亭公园都是人为营造汉风遗韵的新造景观，歌风台也大加扩建，台前上百米进深的绿化带、水景和硬地景观加宽了歌风台景观的外延，却难以和大风歌碑的历史底蕴相融，沛县城内唯有大风歌碑一成不变孤独地守护着纯正的汉风遗韵。

歌风台是一座城堡式建筑，底层是“沛县博物馆”，展出刘邦从当亭长起家，附楚灭秦，到楚汉相争，直到剪除异姓王，建立汉朝，一统天下的文字和图片资料，还有几件沛县汉墓出土的陶罐、钟鼎等文物陈列，关于汉高祖斩蛇起义无论是文字还是图片均语焉不详。二楼楼顶有一空旷的大平台，中央矗立刘邦雕像，左手扶剑，右手举杯，驻足瞻仰，总感觉这刘邦还是很现代的。进得殿堂，寻觅中的大风歌碑真容显露，历史沧桑很是明显，颇有点汉风韵味。《史记·高祖本纪》有记载：高祖还归，过沛，留。置酒沛宫……高祖击筑，自为歌诗曰：大风起兮云飞扬，威加海内兮归故乡，安得猛士兮守四方。令儿皆和习之。高祖乃起舞，慷慨伤怀，泣数行下。谓沛父兄曰：游子悲故乡。吾虽都关中，万岁后吾魂魄犹乐思沛。大风歌碑完好无误地记载着汉高祖刘邦衣锦荣归的空前盛况。一块大风歌碑，半部汉朝历史，吟诵大风起兮尘飞扬，2 000年前的高祖还乡盛况全部隐匿于石碑镌刻的文字里面。大风歌高台是刘邦取得天下建立大汉王朝返回故里，站在高台面对朝圣之黎民意气风发之时吟诵一阕《大风歌》之地。一个泗水的亭长，官员级别最低的小吏，沛县乡里皆知的乡间无赖竟然华丽转身成为一代帝王，今有朝一日省亲故里，君临天下，脱口而出《大风歌》乃是昔日的无赖今日的帝王在故乡的尽情宣泄，含有警告昔日不待见他的乡邻，这普天之下莫非王土，这普天大众都是君王之臣民。

大风歌高台是替刘邦歌功颂德之地，是汉朝天下的产物，在大风歌高台没有寻找到有关斩蛇碑亭的信息资料。人道是汉朝刘邦大风歌，何处是长亭小吏斩蛇处？斩蛇碑和大风歌碑是互为因果的关系。辞别大风歌高台，学生陪同着在沛县城内城外四处寻寻觅觅，不见斩蛇碑亭，却也有其他有关高祖信息的意外收获。学生盛情陪同参观世界刘氏总会会馆公园，主要由世界刘氏宗亲总会会馆、樊井留痕、泗水飘香、鸿门轩、赤帝亭、古井奉茶等景点组成。其中樊井是汉代遗存，距今有2 000多年的历史。沛县民风彪悍，尚武，号称武术之乡。沛人嗜啖狗肉，沛县的鼋汁狗肉的历史与汉王朝同步，大汉王朝中止于公元220年，鼋汁狗肉却传承至今历2 000多年而不衰。樊哙乃刘邦的连襟，辅佐刘邦取得天下。刘邦任泗水亭长时，樊哙是一介屠夫，以烹饪狗肉为生计。樊井乃樊哙烹饪狗肉取水之井，今唯有这刘氏总会会馆的樊井留痕是与寻觅中的斩蛇碑亭处在同一个年代。相传刘邦做泗水亭长后，得知樊哙杀了宠犬老鼋，非常气愤，将樊哙切狗肉之刀全部没收，且令他今后不准用刀。樊哙无奈，只得将狗肉用手撕碎出售，故而沛县狗肉不用刀的吃法一直流传至今。在刘氏总会会馆公园与好些刘氏族人寒暄，有听说过斩蛇碑亭的，但具体地址仍然说不出所以然，都云是听自己的老一辈曾经说起过。有热情者建议去汉高祖原庙寻觅，或许有确切信息提供。

由沛县籍的学生小刘陪同，带着杨永庆、叶亮转往汉高祖原庙。汉高祖原庙汉风遗韵浓郁。公元前195年，高祖回沛，宴父老，歌大风，当时为他在沛县城南建有行宫，后称沛宫。刘邦去世，太子刘盈继位即汉惠帝。惠帝五年（公元前190）下诏，将沛宫改建为“汉高祖原庙”。1966年重新修葺，现庙名为书法家赵朴初题写。大殿塑高祖镏金巨像，两侧有两汉24帝画像。院中青松翠柏，立有唐代大文学家柳宗元的“汉高祖原庙铭”碑。汉高祖原庙也没有相关的沛县斩蛇碑亭的具体信息提供。这沛县之地与高祖刘邦息息相关的歌风台、刘氏宗亲总会会馆以及“汉高祖原庙”都没有汉高祖在沛县斩蛇碑亭之翔实描述，何故？如此重要的历史分水岭，高祖之乡却予以疏漏？莫非高祖当时在沛县名声不雅，地位低下，有意曲意隐之抑或轻描淡写？或者是沛县建有高祖的斩蛇碑亭纯属子虚乌有，不得而知。学生心有不甘陪着我将整个沛县由东向西走了个遍却一无所获。

历史久远，沛县大地难觅2 000多年前大汉王朝的地面文物。然我

作者与学生杨永庆、叶亮在徐州九里山龟山汉墓前的合影

的学生的爷爷自称是刘氏后裔的耄耋老人信誓旦旦声称斩蛇碑亭就在太史公《史记》中所提及的沛丰之地，20多年前还亲临斩蛇碑亭；在刘氏总会会馆公园也听到多人提及曾听到上辈说起过先祖的家乡确实有斩蛇碑亭。由此推论，除永城芒砀山之外，刘邦的故里确实有斩蛇碑亭存在。《史记》称高祖为沛丰邑中阳里人。千年以来沛县和丰县一直争执不休，都声称刘邦是其故里人士，可见刘邦出任泗水亭长之时他在沛丰之地均有涉足。史料记载：刘邦押解充军之乡民一路西行前往咸阳，而我和我学生固化的思维得出的认知以为这斩蛇碑亭该在沛县，认为只要一路走遍沛县，斩蛇碑亭何愁难寻觅。现在想来，走了沛县不该忘却丰县才是。当即南行丰县，每到一处人口稠密之地，便下车打探附近是否有汉高祖的斩蛇碑亭，有摇头一问三不知者，有指点还在前面者，有声称早就残破不堪成为废墟者，众说纷纭，却线索逐渐明朗，沛丰大地确有纪念汉高祖的斩蛇碑亭遗存。

几乎走遍了沛县和丰县，一直走到太阳西垂，我和学生们还是没有找到斩蛇碑亭。若再往西行几百米那就走出了丰县，快要跑到苏、鲁、皖、豫的交界处了。我们早就累得气喘吁吁。时值盛夏，大汗淋漓，两条腿就像被铅灌了一般，实在是迈不动脚步了，看到前边有一处凉亭可以稍事休息。穿过石桥，是一青石板铺就的广场，前面是小土丘，土丘上是一座六角飞檐的凉亭。走进凉亭，喝口水，喘口气，休息片刻再打道回府。凉亭也就几平方米大小，柱子之间用麻绳一圈又一圈地围了起来，麻绳上挂满了一串串的大蒜和辣椒，蓦地一看，还真的是就像是用大蒜和辣椒当作砖块将凉亭砌垒得有一人多高从三面团团围住了凉亭，凉亭的正中似乎还有一块一米五左右的石碑竖立，石碑上挂着好几条棉胎，打量着就像是一个严严实实的棉桶杵在凉亭的中央，一看就是一座年久失修的凉亭。有几位老人坐在凉亭的石条凳上纳凉闲聊，见我们入内，挪过空间，让我们落座。谢过，坐下，喝水，总算缓过气儿，打算再歇息一会儿，赶回徐州。凉亭内的老人热情，主动搭话，询问我们何故到此。丰县是苏、鲁、皖、豫四省交界之地，来往过客并不是太多，尤其在天色已晚时分，见到不着急赶路还在凉亭内歇脚的几个文弱之人，他们甚是好奇。叶亮苦笑摇头，答道："陪着老师寻汉高祖的斩蛇碑亭，想不到寻找到这儿来了。"凉亭内的几个老人不约而同地用疑惑的眼神看着我们，又同时仰头哈哈大笑。被他们那莫名的笑声搅得一头雾水，尴尬地起身告辞，被一位老者挡住去路。"你们这几个文化人可真的是骑驴找驴哪。"杨永庆眼睛一亮，赶紧询问："老爷爷，莫非你知道这斩蛇碑亭？"老者又是一阵哈哈大笑："你们自己看。"顺着老者手指的方向抬头一看，镶嵌在凉亭飞檐之间的匾额上依稀可辨"斩蛇碑亭"四个大字。老者顺势又掀开挂在凉亭中央那块石碑上的几条棉胎，"看看，这就是斩蛇碑。"满亭子又爆出一阵阵善意的笑声。我和学生们从疑惑到惊讶，从惊讶又到惊喜，从惊喜转而又到失望。凉亭中央竖立着的黑色的石碑书写着六个遒劲的大字：汉高祖斩蛇处。字迹清晰可见。石碑的背面字迹模糊，是介绍刘邦斩蛇起义这个典故的一段文字。这真是踏破铁鞋无觅处，得来全不费工夫。万万没有意识到自己身在斩蛇碑亭却在寻找斩蛇碑亭，万万没有料想到这眼前的斩蛇碑亭和心目中想象的斩蛇碑亭全然不是一个模样。叶亮在疑疑惑惑之中怯生生地问了一句："这就是

2017年徐州的学生蒋学权再度前往丰县补拍的斩蛇碑亭

汉高祖当年斩蛇起义的斩蛇碑亭?”凉亭里好几个老人异口同声:“那是当然。”掀开棉胎的老者不无自豪地补充,“当年俺高祖就是经过这儿歇脚后再西去骊山,他就是在这儿斩大蛇起义打秦朝。”学生小刘请教老者贵姓。老者顿时满脸放光，回答的声音甚是响亮："免贵姓刘，高祖的后代。"学生激动地称老者为本家爷爷。

斩蛇碑亭，沛丰大地的斩蛇碑亭，高祖故里的斩蛇碑亭，名不虚传，总算把你找到。学生的爷爷没有说错，刘氏宗亲会馆的刘姓成员们没有说错，丰县斩蛇碑亭的刘姓老者没有说错，斩蛇碑亭就在我们的面前矗立着，尽管形象破旧，但这就是斩蛇碑亭。将挂满斩蛇碑亭的大蒜和辣椒移去，和学生一起在斩蛇碑亭照相。兴冲冲追寻历史而来，却为历史而感伤。刘邦当年斩蛇起义，带领天下英雄，开始推翻秦王朝的南征北战，这里就是起义的起点，按说此地具有非常重要的历史意义，一个开启大汉王朝历史的极具神秘色彩的斩蛇碑亭应该是气势恢宏，可惜展现在眼前的斩蛇碑亭恰如泗水亭长那般卑微，混迹在乡野之间，心中颇有点为斩蛇碑亭鸣不平。带着遗憾行将别离，再次将目光停留在斩蛇碑亭，但见落日的余晖洒在斩蛇碑亭，斩蛇碑亭沉浸在夕阳的晚霞里，皇家之气陡然呈现。

了却了寻找斩蛇碑亭的心愿，数日后我的沛县籍学生又在徐州安排我和一研究两汉史的刘姓学者喝茶，说起寻找斩蛇碑亭的趣事，刘姓学者正襟危坐，很是认真地倾听我叙述完毕。思索半晌后回复："这是我们刘氏后人的一种心结，尤其是沛县刘姓者，都自称为高祖的嫡传后裔。你不妨想一想，哪里会有刘氏后人愿意到处宣传高祖在芒砀山斩蛇揭竿起义，将外省的芒砀山作为高祖迈出高举反秦大旗的第一步。我们也有考证，高祖押解役徒们从沛县前往骊山，他在经过丰县时落脚休息，这时已经有很多役徒趁机逃脱，高祖不是不知道役徒们都在伺机逃跑，但他就是看之任之。高祖也是平民出身，他知道底层平民的劳苦。所以高祖在丰县落脚休息时，就想好了要将所有的役徒们放走。到了前面离丰县不远的芒砀山，又有役徒们逃脱，高祖就借此机会放走了所有的役徒，他自己也打算逃跑的。但他是朝廷的官吏，逃跑后被抓，罪加一等，必死无疑。后面就附会出遇见一条大蛇挡路，高祖挥剑斩蛇揭竿起义之说。由此可见，高祖反秦的想法在自己的故里就已经形成，既如此，丰县有斩蛇碑亭未尝不可。斩蛇碑亭是个象征意义，象征着这里是高祖揭竿起义的地方而已，真正的揭竿起义的想法高祖是在自己的故乡形成的，芒砀山只是落实而已，没有想法的形成，哪里会有具体的落实。”听得刘姓学者如此一说，不由得连连说道：“此言善哉，善哉。”

丰县寻找斩蛇碑亭的有趣经历倒让我生出许多感慨。当今中国的许多地方攀附名人效应成风，没有名人可以依傍的，还偏偏会穿凿附会杜撰出一系列名人的故事，然后就圈地大兴土木，建造了许多人工的景观，借此说这里曾经是历史上的某个名人或出生或居住或生活过的地方，再拼凑所谓的实物陈列展示，张贴图片，配上解说词，解说员绘声绘色地说出一个个引人入胜的名人的故事，其中必定有美丽的神话、动人的传说和名人的经历交织在一起，自然界的风云雷电、山川江河、花虫鸟兽都和名人息息相关，将所谓的名人在其乌托邦的故里的“生活”展现到极致的境地。这样的人造景观实在是太多，美其名曰弘扬祖国文化，看看那气派漂亮的售票处出售的价格不菲的门票就心知肚明这人造景观的背后就是暗中追逐的经济效应的着眼点。中国的旅游景点门票一直居高不下，为世界之最，这些假冒的人造景观出售的门票有时比真实的景点还要贵，是可忍，孰不可忍。由此想来，这丰县民风淳朴，守着斩蛇碑亭却任由其隐于村野间，不饰浓妆，任人参观。沛县、丰县有那么多可圈可点的两汉文化，围绕斩蛇碑亭可以展开刘邦歇脚时候的一系列故事，然后再围绕这些故事营造许多景点。丰县没有这么做，这正是丰县的可贵之处。历史不是靠编造出来的，历史就是事实。真实再现，才是尊重历史。

（2007年8月在江苏徐州沛县、丰县寻找斩蛇碑亭有感而发。斩蛇碑亭位于江苏省徐州市丰县的王沟镇龙地山庄附近）

浙西峡谷哑巴亏

自驾游千岛湖，除了对千岛湖旖旎的湖光山色印象深刻之外，同行者更称道千岛湖鱼头汤的滋味，其原汁原味的浓汤堪称一绝，几位饕餮之徒咂着嘴巴意犹未尽。余音可绕梁，余味更挠心，倘驱车返回千岛湖再来两个硕大的千岛湖鱼头，估计谁都不会持有异议。同行的沈君告知众人至下一游程竹海安吉的途中，他会邀请大家去其临安故友处小憩，在临安肯定会有更好的佳肴搅动各位的味蕾，如此一说，满车的老饕跃跃欲试的心便飞到临安去了。

午后从建德启程，过桐庐再返杭州，取道临安，穿过浙西大峡谷直达安吉。沈君建议不妨先一睹浙西大峡谷的庐山真面目，再由他引路去其故友坐落在深山的小院，品尝山间的野味，保管众人欲罢不能，满齿留香。都知道沈君他乡有故人，居住深山中，为临安境内一女神医，大峡谷的山水滋润其近乎得道成仙。每每沈君津津乐道地谈起临安的朋友，得意之情写满他的整张脸，如此高人，能谋一面请教养生之道何乐而不为，欣然应允。

浙西大峡谷位于杭州临安市浙皖接壤的清凉峰国家级自然保护区，峡谷境内山高水急，山为黄山的余脉，水为钱塘江水系的源流。沈君故地重游，双眸放光，嘴角憋不住的笑意一直爬到两颊，和临安故友的情深意长可想而知。沈君平日里每每言必称临安是其后花园，自恃太熟悉这一带的地理环境以及人文景观，故跟着沈君自然是眼福口福两者兼顾。岂料成也萧何败也萧何，恰恰是沈君，使得我们一行孤车独行在大峡谷惊心动魄地游走至深夜，跟着沈君撞上哑巴吃了哑巴亏。

故人具鸡黍，邀我至田家。一处采菊东篱下，悠悠见南山的半山腰向阳之地为沈君故友的栖息之所。沈君的故友盈盈含笑在其篱舍躬身欢迎我们的到来，柴扉一侧古朴遒劲的牌匾悬挂：白云人家。一点不浪得虚名，杜牧描绘的“远上寒山石径斜，白云深处有人家”不是近在眼前？动听的声音如同山间叮咚作响的清泉：“沈君的朋友自然要以礼相待。”沈君抢先下车，与临安故友耳语一番，沈君的临安朋友瞬时间笑得灿若桃花，她半偎依在沈君的身边频频颔首：“放心，我会招待好你的客人。你的朋友岂不就是我的朋友。”朝着沈君娇嗔含笑，扭动着腰肢赶紧招呼我们一席客人在庭院内落座。不一会儿，安吉白茶、山野鲜果相继奉上。同行者谓之“猫咪”者禁不住啧啧羡慕沈君好福气，沈君也不客气，笑纳“猫咪”的赞扬，自诩这是他前世修来的福气。

喝茶闲聊，欣赏山间景致，心情都很舒畅。“猫咪”赞这“白云人家”景美人更美，沈君故友闻之满脸绯红，沈君不失时机为其解围，举起茶杯感谢各位到这乡野山间给他的故友捧场，善意的笑声中大家相处得其乐融融。雨后斜阳，彩虹划过湛蓝的长空，空气格外清新，坐在小院内，360度的全景观，置身其间海阔天空地畅所欲言，个个心情极好。不觉山乡悄悄地暮霭隐隐显现，临近黄昏的峡谷风光更是无限美，好一处世外桃源，都纷纷感叹沈君有先见之明，觅得如此好去处。都觉得在这原生态的峡谷内集资搞一处民宿不失为很好的投资之举，彼此都来了兴致，纷纷献计献策，谈兴越发浓厚，似乎看到了投资的民宿就在眼前展现。

掌灯时分，沈君故友来到院落盈盈一笑邀请诸位入席就餐。进得厅堂，一桌丰盛的晚餐早就在我们谈笑风生之中悄然准备好。都说临安好，此刻方知晓。靠山吃山，山间珍馐悉数奉上，琳琅满目，满桌的时令菜肴让人眼睛一亮，食欲大开。一致提议先敬沈君和他的临安故友，两人落落大方，先干为敬。举杯投箸，大快朵颐，“猫咪”盛赞菜肴胜过千岛湖的鱼头汤，都纷纷点头认可，都对沈君故友的烹饪手艺刮目相看。沈君忘形，在众人的起哄中与他的临安故友也频频举杯。

月上柳梢头，启程安吉走。好时光总是过得太快，纵然依依不舍，还是得告别临安下安吉，前方安吉的好友已经来电频频催促赶快动身。沈君的临安故友特地告知，沿着山谷的省道一路往前，走出大山，安吉就到。酒酣耳热的沈君拍着胸脯对“猫咪”说：“放心，这条道走过

浙西峡谷的山乡风光

沈君故友农家乐的庭院

多次，我坐在你的身边，会指点你开车。”沈君故友不无担心：“你今晚酒喝得有点高。”沈君笑着回复：“这点酒算不了什么，放心，到了安吉我会给你电话。”沈君故友告知，最多一个半小时即可抵达安吉，挥手告别时一再告诫，山路弯道多，路面窄，照明设施也很差，务必减速慢行，一路安全小心为要。沈君临安的故友含情注视着沈君很是依依不舍，沈君笑着挥手告别：“还会来的。”

告别沈君的故友，沿着省道一路往安吉行驶。果不其然，山里行车困难重重，山高林密路狭窄，月黑风又高，驾驶员“猫咪”和军根都不敢掉以轻心，幸得沈君路熟，在沈君的一路指挥下，两辆车向着安吉进发。

离开“白云人家”后，沈君稳稳地指挥“猫咪”一路向前，后面军根的车辆紧紧尾随。沈君边指挥“猫咪”开车边借着酒劲告知我们他和临安故友的友谊佳话，酒后吐真言，感情太深厚。半小时后，前面出现了一个村舍密集的地方，且有分叉道，黑暗中看不清两条道路分别延伸至何方。“猫咪”问沈君该朝哪个方向开？沈君不假思索吩咐“猫咪”沿右侧一条公路继续往前。诸位都相信沈君，沈君大话一出，“猫咪”转动方向盘朝右一路小心行驶。行驶不久，总觉得不对劲，似乎是在山里人家游转，“猫咪”欲再问沈君，他已在一旁歪倒发出了轻微的鼾声。山高林深，没有信号，手机的导航也起不了作用，无奈之下，“猫咪”只得自己下车问路。

月明星稀的夜晚，山风阵阵，“猫咪”下车就打了个寒战，黑灯瞎火的真不知道能否碰到指路者。山村里狗吠声一下紧一下地传来，间或还有猫儿凄厉嘶叫的声音飘在山野令人毛骨悚然。坐在“猫咪”身旁的小哥华强善意地提醒：“猫咪啊，当心山里面的狗。”话音刚落，一条狗猛地出现在“猫咪”的面前，半个身子趴在“猫咪”的身上狂吠不止，“猫咪”吓得号叫一声“我的大爷”，连滚带爬逃回车里，掉了一只鞋子都不敢下车捡回来。车内，“猫咪”半晌都回不过神来，他确实被吓得不轻，死活都不肯下车问路，哪怕脚上的一只鞋子还掉在车外。“猫咪”拍着胸口自言自语：“哪怕光脚回上海，我也坚决不下车。”

总不能就在这深山里坐等到天明，还是得询问当地的村民，到安吉该走哪条道。当机立断，索性让“猫咪”开着车进村，房子密集处肯定会有原住民。碰到原住民，就能问明前往安吉方向的路。也不知道开到了深山里的哪一个村落，只见得前面的房子越来越多，开始心安。忽见得村口站着一个老者，横在村口挡住了我们的去路，他挥着手嗷嗷地叫着，但我们一点都听不明白他在说些什么。看他又是叫嚷又是拦车的架势，估计他是知道我们走错了道，他是要阻挡我们继续往村子里开。折腾了半晌，沈君的酒有些醒了，迷糊中问“猫咪”到哪了。“猫咪”没好气地回答：“还在‘白云人家’你的红粉知己处。现在你下车去问问前面那个拦路的老头，去安吉该朝什么方向开。”“猫咪”朝沈君没好气地补充了一句。

也许沈君自知理亏，他嘟嘟囔囔：“问问路那有什么难的。”打开车门径直走到那个挡在我们车辆前的当地老者身边。山里语言难懂，沈君比画了好多次，那山里老者就是听不懂沈君的说话，他朝着沈君嗷嗷地叫嚷，又指着前面的村庄摇着手，摆着手，似乎在告诉沈君前面是村庄，别再往前开。沈君似乎也明白了他的意思，依旧很耐心地询问：“那我们要去安吉，是不是该走这条路？”沈君指了指左边的那条公路。山里老者开始还拼命点头，等到沈君谢过并要返回车里时，他又没来由地嗷嗷叫了起来，拦着我们的车辆不让朝左边的公路行，又跺着脚指指我们的身后，双手死命地朝我们过来的方向挥舞，沈君耐着性子问道：“你是说我们的方向开反了，要回头重走？”沈君也做了一个往回开车的手势。山里老者拼命点头，一忽儿又对着前方左边的道拼命摇头，真搞不清楚他的葫芦里究竟卖的是什么药。看他的表情，又不像是在欺骗我们。沈君沉吟半晌，上了车，吩咐“猫咪”：“听我的，往回开。也许是我们开错了道，必须到前面重新掉头。”“猫咪”不放心地追问沈君：“你有把握？现在已经是晚上10点了，这样折腾，12点都到不了安吉。”沈君苦笑，回复道：“说实话，我也没有十二分的把握。前面两条路，一条是进村庄道，另一条道老人摆手不让走，那我们只能往回开，到了前面的路口再问道。”听沈君如此一说，大家想想也有道理，便打道回府重走过来的路，“猫咪”在沈君的指挥下又在临安的山里摸黑游。边开车边嘟嘟囔囔：“我的大爷，仙人哪，你碰到了一个仙人。”前方始终没有出现分岔口，只能沿着这么一条公路不停地往前开。也不知过了多久，前方又隐隐有灯火时隐时现，又是一个村落出现，沈君自言自语："待会我下车，再问个明白，这次总不会再问得稀里糊涂了吧。"话音刚落，"猫咪"在一旁叫嚷起来："问你个毛线。你是不会再稀里糊涂，可我们跟着你一路上是稀里糊涂。我的大爷，你们看，我们这两个多小时还不是在原地打转？看，这前面就是'白云人家'耶。"果然，深更半夜在临安的深山老林里转了一圈，又转到了"白云人家"，这两个小时我们是一直陪着沈君在"白云人家"的身边徘徊。

"白云人家"沈君的故友再次见到我们惊讶得说不出话来，听得沈君一五一十地告知一路行车的过程，笑得岔了气。又见到"猫咪"左脚穿着鞋，右脚却是光脚丫，更是笑得右手捂着肚子左手拉着沈君，连连问道："你这个朋友怎么这么狼狈？""猫咪"气呼呼的表情："别问了，气不打一处出来。"沈君的故友问明缘由后，又"格格"地笑开了："你们中了头彩了，你们实在是太幸运。"原来前方村庄沈君向其问路的山里老者，邻近的几个村庄都知道，经常有问道者上当，他是一个哑巴，"你们这是真正的吃了一个哑巴亏呀。"沈君的临安故友笑着调侃我们。山里人也讲义气，见我们一个个都被折腾得蔫不拉搭的，"白云人家"的女主人当即决定自己开车在前面引导我们，一路送我们到安吉。任凭我们苦苦相劝，没有必要亲自陪我们一路到安吉，沈君的临安故友就是"一意孤行"，她笑着说："我前面说过的，沈君的朋友就是我的朋友，欢迎你们有机会多来我们山里做客。"她一边说一边给相关的朋友打电话，了解晚上山里面开车的安全系数以及前方的道路状况，她独自在内屋连续打了好几个电话，最终出现在我们的面前时，她长长地吐了一口气："你们还真的要感谢那个哑巴呢。你们这次没有吃哑巴亏，那个哑巴说不定还是你们的救命恩人呢。"见我们一个个丈二和尚摸不着头脑，她才继续道出原委："哑巴不让你们进村庄，因为进了村庄是死路，还是要返回。哑巴他不让你们走左边那条道，看来是没有道理，去安吉走的就是这条道。但是在两个小时前，这条道上的一座桥被山里的洪水给冲垮，去安吉的路断了，你们到了那里也过不去，还是要原路返回。我们山里面洪水冲垮公路这种事情是经常发生的，你们不熟悉道路，又是深更半夜的，真的到了那里，说不定会遇上危险，这种情况以前有过的。真的该谢谢那个哑巴让你们吃了这个哑巴亏。”沈君瞟了“猫咪”一眼，“猫咪”似有些不好意思，讪讪地自我解嘲，借故走开。沈君的临安故友唤住了“猫咪”:“你等等，我这儿有沈君备用的鞋，我去给你拿来，看上去你们俩脚的尺码差不多。”边说边进屋取鞋，脚步跨入屋内时又回头嘱咐沈君 :“今晚你们就别走啦，将就在‘白云人家’住一晚，明天我送你们直接上国道，虽绕些道，但用不着我一路送行到安吉了，你们可以平平安安到安吉。”众人纷纷谢过。

次日，鸟鸣声催醒了我们，沈君和他的临安故友愉快地在一起帮着我们准备早餐。山谷里满目葱茏，雾气氤氲。恋恋不舍中告别了“白云人家”，相约秋高气爽时临安再见。一路顺利，抵达安吉时，恰是红日高照，游玩在“藏龙飞瀑”，徜徉在大竹海，品尝着安吉农家乐的美味，每个人总觉得自己的那颗心没有停留在安吉，似乎还在“白云人家”，沈君的临安故友给我们的印象挥之不去，无怪乎沈君对这位好友总是赞口有加，相知相交后才恍然大悟，人生有这样一位红粉知己不失为人生的一大乐趣，都感慨沈君有此好福气，我们也跟着沾光。又都觉得人生偶尔有机会吃个哑巴亏兴许也不是什么坏事，因为碰上了哑巴未必就会让你吃哑巴亏。

从安吉返回上海的路途中，“猫咪”还在半真半假调侃沈君，那一晚最终还是回到了“白云人家”，多半是沈君恋着故友。可这一晚沈君竟然让我们也跟着遭了罪，实在是于情于理不合适。沈君斜睨“猫咪”，慢悠悠地吐出一句话 :“妒忌，你还赚了我一双鞋呢。”满车的同伴都笑起来，笑过之余，都纷纷赞赏“白云人家”沈君的故友，相约着金秋时节再度在临安“白云人家”团聚。

（2012年5月从千岛湖转往临安、安吉之游的途中趣事）

地下世界天外天

地下千米，沉寂一片，乃无声世界，属基本认知。若说地下亦有新世界，如同白昼，车水马龙，甚是新奇，很想眼见为实。地球那么大，地下有世界，黄泉世界乃杜撰，黄金世界则属实。地球那么大，无数矿藏在地下，掘地千米挖宝，欣欣向荣一片。得意门生学权在央企一煤矿任矿办主任，师生情谊二十年，得知我们一行人有此愿望，遂自告奋勇陪同下矿，带我们一睹地下世界之面貌。

非采矿专业的相关人员从安全角度考虑严禁下矿，矿井下面劳作是高风险的行业。人类可以预防自然灾害，减少自然灾害的伤害性，但是人类无法避免自然灾害，人类的采矿史一路伴随着矿难走来。我

矿井下的巷道

的学生学权权衡再三，还是向负责安全生产的副矿长汇报陪老师下矿参观之事，刘副矿长经慎重考虑批准了学权的请求，但务必由学权且再指派另一位专业技术人员全程陪同方得下井，并再三关照，作业面切不可去。学权推荐矿上的总工程师卫道毅亲自陪同。刘副矿长不假思索点头同意："有卫总陪同，那我就放心了，就是到作业面参观，我也不会担心。"

第一次下矿，前面的准备工作挺折腾。学权和矿上的总工程师卫总先带领我们到更衣室帮着领取一套沉甸甸的矿工服，几指宽的皮带，一盏矿灯，一顶矿帽，一个手电筒，一双又厚又重的矿工靴等全部行头好几种，随后卫总指派给我们每人一个更衣箱，要求我们跟着他和学权进更衣室宽衣入浴池冲淋全身。一个负责安全的长者，被卫总和学权唤作老头儿的手提一盏照明灯在我们的身边晃来晃去，嘴里嚷嚷着："都听明白了，全部脱光，一丝不挂。"他一定要我们每个人必须来回几次在他面前无遮无掩地走过，他也肆无忌惮地从头到脚打量着我们，嘴里还在机械地反复"念经"，"全部脱光，一丝不挂"，搞得我们都有点儿不太自在。学权和卫总司空见惯，见怪不怪，笑着解释这是老头的工作。我们是第一次下矿，必得经过他的验明正身，才能一个个走出浴池，来到分配给我们的更衣箱前且当着他的面套上矿工服，完成这一切程序后才能离开更衣室。跟随一起下矿的小年轻叶亮或许是不知就里，习惯性地套上内裤再穿上矿工服，被老头儿一眼发现，这下叶亮在老头看来是闯了祸。老头儿脸色大变，歇斯底里地冲着叶亮破口大骂："难不成你这要找死？你还要井下的工友们陪着你一起找死。"叶亮被老头儿骂得一头雾水，竟然呆在更衣箱前不知该怎么办才好。学权过来道明原委："你这内裤，或有尼龙的成分，或许是棉织品，燃点都很高，万一在井下造成静电摩擦，就会着火。矿井下着火，那将会是一场巨大的灾难。"学权这么解释，我们才恍然大悟，安全无小事，细节稍有疏忽，也许就会酿成大祸。叶亮自知理亏，赶紧向老头儿连连赔不是。老头儿这下是故意在行使自己的权力，他喝令叶亮："全部脱光，一丝不挂，再去冲淋，完了过来。"叶亮唯唯诺诺遵命而行。卫总在一边也笑着和我解释："这老头儿，在他的地盘，我们矿长都听他的。所有下矿的，官位再大，都得全部脱光，一丝不挂地在他面前验明正身。”老头儿兴许听见卫总在调侃他，插嘴道：“集团的老大，还是部长级别的，下矿视察工作在我这里也是全部脱光，一丝不挂。上个月还来了个副省长，在我面前还不是全部脱光，一丝不挂。”老头儿似乎很得意，说了一句颇为耐人寻味的话惹得我们对他刮目相看，“见得多了，都是一个样。”学权和卫总还有跟着我一起下矿体验生活的年轻人杨永庆、我的上海好友伟民都忍俊不禁。

跟着卫总和学权来到下矿井的大厅排队。下井前我们还得经过一个安全检测仪器，如果有违规的金属或易燃物携带下井，会有警报器报警，每一道的安全把控得确实很严。学权在我身后又作说明：“安全无小事，小事疏忽，大祸酿成，我们是有深刻教训的。”说话之间，一架罐笼升上地面，打开铁门，我们依次而入罐笼，卫总和学权陪着我们四位一起踏入罐笼。笼门徐徐关上，耳边听得像是一声哨音响起，罐笼开始缓缓往地下沉落。只觉得不过是眨眼之间，我们乘坐的罐笼已经稳稳妥妥地停了下来，学权告知：“我们现在是在地底下900米的

作者和卫总、好友叶伟民以及学生们在下煤矿的入口处合影

地方了。”甚是惊讶，环顾900米的地下，想象中粉尘满天，遍地黑金的世界竟然是整洁光亮，地面都铺上马赛克，巷道两侧的墙面也粉刷得洁白炫目，白炽灯通明，照耀得如同白昼，明亮的灯光一直向无尽的巷道深处延伸，地下世界留给我们的第一感觉彻底颠覆了原先根植在脑海中的脏乱差印象。都道是天外有天，来到这地下世界不也是地外有地。叶亮按捺不住新奇劲，连连和杨永庆说道：“真的是天外有天，第一次见识。”学权故作神秘状：“惊喜还在后面呢，待会你们就知道。”他告知，从升井口到作业面还有十几公里的路程，随着采煤作业面的不断推进，巷道也跟着一路铺设，我们现在得乘坐矿井下一种特殊的交通工具前往采煤区。学权故意卖个关子让我们猜一猜，接下来我们该乘坐何种交通工具？叶亮不假思索：“电瓶车。”学权笑着摇头：“错。”杨永庆试探：“缆车。”学权点头肯定：“有这么点意思，还不完全是。”卫总笑着打断学权：“别故弄玄虚，大伙儿跟我来，就在前面。”

顺着卫总的指点，脚步跟着他朝前走了几十米，卫总让我们依次排队等候，他让我们抬头往上观看。明晃晃的灯光下一根比手臂还要粗壮的电缆绳沿着巷道的深处无尽伸展，电缆绳下垂挂着一根根丁字形状的铁架子，不太清楚此为何物？“莫非是载人的交通工具？”疑疑惑惑地询问卫总。卫总点头含笑：“正是。我们管它叫‘猴车’。”卫总做示范性的动作，他抓过一杆“猴车”，双脚一跨，抱住铁杆，稳稳当当地在铁十字架上坐定，“猴车”载着他驶向巷道的深处——煤矿的作业面。一个接一个地坐上“猴车”，好奇又兴奋，抱着长长的铁杆，任由“猴车”不疾不徐载着我们一行六个人向着煤矿作业面驶去。双脚离开地面一米多，来回晃荡着，好不自在。望不到尽头的巷道，有些倾斜，明显地感觉到“猴车”是在继续往地底下一路行驶，偶尔还有一些颠簸。觉得“猴车”载着我们行驶了好长时间，真不知这“猴车”还得行驶多久。坐在十字架上稍稍久了不舒服的感觉悄然袭来，努力克制，朝着巷道大吼一声：“哦。”长长的回声：哦。学权紧跟在我的身后，他扯着嗓门对我说：“有点不舒服了吧？可矿工们每天都是坐着它到采作面掘煤炭的。”举起右手朝学权扬扬，示意没事，看到很前面的卫总已经跳下了“猴车”，估摸着也快到了。

来到矿井下的又一个新天地，“猴车”停泊点的对面是一座现代化的地下宫殿，透过落地长窗朝里面张望，满目都是仪器设备，穿着白大褂的工作人员在一方方显示屏前坐定，观察着煤矿作业面的采煤现状。学权介绍："这是井下面的总控制室，矿井下面一切运作都由总控制室发出指令，这是我们井下的中枢神经，牵一发而动全身。所有的设备最早全是德国进口的，现在国产的仪器设备也渐渐赶上了德国的，所以我们已经开始逐步用国产的更替进口的了。近年来科学技术发展很快，采煤的质量、数量和安全等都比以往有长足的进步。"学权在矿上工作20多年了，他见证了煤矿企业的飞速发展。正和学权说着，卫总从总控制室里走了出来，掩饰不住的笑容预示着会有更好的消息带给我们。"你们有福气，矿长知道蒋学权主任的老师下井，又有我这个总工程师亲自带队，破例同意各位可以再深入一步参观，去看看采煤作业面。"学权连声称谢："这得谢谢你卫总，没有你亲自带队下井，矿长绝对不会同意的。我也下井多次，近距离陪同参观采煤作业区那是极其难得的机会。"学权说的是事实。考虑到安全因素，其次还有保密的原因，矿井下的一线作业区明令规定严禁陌生人进入。一般下井也就到总控制室门口，通过屏幕了解一下采煤的动态画面就得原路返回了，学权也正准备陪同我们再次坐着"猴车"升井出地面呢。卫总一本正经："下面你们就得一步一个脚印跟着我走，可不许乱说乱动。"

采煤工作面就是生产煤炭的车间，两条平行巷道黑黢黢地向里面延伸，一条是材料道，巷道的地上铺设轨道，专门运送设备工具等；一条是溜子道，巷道外侧铺有溜子和皮带，这是运送煤炭的通道。这两条巷道基本上都是等长的，通向埋藏着宝藏的深处。因为没有灯光，只能靠我们身上背的矿灯照明。我们走的溜子巷道宽度不到三米，高度两米多，巷道两侧从底下一直到头顶全部都用铁丝网包裹，每隔两三米就有一组工字钢搭成的梯形结构，是用来支撑顶板的，走在这样的巷道里难免有些紧张压抑。一切都显得格外安静，除了我们沉重的脚步声，还能听见我们各自的呼吸声。卫总打破沉闷的气氛，用很轻松的口吻告诉我们，过去科技不发达，煤矿工人作业现场危险很大，人们用"两块石头夹块肉"来形容煤矿的工作环境。现在科技在井下应用得越来越多，安全系数得到了有效的保证。

跟着卫总在巷道走了很久，尽头是一条横向巷道，卫总说这是“切眼”，连着溜子道和材料道，一个采煤工作面就是一个大大的“口”子，“切眼”就是最前端的那一“横”，采煤的主要设备就在这里，工作面的第一刀煤就是从这里采出来的，煤炭开采的方向正好和我们刚才进来的方向相反，是沿着溜子道和材料道这两“竖”退着往后进行的。原来采煤是先铺设巷道深入到里面，然后再倒退着来采煤的。完成一个采煤面，再铺设巷道推进到更深的采煤面，再倒退着切割煤炭。

前面不远处就是割煤机，卫总说不看到割煤机就不算下过煤矿。继续跟着卫总深一脚浅一脚艰难地往上行进，从下往上，坡度比较陡，行进中不时要躲避头顶液压支架上的一个个仪表和一块块护板，有时几乎要猫着身子才能过去。等走到采煤机处，大家都是气喘吁吁，纷纷感叹煤矿工人劳作的辛苦。采煤机是一个集机械、电气和液压力为一体的大型复杂系统，这里用的是双滚筒采煤机，前滚筒在上割顶煤，后滚筒在下割底煤，采煤机前端的巨齿，就是采煤机的“刀”，巨齿的高速旋转把煤块从面前厚厚的岩壁上一层层割下来，通过脚下的刮板运输机送到皮带上，再通过提升箕斗提升到地面，这就是一个完整的采煤过程。

听着采煤机轰鸣的声音，源源不断的地下乌金不一会儿就会被送出地面，重见天日。这天上人间的约会可是一别几万年哪，一次万年的蜕变，古老的树木一个华丽的转身变成了另外的一种能量继续为人类服务。人类历史的长河在这乌金的面前那真的是弹指一瞬间。

采煤的矿工们已经和煤炭浑然一体，乌溜溜转动的眼珠告诉我们前面那堵黑墙面前有我们的矿工在辛勤劳作。兴许井下难见白面书生，看到我们到来，矿工们露出了满口的白牙向我们微笑，这是一座座活生生的黑白分明的人像雕塑，就在我们的面前站立。默默地凝视着一尊尊塑像，突然之间心头涌动着无限的感动，伟大的劳动者，向你们致敬，心里在默默地说着。卫总在前端又向我们招手，他朝着我们做了个双手压低的手势，那是要求我们必须猫着腰向前走。前面是两个不同的采煤层，高低有错落，必须弯着身子半匍匐越过低层面的采煤作业面，且穿越的时候自己的脊背又不能让高层面的采煤作业面碰到我们。但在这个夹缝之间，依然有我们的矿工借着逼仄的空间在采煤，其艰辛可想而知。

穿过了作业面，再度乘坐“猴车”。“这矿下的巷道曲里拐弯的，难得下井的都搞不清楚它的走向，只有跟着‘猴车’才不会迷失方向。据统计一座大型煤矿地下的巷道长度有上千公里。”学权见我们惊讶得张大了嘴巴，他又手指头顶让我们猜一猜这垂直距离1 000米的头顶上是什么地方。杨永庆猜测应该是农田。学权笑着摇头告知我们：“这头顶上就是微山湖，我们中国北方的第一大湖。整个微山湖的地底下就是数百平方公里的煤层，微山湖是一座宝矿。”卫总接着学权的话说：“也许真的有那么一天，微山湖将会成为中国最深的湖泊而重新改写中国江河湖海的地理历史，地面上已经有很多的塌陷区了。”明显地看到卫总脸上的隐忧。

即将告别采煤的第一线，卫总同意我们每人挑选一块乌金作为参观地下世界的纪念。“待会儿在地上，你们透过阳光可以看到这煤炭上面还有树叶的痕迹。”卫总指着叶亮手里拿着的一块煤炭说道。“我要作为永久的纪念。”叶亮告诉卫总。谢过卫总，我们每个人都挑选了一块来自微山湖地底下1 000米的黑色的金子作为纪念。也许学权是我学生的缘故，卫总对我厚爱有加，他悄悄和我耳语：“夏老师，我办公室有一块煤炭的精品，上面树叶的脉络清晰异常，我让学权带给你留作纪念。”大喜过望，赶紧双手合十表示感谢。

回到了更衣室，不见被唤作老头儿的管理员。学权笑着解释：“他是管进不管出，你们出了矿井他是不会再盯着叫叫嚷嚷的全部脱光，一丝不挂。他乐得去自我享受，哪里还会有心情赶着你盯着你。”原来如此。

很是轻松自在的一身原装打扮离开了矿区，卫总和学权要请我们去一个特别的地方享用午餐。学权介绍：“这个地方中央电视台还特地做过专题节目予以宣传，是微山湖上的一条食街，所有的食材都取自微山湖，当场捕捞，现场烹饪，极有特色。”说得我们都怦然心动，跃跃欲试。

半小时后，来到微山湖边，学权扬手招呼一私家客船吩咐道：“去食街。”微山湖边，野鸭扑腾，荷花绽放，生机勃勃。船家一会儿就载着我们来到了湖中央，见得有一字儿的船只在湖中央有序排列，每一条船的船艄都有人在舞动手中的毛巾，似在招揽客人。卫总说："这一字儿排列的船舫就是中央电视台介绍的微山湖食街。"远远看去，数十条船舫横亘在宽阔的水面，蔚为壮观。卫总有熟悉的船家，登上卫总指定的船舫，船家早就等候在船头，引我们在整洁的客舱坐定，船老大笑着告诉卫总："一切按照您的规定，老规矩，都备齐了，一色的微山湖特产，自家腌的咸鸭蛋，微山湖的鲤鱼，荷花煎饼，莲子炖野鸭一样都不会少，保管满意。"喝茶，闲聊，眺望微山湖的景色，心旷神怡。学权紧挨我坐，他呷一口茶，出其不意地又提了一个问题："老师，你知道这地底下1 000米的地方是哪里？"不假思索："是你们的煤矿。""没错，那又是我们煤矿的什么部位？"摇头，猜不出来，其他的几位叶亮、杨永庆、我的好友伟民都说出心中的猜测，未有回答准确的。卫总揭开谜底："就是让你们参观采煤机割煤的地方，我们都有准确的定位仪。刚才你们是在地下，现在也可以说是在天上，当然是相对而言。学权和我商量着请你们到微山湖的食街，一方面是微山湖食街有些名气，另一方面也是想有个纪念意义，在同一个经度和纬度的这个点上，我们有一次穿越时空的约会，岂不是很有意义。"

举座皆沉默，唯有船舱里缭绕着悠扬的背景音乐一阵阵送入耳膜，好像是电视连续剧《铁道游击队》的音乐。不经卫总的提醒，真的不相信我们竟然有如此奇妙的经历，太幸运了，蓦然间我们四个人异口同声："实在是有意义。"正好船家端菜送酒，赶紧开酒，把盏举杯，真心庆贺这个不寻常。杯酒落肚，虽微辣饮之却觉得甘之如饴，想想感到确实是挺自豪的，刹那间穿越了地下和人间，垂直上下1 000米，同一个地点同样的人，不同的风情不同的景，倏尔地下经锤炼，忽又人间闻韶乐，上天入地微山湖，同庆天涯共此时。此乐趣，人生哪得几回也。干杯，一饮而尽，为我们的幸会，为卫总和学权为我们此行的精心安排，更为矿井下默默付出的煤矿工人。

（2007年8月于中煤集团大屯煤电公司徐庄煤矿）

雪漫天山走哈密

最是一年好光景，金风送爽西域行。八千里路云和月，魔都来客哈密迎。哈密，新疆东部的门户，通向中国内地的要道，自古就是丝绸之路的咽喉，有“西域禁喉，中华拱卫”之称谓，极言哈密地理位置的重要。1 300年前，盛极一时的大唐王朝为拓展商贸，弘扬国威，从帝都长安一路向西，过河西走廊进入华夏称之为西域第一关隘的哈密，由此一路翻过葱岭直达波斯阿拉伯，一路穿越中亚过高加索贯穿欧洲腹地，丝绸之路的重要性发挥到了极致。哈密，历史上以丝绸之路的地理要冲闻名于世，然哈密大隐隐于乡野的美景何故养在深闺人未识？焉能担当“中华拱卫”之美名而薄其自然山水风光之美誉？喀尔里冰川，高山草原牧场，魔鬼城，鸣沙山，幻彩池，凝聚维吾尔族同胞智慧的水利工程坎儿井，历历系数，人文景观，自然风光，可圈可点的景色真不少。推向哈密走向大美景致峰值的当属伊吾的47.6万亩胡杨林。据说它是世界仅存的三片胡杨林之一，静如处子不声张地隐于天山深处。伊吾的胡杨林，扑面而来的是一种苍凉悲壮的气息，它会让人感受到一种原始生命的律动。知之游之伊吾的胡杨林方能宣称自己是真正地阅读并深入欣赏过世界上令人着魔的胡杨林绝佳风情，胡杨林的千姿百态在伊吾得到了全方位的呈现。伊吾，多么令人神往的地名，伊人在天山，唯吾知伊人。拥抱过你，亲近过你，才知道前生今世必定和你有不解之缘。

哈密友人笑迎远道而来的朋友，故作神秘状建议我们将伊吾之行作为压轴大戏安排在整个哈密游程的最后，提议自驾游可先感受哈密别样的西域风情，不无骄傲地告知，何必再去阿尔卑斯山滑雪赏景，哈密有；何必再去敦煌鸣沙山，哈密有；何必再去克拉玛依魔鬼城，哈密有；更遑论伊吾胡杨林，我拍胸脯赞第一。哈密每天都有惊喜恭候你，哈密绝对是一个让你乐而忘返的地方。果真？到了哈密才知此说不假。

情有独钟自驾游的驴友出发前做足了功课，先走马观花坎儿井水利工程，到此一游后直奔位于哈密五堡境内的魔鬼城。哈密魔鬼城是亚洲地区最大的雅丹地貌分布区，一片赤野，茫茫戈壁滩，越野车行驶在无人区的戈壁滩，见到一堆堆的石头排列有序伸向远方，这些石堆是古丝绸之路的原始路标，被唤作阿拉伯石堆。北风卷地白草折，胡地八月即飞雪的西域，往来的商旅在长途跋涉中为了防止通途被风沙掩盖，便堆积石头作为路标，年复一年，丝绸古道这道独特的景观至今遗迹尚存，难以想象魔鬼城是古代丝绸之路的必经之道，丝绸之路乃是一条艰辛的商旅之路。

越野车行驶在茫茫戈壁，魔鬼城可圈可点的雅丹地质风貌展现在眼前。酷似城堡、殿堂、佛塔、碑、人物走兽等形态各异的景观栩栩如生，令人眼花缭乱的陡壁悬崖以及混迹于沙砾中的五光十色的玛瑙，随处可见的硅化木，枝叶清新的植物化石，偶尔可以获得像恐龙蛋化石的小圆石头，海生的鱼类化石，鸟类化石，形态各异的景观不一而足。据传夜幕降临会闻鬼哭狼嚎的嘶叫声故得此名。魔鬼城，千万年前的沧海，今日的不毛之地无人区，给你的印象是震撼而又恐惧。游览完毕五堡的魔鬼城，必得购买大红枣，新疆的大枣五堡独占鳌头。

倘若没有翻越天山，在天山深处尽情驰骋，枉称来过哈密。雄浑巍峨的东天山山脉隐藏着婀娜多姿的绿洲，气象万千的草原、松林、雪峰。伊吾的胡杨更是大隐隐于天山脚下，吸引大量游客纷至沓来。南国刚刚入秋，天山已经白雪皑皑，伊吾的胡杨进入最佳的观赏期。从下榻的宾馆远远地遥望天山，可以瞭望到大雪将天山装扮得银装素裹，亲近天山的渴望愈加强烈，心头涌动插翅飞向东天山的别样激动。查阅了第二天哈密地区的天气状况，不容乐观，极有可能大雪再度光临，朋友也关切提醒安全第一，苦留延迟一天再过天山。同行的朋友外号为“猫咪”的湖北籍小李笑着用京剧《智取威虎山》中杨子荣的唱词回复：明知征途有艰险，越是艰险越向前。

从哈密市区出发驱车进军天山，行驶一个多小时天山还是在前方横亘，可谓望山跑死马。行驶至怪坡，才真正抵达天山山麓。走过上坡恰似下坡的怪坡，天山雪后的壮美景象如同一幅山水画展现在眼前。天山，漫天飞雪过后，忽如一夜春风来，千树万树梨花开，圣洁的天山身披白色的盛装迎接远方的宾客。循着峰回路转的山道谨慎驾驶，天山的壮美景观逐渐展开，宛如进入了童话世界。大雪压青松，青松挺且直，壁立千仞的峭壁上青松层层叠叠一排排地矗立，风过处松树抖落晶莹的白雪，满山满谷飘扬着纷飞的雪花，激起南方客的欢呼雀跃。身处天山，宛如置身阿尔卑斯山的冰雪世界，从车内钻出，捧起一把白雪，与之亲密接触。晶莹剔透的白雪，冰清玉洁的天山，哈密有你而倍增魅力。

激情与沮丧往往是在一瞬之间，生活就是这样的现实，前进一步或许是深渊，后退一步则是平原。拥抱着分外妖娆的白雪世界，幻想着如同武林中天山教派的雪山一飞人自由驰骋这片银色的大地，一场劫后余生的惊心动魄的人生历练顷刻而至，刻骨铭心。只知晓忘情于北国风光千里冰封的世界，岂料万里雪飘又在悄悄上演。忘情地恣意撒欢，群山万壑已经是彤云层层渲染湛蓝的天穹，云罅透出的一缕缕洒在层林中的阳光悄然被厚厚的云层遮挡，漫天的雪花悄无声息地搅动着混沌的世界，大雪弥漫天山路，峰回路转不见车。张开双臂迎着雪花欢腾的激情开始隐去，容不得思考，急惶惶钻进车内，加速马力

大雪过后的天山风景

冲出天山“无人区”，赶往盐池小憩。车内彼此还笑着调侃，定要品尝盐池的手抓羊肉压压惊。盐池羊肉乃哈密又一绝，盐池的羊吃着天山雪水滋养的牧草，无膻味，肉质肥而不腻，其美味令人叫绝。

马达轰轰，车轮不转，油门踩到极限，车身纹丝未动，恐慌占据心头，前不着村后不着店。简短商议，三人下车推动小车前进，刀割一般的朔风中鹅毛雪花横行肆虐，小车在盘桓山间的道路上寸步难行。何谓“蜀道难难于上青天”，此是也。难不成真的要被困顿在漫天雪花舞动的天山？惊悸，恐慌，爬上每个人的心头。然自古华山一条道，若不冲出天山，奔向盐池，不堪设想的结局谁都心知肚明。身处海拔2 600米的天山腹地，头顶天山雪花，脚踩天山冰雪，天山，你真的要让我们与你不离不弃，和你一起驻守哈密成为永恒？无知者无畏，诚哉斯言。想起黑塞的名言：如今我不再如痴如醉，也不再想将远方的美丽以及自己的快乐和爱的人分享。我们此时唯一的心愿就是平安到达天山下的盐池镇。

顶风冒雪推车前进，纵使努力也枉然。好友谓之“猫咪”者似乎想说些什么，却脚下打滑，四脚朝天，滚出好远，掌握方向盘的沈君赶紧下车，和我一起解救“猫咪”。“猫咪”拍打着满身的雪花，声音带有哭腔：“我的大爷，这可怎么办？”惊恐万分的四个人面面相觑不知如何，风雪中四个人紧紧抱作一团扯着嗓门总结经验：盖因脚底打滑无从使力所致，唯有脚下防滑才能齐心合力推动小车正常发动往前走。急中生智，抽出腰间的皮带，拉出运动裤的腰带缠绕在脚底，再度劲往一处使，但我们的车兀自岿然不动，最后的努力终以失败而告终，我们驯服地成为自然的俘虏，听天由命。大雪渐渐盖过了脚踝，道路与沟壑的落差被纷纷扬扬的雪花不失时机地加速填补，独自站在自驾车旁被天山的大雪包裹，此情此景如同柳宗元诗词中的描绘：千山鸟飞绝，万径人踪灭，孤车自驾客，独品天山雪。自责不幸一语成谶，这雪山一飞人将要变成雪山一冻人也。

和哈密的朋友通话欲告知窘境，没有信号，独处在漫天飞雪的深山老林，前不见古人，后不见来者，念天地之悠悠，独怆然而涕下。谁能力挽狂澜，唯有指望老天。天山，天山，我们是来朝拜你的，我们对你的一片敬畏之心日月可鉴。天山不言，风雪依旧。不得不承认，我们被困在大山，等苍天开眼，才能绝处逢生。室外的最低气温骤降到零下10摄氏度，风掣红旗冻不翻，狐裘不暖锦衾薄。也罢，四个雪山飞人抖落一身雪花钻回车内，沈君自我调侃：躲进小车成一统，管他春夏与秋冬。取暖听音乐，说段子，指望着挨过这令人揪心的时光，嘴上都显得轻松自如，心头都压着石头，天色灰暗，恐惧越发加剧。冷不防“猫咪”鬼哭狼嚎一般的哭腔：“天山，救救我们吧。这个时间点是我老婆等着我打电话给她的，这可咋办，我的大爷。”

无望中四个人不得不承认听天由命顺应自然是最合适的选择，努力过了无济于事，也罢，那就该咋咋的。心平了，气顺了，四人挤作一团，在车内吃着零食，听着音乐，打起了扑克牌，嘴里哼唱随意择取的古今中外的歌曲，形成自成一格的名曲串烧，快乐人生取决于自己对生活的追求和认同。漫天的雪花是一个个舞者的精灵轻盈地在我们的身边舞蹈，肃杀的寒风是一支乐队在我们身边演奏雄壮的乐曲，天苍苍，雪茫茫，天山开绿灯，仅容纳我们四人纵情享受旷野间千古一遇的人生大乐。

命不该绝，吉人自有天眷顾。雪花在我们最幸福最快乐的时候不

远眺天山的风景

经意间停止了，天放晴了，云罅里灿烂的阳光又露出了笑脸。大笑大叫中冲向银装素裹的纯净世界，凛冽的空气沁人心脾，大口呼吸，嗷嗷号叫，雪地里聊发少年狂，打雪仗，堆雪人，最后竟然忘情地抱作一团滚在雪地，人性的纯真在天山得以释放。冷不防“猫咪”又出其不意地吼叫：“天山，谢谢你啊。”齐声吼叫：“天山，谢谢你啊。”千山万壑齐声回应：“天山，谢谢你啊。”

好运接踵而至，前方隐隐传来汽车发动机的声响，感谢上苍，是扫雪车为我们做开路先锋了，天山，万岁！哈密，万岁！我们得救了。哈密的朋友一直心系我们的行程，及时和有关部门联系，告知我们的动向，大雪一停，扫雪车就及时前来清除积雪，为我们前往盐池镇吃新疆一绝手抓羊肉充当了先行官。扫雪车和我们擦肩而过，一个维吾尔族驾驶员探出车窗冲我们跷起了大拇指，是揶揄？是赞赏？不得而知。首要的任务是赶快开车离开天山。我们开始下坡，心情倍儿爽。“猫咪”的心情开始好转，他在自编自唱：“问世间爽为何物？天山雪地被困。”眼瞅着坐在身旁的“猫咪”刚才还哭哭啼啼的，现在是一身轻松的快活模样，感慨油然而生。马尔克斯有句名言：生命中真正重要的不是你遭遇了什么，而是你记住了哪些事，又是如何铭记的。雪山惊魂那是牢牢地记住了。

“猫咪”的唱词刚过一个休止符，开车的沈君蓦的一声叫苦：“又坏事了，你们看，油箱黄灯亮起，最多只能开50公里，到盐池镇还有60公里的路程啊。”一言既出，心情就像过山车一下子跌落谷底。我们恍然明白，这车内的取暖耗费了过多的汽油。“猫咪”又沉不住气了，叫嚷起来：“我的大爷，那怎么办呢？”回答“猫咪”：“开多少是多少吧，天无绝人之路。”大道至简，有了雪山被困经历，既然无法解决问题，只有随遇而安。反正离盐池镇的加油站是越来越近，最后就是我们这几个人再度齐心合力来推车往前走。

盐池镇的路标看到了，我们的小车还在行驶，显示屏在不断地跳跃着数字，10公里，9公里，随着数字的递减心被揪得紧紧的。当车驶进加油站的时候，显示屏上跳出了最后一个数字：1公里。我们几乎耗尽了油箱里的汽油，在仅剩最后一公里的油耗之时安全抵达加油站。“猫咪”的叫声是出自肺腑的：“我的大爷，要吓出神经病了。”

历险重重后在餐馆落座，一行四人长吁一口气，都瘫痪在座椅沉默不语，好久才缓过神来。面面相觑，突然间一个个都像神经病似的发疯，抱在一起狂笑，稍后“猫咪”竟又呜呜哭泣，明白这是劫后余生的忘我，“猫咪”一动真情就会流泪。“猫咪”仰望长天，大声呼喊：“老婆！我们安全了！”微笑着注视“猫咪”癫狂的模样，想起海明威曾经说过的一句话：生活总是让我们遍体鳞伤，但到后来，那些受伤的地方一定会变成我们最强壮的地方。

盐池羊肉，美名传天下，哈密美食一绝。大块吃肉，美味搅动四个人的味蕾，大快朵颐，肚子滚圆，这顿餐饮留下的印象这辈子永远不会从记忆的储存库中抹去。沈君说，这个餐馆是我们四个人最纯真的友谊的见证，合影留念，远方的背景是天山，近景是我们的爱车和餐馆。

告别盐池镇，往伊吾胡杨林的所在地淖毛湖进发。途经鸣沙山，皑皑白雪裹挟鸣沙山，无法亲身体验滑沙的乐趣。伊吾的鸣沙山在中国四大鸣沙山中独领风骚，一望无际的大草原上奇妙地出现了一座长5公里高50米的沙山。沙粒细腻无土，四周水草丰茂，柳条河从山脚下蜿蜒流过，沙粒从山上向下滑动，便可听见各种声响，时起时伏，强时如雷鸣高亢，弱时似牧笛悠扬，故称鸣沙山。吾未曾亲身体验，此番感受系哈密朋友陈述之。郦道元的《水经》云：彭蠡之口有石钟山焉，微风鼓浪，水石相搏，声如洪钟，此说引得苏轼亲临探究，得出的结论是郦道元之说系主观猜测。苏轼感慨“事不目见耳闻而臆断其有无，可乎”。为正鸣沙山其详，特请教专业人士做科普教育：鸣沙山盖因沙粒摩擦系数的大小而产生各种声响。

为弥补和鸣沙山失之交臂遗憾，增补幻彩湖一游。幻彩湖是典型的高原湖泊，奇特之处是湖水能随着光线的变幻呈现出各种不同的色彩，幻彩湖名谓由此而来。天气晴朗，万里无云，湖面如大海般碧蓝；日落时分，夕阳映照，湖水色彩变幻，瑰丽无比。狂风骤起，湖面则呈现粉红色一片。踏着长长的雪道，在观景台与幻彩湖匆匆接触一番，取道淖毛湖，开启哈密之行的高潮之旅：伊吾胡杨林。

越野车行驶至淖毛湖辖区，公路两侧的哈密瓜种植田园伸向天际线。新疆的哈密瓜当属淖毛湖产地排名第一。淖毛湖在哈密境内，所产甜瓜便以哈密瓜命名，质量唯其上乘，故新疆境内所种植的这类甜瓜均称作哈密瓜。走向田头，瓜农报之以友好的微笑，捧上自产的哈密瓜送给远方的游客品尝，象征性地收取费用，并称谢谢。淳朴的瓜农对待陌生游客的情谊就像哈密瓜那般甜美。

淖毛湖，胡杨林，远涉千山万水，长驱直入万里，终于投入你的怀抱。远远的，时隐时现的胡杨林跳入你的视野，远远地，一团一团的金灿灿扑入你的眼帘。伊吾县原始胡杨林距离淖毛湖镇东10公里，它是中国境内分布最为集中的胡杨林，据说是世界仅存的三大片胡杨林之一。伊吾的胡杨面对的考验和遭受的磨难比世界上任何地方的胡杨都要多得多，因此伊吾的胡杨林显得尤为沧桑。伊吾胡杨是地球上树干造型最独特的胡杨，是地球上树龄最高的胡杨，也是地球上离城市最近的胡杨。47.6万亩胡杨林周长38公里，伊吾的胡杨林分三个区域向游客展示。分为一千年的生活、三千年的历史、六千年的沧桑。在三千年的展示区域你可以看到六人合而不抱的胡杨；在六千年的历史展示区域，你可以看到四千年不死的树精、六千年不倒的树怪，这就是伊吾的胡杨。

胡杨，你是一首壮美的诗歌，生，一千年不死，死，一千年不倒，倒，一千年不朽，你的旷世绝美每年只有金秋十月中的半个月，短促却绽放得浓烈，毫无保留地奉献全部的能量，惊艳天下。不同凡响的身姿，顽强不息的生命，唯能身临其境方能震撼心灵。上帝把秋天最美的景色赐予胡杨，金灿灿的叶子映衬着湛蓝的天空，满目金黄在风中摇曳。伊吾一千年的胡杨林生机勃勃，三千年的胡杨千姿百态，六千年的胡杨饱经沧桑。站在胡杨林面前，惊叹它们以坚韧的意志抗击自然界侵蚀，思绪如同胡杨的生命穿越千年。再过半个月，当胡杨华美的叶片落尽，生命的脉络才历历可寻，洗尽铅华的胡杨在漫长的酷寒岁月尽显生命的本质意义。

伊吾胡杨留下太多的心灵震撼，欲罢不能。翌日，落日时分再度走近，夕阳西下，寒风瑟瑟中的胡杨层林尽染，如诗如画。如果你没有见过胡杨林，你就没有见过最美的秋天。来吧，胡杨林等着你。

告别哈密，额济纳别样风情的胡杨又在等待。哈密，终生难忘的地方，天山，谢谢你给我的洗礼，胡杨，谢谢你给我的升华。

（2017年10月新疆哈密之行的所见所闻）

爱晚亭叙师生情

程院长邀请三湘大地游，欣然前往。和程院长自1971年相识，迄今有40多年的友情，感情深厚。湘军骁勇，湘人热情，世人皆知。甫抵长沙，程院长的湖南朋友陈先生的盛情就像红红的辣椒一般热情四射，从机场出来就直奔餐馆。金碧辉煌的餐厅大堂袅袅婷婷走来一高挑的美女，着一袭湘绣质地的真丝旗袍，招呼之间看出她和陈先生非常熟稔。陈先生笑着告知："不吃一顿正宗的湘菜，枉来到长沙。"陈先生吩咐领班的美女，置办一席地道的湖南特色菜席为我们接风洗尘。江南之客大啖湘菜，心头开始犯怵，不知如何是好。扯扯程院长的衣袖，说出对辣的恐惧。陈先生见状大笑："你们那种甜得发腻的菜肴我才会心生恐惧。辣才有个性，吃辣可以看出一个人的品性。天下男人不吃辣，此生枉为男人。我们湖南人天生爱吃辣，四川人说辣不怕，我们是怕不辣。不吃辣你们怎么能说到过湖南，不吃辣怎么能看出一个男人的真性情。辣在嘴里头，湘江边上吼一吼，岳麓山下走一走，爱晚亭里留一留，不虚此行长沙游。"陈先生顺口溜一般说了一大通不容置辩的理论，推推搡搡中将我们安排在包厢落座。也只能硬着头皮顺其自然，不知这味蕾能否胜任。奇怪这地球上怎么会有这么多的人会深爱辣？美食家、社会学家、地理学家看来都值得研究一番。

湘菜又称湖南菜，是中国历史悠久的八大菜系之一，以湘江流域、洞庭湖区域和湘西山区三种地方风味为主。湘菜油重色浓，品味上注重香辣。红油配上红辣椒的剁椒鱼头、辣椒炒肉，湘西外婆菜，身材窈窕的女领班亲自上菜并一一介绍，片刻之间就满满当当地摆了一大桌子的湘菜，一眼望去就像是"山丹丹花开红艳艳"，未曾动箸却已闻得辣气熏天呛得人咳嗽不已，这遍地"红花"，叫人怎么动筷子。好在有先上桌的几个凉菜没有辣味，赶紧作为下箸的重点对象。陈先生狡黠地冲着我一笑，将一小盆冷菜转到我的面前："尝尝这凉菜吧。有它来垫底，后面的辣就真的是怕不辣了。"不解其意，更不敢动筷。见程院长不慌不忙地挑起一小撮送进口中，嚅动嘴巴慢慢地品咂，那是何等的山珍？程院长无锡人氏，见他微闭双目，沉浸在惬意的享受中，想来这份凉菜还是可以接受的。美女给我续茶，附和着陈先生的话说："咱们湖南人称这小碟中的凉菜为擂皮蛋，先尝一尝，再吃其他湘菜感觉会好许多。"皮蛋，江南人是经常吃的，谢过之后学着程院长用筷子挑起一点儿送进嘴里，舌苔就像被针戳一般，整个人一下子从座位上跳起来，火辣辣的感觉一瞬间就从一个点迅速往四周蔓延，只觉得整个口腔都是火烧火燎的，辣得眼睛都被泪水迷糊了。这天下之辣，这如同火烧火燎的剧辣，这生平第一次的"超级享受"，喝再多的水也解除不了依附在舌苔上的针刺一般的火辣。程院长看着我被辣味搅得难受的模样捧腹大笑，他是笑得眼泪也流出来了。"得，得，"程院长夹上一筷子剁椒鱼头放到我的面前，"你吃吃看，保管你说不辣。"将信将疑，尝试了一口果然没有再感到剧辣上口，硬着头皮跟着程院长尝试着其他的湘菜，倒也一道道地坚持过来了。事后才知道这餐前小菜擂皮蛋是湘菜中的辣之王，有了它垫底，自然什么样的辣都能对付。

尝遍人生百味，甜酸苦辣，长沙餐前小菜擂皮蛋余生断不会忘。感谢陈先生的这道"鸿门宴"，陈先生的醉翁之意确实不在酒，"在乎山水之间也"。凑巧乎，明天正好是橘子洲头湘江游，岳麓山下走一程，暗暗为陈先生不留声色的刻意安排点赞。

陈先生考虑得真是很周到，他请了一位湖南大学的大学生作为我们的导游，陪同我们全程旅游橘子洲和岳麓山景区。女大学生自我介绍姓宗，我们就称她小宗。小宗的普通话相当标准，没有丝毫的湖南口音，一打听果然是扬州人氏，出美女的地方，无怪乎一眼看上去就给人以清丽脱俗的感觉。小宗叙述的话音娓娓动听："橘子洲是世界上最大的内陆洲，它又名水陆洲，全长5公里，宽40至200米。若站在岳麓山上远眺橘子洲宛如一条玉带漂浮在美丽的湘江之上，被世人称誉为'中国第一洲'。橘子洲是一幅展示湘江之畔独特风情的画卷，她的万般美景随着画卷的徐徐展开尽情地展现。橘子洲以岳麓山为邻，与湘江水做伴，形成了一面青山一面城的独特风光。从橘子洲西望岳麓山，层峦叠翠，风光无限美。从橘子洲向东眺望湘江风光带，尽览长沙城的繁华。从西向东，湘江流水环绕山、洲、城，无限的风光就如一幅流动的画卷，行走其间，好似人在画中游。登临橘子洲，看湘江水滚滚向前，眺岳麓山苍翠欲滴，听渔家人渔舟唱晚，或吟咏一曲《橘颂》，或朗诵《沁园春·长沙》，先贤辞赋会激荡你胸中盎然浩气。”小宗的开场白让我们都情不自禁沉醉于橘子洲的山水人文之美中。陈先生也为请到小宗作为我们的导游而不无自豪，介绍道："宗导是湖南大学的高才生，已经考取复旦大学的硕博连读，我们也马上要和小宗说再见了，咱们长沙留不住你们江南的美女。”陈先生的话说得小宗有些不好意思。她赶紧继续介绍橘子洲的风景："橘子洲还是一艘承载着浓浓湘湖文化的文化之舟。历史上朱熹过橘子洲讲学于岳麓书院，毛泽东在橘子洲头呼喊出‘问苍茫大地，谁主沉浮’，几十年后一个崭新的中国屹立在古老的东方，橘子洲是我们长沙、我们湖南的一张优秀的文化名片。”精彩的演讲，我们送给小宗真诚的掌声表示感谢。

“橘子洲还有许多外国风情的建筑，”小宗介绍，“1904年，长沙被开辟为商埠，橘子洲这块风水宝地就成为外国殖民者首选之地。英国、德国、日本、美国等殖民者在短短的十几年里，就在这0.6平方公里的土地上建起了众多的会馆住宅，这里成了事实上的外国领事馆和居住区。”小宗逐一指点散落在橘子洲的多栋外国建筑，看得出都得到了有效的保护和开发利用，成为橘子洲的另一道人文景观。

跟随小宗进入“万橘竞秀园”游览。毛泽东青年时代在橘子洲写下名篇《沁园春·长沙》，开首就是“独立寒秋，湘江北去，橘子洲头”，屈原是楚国人，曾作有《橘颂》，故名“万橘竞秀园”，将古代历史和现代景观巧妙结合，并在园中安放毛泽东的雕像。汉白玉雕塑的耸立在园中的青年毛泽东头像是橘子洲最为醒目的标志，正面镌刻有毛泽东手书的“橘子洲头”四个大字，背面有《沁园春·长沙》的整首词。小宗又如数家珍："这座雕像是全国最大的毛泽东雕像，高32米，长83米，宽41米，寓意为毛泽东32岁时的风采，和83岁去世的纪念。雕像所用的7 226块‘永定红’花岗岩石材取自福建永定县，寓意

‘永定红色江山’之意。”怀着崇敬的心情向伟人鞠躬，顺着伟人手书的“指点江山”信步走向望江亭。望江亭位于橘子洲的最南端，视野开阔，可以饱览江景。遥想伟人当年，面对滔滔湘江流水，意气风发，挥斥方遒，呼喊出“粪土当年万户侯”的心声，他在“问苍茫大地，谁主沉浮”。24年后的又一个金色秋天，天安门城楼伟人宣告“中华人民共和国成立了”。24年，弹指一挥间，伟人的宏图大愿得到实现，苍茫大地由新一代的共产党人主沉浮，历史在时间的推进下悄然改变。

湘江上，浪遏飞舟，万类霜天竞自由。浮想联翩中小宗和陈先生都告知在橘子洲，每个周末有固定的烟花燃放盛事，以“橘洲浪漫、璀璨星城”为主题，以“浏阳花炮”为品牌，以橘子洲为载体用烟花的形式将山、水、洲、城这一独特的城市景观展示给国内外的游客，是一道夺人眼球的视觉盛宴。研制的各色“浏阳花炮”都会定期在橘子洲燃放。陈先生笑着遥指江对面的一排排高楼告知，他的新家就在那里，他是经常坐在家里观看烟花，享受着火树银花不夜天的美景。

橘子洲，你是一幅中国的水墨画，淡妆浓抹总相宜；橘子洲，你是一首唐诗或宋词，道不尽古今天下的湘江风云。终于有一天，在橘子洲头上，在湘江激流里，在浪遏飞舟的风云际会中，听到了“问苍茫大地，谁主沉浮”这平地一声惊雷似的呐喊，唤醒了沉沉昏睡的中国。

告别橘子洲，和程院长一起由陈先生、小宗陪同去岳麓山。如今的湖南大学和岳麓山、岳麓书院已然融合。来到自己的母校，小宗未免激动，她说这四年来在自己的母校介绍岳麓山和岳麓书院到今天为止正好是第100次，而且明天她就要离开母校和她的父亲一起到上海，到复旦大学报到。因为自己也想有一个圆满的收官，想着担当解说员能够满100次，有个纪念意义，恰好在最后的一天有了这最后的一次机会。陈先生与小宗也熟悉，他请小宗做讲解员竟然也有了十次，彼此很信任。小宗由衷感谢陈先生支持她的勤工俭学，陈先生也真心感谢小宗，每次陈先生陪朋友游览橘子洲和岳麓山，大家都对小宗优美的讲解和谦和的态度留下很深刻的印象。最后一次讲解，小宗认真地告诉陈先生，她不能收费，她只是想完成一个100次讲解的数字以求百事称心，讨个吉祥的口彩。其次也感谢陈先生多次邀请她作为讲解员，给她的阅历有一个提升。言之诚恳，陈先生不假思索地同意，但也提出要求，和我们一起共进晚餐，也算对小宗的谢别。小宗婉言谢绝，说下午解说完毕后，她和自己的父亲有约，她的父亲今天抵达长沙，约好了今天下午父女见面。陈先生也爽快，建议让小宗带着她的父亲一起来，小宗拼命摇头说不行。陈先生也着急，非要这么做不可。见小宗面露难色，程院长劝慰陈先生："恭敬不如从命，还是遵从小宗的想法为好。"陈先生不语，略一思索对小宗说道："你下午在哪里和你父亲见面？"小宗满脸灿烂："就在爱晚亭。"陈先生啪地拊掌："爱晚亭我和你父亲说一句感谢话，谢谢他有这么个好女儿，可惜长沙留不住。"小宗笑着满口允诺，导游结束，引我们和她的父亲见一面。

岳麓山风景区位于长沙市岳麓区，海拔300.8米，是南岳衡山72峰的最后一峰，是中国四大赏枫胜地之一。岳麓山因南朝宋时《南岳记》中"南岳周围八百里，回燕为首，岳麓为足"而得名，融中国古代文化精华的儒、佛、道为一体，包容了历史上思想巨子、高僧名道、文人骚客共同开拓的岳麓山文化内涵。景区内有岳麓书院、爱晚亭、麓山云麓宫、新民学馆旧址、黄兴墓、蔡锷墓等景点，其中的岳麓书院独享最盛之名。

岳麓书院为中国的四大书院之一，另有应天书院（河南商丘睢阳）、白鹿洞书院（江西庐山）、嵩阳书院（河南嵩山）。岳麓书院的创立迄今为止有1 000年的历史，作为世界上最古老的学府之一，其古代传统的书院建筑至今被完整保存，每一组院落，每一块石碑，每一枚砖瓦，每一支风荷都闪烁着时光淬炼的人文精神。岳麓书院历经千年而弦歌不绝，血脉绵延。清末光绪廿九年（1903），岳麓书院与湖南省城大学堂合并改制成湖南高等学堂，沿用书院旧址。民国十五年(1926)，正式更名为湖南大学。2005年湖南大学恢复岳麓书院，下设中国哲学研究所、历史研究所等。如今岳麓书院从本科、硕士研究生、博士研究生到博士后研究流动站的格局全部完备，千年学脉在此绵延，千年学府重铸辉煌。小宗对岳麓书院，对母校的介绍满含激情，动情之处有些泪光闪闪，她引领着我们在古老的千年学府一路参观，对书院各种建筑的介绍也如数家珍。小宗指着门额上的"岳麓书院"告诉我们，这是宋真宗的字迹。她不无自豪地说道，在中国，在世界各国，一个时任的最高首脑为一所学府题校名，历史最长的恐怕就是岳麓书院了。书院的大门两旁悬挂有对联，上联是："惟楚有材"，出自《左传·襄公二十六年》；下联是"于斯为盛"，出自《论语·泰伯》，源出经典，联意关切，道出了岳麓书院英才辈出的历史事实。岳麓书院，中国教育、中国文化的骄傲。岳麓书院，中国历史上多少文人骚客景仰的教育文化之地，作为一个教育人自然对岳麓书院有一种肃然起敬之感。

程院长见我伫立于岳麓书院门口，久久凝望默不作声，善意调侃道："你这个教育工作者想必是思潮起伏，感想多多的了。"小宗惊讶，侧脸问我："您也是教师？"回首于小宗，点头并疑惑，不解何为"也是"。小宗激动，一把抓住我的手，激动地说道："老师，我爸爸也是教师。""哦，"甚是欣喜，"那我和你爸爸是同行。"小宗连连点头，父女情深，说起自己的父亲，她似乎有说不完的话语："我爸爸是一所小学的校长，我从小就是在爸爸的教育培养下长大的。"我笑着回答小宗："你真得感谢有这么一位好爸爸，培养出这么优秀的女儿，我有很多学生也是教师，我也有一位做小学校长的学生，他也姓宗。待会我们一起去见见你的爸爸，我的同行。""行，行。"小宗开心得连连点头。程院长在一旁来了兴趣，插话道："这么巧，不会是你的学生吧？""哪有这么巧的事情。"刚回复程院长，突然脑子里晃过这个学生的形象，自己也不由得不敢想象这无奇不有的大千世界竟然也会有巧合在我的身上发生，曾经听学生说起，他的闺女在湖南大学读书。试探着问小宗："你是否听说过宗剑这个名字？"小宗惊愕得张大了嘴巴，她的表情分明就告诉了我结果。"宗剑就是你的爸爸？"小宗拼命点头，半晌，她情不自禁地大叫起来："您就是夏老师！"小宗拉着我的手是又跳又笑。"你是叫宗玮吧？"宗玮点头，还是点头。程院长和他的朋友也被这离奇有趣的一幕给感染，陈先生大叫道："还犹豫什么，爱晚亭。"

岳麓山下的爱晚亭根据唐朝诗人杜牧的"停车坐爱枫林晚"的意境而建，距今也有200多年的历史。爱晚亭与陶然亭、醉翁亭和湖心亭并列为中国的四大名亭。是早期中国共产党人的活动基地，现在是湖南省文物保护单位。爱晚亭的形状为重檐八柱，琉璃碧瓦，亭角飞翘，自远处观之似凌空欲飞的形状。亭内为丹漆圆柱，外檐四石柱为花岗岩，亭中彩绘藻井，东西两面亭棂悬以红底镏金“爱晚亭”，是按当时的湖南大学校长李达专函请毛泽东所书手迹而制。

和宗玮约定了在爱晚亭和宗剑的见面方式。初夏的午后游客稀少，半山腰的爱晚亭绿色掩映，宗玮先我进入爱晚亭，见得学生宗剑起身，父女俩愉快相拥，又坐在爱晚亭，听得宗玮在叫自己的父亲闭上眼睛，说要给父亲一个惊喜。听到宗剑笑着说已经得到了女儿的惊喜，考取复旦硕博连读就是最大的惊喜。女儿说还有更大的惊喜就在眼前，一定要父亲闭上眼睛才行。女儿是父亲的小棉袄，父亲在女儿面前总是百依百顺的。看到宗玮手伸到亭子外，心领神会，悄然走到宗剑的面前。宗玮双手松开，宗剑揉着眼睛，不见了女儿，他再仔细一瞧，又惊又喜，一把抓住我的手：“夏老师，怎么是您啊？”一连串的笑声飞出了爱晚亭。听着宗玮讲述如何与我巧遇的经过，宗剑也被逗乐，他对宗玮说：“丫头，夏老师是爸爸的老师，夏老师也是在复旦读的书呀，咱们父女俩和夏老师都有缘分。”轮到宗玮再次惊讶，宗剑继续说

学生宗剑和女儿宗玮在岳麓书院大门口的合影

岳麓山爱晚亭的风光

道，“还想着和丫头到了上海，给夏老师您打电话，和丫头一起来看望您呢。现在是赶着在长沙就见面了，我们父女俩就在长沙请夏老师。”陈先生在一边总算又有机会说话：“不用啦。说好的，就让我这个长沙人来庆贺你们的一段奇遇吧。”陈先生郑重许诺，今晚不吃湘菜，江浙菜、粤菜长沙也有。爱晚亭里又是一阵笑声。

（2013年6月和程院长等在湖南长沙一游）

瀚海越野拉力赛

内蒙古阿拉善盟的额济纳旗，每年的秋天胡杨林金黄绽放，美誉天下。弱水河穿越额济纳，两岸望不尽的胡杨延伸至地平线。每年胡杨林的色彩最绚烂的时候，游客纷至沓来，2万人的额济纳小镇高峰时竟然接待20万人次的游客，胡杨的魅力由此可见。弱水河的尽头胡杨林的晃眼金色戛然而止，阿拉善盟境内的中国第二大腾格里沙漠呈现在眼前，绵延起伏的沙丘铺天盖地伸向远方，荒漠悲凉笼罩，不毛之地，沙尘滚滚，人迹罕至。胡杨林对我国北方的生态环境起着至关重要的保护作用，防沙固沙功不可没，人称英雄树。腾格里沙漠是中国北方沙尘暴策源地之一，对中国的生态环境有着至关重要的影响。胡杨林，腾格里，均在同一纬度的蓝天下，自然风貌迥然不同。一边是胡杨满目金黄耀人眼，称之为人间天堂。一边是黄沙漫天沙尘迷人眼，称之为人间炼狱。一半是天堂，一半是炼狱，天堂炼狱仅仅一步之遥咫尺间。退一步，胡杨神韵秋色赋，进一步，黄沙肆虐摧人心。此中有真意，欲辩已忘言。再深思，大道至简：退一步海阔天空，进一步万丈深渊，进退常在一念间，成败就在一步之遥。

游罢胡杨林，面向腾格里。双脚深深浅浅攀登沙丘，居高临下举目四望。遥望左侧接天胡杨金黄灿烂，勃勃生机希望在人间；凝视右边起伏沙丘无尽蔓延，沉沉死气失望在瀚海。纵然毗邻胡杨林一侧的沙丘借得胡杨三分光，开展沙漠旅游的项目，诸如乘坐越野车翻越沙丘，享受极限运动的片刻乐趣，或者是骑骆驼围着沙丘兜一圈体验西域风情的短暂快乐，然沙漠给人带来的愉悦都是他乡之游人一时的新鲜体验而已，也是当地原住民利用沙漠作为旅游创收的途径而已。沙漠之舟轻扬蹄，周而复始载游客，当地这片沙丘的承包者借着这些旅游项目一年的收入颇为不菲，圈沙丘为王的承包者笑称这沙漠里的每一粒沙子于他来说就是每一粒金子，他全家的生存就指望着这片沙漠。无语，旅游旺季，金色胡杨给额济纳带来旅游经济的腾飞，额济纳离谱的高消费令人咋舌，不多妄评。站在腾格里沙漠的边缘，遥望沙漠无尽的远方，感受到一片死气沉沉，与沙漠比邻而居的胡杨林却是勃勃生机。天堂炼狱一步间，胡杨林是天堂，沙漠望而生畏恰似地狱。如何才能综合利用并治理沙漠？这是横亘在人类面前的严峻课题。仅仅靠承包者利用沙漠开辟几个旅游项目无法从根本上解决沙漠的综合利用，地方政府也意识到了这个问题，开始探索一条有效地利用沙漠资源和防沙造林相结合从而改造并利用沙漠的发展道路。

很想能深入沙漠腹地体验一把死亡之海的感受，瀚海的深处难道真的是死气沉沉，是传说中的死亡之海？朋友告知当地政府正在古居延海的沙漠之地举办第二届额济纳沙漠汽车越野拉力赛，顿时兴致勃勃。汽车拉力赛，男性世界的极限运动，刺激眼球，撼动心灵。想象着站在沙丘遥遥地看到远方扬起滚滚的沙尘，一个又一个精灵在前方的沙漠翻腾，倏尔之间，急速飞驰的赛车一辆接着一辆风驰电掣从你身边呼啸而过，绝对刺激，整个人的情绪会完全被带入赛车的现场。观众不在赛道胜似在赛道，心和赛车手紧紧连接在一起，尤其是赛车手驾驭的爱车，在赛车过程中遇到的各种突发事件时如何沉着应对坚持到赛道的终点，那真的是极限运动对一个赛车运动员的极限考量，卓越的驾车技术和坚韧的意志品质二者不可缺一。当你身临其境目睹在赛车的过程中赛车运动员遇到突发事件却能够临危不乱超越自我一如既往，不但是视觉的刺激更是精神的鼓舞，这种精神会促使人奋发向上，这正是极限越野拉力车比赛的魅力。

朋友是个业余赛车手，自称是个越野人，为人义气，古道热肠，他爽快应允安排我们亲临第二届额济纳沙漠汽车越野拉力赛现场，顿时乐不可支，眼前立马跳出漫漫黄沙赛车道，一骑绝尘呼啸来的画面。翌日一早，朋友开着自己的爱车陆地巡洋舰到宾馆接我们几位上海的驴友直奔额济纳沙漠汽车拉力赛的赛车现场。赛车现场戒备森严，主要通道都设卡检查，一般车辆被拒绝进入现场。朋友恰好是本次越野拉力赛的评委，每到一个关卡都一路绿灯放行。一路上好几个关卡都眼瞅着有好多赛车爱好者被拒之门外，主办者声称安全第一。失望者看着我们这些获得机会者通行无阻直驱赛场，心里头的羡慕嫉妒可想而知。

胡杨林在我们的视野中渐行渐远，荒漠特有的天苍苍、野茫茫的自然风貌扑面袭来。近一个小时的车程后，我们的“陆巡”驶入前方几十米处矗立的一拱形牌楼，牌楼的横匾有醒目的大字看得清楚：额济纳第二届沙漠汽车越野拉力赛赛场。进入牌楼，就等于进入了比赛现场，长长的赛道间隔几米就有一面彩色的三角旗插在赛道两侧，印在彩旗上的广告词颇能代表额济纳的本土文化：赏醉美胡杨，驰居延古道。朋友下车，告知从现在开始，他的“陆巡”就得在沙漠行驶，不能开上赛车道。赛车道是赛车手的赛场，等于是他们的战场。沙漠行车，轮胎必须减压，他必须将四个轮胎的气都放掉一些才能保证自己的爱车不会陷入沙漠，才能在起伏不平的沙漠顺利前进。

准备工作完毕，前方有几个十几米高的沙丘阻挡去路，朋友略一沉吟，加足马力，踩着油门“一轰而上”，轰鸣声中“陆巡”在冲刺沙丘的丘顶。坐在车内，那感觉犹如乘坐汽艇冲向高高的海浪，黄沙就像浪涛拍打着车窗，加足马力的“汽艇”将浪涛一般的黄沙挡在两边，乘风破沙，“陆巡”稳稳当当地停泊在沙丘的顶端，惊心动魄。沉浸在越野车冲刺沙丘的感受中，绝对惊险刺激。这在胡杨林景区，得花110元的人民币才能享受乘车冲锋沙丘的娱乐，且只有五分钟的时间。“这才是真正的沙漠。”朋友下车，笑着指向前方，“你们看沙丘连着沙丘，一眼望不到尽头。别看现在温柔得很，沙尘暴刮起来，整个世界就是黄沙漫天，天地之间混沌一片。”

伫立沙丘的最高处，一条沙漠中平整出来的简易赛车道从眼前一直延伸到远方看不到的尽头，整个赛车道为150公里。我们站立的沙丘下面人头攒动，那是赛车终点，主办单位额济纳旗的工作人员正忙碌着在做比赛正式开始前的最后准备。我们的“陆巡”又从高坡呼啸而下，朋友引我们沿着赛车道走向沙漠的更深处。沙漠行车好似迎风踏浪逆水行舟，驾驶员开车极有讲究，只见朋友尽量寻找前车留有的车辙，车轮蹚着原有的车轮痕迹小心翼翼向前。他不失时机地传授沙漠开车之诀窍："寻找现有的车轮痕迹是因为前面开过的车已经将沙漠碾压过，路面可以扎实一点。我们业内的行话是快过沙，慢过水。轮胎压力要注意，思想集中走沙快。"

沙漠中行驶了20公里左右，朋友替我们选择一处背靠沙丘又在赛车道转弯处的地方等待着各种各样的越野车从我们的面前呼啸而过，感受赛车运动带来的视觉盛宴。朋友说这种地方最能看出赛车手的车技，极品车手过弯道时的出彩表演绝对是一道视觉盛宴。这片赛场，称之为古居延海。海者，湖泊，浩渺的水面也。想必千年以前这片荒漠还是碧波荡漾的湖泊，游牧民族逐水而居，该是风吹草低见牛羊的水草肥美之地。沧海桑田，地球上地形地貌的更替从未有停止，运动是我们这颗星球及宇宙万物的根本属性。本赛场终点站不远处还遗有一片名唤天鹅湖的水泊，远远望去水泊中央点点白天鹅嬉戏水面，想必是古居延海残留的水面。缘何称之为古居延海，主观臆想其往北几十公里处的沙漠边缘有另一湖泊史称居延海，唐代著名的诗人王维遭奸相李林甫排挤受命出使西域过居延海时描绘过大漠奇观，留下不朽的千古名句"大漠孤烟直，长河落日圆"，使得居延海与王维的诗篇一起名垂千史。莫非有意区别而为之，抑或原先的古居延海和现在的居延海曾经连成一片，不得而知。

马作的卢飞快，梦回吹角连营，沙场秋点兵。赛场就是战场，座驾就是的卢，几百名赛车手进军赛场的号角吹响，点兵已经完毕，各路赛手原地待命，只等一声发令枪响，坐骑就会在赛车手的驾驭下如离弦之箭飞驰在赛车道奔向比赛的终点。朋友出任评委一职，他受命在终点站记录并确认选手抵达终点的最终时间。朋友再三叮嘱我们务必在赛车道的安全线外观赏，千万不能进入赛道，比赛结束务必在原地等待他。沙漠景色单调重复，走远了容易迷路，一定要沿着赛车道两边来回活动。

犹如昔日各武林教派云集华山论剑品英雄，全国各路赛车好手带着爱车聚集在额济纳沙漠汽车越野拉力赛的集结号下等待出征，一显身手，赛车道上比英雄。赛道就在这片古居延海的沙漠上不断地延伸，

本文赛车手的赛车

赛车手将在这片荒漠上演一场惊心动魄的拉力比赛。鹿死谁手，七分驾车的技能，三分比赛的运气。过不了多久，比赛的号角即将吹响，力的角逐将在沙漠中较量。轰鸣声响，风驰电掣，感官刺激，力的张扬，男性雄风极致的演绎。赛车手，我心目中的英雄，彰显雄性的魅力，当今裹在脂粉堆里的所谓小鲜肉在我们的车手面前该感到汗颜。为每一位赛车手点赞，你们都是勇士。总感觉到我们的朋友为我们选定的赛车观赏点还是缺少全景式的观赏效果，为寻找最佳观赏点，我们深一脚浅一脚艰难行走，终于选定一处近邻赛车道的沙丘作为观赏点，爬上沙丘的顶端，四下里远眺，心情甚好。

本届沙漠汽车越野拉力赛的比赛正式开始，远远地看到第一辆赛车出现在远方，扬起的滚滚沙尘证明车手在沙道上车速的极限，目测时速不低于160公里，举起的手机还来不及按下拍摄，一辆红色越野车在呼啸声中从眼前绝尘而去。紧接着第二辆黑色的越野拉力车飞驰而来，轰鸣的马达声几公里处就远远传来，到了赛道拐弯处似乎感觉到赛车手好像是微侧车身，一个漂亮的弧形，座驾极其潇洒地飞过弯道转眼就在眼皮底下箭一般穿过绝尘而去，我们都为这位车手炉火纯青的车技喝彩。紧接着数十辆座驾一辆接一辆在脚下的赛车道竞相争霸，车身色彩多姿绚丽，有夸张者为自己的爱车涂鸦赤橙黄绿青蓝紫七种色彩，夺人眼球，从赛道上隆隆驶过，宛如一只七彩皮球在赛道上滚动，着实有趣。我们这几个驴友中的其中一位戏称座驾的颜色颇能看出车手的性格，黑色的稳重，红色的激情，白色的青春，七彩座驾的车手，他的性格该是多元的吧。一边是目不暇接从眼皮底下飞驰而过的一辆辆越野车，一边是对每一辆赛车评头论足各抒已见，竞技运动最明显的特征是优秀的竞技者都会有自己的粉丝。赛程过半，意犹未尽，都纷纷建议站在赛车道旁观赏，和赛车近在咫尺的接触才更有刺激，赛车手力的张扬才会受到感染，焕发出内心激情的释放。

贴着沙坡慢慢往下滑至坡底，不失时机地经历一次滑沙的感受。步履维艰，鞋子里灌了好多的沙子在和自己的脚掌来回摩擦，感觉很是不舒服。好不容易来到赛道旁，一屁股席地就坐，一边脱鞋倒沙子，一边目光紧盯赛车道，不愿意漏掉任何一辆在眼前一晃而过的赛车。紧张激烈的第二届额济纳沙漠汽车越野拉力赛的比赛眼看着接近尾声，比赛最惨烈的高潮在毫无征兆的情况下骤然降临，想不到我们目睹的是一场无法料到的赛车事故，它在你的眼前真实地惊心动魄地上演。而且，这名赛车手还是我们朋友的故交。亲眼所见，一辆大红色的赛车远远地飞驰而来，车尾扬起的滚滚沙尘直冲云天，蔚为壮观，如同王维千年前《使至塞上》中所看见的“大漠孤烟直”的景象，而这辆赛车就是王维所描写的“长河落日圆”中的一轮落日。我们都熟知这辆红色的“落日”，都期望朋友的故交在这次越野拉力赛中有出色的表现并获得优异的比赛名次。

“落日”在向你飞速地逼近，果真就是那辆再熟悉不过的越野车。朋友的故交是一名来自山东青岛的赛车手，就在几个小时前还受邀与他一起在他的爱车前合影留念。真心满满地祝愿他取得好成绩，车手也豪情壮志宣称“不破楼兰终不还”，进入名次相约晚上喝庆功酒。他只身从黄海之滨奔赴沙漠，他乡无故人，与我的朋友也是因为酷爱赛车在网上相识，彼此神交好多年了，正式见面也就是在这届额济纳沙漠汽车越野拉力赛上的相见。典型的山东汉子的性格，合影完毕，彼此一言为定，相约晚上喝酒庆祝，并击掌立盟。心中一直在切盼这辆红色的赛车快快出现，终于盼到了这辆车的身影，而且是在最近的赛车道旁看着这辆红色的越野车像一枚火箭弹一般飞射而来。前方又是那个对赛车手车技考量的转弯道，我的山东新朋友，红色越野车的驾驭者微微倾斜自己的座驾，车速不减，马达轰鸣声不减，勇往直前的猛劲不减，眼瞅着瞬间就转过弯道从我的面前一晃而过，却听见一声巨响在我们的身边炸开，山东新朋友坐骑的左后轮胎突然爆掉，红色越野车受到严重打击，车速刹那间减缓，失去了冲锋的动力。车道一旁的观赏者不约而同地发出惊愕的叫声，都在为这个勇敢的骑手感到惋惜，他肯定是到不了终点将半途而废，我更是惋惜他的功亏一篑。

作者本人在赛车前的留影

骑手的真正勇敢在于关键的时候他的不言败，不放弃，纵使不能获胜也要勇往直前，哪怕是最后一个抵达终点。我的新朋友理应“败下阵来”，留下这次比赛的遗憾。但是他没有从坐骑上下车，自信的他根本就没有备胎在车上，他依然在奋力向前，越野车的三个轮子依然搅动沙尘，他的目标是比赛的终点。车速减慢，目标不变，他从我的身边镇定自如地越过，看到他稍一侧身朝我点头，送来了坚定的眼神后随即又注视着前方的终点，前方20公里处是比赛的终点，凭借三个车轮驾驭坐骑完成最后20公里的赛程需要何等的毅力和勇气。山东新朋友，为你喝彩，为你点赞。比赛的名次不再重要，比赛的精神必须传承，赛道旁的观众在为我们的选手加油、鼓掌，视线都停留在这辆只有三个车轮的赛车上。我的评委朋友驾着“陆巡”沿赛道开到他的座驾旁，赛道上、赛道下，两辆车朝着同一个方向用同样的时速奔向前方的终点站，心有灵犀的两位越野人互相传递的一个眼神一个细微的表情彼此就知道此刻需要的是什么？需要的是绝不言弃，坚持到底。我们跳上朋友的“陆巡”陪伴着他冲到比赛的终点。他完成了全部的赛程，他的座驾左后轮的车轱辘都磨损得面目全非，他紧握方向盘的双手的手掌都被鲜血染红，牢牢控制方向盘用三个车轮完成20公里的沙漠赛道比赛，手掌磨破，鲜血渗出。

完成了比赛，没有名次。为他惋惜，他却平淡地笑笑，说道：“我没有半途而废，坚持到了终点，这就是成功。”他轻松地给了我朋友当胸一拳，“没有给你丢脸吧。”不解中朋友道出原委，是他邀请这位山东故友前来参加这次比赛的。对专业的车手而言，参与各种赛车的比赛很为重要，同时在这届赛车比赛中两位神交已久却从未谋面的朋友正好是一次相交相识的机会。两位有着好几年的友情却第一次相见的朋友在赛车的终点站相拥而泣，男儿有泪不轻弹，只因未到伤心处。两个爱车胜于生命的男儿，一个来自黄海之滨，一个住在西域边陲，相隔近万里，对赛车的执着追求相见在大漠，他们一见如故，且坦诚相见，感情来得悲壮，来得豪放，我们几个来自上海的驴友为这两个真正的男儿的友情在一旁真情喝彩。后面疾驰而来的赛车一辆接着一辆地抵达比赛的终点，再也不能激起我们和现场其他观众的激情。我们这位山东青岛的赛车手冲过终点时，现场几乎所有的车手和观众都为他喝彩，虽败犹荣。竞技运动、极限运动的魅力就在这里，在于结果和名次，也在于过程中你的坚持和执着。

我们相约今天晚上为来自山东青岛的优秀赛车手共同举杯庆贺，庆贺他这位无冕之王虽败犹荣，他不是冠军，胜似冠军。志和者虽不以山海为远，海内存知己，天涯若比邻，但相逢却需要跨越关山万重的阻隔，能在腾格里沙漠幸会是男性的浪漫。人生在世，没有无缘无故的遇见，也没有无缘无故的缘分。今生能在腾格里沙漠相逢，也许注定是一场无法言破的命运和契机，所有的遇见，都是一场命中注定，如同毗邻沙漠的胡杨，没有人欣赏也要在秋天染成金黄一片，心有灵犀的感应早已达成了一种心照不宣的共识，一种心领神会的默契，和山东赛车手的相见，就是一场命中注定。赛场邂逅青岛的车手，他在比赛中的历险于我而言就是我生活中的一本教科书，教会了我面对突发事件如何镇定，面对名利荣誉如何淡定。在旅途中我所遇到的每一件事，都是我人生的教科书。我们的山东赛车手在赛场上面临突发事件完全可以退出比赛，从成绩而言坚持到终点和退出比赛性质是一样的，进一步坚持到最后实质上是在为荣誉而战，退一步在一片惋惜声中体面退出赛场，这是最常规的选择，进退就在一步间。我们的新朋友山东赛车手选择了“进”，最终自己的爱驾“遍体鳞伤”，很多人都认为此举不值得。非也，窃以为一个人只有经历了世事万象对他的一次次的淬火，才能摆脱人世间所有的浮躁和诱惑，宠辱不惊，不为名利，返璞归真，透悟生命的真谛，坚忍不拔不是为了获取，而是为了证明，我们的山东新朋友恰是步入这种境界的年轻选手，民族的脊梁骨需要的就是这种不屈不挠的精神，这是一个民族的希望。有了这种精神，腾格里沙漠将来也会变得像金秋额济纳的胡杨林一样受到人们的追捧，因为沙漠最终也要为造福于人类而服务，天堂和炼狱不再有差别，炼狱也会变成天堂，沙漠也在为人类服务，进退就在一步间，就看你进退的是哪一步。顺应自然，按自然规律循序渐进，进一步则是天堂，恣意妄为，按照人类的自我欲望我行我素，进一步则是炼狱。如果是第一种进一步方式的选择，额济纳金秋的胡杨和额济纳的腾格里沙漠将会是额济纳的两张名片，它们的重要性彼此不分伯仲，额济纳会变得越来越美好，这一天不应该太遥远。

（2017年10月在内蒙古阿拉善盟额济纳旗腾格里沙漠观看汽车越野拉力赛）

大漠圣地居延海

“大漠孤烟直，长河落日圆”，是唐朝诗人王维受奸相李林甫的排挤出使边塞途经居延海一睹荒漠的瑰丽奇观有感而发创作的千古名句，成为后人描绘沙漠壮美景观引用最多的代表性诗句。李杜文章光焰万丈，王维更在二人之上。曾经看尽繁华绚烂，如今尝遍人间至痛，王维被谪使至塞上，就此历劫飞升，心如止水，于拈花微笑之中将山水田园诗开辟出一个新境界：诗中无我，诗中有禅。窃以为因为有了居延海，王维写下不朽名篇《使至塞上》，当属其开创的山水田园诗风格的巅峰之作。在浩如星辰的唐宋名家中独树一帜，山水田园诗伴随着王维在中国的古代诗歌史中名垂千史，历代无数的文人雅士无不仰慕王摩诘的山水田园诗词，居延海因王维而更负盛名。

仰慕王摩诘诗词美名，不远万里朝拜居延海。展现在眼前的居延海果真名不虚传，气象万千，与南方湖泊的美相比显得大气从容。居延海，一走近你，你就用漫无际涯的碧蓝夺走了我的眼球。有诗赞曰：大漠明珠，气势磅礴。劲风猎猎，天穹湛蓝。湖水碧透，芦花绽放。鱼翔浅底，沙鸥飞天。荒原奇观，边塞胜景。

居延，自汉代以来直至清朝都极为有名。居延不仅仅是一个地区的代表，更是一种文化的代表，承载着中华民族色彩极为浓重的文化。“居延”是西夏语，为“流动的沙漠”之意。在居延海地区有一个西夏王朝的遗址——黑城，考古学家在黑城发掘了大量的西夏文书，说明西夏王朝对居延的统治非常牢固。成吉思汗发兵西夏，鞭指居延。无往而不胜的蒙古大军却在居延遭到重创，讨伐西夏久攻不下，成吉思汗最后竟积劳成疾，归途中暴病而亡。

居延海位于内蒙古阿拉善盟额济纳旗北部，形状狭长弯曲，犹如

老子驾青牛在居延海升天时的塑像

新月，额济纳河汇入湖中，是居延海主要的补给水。居延海还是一个奇特的游移湖，它的位置忽东忽西，忽南忽北，湖面时而大时而小，时时在变化。北魏晚期的地理学家郦道元所著《水经注》将居延译为弱水流沙。发源于祁连山深处的我国第二大内陆河黑河流经青海、甘肃、内蒙古三省区800余公里，汇入巴丹吉林沙漠西北缘两片戈壁滩洼地，形成东、西两大湖泊，总称居延海。历史上的居延海水量充足，湖畔是美丽的草原，有着肥沃的土地、丰美的水草，是我国最早的农垦区之一，早在汉代就开始了这里的农垦历史。居延海还是穿越巴丹吉林沙漠和茫茫戈壁通往漠北的重要通道，是兵家必争之地。《史记·匈奴列传》中记载："(汉）使强弩都尉路博德筑居延泽上。"后又在这里设郡立县。南北朝时期柔然占领居延，隋唐时居延属于突厥，宋代时居延在西夏国的统治之下，是当时西夏政治、经济、文化中心之一。居延在汉朝时被称为居延泽，魏晋时称之为西海，唐代起称之为居延海，是古弱水的归宿地，也是额济纳土尔扈特部落繁衍发展的摇篮。曾经担任过成吉思汗护卫军的土尔扈特人是居延地区至今人数最多的少数民族。元朝灭亡时，这个部落曾迁徙到伏尔加河流域，清朝乾隆年间，16万土尔扈特人克服重重苦难，不远千里回归故土，进入额济纳河流域，在居延绿洲定居至今。

居延海是一部传奇，它经历了太多的磨难。中华人民共和国建立后的几十年间，居延海就经历了几度湖面萎缩几近干涸消亡的厄运。自1969年起，居延海再也找不到往日那碧波连天芦苇丛生的景象了。黑河的改道最终导致了东西居延海相继干涸，昔日水草丰美的居延海在不到十年里几乎成了生命的禁区。据当地牧民介绍，20世纪60年代以前，居延海还是水草丰美，胡杨遍布，湖面上碧波荡漾，湖畔芦苇丛生，20世纪80年代，还在这里能捡到野鸭蛋。上游水资源的无序利用，居延海无有为继之水，脆弱的生态环境又被进一步地恶意毁坏，最终导致居延海成为一座座沙丘，一道道沙梁的荒漠之地。缺水的河道旁，枯绝的沼泽边，只有很少的红柳残枝。居延海自1961年起逐渐干涸，一直被白茫茫的碱漠荒沙覆盖，成为飞扬沙尘的策源地之一。东居延海1949年后间断性地干涸六次，及至1992年彻底干涸。

居延海绿洲萎缩，北京每年的沙尘暴越来越严重，地区生态环境急剧的恶化引起各级领导高度重视。小小居延海，连接中南海。专家、媒体在国务院的指令下组成联合考察队溯风而上，一路向西追查风沙之源，追到阿拉善盟额济纳旗，调查明白风起额济纳，沙落北京城。痛定思痛，重新规划，2002年7月17日，黑河水再次流入东居延海，2003年9月24日，流入干涸的西居延海。随着连年补水，东居延海在2004年8月20日以来，就没有出现干涸的现象。至此，东居延海水面面积达到38.5平方公里，居延海又恢复了昔日的风光，重新焕发出勃勃生机。众多国家领导人到此地都对这里修复的原生态风光赞叹不已，批示一定要保护好居延海。

美丽的居延海蕴藏着丰富的宝藏，其中最丰富的当属渔业资源和鸟禽类资源。湖中生长着鲤鱼、鲫鱼、大头鱼、草鱼等鱼类，天鹅、大雁、鹤、水鸭等常来此栖息，沙鸥更是常年在码头、湖面上嬉戏。

秋天的居延海风光

泛舟水上，观珍禽异兽，芦苇连天，赏鱼儿翔游水中，好一片世外桃源，梦想之地。晚眺居延，王勃《滕王阁序》中“落霞与孤鹜齐飞，秋水共长天一色”的壮观美景展现在眼前，让人久久难以忘怀。

居延海，漫漫黄沙中的这片弥足珍贵的碧水，有过许多美丽的传说，也留下了各种名人的足迹。成吉思汗西征时曾在这里安营扎寨，元朝时意大利人马可·波罗也慕名来到居延海。一代又一代口口相传的传奇故事更是神奇。传说中的周穆王驾着他的神骏马车，一路西行，来到昆仑山下，见到了一个披着虎皮的女王，那就是后来成为玉皇大帝夫人的西王母。周穆王受到了西王母的隆重欢迎和款待，载歌载舞，美女如云，美酒如川，两人一见倾心，互赠情诗，最后依依惜别，西王母还送了周穆王一车价值连城的宝玉，王母娘娘因流连这里的一方碧水，就把居延海变成了自己的私会之所，这段神奇佳话至今仍被津津乐道传诵。如此而言，西王母所在的昆仑山当在居延海一带？即祁连山。史上确有很多记载，将祁连山视作为昆仑山。按照此说，周穆王一路西行，是与西王母相会于祁连山脚下，由此推断古人把祁连山视为昆仑山还是有一定的根据的。作为黑河的上游祁连山的雪水成了黑河的主要水源，祁连山的雪水滋润着整个居延地区，是该地区万物生长的最为重要的水源。如果这条河与史书中关于昆仑山的记载关系密切，那么周穆王和西王母也可以算作是居延地区最为早期的名人了。周穆王乃是居延流域源头的名人，王母娘娘则是居延流域终点的名人，居延又被抬到了一个极高的位置。

上述的传说多少还是属于神话的范畴。说到历史上因居延而名垂千古，史料可以证实的最为有名者当属霍去病。霍去病是西汉名将，是大将军卫青的外甥，善于骑马射箭，17岁时即为汉武帝侍郎中，同年随卫青出征匈奴。他曾率领800精骑长驱百里，突袭匈奴后方，斩杀匈奴兵数千人，俘获匈奴的相国和当户，并杀死匈奴单于的祖父和季父，勇冠全军，被封为冠军侯。霍去病一生四次领兵出击匈奴，均大胜而回，歼灭匈奴11万多人，降服匈奴兵4万余众。霍去病开拓了河西酒泉之地，从而消除了匈奴对汉朝的威胁。他作战骁勇，是一位军事天才。汉武帝曾劝他学习孙吴兵法。他回答说：为将须随时运谋，何必定拘古法呢？汉武帝为奖励他的军功，给他建造了豪华的宅邸，他却说：匈奴不灭，无以家为也。后人对霍去病极其推崇，历代历朝都尊崇霍去病是维护国家统一的民族英雄。

因居延海而名声传播得更远的还有道家创始人老子李耳。居延海传说是老子得道升仙处，如今在居延海碧水环绕，芦花丛生之地铸有老子骑青牛升天的巨大塑像以志歌颂纪念这位伟大的中国国教——道教的创始人。西周衰败，老子骑青牛冉冉西游，到达函谷关（今河南灵宝县东北），他为天水人尹喜写下著名的《道德经》，如同王维《使至塞上》诗作中的千古名句，《道德经》中的“道可道，盗亦有道”与王维的《使至塞上》都成为中国古代灿烂文化的瑰宝。一部《道德经》，无为治天下，上下三千年，道教盛而不衰。老子留下千古绝唱《道德经》，骑着青牛过函谷关，之后西行千里，没入流沙（居延海）得道升仙，历史和神话水乳交融传唱至今。信乎不信乎无关紧要，最重要的是老子是中国历史上道教的创始人，居延海是西域边陲的沙漠明珠，这些都是事实。据说庄子也在梦境变成蝴蝶后幻化成一缕青烟从居延海成仙升天。老庄哲学思想的奠基人都和居延海息息相关，居延海成为著名的道教圣地不足为奇。传说无从考证，口口相传延续至今则足以证明老子庄子两位大家在后人心目中的地位，他们的思想至今还在影响着世界，他们对中华文化的贡献更是功不可没。屈原、李白、苏轼等千古绝唱的诗词无不受到老庄思想的影响。

谁是居延海美名远播的最大推动者？本人认为还是首选王维。“单车欲问边，属国过居延。征蓬出汉塞，归雁入胡天。大漠孤烟直，长河落日圆。萧关逢候骑，都护在燕然。”一首旷世绝作《使至塞上》使得居延海也得以在中国的文学宝库中名垂青史。昔日的新丰美少年，才情高八斗的长安才子纵使岐王怜才，通过玉真公主斡旋使得王维蟾宫折桂金榜题名三甲之首，终因不谙官场诡谲险恶卷入伶人舞黄狮案而被贬，之后官运一直不济。宰相张九龄慧眼识才，被召回朝廷，然好景不长，三年之后，张九龄被口蜜腹剑的李林甫排挤，贬为荆州长史，王维厄运又降临，奸相李林甫借大唐王朝需要朝廷高官亲自出使西域慰问军队为由将他支使到了荒凉的凉州。

宁靖戍边的责任重大，王维一腔幽怨单车独行。没有奸相李林甫对王维的排挤打击，中国文学史上就不会有“大漠孤烟直，长河落日圆。萧关逢候骑，都护在燕然”的千古绝唱，就不会有居延海再度的盛名远扬，更不会有中国文学史上一代新诗风的标新立异，一种全新的诗歌风格——山水田园诗由此而诞生，发祥地就在居延海，居延就此和中国的文学紧密相连。也许，王维在轻车从简过居延海时心情是低落的、惆怅的，他看不到自己的未来。怀才不遇、报国无门的王维在居延海蓦然抬头见到了如此壮美的西域景观，他的诗情陡然勃发，千古绝唱脱口而出，寄诗情于山水田园之间就此成为王维余生的选择，大量不朽的山水田园诗篇将昔日新丰美少年的才情挥发得淋漓尽致。如此，依余之一家已见认为王维开创山水田园诗派发端于居延海，或是居延海推动了王维山水田园诗飞越到一个全新的高度，王维成为中国文学宝库中山水田园诗流派的开山鼻祖，多少得益于居延海。居延海，大漠中的圣地，诗佛因你而名垂千史。也许这就是历史，偶然的因由往往在不经意间会创造出新的历史，纵然这个因由是你极不情愿接受的。福兮祸兮，得有结果方知，总得要接受，与其被动接受，不如主动接受，化被动为主动。王维赋予了山水生命，山水也疗愈王维的伤痛，清风明月间，他们互相陪伴，彼此成就。安禄山谋反被平叛后，王维抹去了对政治的最后一丝热情，毅然转身走向了山水更深处，寄情于山水田园之间，那里才是王维的归宿。中国文学史上开启山水田园诗的一代大家王维多少得益于居延海对他的启迪抑或是影响，由此可否推究王维山水田园诗的兴盛发轫于居延海？官运不济，仕途坎坷，是对王维一次次的淬火，是为了让王维摆脱世间所有的浮躁和诱惑，返璞归真，透悟生命的真谛。王国维先生在《文学与教育》一书中说过：“生百政治家，不如生一大文学家，何则？政治家与国民以物质上之利益，而文学家与以精神上之利益。夫精神之于物质，二者孰重？且物质上之利益，一时的也，精神上之利益，永久的也。”如此，王维过居延海，实是中国文学之大幸。唐代诗坛，纵然李白千秋逸调，杜甫一代规模，但若论才华的全面性，王维毫无悬念地成为唐代诗坛第一人。

来到居延海，茫茫荒漠中一片横无际涯的水面骤然呈现在你的面前，确实是个奇迹，令人震撼。居延海的几度兴衰印证了一个真理，人类只有顺应自然才能利用自然为人类服务，改造自然必得顺应自然的客观规律，大自然的万事万物都有着互为依存的联系，环环相扣，每个环节都不能缺失，任意改变其中的一个环节，最终只能受到自然对人类的报复。沿着环居延海的木栈道贴着水面穿过茂盛的芦苇一路行走一路观景，感慨大自然这个画家的七彩调色板将居延海装扮得分外壮美，蔚为壮观。居延海不同于江南的湖泊那么秀美妖娆，它是一种恣意张扬独霸一方的唯美，美得尽心，没有遮掩。色彩浓烈跋扈，红草地，绿芦苇，蓝海子，绚烂夺人，目不暇接。徜徉在居延海，心扉顿时无限敞开，没有矜持，没有斯文，跟着那些远道而来的鸥鹭嬉戏欢乐。陶醉在这片色彩里，久久不愿离去。感慨油然而生，居延海也许是中国众多湖泊中命运多舛、故事最多的海子，但愿居延海能千秋万代为华夏的子孙造福。于是乎虔诚地站立在老子的雕像前，合掌祈祷，老子，保佑居延海。

烟波浩渺的居延海，神情幻化，气势壮观，每当夕阳西下，便有紫气于湖面隐隐生成，袅袅不绝。史书有记载，称匈奴人敬畏居延海升腾的紫气，奉为神明，以供奉祭祀。《张掖县志·古迹篇》就有居延海紫气“为流沙仙踪，以耀其辉”的记载。吾辈认为，古往今来，敬畏神明其实就是敬畏自然，敬畏自然就得顺应自然。坊间每每有破坏神明遭天报应之说，细细究来实为破坏自然遭到自然的报复。当今，国力强盛，科学昌明，国人再也不会蛮干，杀鸡取卵无异于饮鸩止渴，最终将落得个白茫茫大地真干净的结果。居延海有过惨痛的教训，因此，居延海一定会是碧波连天，和人类相伴到永远。

（2017年10月游中蒙边境的居延海有感）

走马东风航天城

中蒙边境的策克口岸商贸繁荣，丝绸之路延伸至国门，无尽向前推，那一端是马可·波罗的故乡。再延伸，这条千年商贸路，可抵达世界的任何一个角落。陪同的朋友不无自豪地宣称，他们的故乡是通向浩瀚宇宙，走向世界各地，连接天地之间的起点站。丝绸之路通过策克口岸走出国门，走向世界，航天卫星可以抵达地球外的茫茫宇宙，他们的故乡是中华民族连接国外互通商贸的友谊桥梁的起点，他们的故乡是中华民族探索宇宙的无尽奥秘的起点。因为他们的故乡有一个策克商贸口岸向世界敞开中国开放的大门，因为他们的故乡有一个卫星发射基地向星空传递地球上人类的文明。朋友用诗一般的语言满怀激情地描述着自己的故乡，骄傲之情溢于言表，一扫我之前对其故乡有失公允的固有认识。漫天黄沙相伴，贫瘠土壤相拥是我对朋友故乡的描绘，唯有在每年10月份那短促的半个月，朋友故乡的胡杨林绽放出无比瑰丽的璀璨引得各地游客慕名一睹胡杨的壮观，绝美绚丽仅仅存在十几天，下一次的邂逅又要到来年的此刻，剩余的漫漫时光呈现的是荒凉和寂寞。干燥和风沙相伴，沙漠和戈壁相邻，漫天的黄沙搅动着天地成为中国北方沙尘暴的策源地。生于斯长于斯的朋友却无比热爱自己的故乡，他爱故乡的胡杨林，他爱故乡的湛蓝的天，他爱故乡的戈壁和沙漠，他更爱通向世界的策克口岸，他最爱的是坐落于家乡的东风航天城。朋友的故乡就在内蒙古阿拉善盟的额济纳。策克口岸在这里，酒泉卫星发射基地也在这里，全中国最负盛名的可向九天揽月的地方。额济纳，原来你最诱人之处不在于胡杨林，你最诱人之处且让人引以为自豪的是在于你拥有通往宇宙的东风航天城，在于你拥有通向世界各地的陆上友谊桥梁——策克口岸。因为额济纳有着戈壁和沙漠，因为额济纳有着湛蓝明净的天空，所以额济纳才有中国的东风航天城。来到额济纳，只看胡杨林，不去航天城，遗憾一辈子。

朋友的真诚极具诱惑力，身在策克口岸心却已然飞向东风航天城。多少次在电视屏幕上看到，我们的航天员走出问天阁向亿万人民潇洒地挥手一步一步脚踏戈壁滩走向发射架，走近航天飞船的时候，你浑身的血液会随之沸腾。当听到指挥中心传来那倒计时的呼叫“1”的时候，你浑身的血液又像瞬间被凝固，眼睛眨都不眨一下，紧盯着电视屏幕，看到那发射架上的航天飞船冲天一飞，那颗心就一直悬在半空，看着航天飞船划过长空冲向茫茫宇宙，你的那颗心也就跟着飞向了浩瀚的天宇。当听到指挥中心最后那句尘埃落定的声音：发射成功，你的心才收回。但刚收回的那颗心却又在怦然跃动，恨不得插翅飞向东风航天城，与基地的所有人员一起开怀痛饮，把酒问青天。

自驾游的最大优势就是随时随地可以来一次说走就走的旅行，想去哪就能够随心所欲地去哪，心爱的坐骑让你有多远就走多远。人生最美妙的事情就是听从自己内心的召唤，想到了就勇于践行。践行就

是人生的经历阅读，任何一种经历都是自己的人生财富。不少人的内心都有过召唤，都想到要服从内心的召唤，经历曾经没有过的人生历练，却又不敢迈出大步勇敢地去面对不可预知的经历，守在温馨的居室内期待着能够复制他人的经历，或者在他人的具体引导之下才会迈开脚步，这样的想法只会羁绊自己的前行之路，让你的世界变得越来越小。人生一世，总要多往外走走，看看这个世界，总要想着干点事情，留一点成果。要走就来一场说走就走的行走，要干就要撸袖有一场说干就干的真正行动，这才是人生的大格局，等待和犹豫往往是你勇往直前的最大敌人。原先的旅行计划是再度返回额济纳弱水河边的胡杨林深度欣赏满目金黄耀人眼的景致，朋友对东风航天城的生动描绘激起了内心参观卫星发射基地的渴望，一行有五位志同道合者一拍即合，当即改变行程来了一场说走就走的参观东风航天城的旅行。潇洒地向策克口岸挥一挥手，微笑着向再游胡杨林的旅伴们告别，不带走额济纳的一片胡杨叶片。明媚的阳光下坐骑隆隆发动，向着憧憬已久的航天城出发，那颗心其实早就飞到了茫茫戈壁滩深处的卫星发射基地。

酒泉东风航天城的发射架

东风航天城乃平常称谓的酒泉卫星发射中心，是中国科学卫星、技术试验卫星和运载火箭的发射试验基地之一，是中国创建最早、规模最大的综合型导弹、卫星发射中心，也是中国目前唯一的载人航天发射场。它建立在茫茫戈壁滩之中的一块风水宝地上，西边依山，东面临河，是戈壁滩上的绿洲，是当年聂荣臻元帅亲自挑选的地方。至今，坊间一提起酒泉卫星发射中心还都会认为是在酒泉，实质上是在内蒙古阿拉善盟额济纳旗境内，距离酒泉尚有300公里之遥。以酒泉命名盖因其时世界各国卫星发射场命名时均回避真实地名，再则发射场地处大漠戈壁滩难以挑选颇有知名度的地名，酒泉与卫星发射中心距离最近且是历史上较有名声的城市。另外，当时行政区划上额济纳旗归属甘肃省，直到1979年额济纳旗才划入内蒙古阿拉善盟的版图。在中国的航天史上，酒泉卫星发射中心创造了我国航天发射和我军武器装备建设具有标志性意义的多个第一。其中，我国第一颗人造地球卫星“东方红”一号就从这里升起，中华民族千百年来的飞天夙愿圆梦于此，中华民族的漫漫航天路在这里迈开了第一步。

从中蒙边境的策克口岸驱车南下至东风航天城三个多小时的行程，由北向南路况甚好，一条大道纵贯戈壁滩一直通向我们追寻的目的地。驰离策克口岸，途经额济纳旗政府所在地——达来呼布镇，沿途胡杨林点缀，给北国大漠的单调风光增添满目金黄，死气沉沉的戈壁滩显现出生命的张力。及至行驶至干涸的黑水河下游的荒漠，湮没在戈壁滩中的西夏王朝历史遗址黑水城从眼前晃过，坐骑便进入了无人区。无边无涯的戈壁滩与遥远的天边连接成一条广阔的地平线。就在天地相连的前方，大漠最深处，就是我们心心念念向往的东风航天城，就是我们中华民族骄傲于世界的卫星发射基地。从车窗内极目四望，寸草不生之地，生命的禁区。航天城诞生在生命的禁区，见证的是人类力量伟大的奇迹，见证的是中华民族智慧结晶的凝聚。遥想半个世纪之前，我们的航天先驱告别繁华，告别家庭，怀着对祖国航天事业的一份执着，守着对亲朋好友的一份思念，守着几十年如一日的寂寞，犹如人间蒸发，与外界中止一切信息往来，因着对这份航天事业最深情的挚爱，悄然无声地来到这片寸草不生的茫茫戈壁滩，几十年如一日，成为这片大漠的征服者。大漠腹地是航天人员的第二故乡。

伟大的航天事业使得他们的生命并不苍白，多少年以后，伴随着中国航天事业的崛起，一个个响亮的名字震惊世界，一个个英雄的名字让世人对他们肃然起敬。航天英雄们宏伟的航天蓝图在脚下的这片戈壁滩上绘就，一个崭新的卫星城市在祖国的西北大漠崛起，东风航天城，我们正向着你而来。

穿越一望无际的戈壁滩沙漠之路，前方的丁字路口矗立着一块巨大的指示牌，左拐往东是酒泉的方向，右拐往西则是航天城。多少回在电视屏幕上展现的航天城，留下的印象是神秘，是庄严，是可望而不可即的地方。如愿以偿走近心目中的圣城——东风航天城，同行的朋友都被神圣笼罩，敛神屏息遥遥相望憧憬已久的航天圣地。我们的脚步停留在航天城的大门口，扑入眼帘的是一块巨石耸峙在航天城的大门外，石碑上镌刻“东风航天城”五个红色的大字宛如五把燃烧的火炬耀眼夺目。莫不是一种伟大的象征？象征着我们的航天飞船被点燃，一冲飞天，向着茫茫宇宙进发。石碑前留影，向世人宣告：东风航天城，世人眼中神秘的卫星基地，我来了。

严格的检查，获得车辆通行证，座驾徐徐驶入心向往之的航天城，酒泉卫星发射基地终于揭开了神秘的面纱，以独特的景观吸引着我们走进其怀抱。湛蓝的天空万里无云，环城大道绿树成荫，亭台楼阁环湖而建，恍若进入了一座山清水秀绿荫匝地的江南小城。沙漠的绿洲，戈壁的明珠，竟然如此多娇，秀甲江南，宛如世外桃源，真的想问一声陶令不知何处去，桃花源里可耕田。湖畔徜徉，四周绿树红花环绕，一尊飞天雕像矗立亲水平台，翩然起飞的九天仙女娉婷挟紫气，婀娜沐朝阳。飘飘散福瑞，翩翩降吉祥。九天仙女是航天的象征，是卫星发射的符号，她提示着我们正身处东风航天城，这里是我们的宇航员飞向天外的地方，是地球人探索浩瀚宇宙奥秘的出发点，而不是陶渊明可耕田的桃花源。航天城里探究竟，问天阁里问端详。问天阁这个诗意的名称出自楚国诗人屈原《天问》和苏轼的“明月几时有，把酒问青天”，寓意我国的航天人不断探索宇宙奥秘的理想追求，是宇航员在进入太空前的工作生活区，是航天员在飞船发射前进行短期生活、训练、医学检查等活动和工作的场所。问天阁内出镜频率最高的是航天员会见厅，航天员出征前与国家领导人和媒体见面的地方。航天员出征前在房门后留下了各自的签名和具体时间，“问天阁”可以感受到我们的航天员生活的气息。我们的航天英雄就是在“问天阁”中蓄势待发，等待着一飞冲天的庄严时刻。“问天阁”如今成为航天城别具特色的“文化遗产”，是航天人员航天生涯的见证。

航天城内最令人向往的地方莫过于神舟飞船发射场。发射塔下抬头仰望，遥想宇航员乘坐神舟飞船一飞冲天的壮观场面，零距离感受航天员开始遨游太空的震撼，心潮澎湃，热血贲张。绿色的发射塔高达百余米，全部为钢架结构，塔架上设有固定平台和可升降的工作平台，供科技人员对飞船、火箭进行发射前的检查测试，最后火箭托着飞船也是在这里发射。夜间，几十支探照灯同时照亮塔架的轮廓，成为戈壁中最辉煌的建筑。天上一轮明月金辉流泻，地上发射塔架灯火辉煌，天上人间，遥相呼应，天上人间，“神舟”相连。发射塔架承担的主要任务是完成飞船火箭组合体功能检查、推进剂加注、航天员进舱、点火发射、航天员应急救生等工作。在发射前夕，如若出现紧急情况，航天员可迅速通过逃逸滑道进入地下安全掩体。就是在这酒泉卫星发射塔，我国十艘神舟系列飞船、一艘天宫空间实验室相继将10位航天员安全顺利地送往太空，此外，还成功发射了54颗卫星。今天的东风航天城——酒泉卫星发射中心已经跻身世界三大卫星发射基地之一。

站在这片英雄的土地上，每一位参观者油然而生自豪感，振兴中华，这里是最好的见证。俯身捡起一块小小的戈壁石握在手心仔细端详，羡慕它是中国航天事业的最直接的见证者，它看到了中华的腾飞，它目睹了民族的兴盛，它和无数的戈壁石默默无闻支撑起象征航天事业蒸蒸日上的发射塔架。小小戈壁石，你也为我国的航天事业做出了贡献。带走你就是带走一段中国航天事业的发展史，小心翼翼地将戈壁石揣入怀中，让你永远陪伴在身边。继而掏出矿泉水，洒向戈壁滩，作为对发射塔的一种纪念和对航天人员的思念。守着一份航天人的清贫和寂寞，换来一份探索太空奥秘的历史使命，航天人半个世纪的不懈追求，航天人半个世纪的前赴后继，使得今天的中国能够成为世界航天事业的翘楚，赢得了整个世界的尊重和信服。航天英雄们，向你们致敬，你们的英名必将载入中华民族英雄谱的史册。再度手握矿泉

作者在东风航天城

水瓶，端详着瓶里剩余的最后一口矿泉水，举起矿泉水瓶直指湛蓝的天空，少顷，仰头一抿而净，抹一抹嘴唇，胜利者的微笑尽泻脸颊，权当把酒问青天，效仿屈原来“天问”；权当为下一位出征太空的航天英雄作饯行。再一次久久地凝望着发射塔，激动的情怀依旧，高耸入云的发射塔，游子心目中的圣塔，你是书写中国航天事业突飞猛进的一座丰碑。我深深地赞美你，我要为你高唱一曲颂歌，颂歌出自印刻在飞天雕像基座的诗歌：瀚海新城美，科技雄兵强。神箭空中舞，神舟天外唱。中华好儿女，英姿多飒爽。戈壁立奇勋，东风国威扬。陇原山水阔，军民情意长。同行的旅伴都心情激动，年轻的春军和叶亮打开手机，和远在浙江、上海的儿子视频通话，让自己的下一代也同步感受现场的气氛，来一次爱国主义教育。

航天城内除却参观问天阁和发射场，亦有指挥控制中心、长征二号火箭、测试中心、酒泉卫星发射中心历史展览馆、东方红卫星发射场、革命烈士陵园等可提供参观。步入酒泉卫星发射中心历史展览馆能够感悟历史、体验高科技。展览馆分为序厅、主展厅、体验厅和副展厅共四个区域，以科研试验和重大历史事件为线索，集中展示酒泉卫星发射中心的发展历史和建设成就，使参观者亲身感受中国的航天事业飞速发展的铿锵步伐，寻找那些扎根大漠、无私奉献的英雄们的足迹。展览馆基本陈列分为六个专题，展出各类实物、文献、模型、图片，同时设置有复原场景、动态沙盘和大型主题浮雕以及VR体验等设施，是寻根铸魂的重要场所和重要的爱国主义与国防教育的基地。

进入我国最早的东方红卫星发射场，引人注目的是一座大理石纪念碑巍然矗立，上书"东方红卫星升起的地方"，顿时浮想联翩，百感交集。20世纪60年代末，第一颗"东方红卫星"飞向天宇，举国欢腾，亿万民众翘首仰望星空，根据广播里指定的时间一睹我们的"东方红卫星"划过家乡的长空。一睹其风采。正值"文革"烽烟四起，然作为华夏的后裔，所有的中国人在那一天在那个时刻都是满怀激动遥望长天。祖国的荣誉，华夏的自豪，华夏民族的每一个个体都为之骄傲，欣喜之时"把酒问青天"，庆贺"东方红卫星"划过家乡的天空，更有甚者竟然称听到了《东方红》的音乐，怎一个羡慕了得。将近半个世纪前的中国航天史上的第一个壮举至今记忆犹新，如今亲临"东方红卫星发射场"怎不令人万般滋味涌上心头。凝视着"东方红卫星"发射塔架和勤务塔，地下控制室内，依然存放着当年卫星发射的部分仪器设备，亲切感倍增。我们伴随《东方红》一路走来，渐渐走向人生的暮年。岁月无情，陈列在眼前的钢铸的塔架虽倚天而立却也是锈迹斑斑，早已光荣退役，但是它奠定了中国航天大国的基础，是它圆了中国的航天梦想，它所承载的事业，让中国人实实在在地挺起了脊梁。

走马东风航天城，接受了一堂生动的爱国主义教育。遗憾稍有，期待再度走进东风航天城，在烈士陵园为长眠于此的航天英雄敬献一束鲜花，还要细细浏览指挥控制中心、测试中心等地方。更值得期待的是要走一走绿茵环抱的航天大道，每一棵参天大树下那根滴水管在无声地提醒着你这片沙漠中绿洲的来之不易，在湖畔公园休憩则更能感知这东风航天城乃是与天斗，其乐无穷，与地斗，其乐无穷的最好典范。与天斗，问天问出一片宇宙新天地；与地斗，建起一座沙漠中的绿色城市，天上人间的杰作就在东风航天城。

落日西垂之际，依依不舍告别东风航天城。回首遥望，火红的夕阳挂在东风航天城，航天城将硕大的太阳高高地托起。在茫茫的戈壁滩上，那跳入眼帘的一轮夕阳巨大无比，它垂落在拱卫东风航天城的一排排白杨树的树梢之上。大漠中的夕阳行将消失在地平线之际，绽放出瑰丽的晚霞，晚霞似火，缭绕在东风航天城，那是一片吉祥的晚霞。夕阳无限好，黄昏更璀璨。诗兴勃发，信口占一首，奉献给心中的圣城——东风航天城：发射架矗戈壁滩，一飞冲天世震撼。航天早已不是梦，可上九天揽明月。中华儿女天际行，嫦娥笑把故人迎。神舟飞船神话传，浩渺宇宙中国星。酒泉卫星发射中心，再次为你自豪，摇下车窗，将最后一瓶矿泉水倾倒在戈壁滩，那是一种把酒敬英雄的情怀。

（2017年参观东风航天城有感）

绝美胡杨额济纳

影片《英雄》让更多的世人知道了额济纳，银幕上红衣女侠穿梭遍地金黄的胡杨林极具视觉冲击力，多少人惊讶邻近新、甘、蒙三省自治区的内蒙古阿拉善盟额济纳旗在每年的十月居然还有美艳得令人如此心醉的景色。胡杨，胡杨，多少人通过这部影片得以在银幕上一睹那令人惊艳的胡杨，多少人是否知道养在深闺人未识的额济纳胡杨林早已不事张扬绚烂绽放了上千年？每年10月初，短暂的十几天，额济纳的胡杨林尽情释放积聚整整一年的能量，将其无出其右的旷世神韵发挥到极致。都说是万能的上帝爱怜胡杨，所以把最美的秋色赋予了胡杨，此说绝非妄言。一年之中秋的色彩最丰富最绚烂，秋天是收获的季节，是展示一年之中大美的季节。地球上植物千万种，在秋的季节中，胡杨的大美独占鳌头。额济纳的胡杨林旅游区位于额济纳旗东线，享有中国国家森林公园的美誉，这里是胡杨的故乡。胡杨树，生，一千年不死，死，一千年不倒，倒，一千年不朽，被誉为"中华民族坚忍不拔的象征"，被称为英雄树。每逢金秋，它都以大自然赐予的绚烂色彩向世人呈现五彩斑斓，神奇梦幻的童话世界。

所有的植物中胡杨是不屈不挠与命运顽强抗争的典范。人烟稀少的荒漠之地胡杨扎根千年矢志不渝，为了生存每分每秒都在与自然抗争，在这个地球上胡杨是实现其生命张力的最真实的存在。行走胡杨林，满目金黄迷人眼，湛蓝的天穹下胡杨的叶子迎风婆娑起舞，妙曼多姿，你只要多看上一眼，那份惊艳足以让你经久回味。想起了歌手李健的一首歌曲《因为爱情》，将这首歌曲的歌词衍生到胡杨林，改为只因为在胡杨林中多看了你一眼，就再也难以把你胡杨给忘掉。多少年以后还会想你，想你，一直想到天荒地老，绝对是一首经典。

胡杨林如今走出了沙漠，走出了戈壁，它向世人展现了自己的绝代风姿。大美胡杨林引得无数文人墨客、为其竞折腰，多少人心向往之。我欲乘风归去，又恐胡杨林犹抱琵琶半遮面，不肯掀开令人惊艳的面纱。几回回梦游额济纳，几多愁思抛向阿拉善，怎奈形同昙花盛开的胡杨神韵每年只有10月初才能送来惊人一瞥。西北望大漠，可怜关山千万重，“路曼曼其修远兮”。胡杨林，我欲走近你，亲近你，心系额济纳十余年，几度心驰神往却又屡屡难以成行，今日梦想终成真。千里迢迢从上海飞到了新疆，再过甘肃，来到额济纳。万里追寻路，自驾上千里，就是为了尽情感受大漠孤烟直，长河落日圆的西域风情，忘情拥抱满目金黄耀眼的胡杨林。今天，无憾矣。

胡杨，亦称之为胡桐，昔日内地称西域为胡地，胡地之杨，则简称为胡杨。胡杨是一个很古老的树种，它的生长总是与凤凰和鲜血息息相关。“凤栖梧桐”的梧桐即指胡杨。有一个美丽的传说流传至今：远古，凤凰与神龙争夺十二生肖位置恶战三月，凤凰战败，神龙追杀凤凰，重伤的凤凰飞入荒芜之地无处躲藏。奄奄一息的凤凰绝处逢生，

白天弱水河畔额济纳的胡杨林

一棵形态奇异的参天大树突然出现在凤凰面前，凤凰缩小身体躲进树洞疗伤逃过一劫。凤凰的鲜血滴落在树身上，大树得到凤凰神力的庇佑，就此拥有举世惊艳的金黄与璀璨。

传说固然美丽，胡杨确实与众不同。一棵百年的胡杨树上从上到下可以看到狭长的柳叶、椭圆的杨树叶、阔大的枫叶三种形态的叶片，因此又被唤作“异叶杨”或“三叶树”。根据化石推断，胡杨在这个世界上已经生存了6 500万年，堪称植物界仅次于银杏树的“植物活化石”。物竞天择，适者生存。胡杨树长出多种树叶是为适应其恶劣的生存环境，树干越向上，树叶就越小，是为了减少水分的蒸发。胡杨是一种生命力极其顽强的原始树种，有沙漠勇士的称号。西域边陲盐碱地居多，胡杨能在盐渍较多的土壤扎根生长，胡杨的细胞透水性较强，从主根、侧根、树皮乃至叶片都能吸收很多的盐分，并且能通过茎和叶的泌腺排泄盐分。胡杨树体内盐分积累过多时，便从树干的结疤和裂口处将多余的盐分自动排除，形成淡黄色的块状结晶，被称作“胡杨泪”。胡杨在中国西北地区形成一条天然的绿化带，阻挡移动沙丘对华北、京津唐地区的蔓延，成为当之无愧的“沙漠英雄树”。胡杨属于落叶乔木，生长在海拔下限200米，海拔上限1 500—2 900米。树高一般在15—30米，胡杨被称为“第三纪活化石”，是国家二级濒危保护植物。

世界上的胡杨绝大部分生长在中国，而在中国主要分布在新疆的南疆地区，占有量达90%。此外在柴达木盆地、甘肃河西走廊、内蒙古阿拉善等流入沙漠的河流两岸亦有分布，其中阿拉善额济纳的胡杨林沿弱水河分布，生机勃勃中更多了几分妩媚。新疆现有四大胡杨观赏景区，分别为轮台胡杨林、木垒胡杨林、伊吾胡杨林、泽普金湖杨。额济纳胡杨林是中国境内分布最为集中的胡杨林，也是世界仅存的三片胡杨林之一，另外集中分布的两片分别在新疆塔里木河流域和南非（也有称新疆的伊吾胡杨林为世界上的三大胡杨林之一）。额济纳的胡杨林称之为最美大漠红颜，是中国最绚烂的胡杨林。在这片荒凉的地方，成片的胡杨林傲然矗立，仰望天空。你只要看上一眼，便足以惊艳一整年的时光。额济纳名扬天下，胡杨林厥功至伟。

胡杨是秋天的颂歌，是最高峰值的绝美秋色赋。每年只有一次，每次只有短暂的十余天，几十万亩胡杨织就的最美童话世界会带给你视觉冲击最强悍的炫目金黄色。胡杨黄，是秋天的诗歌，是大美景致的绝唱。过了这十几天的最佳观赏期，下次的邂逅又需要整整一年的等待。来得太早，没有千姿百态的绚烂金黄色，来得太迟，胡杨林展现在你眼前的则是遒劲的枝丫和沧桑的躯干。胡杨是一种神奇的物种，至今还有三千岁以上的胡杨依旧不屈不挠地扎根贫瘠的大漠顽强生长，迄今还有六千年的胡杨默默躺倒在几千年生息的土地上，倒而不朽，千年孤独守望，成为历史的活化石。胡杨的精神为此受到人类的膜拜，它是一种精神洗礼。干旱之处，盐碱之地，不改妖娆妩媚的风姿任凭风吹日晒，坚韧地屹立在天地之间和祖国大地守望相助，一梦就达上千年。胡杨不忘初心的执着坚守怎能不令人敬佩，怎能不令人膜拜，胡杨是人类心目中的英雄的化身。所以说在秋天你必须去看一次胡杨林，看那层林尽染漫延到天际的壮美，此刻，卸下旅途的疲惫扑入胡杨的怀抱，眼前的一片金黄恍如带领你进入一个至美至纯的童话世界，你会感受到生命在每一棵胡杨树上都得到恣意的燃烧。穿行在胡杨林，你的整个身心都能得到最好的放松，你也可以和胡杨合影留念，你更可以为胡杨吟诵赞美的诗篇。你在惊艳中会情不自禁地赞叹：不虚此行。

窃以为没有见过秋天那傲人的胡杨林，就算没有见过最完美的金秋，上天垂怜胡杨扎根大漠边陲的艰辛，把最美的秋天赠送给了胡杨林。今天，胡杨林，我来了，我终于在一年中胡杨最绚烂的季节走进了你，我与胡杨的邂逅锁定在了额济纳。金秋十月，额济纳的胡杨林满目金黄，弱水河两岸景色如诗如画。大漠中的胡杨林穿上它一年中最为灿烂的盛装，金黄色的树叶在阳光的照耀下美艳异常，单调的大漠因为有胡杨的绚烂绽放恍若童话世界般的美丽。尽情饱览胡杨迷人景致的同时，感慨油然而生，胡杨林的满目金黄除了给人以视觉的震撼之外，更让人解读到生机与希望。千百年来，胡杨以顽强的意志抗击着风沙的侵蚀，胡杨林是象征着对生命渴求的英雄树。蔚蓝的天空下，金黄茂密的树叶，干枯狰狞的树干，构成了一幅幅色彩对比鲜明的绝美画面。更让人叹为观止的是，当你零距离地接近胡杨，伸出双手抚摸这些铁骨铮铮的躯干，双眸凝视这些形状千姿百态的胡杨，你的想象力会得到超前的发挥，你眼里所看到的胡杨树，有的似鲲鹏展翅，有的像骏马扬蹄，有的如纤纤少女，虽历经风雨沧桑，却仍然保持着千年原始风貌。有诗如此称赞胡杨的造型：矮如龙蛇数变形，蹲如熊虎踞高岗，嬉如神狐露九尾，狞如夜叉爪牙张。可见这胡杨林简直就是一座天然的艺术宫殿，来到胡杨林你仿佛进入了抽象艺术的殿堂而流连忘返。

沐浴在夕阳中的胡杨林给人的视觉冲击力更为震撼。落日西垂在茫茫戈壁滩，余晖洒落在一片黄沙地，身披彩霞的成千上万的胡杨树，气势磅礴，个性张扬。长河落日圆，大漠晚霞浓，西域边塞地，胡杨别样情。深蓝色的天穹下，身披彩霞的胡杨更显其生命的张力。胡杨是静止的，屹立千年的胡杨扎根贫瘠的土壤兀自岿然不动，但你却分明能感觉到它生命的律动，生生不息。璀璨的星空下，胡杨千姿百媚依然，惊艳更甚于白天的满目金黄。胡杨是坚韧的，它千年万年与贫瘠的土地守望相助，不离不弃。谁敢横刀立马于茫茫的大漠戈壁滩，笑傲世间万物，唯我千年不死胡杨林。胡杨林，夜色中的胡杨林，你是一首史诗般波澜壮阔的悲怆交响曲。顶着满天的星星，随意游走胡杨林，我在为顽强地扎根大漠贫瘠的土壤戍卫祖国西北边陲历数千年而不衰的胡杨林真心献上心中的赞美诗歌。白天的欣赏、夜晚的观感在我的眼前形成一幅幅瑰丽的画面，促使我诗兴勃发，由衷地低吟浅唱赞美那沐浴在阳光下和夜色中的胡杨：胡杨，自然界的造化使得你枝丫遒劲，千容百态；胡杨，你身披晚霞妩媚多姿且又恣意张扬；胡杨，你倔强的性格、多舛的命运激发人类太多的情思与哲思；胡杨，古往今来，你成为一种精神而被人们膜拜；胡杨，你的绝世之美终于在千呼万唤中轻盈地走出来，你那震撼人心的美艳忽如一夜秋风劲，千树万树黄金染。美哉，胡杨林，壮哉，黄金叶。满目璀璨送入眼帘，斑驳的躯干阅尽人间沧桑。急切切挪步亲近你，却步履滞重行蹒跚，心头蓦然漾起走近胡杨情更怯，不敢迎面看胡杨之别样情愫。胡杨，这就是献给你的赞美诗——胡杨礼赞。我爱你，胡杨，赞美你，胡杨。

胡杨礼赞献上，想象如驰骋在草原的骏马一发不可收，千年胡杨给了我穿越千年时空的遐想。盘古开天何茫然，尔来成千上万岁，唯

夜色中的千年胡杨的身影

有胡杨耸峙边塞是见证。置身胡杨林的深处，透过遍地金黄遥看苍穹，湛蓝的天空下双手抚摸千年不朽的胡杨，恍惚看到自秦汉以降，为了华夏的大一统，西北边塞发生的一幕幕壮怀激烈的血腥场面。胡杨，你赶走突厥，驱逐匈奴，你是黄沙百战穿金甲，不破楼兰终不还的精神象征。胡杨，你经历了人世间太多的轮回转世，最后还是你继续拥抱这片热土，看淡风云，笑迎沙碛，傲视逐鹿的群雄为蝼蚁。驰骋的战马，披甲的斗士，最终是樯橹灰飞烟灭，悄然无声地化作一抔黄土躺在你的脚下，陪伴你见证后人还在不断演绎一幕又一幕的波澜壮阔的史诗。荀子在《天论》中有曰："天行有常，不为尧存，不为桀亡。"都想创造历史，留下不朽，和世界永恒，却都成为历史长河中的匆匆过客。唯有你胡杨，笑看几千年的风云，生生死死与人类不离不弃，守望相助，你才是人类讴歌的生当为人杰，死亦为鬼雄的楷模。千年生死两茫茫，不思量，自难忘。胡杨，你乃华夏大地魂，我乃华夏大地之后裔，纵使相逢应相识。胡杨，人类心中的爱人，我们彼此守望相助一千年，不，直到天荒地老。

狼烟散尽过千年，征战记载见汗青。穿越千年的思绪被重新拉回到现实的情境。行走于胡杨林，秋阳祥和，天穹湛蓝，遍地撒满黄金。沉溺于胡杨渐欲迷人眼的醉人美景自然是流连忘返，恍惚置身现实以外的另一个世界。胡杨，胡杨，你用满树的金黄拥抱这片哺育你的深沉的大地，一片金黄就是一个律动的小精灵，无数的精灵织就华夏民族崇尚的色彩元素，这遍地金黄不正是我泱泱中华灿烂前程的象征？胡杨，你又惹得人思绪无尽翻卷。不入园林怎知春色如许，不看胡杨怎知秋色恁般。不见胡杨，不知美景之壮阔，不识胡杨，不知生命之辉煌。朋友，但愿你在此生至少能够看一次胡杨林，在它绚烂地绽放舒展着生命的张力释放着自己能量的金秋时节，倘若错过，则是人生的一大憾事。如果你爱一个人，就带他去看额济纳的胡杨林，那里是天堂。曾经沧海难为水，除却巫山不是云，大美胡杨林会成全一对对的神仙眷侣，不离不弃一千年。胡杨，行将和你说声再见，胡杨，当你远离我时，我会爱你更深，因为你在我的心田永驻。耳畔又想起了李健的"只是因为在人群中多看了你一眼"，歌词依旧改成为只是因为在胡杨林中多看了你一眼，就再也不能忘记你的容颜，想你，想你，胡杨林，等待着下一次的亲近。胡杨林，我爱你。我知道，你三千年的守望只为等待我的到来。

（2017年10月游额济纳旗胡杨林有感）

大槐树下又逢君

万里黄河，华夏民族文明的摇篮，五千年的中华历史，从你这儿发源。朋友陪同在山西吉县一侧遥看峡谷中奔流的黄河。君不见黄河之水天上来，奔流到海不复回。晋陕大峡谷，黄河之水奔涌而下，涛声震天，天下黄河一壶收。壶口观瀑布，天下壮观无，咆哮的黄河，浊浪翻滚，浩浩荡荡，自北向南，再一路向东，势不可当。人生如同这跌宕的黄河，或一马平川向东流淌，波澜不惊，或脱缰野马猛冲猛撞，恣意奔腾，起起伏伏得得失失本是常态，不屈不挠执着向前，尽力而为顺其自然才是潇洒之道。青山遮不住，毕竟东流去。黄河，孕育中华民族五千年的母亲河，你可听到你的儿女为你奉上一曲《黄河大合唱》，唱遍了大江南北，由此中华民族不屈不挠的精神象征五湖四海传颂。壶口瀑布边上站，思绪如同黄河滚滚流，豁然开朗，在跌宕的人生中悟出真理，最终砥砺出生命的最高境界那才是人生的目标。

今年黄河主汛期水量丰沛，黄河流水漫漶晋陕两岸的观光平台，游客蜂拥至黄河边的高台观赏气势磅礴的黄河在峡谷内怒吼。壮美的黄河景观直接冲击视觉，胸臆间顿时感到浩气盎然。带走一份影像中的记忆必不可少，游客们争先恐后以壶口瀑布为背景拍照留念。天南海北的中华儿女齐集在中华文明的发祥地，穿越五千年的中华民族历史，将黄河植入自己的影像作品。身边一对年轻的情侣，口音来自江南地，含笑请求帮忙为他俩合影，理当尽心，很有耐心地等待最佳取景地一拨又一拨游客的片刻散去，赶紧抓住这时没人占据的刹那间隙将这对情侣最佳的天人合一影像贮存于镜头。画面极佳，自我亦满意非常，获得连连的感谢，很有成就感。摆手告别，同是江南旅游客，相逢何必曾相识。倏尔之间，彼此便消失在茫茫的人海中，也许就此不会再相见。生活中的过客，来也匆匆，去也匆匆，弹指一瞬间的偶然相逢，每天都会遇到许多次，都是见过就此别过，极少有引出后续故事的。但隐隐之间，总觉得自己这次留给了对方一帧优秀的作品，他们一定会想起我这位影像的定格者，纵然无法再相识。或许再度相识也未尝不可，都是江南客，保不准江南再见江南客。自我哂笑一番，也就翻篇了。

告别壶口瀑布，三晋大地代表性的旅游胜地平遥必得一游。平遥古城位于山西省中部平遥县内，占地面积2.25平方公里。自明洪武三年（1370）重建以后，古城基本保持了原有格局。平遥城内的重点民居，系建于1840—1911年。民居建筑布局严谨、轴线分明，左右对称、主次分明，轮廓起伏、外观封闭，大院深深。精巧的木雕、砖雕和石雕配以浓重乡土气息的剪纸窗花，惟妙惟肖，集中体现了14至19世纪前后汉民族的历史文化特色，对研究这一时期的社会形态、经济结构、军事防御、宗教信仰、传统思想、伦理道德和人类居住形式有重要的参考价值，是迄今汉民族地区保存最完整的古代民居群落。平遥被称为“保存最为完好的四大古城”之一，也是中国以整座古城申报世界文化遗产获得成功的两座古城之一。平遥古城是中国古代城市在明清时期的杰出范例，古城保存了其所有特征，在中国的历史发展中为人们展示了一幅非同寻常的文化、社会、经济及宗教发展的完整画卷。

计划古城一日游，时间紧凑，撷取主要景点走马观花，参观县衙是必不可少的。县衙始建于北魏，定型于元明清，保存下来最早的建筑距今有近700年的历史。整座衙署坐北朝南，呈轴对称布局，南北轴线长200余米，东西宽100余米，占地26 000余平方米。平遥县衙作为中国现有保存最完整的四大古衙之一，也是全国现存规模最大的县衙。十一世班禅莅临县衙考察时欣然题词：“平遥县衙，古衙之最。”浮光掠影县衙，参观晋商的象征日升昌票号。票号占地面积1 600多平方米，用地紧凑，功能分明，是中国民族银行业的先河，一度操纵19世纪整个清王朝的经济命脉。其分号遍布全国30余个城市，远及欧美、东南亚等国，以“汇通天下”著称于世。晋商赫赫威名，仅日升昌号便可略见一斑。始建于唐贞观初年的平遥古城内的孔庙也值得浏览，是我国现存各级文庙中历史最久的殿宇，规模宏大，规制齐全，也是平遥

平遥古城外城墙的景观

古城内的主要文物旅游景点之一。城内还散落诸多可圈可点的景点，诸如清虚观等，迫于时间有限，均一一省略，将主要的精力和时间用于登上城墙鸟瞰整个平遥古城。

平遥城墙始建于西周宣王时期，为夯土城垣。明洪武三年重筑，为砖石城墙。城墙平面呈方形，周长6 162.7米，高10米。垛堞高2米，顶宽3—5米。墙身素土夯实，外包青砖，内墙砖砌排水槽77个，墙顶外筑2米高的垛口墙（又称挡马墙）取孔子弟子、贤人之数，设垛口3 000个，敌楼72座，内砌女儿墙。四隅角楼四座，东城墙上有点将台，东南角顶上筑魁星楼和文昌阁，整座城墙的设计浸润着浓厚的儒家文化，与城内的孔庙遥相呼应。鸟瞰平遥古城，形同一只欲行未动的乌龟，“乌龟”头南尾北，东西四门比拟为龟之四足，故平遥古城民间有“龟城”之说。南门之外，古有中都河水蜿蜒而过，从而引发了古代文人“龟前戏水，山水朝阳，城之攸建，以此为用”的感慨。乌龟是吉祥、长寿的象征，“龟城”之说源于古人对“四灵”的崇拜，“龟城”寓意固若金汤，长治久安。徐徐秋风下，来回踱步在城墙，平遥古城尽收眼底，商号栉比，酒肆琳琅，游人如织，车水马龙，古城一派盛世繁华景象，欣然走下城楼，跻身熙熙攘攘的商街。

平遥古城的交通脉络由纵横交错的四大街、八小街、七十二条蚰蜒巷构成。南大街为平遥古城的中轴线，北起东、西大街衔接处，南到大南门，以古市楼贯穿南北。街道两旁，老字号与传统名店林立，是平遥古城内最为繁盛的商业街。清朝时南大街控制着全国50%以上的金融机构，被誉为中国的“华尔街”。以诚信立名走遍天下的晋商为中国商界的几代传奇，南大街的商家颇得其遗风，每家商铺都有醒目的告示张贴：诚信为本，童叟无欺，以次充好，十倍处罚。思忖着在南大街的晋商处选购一些晋地特产，见得诸多商家有把玩的核桃出售，挑几对品相上乘的晋地核桃赠送友人是不错的选择。选购好几对核桃，准备付款，身后又有顾客进来，声音有些熟悉，恰是昨天壶口瀑布碰到并为他俩拍照的那对情侣，彼此都略有惊喜。他俩也是游罢壶口瀑布再游平遥古城，晋地旅游的常规线路，再次相遇其实也不足为奇。见我捧着好几对核桃，男青年笑着问：“买这么多？”回答：“送人，这玩意儿可随身携带，把玩品味都可以。”见其点着头似乎也在考虑购买，也笑着诱导：“价格倒也公道，不贵。”男青年先是点头，后看看我手里挑选的核桃，又看看商铺里陈列着的核桃，眼光透露出狐疑。他问店主：“你这核桃货真价实？”女店主嗤之以鼻，傲慢的口吻：“我们从来不做坑人的买卖。”“当真？”男青年依旧不依不饶。女店主懒得搭理，甩一个白眼：“不想买就赶紧走。”说完，女店主伸手就要接我递过去的钱，却被那男青年一把挡住。“慢。你来看，”男青年拉着我的手，指着我买的核桃继续说道，“这一对对的核桃长得都像双胞胎，好比是一个模子里面复制出来的。都说这世界上没有两片相同的叶子，那怎么会有一对完全相同的核桃？”男青年的这番话或许让女店主觉察有什么破绽被男青年发现，欲收回我所购买的三对核桃，且口口声声称不卖了。男青年穷追猛打：“不行，这三对核桃我们买定了。”他掏出钱扔在女店主面前，“现在这核桃属于我们了，任由我处理。我现在要当着所有人的面验明正身这核桃的真伪。如果是真的，我自认倒霉，并向你道歉，如果是假的，你赔款十倍。”女店主似乎有些心慌，冲上前伸手抢夺握在男青年手中的核桃，叫嚷道：“我不做这生意了，还给我。”说时迟，那时快，男青年猛地抓起一个核桃使劲朝着石板路面猛掷。真的没想到，居然是假核桃，店主出售的是用模具浇灌出来的塑料核桃。“你们的老祖宗诚信走遍天下，你们却在砸老祖宗的牌子。你还有什么理由解释？三对核桃，自罚十倍的价钱。”男青年义正词严，引得许多游客驻足这家商铺门口围观。

在山西人的地盘砸山西人的场子，胆子忒大。女店主非但不自责自己销售假货的不良行为，反而招呼几个五大三粗的大汉跳到我们的面前，推推搡搡，出言不逊，扬言我们再折腾就让我们出不了平遥城。男青年一身正气，丝毫没有退缩，他要据理力争。我赶紧阻拦并好言相劝：“朋友，好汉不吃眼前亏。”普遍的认知行为：正义、真理与生命、安全相比必须退居次要位置，保命是最重要的，不道德者总会有人谴责他收拾他，没必要自己身先士卒，枪打出头鸟。如此的国民性中国的普通百姓多少都会有，弘扬正义需要机制和舆论来保证来支撑，明哲保身不该是首选，却又无奈，只能做鸵鸟。佛曰：“菩提本无树，明镜亦非台，本来无一物，何处惹尘埃。”故常常自我安慰，想要达观就要怀有一颗平常心，不去计较是是非非，人生不满百，何必常怀千岁忧，能忍则忍，能让则让，修得一颗平常心，无时不是快乐；修得一颗满足心，无处不是幸福。牢记一句话吃亏就是福，惹不起还躲得起。在女店主的骂骂咧咧声中，在几个大汉的虎视眈眈中我们再次挥别，离开平遥古城竟有些灰溜溜的，好似做了坏事的丧家犬。

平遥古城高大的城墙在视野中渐渐模糊，继续寻根问祖大槐树。一路之上还在尽量寻找理由平衡适才遇到的不愉快。默默地自我总结：一件事情的发生，衡量不出一颗心的淡定，而一颗心的淡定，却能影响一件事情的解决结果。左右人们心绪的，也许只是吃亏或便宜这样一个心结，将心放宽，以一颗平常的心应对世间所有的无常，正所谓心宽天地宽。这么想着，也就释然。活脱脱的阿Q精神。

问我祖先在何处，山西洪洞大槐树。祖先故居叫什么，大槐树下老鹳窝。据云我之氏族乃600年前自洪洞大槐树下迁徙至江南，走访大槐树，寻根访祖乃此行山西的收官之旅。洪洞大槐树，又称古大槐树，位于洪洞县城西北两公里的贾村西侧的大槐树公园内。大槐树是明代迁民的遗址，也是移民心中的老家，每年有20余万人前往景区寻根祭祖。虽无宏伟的建筑，但无论严寒酷暑，寻根游子络绎不绝，仰望大槐树，赋诗题词，抒发“饮水思源”之情。大槐树是移民史实的见证者，也是移民心中的老家，是中华五大祭祖圣地之一。历史记载，元末动乱，中原、江南等地人烟稀少，而同期蒙古地主察罕贴木儿父子统治的山西却相对显得安定，风调雨顺，人丁兴旺。明朝建立后，为了发展生产，恢复人口和国力，从洪武到永乐年间，明政府屡迁山西之民至河北、河南、安徽、江苏和浙江等地安居，当年迁民最集中的地区就在洪洞县。600余年来，大槐树迁民遗址早就在炎黄子孙的心中深深扎根，被当作家，被称为祖。

大槐树下人头攒动，跻身熙熙攘攘的人流默默地膜拜大槐树。一根红绸带系身槐树枝，寄托着对大槐树的敬仰。600年前先祖从大槐树下出发，颠沛流离江南地，开枝散叶，家族繁茂，有赖大槐树的福泽庇荫。吾乃华夏氏族第一族“夏”也。夏者，最早的篆文为一人之形

山西洪洞县“大槐树公园”内的大槐树

状，演化成当今的书写形式依然可辨别。上半部分为人首，下半部分则为人之四肢，“夏”者，华夏第一人也。起源于中原，兴盛于三晋，600年前从大槐树下出发迁徙江南，望族辈出，大槐树下浮想联翩。

挤出香火袅袅的大槐树纪念地，毗邻的舞台正在表演600年前大槐树移民的悲壮历史。苍凉的锣声敲打，沉闷的鼓声隆隆，舞台上扶老携幼的移民迷茫的目光凝视前方，背井离乡奔向遥远的家。在先祖迈出第一步的地方重演那令人揪心的一幕，坐在台下的观众自然是感慨万千。看得聚精会神，谢幕，掌声响起，耳畔听得连声叫好，侧目而视，不得不怀疑自己的眼神是否看花：壶口瀑布曾相见，平遥古城再度逢，大槐树下又见君，感叹彼此缘分深。相视而笑，进而激动，台下并肩而坐，互道寒暄，都是大槐树下寻根访祖，莫非600年前是一家？含笑询问其姓氏，着实吃惊不小，睁大了眼睛望着对方，语气激动：“原来你和我都是姓夏，想不到我们居然是本家。”四目相望，还是不敢相信，怕眼前的一幕是虚幻，而后竟忘乎所以，顾不得满场的看客那诧异的眼神，两个夏氏的后裔忘情地拥抱，同是天涯夏氏人，相逢何必曾相识。不可思议的事情还在后面，两个夏氏人，一个祖居地，祖上居然都是江南同一地，奇哉，妙哉，冥冥之中上苍的安排，两个浪迹天涯的夏氏后裔大槐树下找到了归属感。陪同的朋友见之闻之亦啧啧称奇，一定要去临汾城找一上好餐馆为我们这段奇妙的缘分好生庆贺，因为大槐树确切无疑地证实600年前我们就是一家人。

相邀再相见，把酒诉衷肠。素昧平生之人，大槐树下走在了一起。忽有所悟：我们生活在这个世界上总会不断地与任何人发生各种各样的关系，也许是因为各种各样的关系，人与人之间互为依存，才有了社会，人才能够存在。也就是说，人其实是一种存在于关系中的属性。于是我们发现，原来人与人之间是如此深深的彼此需要，即使是一个拥抱、一个微笑，也成了内心中的期待。陌生人之间尚且如此，那么大槐树下茫茫人海中两个夏氏的后裔在祖先的出发地重逢其激动更是可想而知。都不曾忘记祖先来时的路，不忘初心，方得续缘。举杯相庆，今天是充满感谢的一天，感谢黄河的涛声在彼此的心头回荡，庆幸在平遥的商店所发生的“核桃”风波拉近了彼此的距离，或许那销售假核桃的店家也无论如何不会想到他们无形中也起到了促进的作用，使得两个夏姓者走得更近。生活中不是每件事情都讲得清楚道理的，但是有个客观的共性可以认同：那就是任何事物的存在都是辩证的。

告别山西，再度和大槐树下结交的本家相见是一个月后在上海，友情抑或亲情的延续就此绵绵无期。

（2012年9月游山西奇遇）

宏村喜遇“三剑客”

皖南古村落宏村是徽派建筑的代表，盛极一时的徽商南来北往商旅奔波，纵有财富万贯积蓄，终会卸甲荣归故里，大兴土木，建造宅院，气势不凡的深宅大院和家族祠堂都是富甲一方的徽商在故乡荣宗耀祖的体现。宏村，徽派建筑具有代表性的村落、徽派文化得到集中展示的一个山乡村落。这大隐隐于乡野间的宏村一旦掀开其神秘的面纱，随即就令人惊艳一片，世界各地的游客涌向宏村，一窥宏村去粉饰无雕琢的本原风光。

忽一日，学生明远来电邀我周末去宏村小住，说一起在山乡呼吸一下新鲜空气，放飞一下久居都市压抑的心情。眼前顿时浮现出一幅场景：走在小巷深深的青石板路上穿越历史回到明清时代的市井生活，抚摸百年老宅斑驳的墙面感受历史的沧桑遥想徽商曾经叱咤风云在商海的那种辉煌，在一徽派建筑的老屋内品尝地道的皖南臭鳜鱼等徽派菜肴，再稍稍咪一点儿小酒，微醉之中哼一曲皮黄《我本是卧龙岗散淡的人》，确实是一种趣味无穷的享受。临了，电话那头明远还故作神秘状，称旅途中时时刻刻都会遇到新鲜事、惊喜事，保不准先生去了宏村也会有一个surprise等在那里。被明远游说得怦然心动，焉有不前往的道理？欣然受邀。诚如明远所言，旅游的过程中偶遇的意料之外、情理之中的惊喜恰是旅行的最大乐趣。

昨晚还在沪上霓虹灯下驾车行，今天却已皖南山乡陌上走。临近傍晚时分，斜阳坠落山冈，在遮天蔽日的大樟树下休闲地喝茶，满山遍野葱绿一片晃入眼帘，虫鸣声声不绝于耳，心情甚好。7月的上海，热浪炙烤，皖南山区，虽也进入盛夏，但山风徐徐，绿色满眼，恰是静心养心最好去处。

明远安排明天参观整个宏村，晚上就在宏村民宿下榻。月上柳梢头，掌灯时分，整个宏村次第亮起盏盏大红灯笼，朦胧的月色下一幢幢深宅大院在红灯笼的点缀下尽显徽派建筑迷人的风韵，宛如人间仙境。明远陪同我在悠长的小巷踱步，橐橐的步履声在深深的巷子里不急不慢很有节奏感，青石板路上月光映照出两条狭长的黑影，丝丝穿堂风如轻灵的燕子时而掠过吹动衣袂，瞬时间那种惬意舒坦了整个身心。一串串红色灯笼的红色光亮映红了徜徉在深巷里的我和明远的脸庞。多么美好的月色之夜，多么迷人的山乡之夜。想象着昨晚还在躁动的都市大把甩着汗珠，转眼间就在清风徐来的宏村深巷悠然踱步，真的感谢当今的交通便捷，延伸了我们丈量世界的脚步。

马头墙在眼前晃过又晃过，深深的庭院经过一座又一座，青石板路走过一条又一条，不见明远有共进晚餐之意愿，却见他时不时地悄悄看手机。有些疑虑，试探着问明远："莫非你还有什么小插曲？"明远笑而不答，手机的提示音又响起，明远看了下笑着说道："这就陪先生去晚餐。"随即返身踅入另一条里巷，赫然一座巍峨的深宅耸立在眼前，四盏硕大的红灯笼高高悬挂在大门口，洞开的大门走出一位中年男子，迎面就冲我热情地招呼："欢迎夏老师。"明远笑称这是他在宏村的朋友，今晚由他设席宴请。谢过，和明远开玩笑："陪着我在宏村的小巷绕圈子，就是为了让你的朋友做准备，给我一个惊喜？"明远笑着说："学生正是此意。今晚我的朋友尽显身手，拿出他烹饪的徽派看家菜肴宴请先生，但这还不能算惊喜。"难道还有惊喜？疑惑地看了明远一眼，明远笑而不语，满脸的狡黠。跟着明远的朋友跨入宅院的第二进，蓦地听到了极为熟悉的声音："欢迎夏老师。"循声而望，竟然看到我的下属叶亮笑容满面地站在我的面前。惊讶得无语，看看叶亮，又看看明远，笑着问他俩："你们这葫芦里到底卖的是什么药？"他俩相视一笑，只是引我跟随明远的朋友进入二进院旁一间布置得古色古香的高敞大屋，明远和叶亮一左一右地挨着我在红木靠椅落座。正要抬头打量屋内的陈设，冷不防面前又站着一个人，也是我的下属吴岗峰，他捧着茶盅恭敬地端到我的面前笑嘻嘻地说道："夏老师请用茶。"稍稍惊讶，接过茶盅，呷了口茶，略一思忖，不由得笑出声来，茶水溅得满身。遂将茶盅搁在红木茶几，挥手对叶亮和岗峰说道："得了，这必

宏村南湖的景色

定还有最后一个惊喜，你们赶快叫他出来吧。”哄然大笑中，下属李辉捧着一个盒子从屏风后闪现：“祝夏老师生日快乐。”原来是这样！吴岗峰、叶亮、李辉三个年龄相仿的年轻人号称“三剑客”，他们一直在商议着要给我过一个有意义的生日。正好学生明远也有此意，这“三剑客”和我的学生明远关系熟稔，常有互动。明远建议“三剑客”安排在皖南山居给我一个惊喜，他在宏村有好朋友可以安排。三个小年轻岗峰、叶亮、李辉正好都没有来过宏村，何乐而不为，欣然应允。和明远三十年的师生关系自然情深意浓，“三剑客”的一片真诚更是令人感动。“还以为就明远陪同而来呢，万万没料到会在宏村遇到你们，真的要感谢你们用心良苦的安排。既来之，那明天你们‘三剑客’就好好地游览宏村。”边说边打开李辉呈递上来的礼品盒，是一匹造型精致的铜质骏马，含意颇深，向“三剑客”送去感谢的眼神。见得明远的朋友正吩咐手下人将丰盛的菜肴陆续端上红木八仙桌，遂起身，拱手致谢：“你们的一片真情实意着实令我感动。”满座皆起立，宏村老宅深院为我庆生。

精致的徽派菜肴逐一上桌，浅尝深酌，聆听明远的朋友介绍宏村。宏村，古时称弘村，坐落于安徽省黟县东北部，始建于南宋绍熙年间(1190—1194)。当时生活在皖南黟县的汪氏家族所居住的村庄屡遭火灾，几经搬迁，终于找到了一处与先祖遗梦中相似的安居乐业之地：背倚黄山余脉羊栈岭、雷岗山，地势较高且大多处于平坦地带，靠山脚却能依山势缓缓而上建造宅院，一汪永不干涸的清泉，东西两条河流环抱左右，这正是汪氏家族世代居住的理想之地。汪氏后人根据对先祖遗梦的解读，把新建的村庄规划成一个牛的形状，巍峨苍翠的雷岗山为牛首，参天古木是牛角，由东而西错落有致的民居群宛如巨大的牛的身躯。引清泉为“牛肠”，经村流入被称为“牛胃”的月沼，经过过滤流向村外被称作“牛肚”的南湖。人们还在绕村的河溪上架四座桥梁，当作牛腿。宏村的选址、布局、宏村的美景都和水有着直接的关系，是一座经过严谨规划的古村落。这种别具匠心的科学的村落水系设计极其精致巧妙，专家评价宏村是“人文景观、自然景观相得益彰，是世界上少有的古代有详细规划之村落”。被中外建筑专家称为“中国传统的一颗明珠”“研究中国古代水利史的活教材”。汪氏后辈根据先祖留有的遗梦建造了一座后人叹为观止的村落。站在雷冈山眺望宏村，云蒸霞蔚，有时如浓墨重彩，有时如泼墨写意，好似一幅徐徐展开的山水长卷，故而宏村被世人誉为“国画里的乡村”。宏村这“中华一绝”的古代水系牛形村落，是当今世界历史文化遗产的一大奇观，代表着唐宋以来建筑和人居环境的最高水平。2000年11月30日，宏村被联合国教科文组织列入了世界文化遗产名录。明远的朋友毫不掩饰其对故乡的无比骄傲之情，滔滔不绝地介绍自己美丽的家乡，“三剑客”都听得如痴如醉，竟忘了他们此行的主题。还是明远善意提醒他们：“要想深入了解宏村，明天实地走一走，看一看。此时此刻我们共同祝福我的先生生日快乐。”李辉的手机里播放《祝你生日快乐》的音乐，叶亮将喜庆蛋糕捧了出来，岗峰忙着摄影。

晨光熹微中，在明远和“三剑客”的陪同下游走宏村。沿南湖而行，看到南湖岸边的树荫下有很多写生的学生正聚精会神地将宏村的神韵凝聚在自己的画笔之下。宏村的主要建筑是住宅和私家园林，也有书院和祠堂等公共设施，建筑组群比较完整，各类建筑都注重雕饰，至今完好保存的明清古居有140余幢。科学合理的水系布局使得宏村“浣汲未防溪路远，家家门前有清泉”，每一栋深深庭院都深藏着一个徽商奋斗的故事，高大奇伟的马头墙有骄傲睥睨的表情，似乎在诉说徽商经商成功的秘诀；精美的徽派“三雕”：砖雕、石雕和木雕都刻画着徽商精明干练的细节；每一间屋宇那渗透着历史沧桑的灰白墙面虽然有被时间涂鸦的斑驳线条，但这墙面曾经的质地洁白，恰似徽商诚实经商的写照。宏村代表性的建筑民居有德义堂、乐叙堂、汪氏宗祠、承志堂等，宏村的山水景观则有南湖、月沼、水圳、东山等。鳞次栉比的民居尤其以“承志堂”最为杰出。它是清代盐商营造，占地2 000多平方米，为砖木结构楼房。承志堂气势恢宏，工艺精细，其正厅横梁、斗拱、花门、窗棂上的木刻，层次繁复、人物众多，人不同面、面不同神，堪称徽派“三雕”艺术中的木雕精品。据史料记载，承志堂是黟县境内保护最完整的古民居，被称为民间故宫，凡到此参观的国内外游客，无不为精美绝伦的承志堂的建筑艺术所倾倒。南湖书院的亭台楼阁与湖光山色交相辉映，极具传统的徽派建筑风格；敬修堂、东贤堂、三立堂、叙仁堂，或气势恢宏，或朴实端庄。村中处处都能见到参天古木，民居墙头青藤老树伸出院墙，庭院之中百年牡丹每年怒放，移步宏村步步是景，处处皆画，宏村反映了悠久历史所留下的广博深邃的文化底蕴。

月沼是宏村一处以水为景观的绝妙去处。被誉为“牛胃”的月沼，湖水如同镜面般光滑，四周古建筑环绕，一幢幢的古建筑倒映在月沼，地上湖中两相映，美不胜收，这是一幅真实世界里的中国水墨画。“这月沼是玉娇龙点水而过的地方。”明远告诉“三剑客”，获得奥斯卡最佳外语片大奖的《卧虎藏龙》在宏村就有选景。跟随明远来到宏村的村口，站立在南湖边欣赏南湖美景。南湖展现的是动态的水景之美，游人行走在贴着湖面的石桥上，风过处莲叶摇曳，莲叶上还有晶莹的露珠滚动。“这南湖石桥正是影片《卧虎藏龙》中李慕白牵马走过的石桥。”明远介绍道。缓步在石桥，环视湖边景，但见碧水荡漾，涟漪阵阵，微风徐来，垂柳轻拂。南湖安静，却又静中有动，如织游人穿梭石桥，安静的南湖显得灵动活跃。垂柳下有写生作画的学生，湖岸边写生的学生静如处子。良辰美景奈何天，赏心乐事谁家院，南湖是宏村美景的又一绝佳之处。游客尚未进入宏村，这美丽的南湖就激起游客的惊艳不已。宏村，陶渊明描绘的世外桃源，结庐在人境，而无车马喧；宏村，静静地在皖南山区一度就是900多年，任凭世界风云变幻，宏村不改初心，安之若素900多年，无论魏晋。号称“三剑客”的岗峰、叶亮、李辉忙不迭地拍照留念，山乡风韵让久居都市的年轻人爽爽地放飞了一把自己年轻的心情。

宏村之行推向欢乐极致的是“三剑客”的桃花源漂流记。宏村村口有营销桃花源漂流的广告，“三剑客”看之跃跃欲试，刺激和冒险是年轻人的专利，不假思索，驱车前往。明远和我在桃花源售票处一侧开放的茶肆小坐，帮着看管“三剑客”更换的衣物。看着“三剑客”全副武装在眼前亮相，橘红色的救生衣套身，人手一把划桨，活脱脱三个年轻的艄公，颇为有趣，戏谑道：“船工，开船啦。”

隔着茶肆的窗户，桃花源那湍急的溪流跳跃着奔向前方的景致一览无遗，目送“三剑客”登上橡皮筏子，看着皮筏在桃花源中央打旋，“三剑客”似乎束手无策。皮筏猛地被激流推到一块大巨石前，明远隔窗叫喊：“用船桨顶住巨石。”话音刚落，皮筏就嵌入巨石动弹不得。明远一个劲地呼喊："用船桨顶出来，用力顶。"只见得"三剑客"的双手紧握船桨齐刷刷地顶住巨石，慢慢地顶开巨石，橡皮筏子顺着激流而下。桃花源的激流中三把船桨搅动，耳畔不时划过"三剑客"肆无忌惮的笑声，青春活力四射，年轻真好。三团橘红色渐行渐远，10公里的漂流该有好一阵子的时光。和明远欲收回目光喝茶闲聊，却见明远骤然起身，半个身子探出窗外，他在遥望那身影逐渐缩小的三团橘红色。明远在自言自语："漂在激流中，最好不要站，摇摇晃晃地没办法站稳。"话音刚落，明远一迭声地叫苦："坏事了！先生，我看到'三剑客'当中有一个掉到激流中去了。"心陡然提升到喉口，顺着明远手指的方向远眺，但见那橡皮筏子上只剩下两团橘红色。明远拔脚冲出茶肆顺着溪流往下游奔去，我紧紧尾随着明远。

沿着湍急的溪流往下游奔跑了好几百米，大汗淋漓，气喘吁吁，只见得溪流中有一团橘红色还在扑腾，橡皮筏子上是岗峰和李辉，两个人趴在皮筏的边沿，伸出船桨想抢救掉在激流中的那团橘红色。毋庸置疑，是叶亮，叶亮掉在水里了。叶亮就像一片叶子，在滚滚溪流

"三剑客"。左起：吴岗峰、李辉和叶亮

中忽上忽下地漂浮，他想抓住船桨，却屡试屡败。明远在岸边叫唤："叶亮，抱住水当中的大石头，紧紧地抱住，不要动。"明远又隔岸指挥岗峰和李辉："你们等叶亮抱住了石头，再靠近他，把船桨递给他。这里的水还不是特别深，放心。"激流中的"三剑客"在明远的指挥下顺利地化险为夷，湿漉漉的叶亮宛如一只"落汤鸡"爬上皮筏，潇洒地冲着岸上的我们做了一个胜利的手势，橡皮筏子在我和明远的目送下一路漂流向前。"下面的一段比较平缓，不会有大问题的。"明远笑着说道，"其实是有惊无险，我在桃花源漂流过好多次了。"沿途说说笑笑，走走停停，东张西望，不知不觉地又回到了茶肆。和明远在原地落座，看看四周，心里头又不由得暗暗叫苦，"三剑客"交给我们看管的衣物不翼而飞。明远赶紧奔到门外的售票处询问，售票员等工作人员乃一无所知。我对着无奈地摊开双手的明远苦笑："岗峰和李辉倒问题不大，他们还有干裤衩穿身，这叶亮掉在水里了，浑身湿透，岂不要湿淋淋的一路返回。"

约莫一个小时后，"三剑客"完成了漂流，他们被下游等候的巴士送回漂流的出发地。看到他们远远地走来，明远调侃叶亮："你真的要'落汤鸡'回去了，你们让我们保管的衣物被人偷走了。""三剑客"面面相觑，忽地岗峰和李辉哈哈大笑，李辉笑着指着叶亮说："我们倒没什么，还有干裤衩穿着，叶亮只能穿着湿淋淋的内裤跟我们回去。"叶亮窘迫得不知如何是好，自言自语自说自话："那怎么办？怎么办呢？"

赶紧吩咐"三剑客"先去更衣室脱下救生衣。荒村野店的地方，毫无办法解决叶亮的燃眉之急，只能是该咋咋的。和明远回到茶肆等候"三剑客"，不经意间看到茶桌下有一团黑乎乎的东西，便弯腰朝茶桌底下瞥了一眼，顿时捂住肚子大笑不已，原来是"三剑客"的衣物。明远双手捧着"三剑客"的衣物冲向更衣室，听见他在揶揄叶亮："我雪中送炭来了。"叶亮开心得咧嘴大笑，许久，才说道："我正在想该怎么解决这狼狈的模样，马上就解决了。"随后又得意地叫道，"真是好人有好报。"诚如叶亮所言，好人一定会有好报。在宏村"三剑客"给了我一个惊喜，在桃花源则回馈给"三剑客"一个惊喜。人在旅途，除了饱览山水风光、人文风情之外，每每遇到意料之外的小插曲更能掀起旅游的高潮。多少年以后，曾经游过的景点对其印象或许会逐渐模糊，而这些小插曲却始终令人难忘，会一直存在于记忆之中，偶尔从记忆的储存库里翻出来和当事人一起品咂，定然是回味无穷，彼此都会开怀大笑，再度津津乐道当时的趣事，这就是旅游带来的快乐。

（2016年8月皖南山区宏村、西递游）

南海观音显灵验

四大佛教名山最先拜谒的是海天佛国普陀山，普陀山是观世音菩萨教化众生的道场。正值暑假，刚刚踏入校门成为教师，学校就有普陀山之旅的机会，自然欣然前往。客船从上海的十六铺码头出发，经过一夜的喧嚣抵达舟山沈家门码头，再乘坐渡船辗转至普陀山，猛见得遥遥相望的普陀山在海面上时隐时现，心头顿时涌动“忽闻海上有仙山，山在虚无缥缈间”的感觉。千余年前，相传唐咸通四年（863），日本僧人慧锷从五台山奉观世音菩萨宝像回国，船经普陀山，四面都有铁莲花阻挡，远赴东瀛违背观世音意愿，遂将观世音菩萨留在普陀山，建普陀山第一座开山供佛的寺院，即不肯去寺院。普陀山由此佛教兴盛，历千余年而不衰。国运昌盛，普陀山各寺院的香火也越发兴旺。

隆隆的马达声中，掩映在满目葱茏之中的普陀山离我们越来越近。眺望面积约13平方公里的普陀山，形状犹如藏龙卧海，普陀山是漂浮在海面上的吉祥宝地，人间仙境。舟山群岛共有岛屿1 390个，观音菩萨唯独在经过普陀山时不肯去东瀛，普陀山注定要成为佛教圣地。祥云缭绕的普陀山有普度众生的观世音菩萨，普天之下观世音菩萨的信众不计其数，代代相传，代代生息，普陀山是观世音菩萨的信众心目中的圣地，朝拜观世音菩萨是信众一生的夙愿。无论天南地北，天涯海角，朝圣之地每天都在迎接世界各地信众前来普陀山朝拜，如同滚滚海潮不可阻挡地涌向普陀山的沙滩。天下客膜拜观世音。大慈大悲的南海观世音，每天不知道有多少善男信女向你顶礼膜拜，希望你能用杨柳枝洒一洒你怀中净瓶里的排忧解难之水，将无限的福祉洒给普天下的信众。尘世间多少烦恼事，观世音件件都牵挂，盖因在这人世

普陀山“海天佛国”的景观

间观世音菩萨有着无数的信徒。观世音每时每刻都会把福祉降临在其信众的身上，心诚则灵，我乃这世上凡人一枚，踏临普陀山，内心亦希冀能沐浴观世音菩萨赐予的甘霖，使之成为浇灌我人生希望实现的雨露，想来年轻人的希望真美好。谁知这希望确实在未来的有一天得到了应验，希望真美好成了希望成真，应验了佛家种福得福之说。

旅游旺季，普陀山人满为患，部队的兵营也临时开辟招待所，接待来自天南地北的游客。落脚在部队的招待所，一个房间有四张床铺。对面的是一个年轻人，先入为主，故而其含笑招呼，算是熟悉。陌生的住客眉清目秀，一双闪亮的大眼睛柔情似水，感觉是一个温和儒雅的学生。果不其然，高中刚刚毕业。高考完毕，大家族一起到其本土普陀山旅游，额外多来了几位亲戚，住宿不够，他便临时入住部队兵营。哦，舟山人氏，玩笑地称呼他为“小宁波”，舟山原系宁波管辖，口音相同。“小宁波”闪动着漂亮的大眼睛含笑回答：“我的祖籍就是宁波，只是父母亲在舟山定海工作，称之小宁波恰如其分。”稍后又补充，“我的小姨就是你们学校的老师。”正说着，“小宁波”的小姨和他的母亲一起走进我们的房间，原来“小宁波”的小姨是我们学校优秀的教语文的张老师。张老师一家来普陀山旅游，“小宁波”一家也就都来了普陀山，“小宁波”的其他亲戚闻知索性都来到了普陀山，在观世音的庇护下来了个家族大团圆。颇有些戏剧性的安排，我们学校因为住宿安排周转不济，临时安排我这个初来乍到的新教师独自住在兵营，“小宁波”家族在普陀山预定的房间出现了紧张，他也住进了兵营。张老师笑着说：“真有缘分，这可是观世音菩萨的安排，明天你们两个要去普济寺烧香，要好好地向观世音菩萨磕头感谢。”说笑一番，张老师一定要让自己的外甥称呼我为老师，真不敢当，刚刚走上讲台的新兵一个。

一阵寒暄，张老师姐妹告辞，我们也准备就寝。海岛的夜晚蚊子很多，就寝前首要的任务是关起蚊帐捉蚊子。躲在蚊帐里面边拍蚊子边继续闲聊，间或有啪地一下拍蚊子的声音凑趣倒也生动，噼噼啪啪一阵，这是临睡前的功课，打趣道就像是寺院里的出家人在做晚课。在这普陀山的兵营住了两个晚上，拍蚊子找话题闲聊成了晚上就寝前必不可少的节目。“小宁波”小我9岁，想来我也可算他的学长。躲在蚊帐里，看看时间还算早，相约一起到兵营外的操场看星星。夜空低垂，繁星闪烁，海涛阵阵，普陀山的夜晚好不惬意。尚未游览普陀山，素昧平生的两个年龄相差九岁的年轻人却一见如故在普陀山的海边看星星吹海风，从天南聊到海北，意犹未尽。约定了明天一早到海边看日出，再一起游览普陀山的最大寺院普济寺，感谢观世音菩萨的安排。

迎着初升的太阳，感觉年轻人的朝气在胸臆间荡漾，一个是刚刚参加完高考正等待着大学入学通知书的小年轻，一个是刚离开校门踏入工作岗位的年轻教师，似乎感觉到未来就像喷薄而出的朝阳，无限美好，两个年轻人对未来都踌躇满志。不由设想，再过十年、二十年乃至更长的时间，彼此再相见，将会怎样？“小宁波”迎着朝阳向大海坦露自己的心声也许有代表性：“我们的明天一定会更美好。”披着满天的朝霞随着人流朝圣普济寺。普济寺坐落于普陀山灵鹫山麓，始建于宋朝，为普陀山中供奉观世音的主刹，前身就是“不肯去观音寺院”，是普陀山的佛教活动中心，一切重大的佛事活动都在普济寺进行。1983年，普济寺被国务院确定为汉族地区佛教全国重点寺院。普济寺前有一个约15亩的莲花池，名叫海印池，还被称为放生池，建于明代。抵达普济寺，正逢荷花朵朵莲叶田田，满池的荷花给游客送来夏日的清凉，沐浴着清新步入普济寺，神清气爽。观世音菩萨就在眼前，端庄慈祥。我膝盖抵在蒲团，长拜不起，双手合十，默默祈祷，但愿观世音菩萨能显灵。和“小宁波”有约，焚香三炷，许愿三次，其中必有一次与咱俩相关，且作为秘密，有朝一日再揭谜底。这个想法都觉得颇为有趣，照此执行为是。祈祷完毕，普济寺前有销售各种佛教物品的商店，请了两个观世音挂件的佛像，赠送“小宁波”一个，以此作为纪念。“小宁波”笑着受纳，说如果下次再见面胸前一定会挂着观音佛。含笑首肯，称：“我亦如此。”

出得普济寺，兵分两路。“小宁波”要随其大家族共游，我亦随我之旅游团队去法雨寺和慧济寺晋谒，然后再去千步沙踏浪嬉戏。和“小宁波”再约稍后佛顶山慧济寺再见，且慧济寺焚香祈祷会一如普济寺的模式。普陀山有三大名寺：普济寺、法雨寺和慧济寺，为普陀山

普陀山的普济寺

景观的最大亮色。

我们学校领队安排的游程是“一日看遍长安花”，一天之内将普陀山的三大寺院全部游览完毕，然后到千步沙踏浪冲浪。明天到紫竹林一带游玩，并在百步沙继续和大海做伴。法雨寺又称后寺，建在距普济寺2.8公里的广熙峰下。依山取势，分列六层台基。中轴线上有天王殿，后有玉佛殿。整座法雨寺宏大高远，气象超凡。不远处的千步沙空旷舒坦，海浪声日夜不绝。北宋王安石曾赞叹“树色秋擎书，钟声浪答问”。景仰完毕法雨寺，又马不停蹄直奔慧济寺。慧济寺俗称佛顶山寺，位于海拔291.3米的佛顶山上，是普陀山的最高处。山不在高，有仙则名。观世音不肯去东瀛，普陀山因此而名扬海内外。沿着山路抬步，一路见有极为虔诚的信徒沿着弯弯的山道叩拜上山，信仰的力量实在是太强大，战胜自我必须有信仰的支撑方能坚持到最后。

慧济寺深藏在高岗林屏之中，清幽绝耸。佛教信徒们出于对释迦牟尼的崇敬，把圣像供奉在全山最高的寺中的大雄宝殿内，两边侍立着弟子阿难和迦叶，大殿两厢各塑神像十尊，为佛教中“二十诸天”，明灯莲台，香火缭绕。我匍匐于蒲团，膜拜佛祖，看到“小宁波”正并肩左侧长跪蒲团，诚信大于天，互相微笑。佛祖面前大彻大悟，真正的富有，其实就是你脸上的微笑，用微笑面对生活，困难就迎刃而解。佛祖赐予排忧解难的万千方法其实就是你的微笑，佛祖不也是微笑着俯视万千世界，俯视芸芸众生。佛祖处得到解惑，一身轻松，纵目远眺，海天佛国云蒸霞蔚，清风徐徐扑面而来，万顷海面波涛不惊，万千景象美不胜收。居高临下慧济寺，普陀美景尽在眼底。慧济寺后门西侧，有稀世树种鹅耳枥。鹅耳枥树枝双分，做对称的90度转向，1932年中国著名植物学家钟观光先生在普陀山进行植物考察时发现，又经著名植物学家郑万均先生鉴定，证实为当世罕见树种，极为珍贵，学名正式定名为普陀鹅耳枥树。和“小宁波”在这全世界独一无二的鹅耳枥树前合影留念，颇有象征意义，友谊极其珍贵，自当珍惜珍贵友谊。

千步沙，顾名思义就是长度有千步距离的沙滩，千步沙是普陀山最大的沙滩。光着脚丫行走在沙滩，沙质柔软细净，沙面宽阔，是玩沙滩游戏和冲浪游泳的绝佳之处。张开臂膀走向大海，及至海水没过大半个身体，做好准备伺机迎着扑面而来的海浪翻身跃起，整个人裹在惊涛骇浪之中，怎一个爽字了得，不时听到惊叫声穿过浪潮在沙滩上回旋。和同伴们在千步沙玩得不亦乐乎，转眼间看到“小宁波”也出现在千步沙，甚是惊喜，于是乎面向大海，携手踏浪，和茫茫的大海融为一体。与君歌一曲，我爱这蓝色的海洋。佛的胸怀就像海洋一般宽广，在茫茫的大海中遨游，如同沐浴在佛祖恩泽的海洋中，宽广的胸怀，微笑的面容，这是佛祖赠送给凡人排忧解难的法宝。从佛学上来说，受佛祖的启迪获得的感悟，也是在感受一种真理。我们往往寄希望于有更哲学更深奥的真理能引领着自己向前迈步，殊不知真理往往存在于简单之中，只是需要你用一生去领悟，需要你敞开自己的宽广胸怀包容这个世界，善待人生，善待他人。善待他人，就是善待自己，然达到如此境界，则难矣。25年之后，和“小宁波”再度相逢，彼此都感叹那一年的暑假我们在普陀山的偶然相识并且在普济寺、慧济寺许愿时，佛祖已经用微笑向我们暗示了这条人生的真理。我们也深有体会地觉得自己确实是用了半生，乃至一生去领悟佛祖赐予的这种感悟。

紫竹林一带也是普陀山旅游景点的集中之地，第二天跟随着学校的老师们一路游来，晚上才和“小宁波”在住宿地见面。明天即将分手，有些依依不舍。暑假一过，“小宁波”将踏入高校大门深造，我则站在三尺讲台，从事教学生涯，我们相约寒假时在上海见面。

一晃9月新学期开学没多久，张老师送来一封信，是“小宁波”写给我的，浓浓的友情跃然纸上。印象中“小宁波”还抄写了一段歌词并有曲谱附上，是表现深厚友情的一首歌。寒假，“小宁波”来上海，到我家拜访，恰逢我不在。此后，“小宁波”亦有多次通过张老师向我问好并偶然有书信通过张老师转给我，我也有书信请张老师转交给“小宁波”。在第一所学校工作没几年，就奉命调到其他院校，此后与“小宁波”就几乎断了音信，但“小宁波”的印象在记忆中一直存在，尤其是那双灵动似水的漂亮的大眼睛，那真是让人过目不忘。

光阴荏苒，一个新世纪到来了。2007年的暑假，三五同窗好友自驾游杭州，组织者还安排到绍兴、宁波和普陀山一路游玩。这不仅勾起那年暑假第一次到普陀山的艰苦旅游的回忆，那个时候是该怎么节约就怎么节约旅游，还想起了在普陀山结交过一位真挚的朋友。感慨万千，指缝太宽，时间太窄，不经意间这光阴就从指缝里溜走了25年。猛然间又若有所思，翻箱倒柜地找出25前曾经在普济寺前的商店里所请的观世音菩萨的挂件，时隔25年再度登临普陀山，胸前佩戴观世音的挂件在还愿时让观世音菩萨看一看一个平凡信众的虔诚之心，不啻是一件非常有纪念意义的事情，由此想到这同样的挂件还有一个是在当年同住兵营的“小宁波”的身边。“小宁波”青春洋溢的形象瞬间浮现在眼前，又看到了他那双漂亮的大眼睛和他温文尔雅的形象。二十多年没有小宁波的音信了，茫茫人海中各奔东西，重续前缘那还真的是要看缘分。有些人从自己的生活中消失，就再也没有回来过，他和你就像两条并行的钢轨互不相交各自向着远方前行。曾经的“小宁波”形象在脑海中倏尔一现，稍稍惋惜和他的失之交臂，随之将挂件佩戴在胸前。

我们乘坐游船欣赏杭州西溪湿地的景观，昔日同窗，再聚一堂，谈笑甚欢。又是暑假，旅游旺季，游船内游客坐得满满当当。隔着一条走道，与之并排且靠走道而坐的一位中年男性游客似曾相识，尤其是那双眼睛感觉几十年来始终住在心里，竭力回忆，却无法想起是谁。对方似乎也很留意地望着我并给予微微地一笑，这笑容这神韵确实见过，彼此肯定曾有过交集，坚信无疑。回赠微笑，却不敢贸然攀谈。西溪湿地绿意盎然，游客们目不暇接船舱外的夏日风情。我若有所思转过半个身子将视线移到比邻而坐的游客身上，他也正很在意地打量着我这位邻座的游客，四目相交，微笑依然。终于谁都没有启口。西溪湿地的游船每到一个景点，游客便可下船在周边漫游一段时间后再坐船继续前往下一个景点。又到了一个景点，游船停泊，游客们争先恐后地下船，我的似曾相识的邻座船客先我躬身跨出船舱，我紧随其身后。仅仅是一刹那的时间，看到了他的胸前垂挂着和我一模一样的观世音佛像在晃动，仅仅是一瞬间的时间我就想起了那个有着一双明亮大眼睛的眉清目秀的“小宁波”，不假思索，激动地攀住了他的肩膀。他也下意识地回首，脱口而出：“你是夏老师。”不约而同地跳跃到船埠头，忘情地相拥，正是25年前在普陀山相遇一起住在兵营一起在普济寺共同祈福的“小宁波”。

一份意外的邂逅，一份意外的惊喜，一别25年，再度相逢都已经是华发悄然染两鬓，可“小宁波”那双眼睛还是那般明亮，那眼神还是那般透彻，他在世俗的尘埃里看上去还是那般脱俗。彼此同行的好友都啧啧称奇，将时间留给我们，将空间留给我们。我和“小宁波”心情都极为激动，彼此对视，两人曾经从佛祖那里获得用微笑面对世界的启迪，我俩都一如既往用微笑表达自己内心的万般情怀，好多的话语涌到喉咙口却又缩了回去，真不知道从何说起，从何问起。心有灵犀都想到了第一个问题：当年在普济寺和慧济寺所许之愿，三个愿中必须有一个属于彼此之愿，该是何愿？哈哈大笑，彼此的回答惊人一致：不管时间相隔有多久，不管地域相隔有多远，今后在茫茫的人海当中总会再见面，因为有观世音在保佑。“小宁波”和我双双亮出挂在胸间的观世音佛像，这人世间的佛和缘不由得你不信。我含笑告知“小宁波”为何会突然想到佩戴观世音的佛像。“小宁波”依旧微微地笑着，说道：“这二十多年来，我一直没有忘记你夏老师。”我何尝不是？为了这清澈如水的眼神，我等了整整25年。这个世界上钱固然买得起真正的奢侈品，但最奢侈的是你无论用多少钱也无法买到一颗真正惦记你的心，天涯茫茫，人海之中，虽然25年未见，彼此其实都一直在思念着对方，从未忘却，这份友情弥足珍贵。“小宁波”依然微笑，他用宁波普通话略带激动地缓缓道来，他说他完全明白我们的再度相见不是偶然，他坚信这是佛的力量使然，因为在差不多的时间节点他也找出了这枚观世音的挂件，他说：“我之所以也突然想到要佩戴观世音的佛像，是因为我的儿子刚刚参加完高考，我们杭州西溪湿地旅行结束后，下一站也是普陀山。”巧合也好，偶然也罢，事实就是坚信这是佛的安排，都很珍惜这份朝花夕拾的友情。凝望着西溪湿地弯弯的河道，感悟颇深，流水不腐，户枢不蠹，友情也要保持沟通才能通畅。很多友情不会有第二次，往往一生只有一回的遇见。遇见，投缘，产生友情，友情就得保持。感谢佛的伟大的力量，让我们再度重逢，我们都珍惜这份已经迟到的友情能再度延续。世间总有一些事是我们无法解释也无法说清的，想想我们中断了25年的友情突然之间就这么回来了，真有些不可思议。是什么原因什么力量使然？席慕蓉说过，我有着长长的一生，而你，一定回来。果然，25年前我们在佛祖面前所许之愿，佛祖今天果然显灵。事实却是如此。又将在普陀山相聚。这父子高考兵，普陀山拜佛，我难道都是见证人？

无需过多的解释，冥冥之中一切都有安排，万千天象，万千世界，有条不紊地运转，那就得顺其自然，各自运行，互为影响，互为作用。刻意去找的东西，往往是找不到的，天下万物的来和去，都有它的时间。我和“小宁波”都坚信25年后杭州西溪湿地的再度见面肯定是大慈大悲的观世音菩萨在显灵，这是佛祖的力量。佛的力量无处不在，佛的精神在引导着你向善而行，善行的结果就是善报，只有修炼到静水深流的境界方能感觉到佛的力量在深深地影响着我们。佛祖的精神引导就是在这个世界上你相信什么，你就能看到什么。你相信用心刻苦的努力会有回报，你就会发现努力真的会有回报；你相信这个世界很美好，你就会发现生活处处有美好。我和“小宁波”相信茫茫人海中总会再见，我们果然在彼此灵犀的暗示之下选择在“小宁波”安家立业的杭州再度相见。

彼此紧握双手久久不放。我不无感慨地对“小宁波”说道：“当初我们曾在普陀山一起看日出，我们还正年轻，现在则到了一起看日落的年龄。”青春依旧的“小宁波”那双漂亮的大眼睛依旧，清澈如水；那善良的微笑依旧，真诚满脸。一个人的眼睛干净，他的心灵肯定干净。一个人干净与否、清爽几何，古往今来都是衡量其文明素质的重要标尺。俄罗斯文豪契诃夫说过：人的一切都应该是干净的，无论是面孔、衣裳，还是心灵、思想。在我的心里，25年未见的“小宁波”，他就是干干净净的一个人。听得“小宁波”回复：“我和夏老师都无愧于自己的人生，我们在自己钟爱的领域里都获得了成功的喜悦。”多么暖人又感人的话语。“小宁波”，我普陀山相交相识的朋友，25年再相逢，我们有缘分，我们都得珍惜缘分。“小宁波”，如今见面则称之为“小勋”的好友，计算机行业的科技人员，如今事业有成，家庭幸福。写此文的时候，彼此又有相约，我俩将携手踏遍青山，我们看到前方风景独好。

（2007年6月在杭州再遇小勋有感）

十年圆梦塔尔寺

江南的梅雨季节一过，申城盛夏接踵而至，酷暑难熬。风相约去青海塔尔寺静心修炼几天，抛却人间万千烦恼丝，随僧侣们打坐诵经，潜心在佛祖的世界，修得一身清心寡欲，了无牵挂再去青海湖边赏油菜花，拥抱满地的金黄。塔尔寺，先人留在华夏大地的神奇的六大藏传佛教圣地之一，曾经和风一起拜谒。脑海中随之就浮现出一条逼仄狭长高低起伏的长长街巷，一座座寺院沿着长街延伸，不绝于耳的梵音四下飘忽，声声撞击心坎，佛殿内传出的声声诵经将一颗来自凡间的浮躁的心灵洗涤得干干净净。心无杂念地在纵贯塔尔寺的长街缓慢行走，一袭绛紫色长袍裹身的僧侣穿梭在街巷，出入于寺院，迎面遇见，微微欠身，双手合十，低眉垂眼，令吾辈凡夫俗子不由得肃然起敬，亦效仿之双手合十还其以礼。青海湖畔的油菜花更是心向往之。7月的青海湖，那是凡·高画笔下的世界，色彩浓烈，化不开的颜色，叫人如何不思念。似乎看到了青海湖边那上百万亩金灿灿的油菜花儿铺天盖地向天地合一的地平线翻卷，沉浸在花香鸟语的世界，拥抱蔚蓝色的青海湖，油菜花儿遍地染金，浩渺湖水湛蓝无边。一半是璀璨的油菜花儿开得艳丽无比，一半是蓝宝石般的湖面波澜不惊，朵朵白云在天边飘浮，在湖面游荡，天上人间一般景象。塔尔寺净化了你的心灵，再到青海湖边沐浴着十里春风，整个身心都融化在这幅大块色彩泼洒的画面中，怎能不浮想联翩？风的召唤，叫我怎能不向往。

和风飞到了西宁，当地的朋友根据风的要求安排我们在塔尔寺静心三天。塔尔寺是风灵魂的归宿，风在人世间的种种烦恼积聚堆砌到一定的程度就会走进塔尔寺。在高僧的谆谆教诲下，风洗却尘世间的烦恼，身心轻松地回归凡间，尽情拥抱大自然享受生活。风和我与高僧面对面而坐。高僧手指风坐的一把座椅善意提醒:“座椅的榫头松动了,小心为好。要不,换一张也可。”风不以为然,迫不及待地在高僧的面前坦露心迹,座椅在风的力量的压力下咯吱作响。风自云:“在尘世间活得很累,心里头就是觉得乱,不知道下一步该如何走。”永远记得塔尔寺的高僧如此告诫风:“如果你的心是乱的,那么你看到的这个世界也是乱的。心乱,你在尘世间自然会活得累,你自然会迷失方向,你就不知道下一步该如何走。常人所言乱了方寸,就是如此。”高人高见,醍醐灌顶,豁然开朗。风顿悟,叩首拜谢高僧。“听您一席言,胜读十年书。”风由衷感激。高僧双手合十还之以礼,含笑答曰:“善哉,善哉。毋以善小而不为,心存善念,则无烦恼,无有烦恼,心则不乱。”风佩服得五体投地,吾亦随风膜拜高僧。寺院内僧侣经声诵读朗朗,寺院外经幡面面迎风猎猎,风油然感慨:“身在寺院,聆听这诵读的经声,眼观这舞动的经幡都是一种熏陶。”高僧盘腿蒲团,双手依旧合十,口中念念有词,少顷,抬眼正视风,缓缓说道:“这经幡没有动,是你的心在动,心若不动,风又奈何。心静,才能听见自己的心声,心清,才能照见万物的本性。你感觉到这经幡在舞动,是你没有放下。”风和我颇有不解,欲求其详,高僧却不再多言。风锲而不舍,渴望高僧继续指点迷津,不经意间身体摇动座椅更加厉害,一不留神座椅散架,不慎跌坐在地。风不由得脸红,致歉不迭。高僧含笑,诚恳异常:“我得谢谢你替我把这把座椅给坐坏。”又是云里雾里不得其解。高僧解释:“这把椅子是我室内之物品,平时是我经常坐着它的,现在这座椅的榫头已经松动,假如不小心的话,也许会有那么一天,有谁坐了上去,这榫头突然断了,那么这把椅子就会散架。总会有人要摔倒,而摔倒者的概率应该是我最高。我年事已高,若从椅子上摔倒或许就没你这么幸运,我难道不该谢谢你帮我带走了一场灾难。跌倒是果,座椅断了榫头是因,凡人只能认识果,不能认识因,正是所谓菩萨畏因,众生畏果。因果之前,人人平等。因果二字,人人会说。但是因果二字的意义,不见得人人能懂。明白了因果关系,感谢你也就理所当然。真正因果的内涵,实乃宇宙世间善恶好坏的定律。”高僧真诚地感谢着风。风和我似乎是大彻大悟。平时里总渴望有高人给予指点,高人岂不就在眼前。高僧就是高僧,隐隐感觉高僧让风坐这把座椅或许是刻意为之，借其结果谆谆教诲。

茶过三道，高僧安排一名唤次仁达娃的小僧侣跟随左右。任由风和我随心所欲遍走塔尔寺各处，感受寺内佛教文化。塔尔寺先有塔，后有寺，故名塔尔寺，又名塔儿寺，创建于明洪武十年（1377），位于青海省西宁市西南25公里处的湟中县城鲁沙尔镇。塔尔寺的主要建筑依山傍塬，分布于莲花山的一沟两面坡上。占地45万平方米的塔尔寺共有1 000余座院落，4 500多间殿宇僧舍，形成一组气势恢宏规模庞大的藏汉结合的建筑群。其中的大金瓦寺、大经堂、弥勒殿是中国西北地区藏传佛教的活动中心，在中国及东南亚享有盛名。塔尔寺是中国藏传佛教格鲁派（黄教）六大寺院之一，也是青海省首屈一指的名胜古迹和全国重点文物保护单位。次仁达娃小心翼翼跟随着我和风，行走在塔尔寺的诸多寺院。小僧侣言语不多，问一句则答一句，出家已经三年，来自青海果洛一藏族人家。风屡屡有意寻找话头和次仁达娃言谈交流，小僧侣也总是抬起眼睛，眼神清澈如明镜，真诚地注视着你，没有一丝的杂质，两酡高原红因为羞怯在答话时显得更为绯红。

塔尔寺的入口处

风叹曰："我俩凡夫俗子，没有次仁达娃这般干净，尘世间诱惑太多，再也回不到次仁达娃的世界。"一路言谈之间我们走进金碧辉煌的大殿，走过简朴整齐的僧舍，走进了喇嘛中间。高低起伏的长街，穿着僧袍的喇嘛们来来往往，在这里他们成为信仰的化身。喇嘛们每天都有严格的作息时间，早、中、晚都要上课，他们所学知识的范围非常广泛，显宗、密宗、天文、藏医、法律是必修课。喇嘛是藏地传统的知识分子。

次仁达娃引着我们步入大金瓦寺。大金瓦寺是塔尔寺的众多建筑群中必定要参观的一处佛教圣殿。大金瓦寺位于塔尔寺的中心区域，绿墙金瓦，灿烂辉煌，是塔尔寺的主要建筑，它与护法神殿、大经堂、弥勒殿、释迦殿、文殊菩萨殿等建筑形成错落有致、布局严谨、风格独特，集藏汉建筑技术于一体的建筑风格。大金瓦寺是塔尔寺宗教组织的最高权力机构所在地，藏式平顶建筑，面积1 982平方米，面宽13间，进深11间，初建于明万历三十四年，后几经扩建，最后成为有168根柱子的大经堂。大经堂内矗立的110根大柱子缀以各色刺绣飘带，经堂内悬挂用各种绸带剪堆、堆绣的多种佛像、佛教故事图与宗教生活图。经堂内设蒲团上千个，可供2 000多喇嘛集体诵经之用。数以百计的经卷存放在四壁的经架上，上千尊小巧精致的铜质镏金佛像置于四壁的佛龛中。

塔尔寺的三天，聆听高僧深入浅出讲解佛家之道，受益匪浅；次仁达娃陪同遍走塔尔寺，实地了解并目睹塔尔寺的"三绝"艺术，收获不小。感谢风提供的机会。被誉为"塔尔寺艺术三绝"之一的酥油花，顾名思义就是用酥油（黄油）制作的一种花，是雕塑艺术的一种特殊形式。每年春节前几个月，酥油花艺人便将纯净的白酥油糅以各色矿物原料塑造成各种佛像人物、花卉树木、飞禽走兽，有的还组成宗教故事、神话故事等。每年正月十五，皓月升起，华灯初放，塔尔寺便迎来一年一度的元宵酥油花灯节，人们做花、赏花、祈求吉祥平安，几百年来从未中断。酥油花是一门残酷的制作艺术。由于酥油花的熔点很低，为了防止体温对酥油花的影响，艺僧们在捏制之前都要把手浸泡在刺骨的雪水中，为防受温回暖，必须不时浸冰水，抓冰块，让手指保持冰凉。因此每位艺僧都患有不同程度的关节病，甚至残废。

塔尔寺的“三绝”之一酥油花

如果没有对佛的虔诚之心和对宗教艺术的献身精神，是很难做到的。年复一年，阴暗的花房里，喇嘛艺僧们寒冷的手指尖汩汩流淌着属于春天和梦想的温暖色彩，在他们的心中，酥油花是会说话的花儿，讲述着尘世的渴望和藏传佛教世界的五彩缤纷。酥油花的制作令人感动，每一幅酥油花作品的诞生都蕴藏着艺僧们对佛教的虔诚和奉献。酥油花的制作现在不受季节的限制，有了空调，除了传统的春节前几个月制作酥油花以外，其他时间段也能看到艺僧们制作酥油花。

塔尔寺的壁画是我国绘画宝库之一，是塔尔寺艺术“三绝”之中的另一绝。壁画编绘于寺内的主要殿堂，尤其在瞻廊、回廊、前廊等处为多，全寺保存完好的大小壁画千余幅，对殿宇建筑起到很好的美化作用。壁画以它多姿的形象，生动的色调，丰富的色彩、内容，别具一格的画面而闻名于世。“堆绣”是塔尔寺艺术的第三绝，是在布幔上用各色布块（绸缎）粘贴，堆砌大小佛像并点缀各色花卉图案在佛像的四周，从而形成塔尔寺独有的一种地方民族手工艺品。堆绣多悬挂于经堂内，给慕名而来的中外宾客以美的艺术享受。塔尔寺每年农历四月、六月两次大法会上所晒的大佛就是艺僧们在巨幅锦幔上堆绣的大型佛像，是艺僧们绝美的艺术佳作。塔尔寺的“三绝”在藏地的六大寺院中一枝独秀，是藏传佛教文化的杰出代表，是中华文明物质文化遗产的一朵奇葩。

对于塔尔寺，说白了我们只是匆匆的过客，哪怕你待上再长的时间。塔尔寺，与外界的浮华世界相比，似乎是时光停留在中世纪，现代文明的光芒似乎没有普照塔尔寺。但塔尔寺并不拒绝文明，塔尔寺也并非不文明，彬彬有礼的僧侣们腹中深奥的学问甚至超出我们理解的文明。塔尔寺，博大精深，作为一名来去匆匆的过客，只能对你的表象留下浮光掠影的记忆，我们无法深入塔尔寺的内核。在塔尔寺，不论是朝拜、诵经的僧侣，还是酥油花、壁画、堆绣“三绝”，这些在我们看来也许是些形式上的震撼和感动，但塔尔寺的喇嘛们做的这一切都是因为他们的虔诚和一种对信仰的追求。可见佛教的精神力量是巨大的，它统治了人们的精神生活，使藏民的生活自然朴实而健康安定。我们既然不能融入塔尔寺，那就只剩下对塔尔寺的深深祝福，希望这片圣洁的土地不被所谓的文明践踏，希望塔尔寺的文明能长久照耀这个坚韧的民族，世世代代延续。

即将告别塔尔寺，高僧手书《老子》条幅馈赠予风：天道无亲，常与善人。风心悦诚服，上天并没有偏袒的心，只是爱护真心行善的人，行善之人，必将得到上天的赐予，所谓自天佑之，吉无不利。风又建议和小僧侣合影，次仁达娃欣喜，我俩分别与次仁达娃合影，又请人代为我们仨合影，风还单独为次仁达娃摄影数张，小僧侣淳朴的笑容藏在我们的胶卷中。再次挥手道别塔尔寺，次仁达娃一直送行到塔尔寺的入口处，他那明净的眼神印象难忘。

一身轻松，无牵无挂，启程青海湖。蓝天白云下一眼望不到边的金黄灿烂远远地扑面而来，但是我的眼前仍然浮现出次仁达娃满脸纯真的笑容，那干净得没有丝毫杂质的眼神让你不忍对他说任何违心的话，哪怕是一个字。风的整个身心似乎还沉浸在塔尔寺，他似乎也在和次仁达娃进行着心灵的对话。

塔尔寺一别十年，忽一日，风又恋着塔尔寺，他想念着塔尔寺的高僧朋友，其实风更为想念的是次仁达娃。在风的书房里，风取出十年前我俩和次仁达娃在塔尔寺的合影反复端详。“一别十年，他长大了，不知现在怎么样？你寄给他的照片也不知道他收到没有，怎么不见他的回复？”风站在书房的窗户前，遥望塔尔寺的方向。

我大为惊讶，抓住风的手，一迭声地发问：“你是说十年前我寄给次仁达娃的照片？”风点头，好生奇怪：“难道不是？我不是将所有的照片洗印出来后交给了你两套？明摆着是让你将其中的一套寄给次仁达娃。我给你照片的第二天就去了云南的香格里拉，难道你没有寄出？”摇头，并无责怪风的意思。他就是雷厉风行之人，细节需要朋友和知音为他补充完善。“那是我的疏忽，我以为这两套都是给我的。”我略有不安。风沉思，他在想念次仁达娃：“次仁达娃，真不该失信于他，那么干净的男孩。”风深深地自责，“他干净的灵魂因为我们的疏忽而长了一道伤口，我们这个小小的疏忽在他干净的灵魂里等于是撒了一把不干净的盐，会刺痛他的。”风一声长叹，久久凝望着远方，那是塔尔寺的方向。我站在风的身后，同样的瞭望，同样的思念，同样的内疚，我和风一样又看到了小僧侣那尘世间很难见到的干净的眼神。

又过一周，我的电子邮箱里有风发来的信息，打开一看，是风发来的照片，风又去了塔尔寺。照片上风的身旁有一年轻的喇嘛，一袭绛紫色僧袍裹身，是次仁达娃。风在发来的照片下题了一句话：十年圆梦塔尔寺。赶紧拨通风的手机，急切地想和次仁达娃说话，最想说的一句就是：达娃，一直都想着你。电话那头，是风的声音，“我找到了次仁达娃，十年前的照片我亲手交给了他。十年圆梦塔尔寺，了却了你我心头的不安。要不我们的不守信誉真的会毁了次仁达娃，他太干净。”风随即用不容置疑的口吻命令：“后天下午塔尔寺见，我和次仁达娃等着你。他现在是十年前接待我们的高僧的嫡传弟子。”

取出十年前在塔尔寺与次仁达娃的合影看个半晌，再仔细端详风发来的照片，那个站在风旁边的年轻僧侣就是次仁达娃。一个是少年，一个是青年，眼神却是一样，都是那般的清澈明净。十年，次仁达娃浸濡在塔尔寺的藏传佛教文化的海洋中，十年的熏陶使得他腹中诗书气自华，所以他的眼神一点儿都没变，也不会变。风追逐到塔尔寺，一圆十年思念梦，我亦步风的后尘，后天和风，和次仁达娃再度相逢塔尔寺，还得再度聆听高僧的教诲。

（2004年7月和风同游塔尔寺）

天涯海角喜相逢

海南工作的同窗好友若秋又盛情相邀，再度飞往海口。5月下旬的南国已然是满满的夏季风情，是日晚上若秋宴请之后又陪同欣赏张艺谋导演的大型情景剧《印象海南》。演出结束，若秋直言相告近日突然间冗事缠身，拱手致歉称环岛之游恕不奉陪，遂将其坐骑钥匙扔给我，潇洒地走向月光下的椰林丛的深处。远远地看着若秋的背影拉得好长，但就是没有再次回头，明白只要我一声若秋出口，他必定于心不忍，抛开世间一切事，伴我下三亚。与老同学若秋的关系弥笃，友情深厚，深谙其为人品行，天马行空性情。20世纪80年代初大学毕业即下深圳创业，而后又转战海南，事业干得风生水起，成功人士一个。此次南下海口，乃若秋再三邀请，正巧上海小哥华强没有来过海南，便一起南下。

抵达海口，总见若秋心不在焉，称不能陪伴同游三亚，却屡屡叮嘱务必再走天涯海角。十几年前到海南旅游，若秋陪同一起到过三亚，在天涯海角，又想起曾经发生的一段往事，引得感慨万千，总觉得这天涯海角此生该是不再莅临为好。又见得若秋还在不厌其烦叮嘱小哥华强何时必得抵达天涯海角。虽有疑惑，但自忖对于若秋实在是太了解，认定他另有他事分身无术，故不能眷顾我。于是乎，和第一次来琼的小哥华强自由自在地从海口出发，沿着东海岸线南下三亚，奔向南山观音，奔向天涯海角。谁曾料到，曾经的一场旷世之恋30年后会在天涯海角重续前缘，令人嗟叹，伤感不已。就在那一刻，在那天涯海角，意外或刻意重逢的那一瞬间彼此都不约而同地想起那首默诵无数遍的秦少游的词：金风玉露一相逢，便胜却人间无数。两情若是久长时，又岂在朝朝暮暮。时过境迁，往事钩沉，疑虑乎若秋，哦，若

三亚的海滨风光

秋，莫非你是三亚天涯海角奇缘的幕后推手？

小哥华强第一次来海南，陪伴其一路游山玩水，乐在其中。海南的高速公路不收费，小哥华强驾驶着若秋的坐骑奥迪A6心情愉快地直奔琼海市博鳌镇。博鳌是海南著名的十大文化名镇之一，是国际会议组织——博鳌亚洲论坛永久性会址所在地。博鳌亚洲论坛由25个亚洲国家和澳大利亚发起，于2001年在海南省琼海市万泉河入海口的博鳌镇召开大会，正式宣布成立。这是一个非官方、非营利性、定期、定址的国际组织，为政府、企业及专家学者提供一个共商经济、社会、环境及其他相关问题的高层对话平台，博鳌在国人的心目中知名度非常高。

坐落在美丽东屿岛的博鳌亚洲论坛国际会议中心是诠释博鳌文化的所在地。景区里宏伟气派的现代建筑、智能化的会议设施、动静相宜的高尔夫球场、河海交融的旖旎风光、古老动人的美丽传说演绎着人与自然的和谐。印象最深的是位于博鳌亚洲论坛国际会议中心南门前的喷泉广场，是一处由一个涌泉托起的镂空金属地球仪和一个椭圆形的喷泉池组成的景观区。地球上亚洲所在地的位置正好伸向进岛公路的主干道，它寓意着亚洲论坛是一个开放、发展的论坛，同时代表着亚洲论坛国际会议中心欢迎来自四面八方的朋友。5月下旬的博鳌静悄悄，游人稀少，和小哥华强两个人如入无人之境，自由自在地参观半晌。温泉浴场对外开放，寥寥无几的客人，惬意地享受一番后轻松上阵。

过万宁，稍事停留，呈现在眼前的万顷碧波波澜不惊，令人心旷神怡。小哥华强浙江人氏，家乡面朝大海，那是无边无际的褐黄色，哪有如此赏心悦目的湛蓝。椰林下凉风习习，清风从身边滑过，沉重的身体似乎变得轻灵，感觉每一次的呼吸都幻成云朵，在蔚蓝色的海面上千姿百态，随心所欲。微敞衬衣，极目南海，尽收眼底的蓝宝石一般的大海如硕大无朋的蓝丝绒绸缎无尽伸展，双眸久久地拥抱大海，这道视觉盛宴令人甚是惬意，久久饱享，不忍离去。

恋恋不舍中南下三亚。位于海南岛的最南端，具有热带海滨风景特色的国际旅游城市，拥有海南岛最美丽的风光，被称为东方夏威夷的三亚，鬼使神差地又来了。三亚湾、大东海、亚龙湾是三亚的三大湾。大自然把最适宜的气候，最清新的空气，最灿烂的阳光，最柔和的沙滩，最湛蓝的海水沙滩馈赠给了三亚，三亚是人间天堂。我们选择三大湾的大东海休闲。大东海三面环山，一排排翠绿椰林环抱沙滩，蓝天、碧海、青山、绿椰、白沙滩的独特之美博得海内外游客的赞叹。大东海的沙滩平坦细软，缓缓延伸，长达千米。“水暖沙滩平”早已使大东海蜚声海内外。若在冬天，游客既可以畅游于碧波之间，浮游于雪浪之上，也可以躺在沙滩上沐浴柔和的阳光，在沙滩上拾贝壳，挖螃蟹，垒沙塔……快乐无比。

枕着波涛沉入梦乡，一夜酣睡。太阳升起之时，与大地上的万物一起苏醒，推开面朝大海的落地长窗，聆听着大海的欢唱，快活的鸟鸣，兴致顿时盎然。踩着沙滩，踏着海浪，与大海又是一番嬉戏。意犹未尽地告别大东海陪同小哥华强前往南山，膜拜南海观音，祈求好运。

南山文化旅游区位于三亚市西南40公里处，是中国最南端的山，是一座展示中国佛教传统文化的大型园区，是中国佛教的名山胜地。主要景点有南山寺、海上观音、不二法门、观音文化苑、天竺圣迹等，其中108米的海上观音是当之无愧的亮点，是世界首尊金玉观世音菩萨塑像，闻名全海南的镇岛之宝。南山观音，手持净瓶，面朝南海，端庄慈祥，梵音缭绕，香火旺盛。身边顶礼膜拜的善男信女无不虔诚地拜倒在大慈大悲的观世音菩萨脚下祈求庇荫。吾亦毕恭毕敬地焚香三炷敬献给大慈大悲的观世音菩萨，随后许愿三个。凝视着居高临下的观世音菩萨，心中竟在胡思乱想。想想几十年后我们都将离去，这世间我们所追求的东西都无法带走，钱财、名利、地位都成了过眼烟云，属于我们的除了经历就是回忆。多少人把希望寄托在来世，今生的遗憾来世完成，今生的感情来世弥补。其实我们心里都清楚，所谓的来世，不过安慰罢了。来世究竟在哪里？是一种怎么样的世界，谁能保证下辈子遇见？所谓的来世是我们心中的世界，是我们用一个众人所知的善良的谎言来期盼一份圆满，来寄托一份思念。三千繁华，弹指刹那，百年之后，你我不过一缕青烟，一捧黄沙，谁也不会记住谁，谁也不会怨恨谁，今生的一切，都将随着生命的终结戛然而止。思及此，倏尔顿悟，活在当下，开心每天，与人为善，与世无争乃大善之

作者在三亚南山观音大佛前

道。曾经的失去，很难再回来，何必陷入曾经失去的泥淖不能自拔。难道观世音菩萨真的能够把你曾经的失去给找回来？所有的善男信女在观世音菩萨面前虔诚磕头，默默许愿，内心的愿望无不是人世间的每个人对美好生活的憧憬不能够实现从而寄希望于大慈大悲的观世音菩萨。万千思绪之中，忽又接到若秋的电话，着急地询问我此时此刻身在何处。告知正在南山顶礼膜拜观世音菩萨，若秋连连催促："赶快启程，天涯海角。"没来由地发令，没来由地挂断电话，丈二和尚摸不着头脑，带着狐疑和小哥华强再度天涯海角行。

天涯海角游览区位于三亚市西南23公里处，以美丽迷人的热带海滨自然风光，悠久独特的历史文化而闻名天下。碧海、青山、白沙、巨石、礁盘浑然一体，椰林、波涛、渔帆、鸥燕、云霞交相辉映，热带海岛独享的椰风海韵，吸引着无数的游客慕名而来。"天涯海角"原意是表达旅人客居异乡的惆怅情结，经过千百年来的不断演绎，"天涯海角"这一成语蕴含着更为深厚的文化内涵，其间的意趣在"海上生明月，天涯共此时""天之涯地之角，知交半零落"等诗词中略见一斑，因而天涯海角游览区承载了这一曼妙的文化意象。清雍正五年（1727），崖州知州程哲在天涯湾的一块海滨巨石上题刻"天涯"二字；民国抗战时期，琼崖守备司令王毅又在相邻的巨石上题写"海角"二字。1961年，郭沫若在"天涯"石的另一侧题写了"天涯海角游览区"七个大字。至此，天涯湾畔的这片滨海地带变成为名副其实的"天涯海角"，文化的厚重与美丽的风光使天涯海角游览区称为人们心目中的圣地。

长长的木栈道浓荫遮天，穿行在人工痕迹明显的热带丛林竟然也吹起了口哨，风靡一时的《请到天涯海角来》。再一次来到"天涯"巨石前，无限的感慨油然而生，30年前曾经在天涯海角这个地方有过海誓山盟，彼此保证永不分离。谁料想最终还是劳燕分飞，从此再也不曾相见。从此再也不曾相见，生活中的你我就此天各一方，存在于彼此相对世界的"天涯海角"。时间冲淡了之前的感情浓烈，就是一杯烈酒也早已在空气中挥发殆尽，偶尔还会在某个日子里嗅嗅那装着浓浓感情的酒瓶里的残存余味，却是越来越淡，几乎已经闻不到了。小哥华强陪着我再次来到天涯海角，竟然没来由地又想到要再嗅一嗅封存在酒瓶里的那一丝半毫的余味。十几年前曾经和若秋一起到过这地方，也没有今天这般异样的感觉。人的第六感应没法说透，都说现在人类对世界的认知最多也就是5%，很多现象和感觉目前的科学无法解释。今天虽不是断肠人在天涯，却没来由地思念那端大洋彼岸的海角是否有她光顾，突然又想起了今天的日子，思绪竟然像天边飘浮的白云恣意翻卷，就像海上滚动的浪涛扑打沙滩。一别30年，曾经众里寻她千百度，早已往事如烟丝方尽，如今却又在“天涯”前扯出无尽的丝绪。30年前的今天，骑着自行车气喘吁吁，狂奔虹桥机场来相送。留学美国是多少莘莘学子的梦想，终于获得签证，飞越太平洋。馈赠半钢的钻石牌手表一块，调整到分手道别的时间5:20，双手奉送，喃喃自语：“5:20，表走了，表走了。”接受赠品，泪光莹莹，唯见其将分手的时间锁定。眼见得其在亲人的殷殷叮嘱中缓缓进关，看到了那送来的最后的一瞥，看到了其正扬扬握在手中的那块钻石牌手表。时间就这么流逝，一晃30年，音信也渐渐从有到无。

我之在“天涯”，回首望“海角”，这蓦然回首，恍若见到曾经的思念之人恰在人流中，难以置信的邂逅，感觉是不是上苍在故意开玩笑。听得那激动的声声呼唤，恰是再熟悉不过的声音，肯定上苍没有在开玩笑，上苍是送来了惊喜。有人说最美好的瞬间莫过于回眸的一刹那获得一份意料之外的惊喜，这份惊喜会成为幸福的密码储存在记忆中成为人生今后最温馨的回忆。一个从“天涯”走向“海角”，一个从“海角”走向“天涯”，在“天涯”和“海角”的中间，横亘着30年的时空。天涯海角喜相逢，彼此零距离伫立，久久打量，神韵依旧在，只是容颜改，30年的沧桑卷走了昔日的风华，曾经的美好只能在记忆中追寻。她扬扬手中握着的东西，那是一块钻石牌的手表，呈递到眼前，看到了定格的时间5:20，禁不住热泪盈眶。聆听娓娓絮叨：“坐在飞机上，才明白表走了之含义乃是不要走了，才明白了时间定格在5:20乃是我爱你。”对面的来自大洋彼岸的站立者泪水涟涟，情绪激动，30年前的今天那一幕瞬间都清晰地浮现在眼前，一再重复：“为什么不直接说，其实我们都可以再坚持一下。”无言以答。时间已经过去了30年，如今一切都枉然，时间改变了彼此，再也回不到过去。曾经有过的承诺一定要在天涯海角见证爱的伟大，30年后的今天，天涯海角见证的却是两个在平行道上各自行走了30年的你我。纵然是为了还有生之愿，这个还愿又有什么意义？曾经海誓山盟的两个人如今是一个在“天涯”，一个在“海角”，即使来到了三亚的天涯海角，三亚的天涯海角并不紧密相连，各占海滩的一席之地。

小哥华强神秘莫测地眨眨眼睛，又努努嘴示意我的身后，若秋大笑着跳到我的面前：“一别三十年，天涯海角见，浪漫的重逢，值得庆贺。”恍然大悟，若秋乃是寻梦圆梦的幕后推手，感激老同学的一片苦心，一片真诚。摆手制止若秋：“不用解释，都明白，唯有谢谢。”

若秋设筵席，把酒在农家，三位老同学并小哥华强开怀畅饮并畅叙。若秋酒过三巡之后话匣子打开：美国的老同学辗转联系到若秋，为了却当年的心愿，决意30年后的今天在天涯海角再度相逢，若秋不辱使命巧安排，得以相见在三亚。我举杯感谢两位老同学，剖腹掏心真情告白：“那一段时间多少次就像胡适所言‘也想不相思，可免相思苦。几度细思量，情愿相思苦’。光阴荏苒，自知相思无望，才明白胡适在《梦与诗》中所言‘醉过才知酒浓，爱过才知情重，你不能做我的诗，正如我不能做你的梦’。曾经放下过天地，唯独放不下你，现在，早已经放下。”大洋彼岸之人闻之唏嘘不已，自责有加，望我切勿再有抱怨，彼时身不由己，没有办法，倘能旧缘重续，自当欣喜万分，如今孑然一人，叶落归根，重返故土。我缓缓地说道：“人有抱怨的习惯，却不知道这个习惯会给自己带来很多麻烦。不想再追忆过往，不想再期望将来，以镇定自如的态度，做好今天应该做的事情。”人生最美好的这30年天各一方，近花甲之年再度相逢，却再也回不到过去，无论南海的风浪多大都已经修炼得安之若素。

轮到若秋闻之感动，即兴作诗纪念30年后的相见：“我希望一生都有朋友相伴，喜乐有分享，冷暖有相知。同量天地宽，共度日月长。我希望，相知者能相爱，相爱者能相知。即使不能相爱但可以相知，相知相伴胜却人间温暖无数。你我可以有相怨，你我心头无相恨，共享余生大好时光。”

为若秋的精彩诗歌喝彩，三人再度举杯。在三亚，在天涯海角，小哥华强将这珍贵的画面定格在镜头。

（2010年5月在海南三亚天涯海角有感）

彩云之南君故乡

云南天生就是为旅游而生，看不完的四时风光，阅不尽的民族风情。云南，来了一次就喜欢上了你，再也不想离开。春城昆明泛舟滇池，大观楼前纵览烟波浩渺的滇池风光，移步西山脚下聂耳墓前默默吟唱《义勇军进行曲》，再去石林寻找阿诗玛，最好能约上彝族姑娘共同唱一曲《马铃儿响来玉鸟儿唱》，带着阿诗玛的祝福，蝴蝶泉边寻找“五朵金花”。大理古城的下关风，上关花，苍山雪，洱海月，风花雪月必得一游，崇圣寺的三塔和自己的形象融为一体也很有必要，那是大理的象征。丽江古城的婉约闲适最让人慵懒，四方街悠闲地踱步，择一制高点将整座古城尽收眼底。踏着几百年前马帮走过的青石板的茶马古道，“一米阳光”酒吧的室外选一荡秋千的座椅落座，轻轻地摇晃，倾听着脚下淙淙流水叮咚歌唱，几片嫩绿的树叶漂浮在水面欢快地旋转，跟随着流动的溪水游荡在古城。点一壶暖胃的普洱，只须稍稍地抿一口，深红色的普洱茶水在喉口幸福地滚动，感觉到一股涓涓细流悄然滑下。此时纳西族艺人演奏的古乐飘然送入耳膜，不经意地瞟一眼眼前不断地变化的来往游人的身影，一缕阳光斜斜地映射在半边脸颊，惬意至极。静中有动的丽江古城从不奢侈时光的大把流逝，丽江的每一天每一分钟都是这么悠闲，这么安逸。丽江，来了，真的就再也不想离开。

旅行途中需要激动人心的景色调和丽江古城的平和，男性血脉的贲张需要壮阔大气的景观激发。丽江太小资，太柔弱，沉溺在丽江悠闲的生活很能磨灭男儿的刚性。小别丽江，奔走虎跳峡。虎跳峡以“险”闻名天下，是中国最深的峡谷之一。踩着金沙江畔的巨石以几乎接近垂直的角度往下走，一直走到江岸边最接近虎跳峡的地方观赏飞

大理洱海的风景

湍急流在眼前汹涌澎湃。金沙江水在虎跳峡这一段最为桀骜不驯，长江第一漂的尧茂书为探险事业殒命金沙江。为祭奠曾经的漂流英雄尧茂书，我在陡峭的江岸边默默伫立，任凭波浪滔天，亲手将朵朵小白花撒向金沙江，了却纪念英雄的夙愿。民族的英雄，后人不能忘却。别离虎跳峡，拐过了长江第一弯，在人间伊甸园香格里拉寻觅“消失的地平线”，与藏族同胞共跳一曲欢乐的锅庄，在松赞林寺焚香三炷，许下的三愿越过云贵高原送给黄浦江边的亲人。彩云之南的旅行有多条线路，好友欣儿偏偏选择了这条旅游线邀我和他共游。这一游，欣儿竟然将自己留在了云南，“五朵金花”中的一朵变成了“阿诗玛”，陪伴在欣儿的身边。意料之外，情理之中，山不转水转，转出了一段刻骨铭心的爱恋。欣儿，如今安居大理的欣儿，真想再一次来到大理看一看你，和你在洱海的游船上再品茗一次“三泡台”，就像往常那般喝茶闲聊，倾听你在动情之时那爽朗的笑声一串串在我的耳畔回旋。欣儿，落户大理的欣儿，我是你这段旷世之恋的见证人。多少年后，又一次在大理和欣儿见面，最不能忘却的是他的真情告白：若两情长久，必得有内心怦然心动的感觉，而不是一种表象的视觉，千万不要因满足视觉而忽视感觉。

欣儿是小我三岁的发小，亲密无间的铁哥儿们，几十年的友情从未中断。欣儿又是令我羡慕的好友，男儿若如欣儿，此生无憾矣。欣儿长相英俊，一表人才，好多同龄人都以结交欣儿为朋友而倍感荣幸。我和欣儿彼此年轻的时候，老大不愿意和欣儿结伴出行，行走在大街上多少青春少女的目光都会停留在欣儿的身上，我只能傻傻地作为一个潇洒男儿的陪衬。欣儿得天独厚的外形优势，爱恋他的女孩子许许多多，欣儿生肖属鸡，上世纪的1980年春，虚岁二十四岁的欣儿顺其自然地和一个大他半岁的也算是漂亮的女孩子成婚。且很快就做了父亲，那是20世纪80年代初的事情。欣儿夫妇在众人眼里是一对世间少有的神仙眷侣，只有我知道，欣儿婚后的生活并不像外人羡慕的那般幸福，虽然常人难以察觉。我却有不同的感觉，我觉得连我这样和欣儿亲密无间的发小要和欣儿有一次聚会欣儿都难以应允，那欣儿他并不自由。我自然明白，欣儿的妻子爱欣儿爱到了骨髓，她是寸步不离欣儿的，欣儿的自由度当然打了个大大的折扣。

欣儿的儿子长得一如欣儿，欣儿唯一欣喜的就是他有了这么一个聪明漂亮的儿子，他也渐渐适应一家三口天天耳鬓厮磨的日子。所有熟悉欣儿的亲朋好友都羡慕欣儿一家幸福甜蜜的生活，只有我知道欣儿内心深处的无奈，他和朋友的交流越来越少了。欣儿按部就班的生活延续了16年，他的儿子初中毕业，欣儿的太太毅然决然陪着儿子远赴大洋彼岸留学，欣儿的岳父岳母还有欣儿太太的两个哥哥都在美国定居。容不得欣儿提出异议，一家三口就有两个飞到了美国。一身自由的欣儿显得无所适从，突然有一天他找到了我，相邀我到彩云之南去散散心，这是欣儿迟到了整整17年的承诺。欣儿新婚之前的一年，我俩就相约一起到彩云之南。热恋中的欣儿无论如何都不能取得他现在的太太的同意，声称要去就是欣儿和她一起去，我俩就此作罢。

17年后，在1997年的春天，刚过不惑之年的欣儿和我飞往了彩云之南。昆明驻足两天，游滇池，爬西山，心情甚好。来到彩云之南怎能错过石林景区，欣儿在石林找到了阿诗玛。他看着阿诗玛不无伤感：“这么多年了，我心中的阿诗玛，你在哪里？”我理解欣儿的苦衷，岁月早就从指缝间流逝了16年，俊毅飞扬的欣儿已然成为过往，然欣儿一如当年的青春年少，他的心中还有一个“阿诗玛”，他在寻找。石林风景区面积350平方公里，形成于2.7亿年前，是世界喀斯特地貌的精华，拥有世界上喀斯特地貌演化历史最久远、分布面积最广阔、类型齐全、形态独特的古生代岩溶地貌群落，被誉为“天下第一奇观”。石林风景区由石林、黑松岩（乃古石林）、飞龙谱（大叠水）、长湖、圭山、月湖、奇风洞等组成，以雄、奇、险、秀、幽、奥、旷著称。我俩乘坐着电瓶车前往石林景区，穿梭在各具特色的石牙、峰丛、溶丘、溶洞以及溶蚀湖、瀑布和地下河等水光山色的景观之间。美景饱览，心情大悦。

带着和阿诗玛告别的不舍，欣儿和我乘坐一夜的火车到了大理。洱海的景色更胜于滇池，游船上欣赏洱海的风景，白族姑娘表演三泡台的茶艺。献演完毕，年轻的白族姑娘白族小伙手提长长壶嘴的茶壶依次为游客的三泡台茶盅注水。为欣儿的茶盅注水的是一位美丽的白族姑娘，那绝对是一位清纯脱俗的白族少女，她朝欣儿微微一笑，欣儿感情的涟漪顿时剧烈荡漾。欣儿终究不能遏制情感，他邀请美丽的白族少女一起喝茶。腼腆的笑容，无言地摇头，两颊飞出两酡红云，羞怯地低下头擦身欣儿悄然离去。行走没有几步，又回眸送给欣儿含笑的一瞥，欣儿醉了，他找到了“阿诗玛”。欣儿激动的声音在我的耳边聒噪：“阿诗玛，干净明亮清纯美丽的阿诗玛。我要去找她，她就是我梦中无数次出现的阿诗玛。”欣儿迫不及待，16年后，他在大理的洱海找到了他心心念念的“阿诗玛”。“我看到过她，在梦中她一次又一次地和我相见。”欣儿信誓旦旦，欣儿动了真情。

半日洱海游结束，欣儿疾奔船舷边，他要在熙熙攘攘的人流中寻找他的“阿诗玛”。欣儿失望了，这16年来他梦中一次又一次出现的“阿诗玛”竟然会在他的眼前稍纵即逝，难道欣儿的余生依然在梦境中和他的“阿诗玛”相见？仓央嘉措说：好多年了，你一直在我的伤口中幽居。欣儿16年来，他的心的伤口幽居的就是蓦然回首斯人恰在他眼前的“阿诗玛”。欣儿主意已定，他要像阿鹏追寻金花一般在大理城遍寻他的“金花”，他的“阿诗玛”。陪着欣儿走遍了苍山洱海，寻遍了大理古城，欣儿心中的“阿诗玛”就此不见。欣儿到崇圣寺焚香祈祷。崇圣寺东对洱海，西靠苍山，位于大理古城北约一公里处，历史上有9位大理皇帝在崇圣寺出家，金庸在其武侠小说《天龙八部》中称为天龙寺。崇圣寺曾以三塔、南诏建极大钟、雨铜观音像、三圣金像、“佛都”匾这五大重器闻名于世。跟随欣儿跨入十一面观音殿，欣儿虔诚祷告，他是在恳请大慈大悲的观世音菩萨指点迷津。完成礼仪，欣儿恍若醍醐灌顶，他朝我挥手神秘兮兮：“蝴蝶泉边找金花，金花就是阿诗玛。”

蝴蝶泉坐落在大理点苍山云弄峰下，就像一颗透明的宝石镶嵌在绿荫之中，它以特有的奇观，吸引着近悦远来的游客。蝴蝶泉，泉水如镜，每年到蝴蝶会时，成千上万的蝴蝶从四面八方飞来，在蝴蝶泉边满天飞舞，蝶大如巴掌，小如铜钱。无数蝴蝶还钩足连须，首尾相衔，一串串地从大合欢树上垂挂至水面，五彩斑斓，蔚为壮观。从下关乘车，沿滇藏公路北行30余公里，一座古色古香的石牌坊映入眼帘，牌坊上有郭沫若书写的“蝴蝶泉”三个大字。陪伴着欣儿来到了蝴蝶泉，有电影《五朵金花》的插曲远远地传来，欣儿驻足侧耳聆听，欣儿欣喜异常寻声而去，欣儿在歌声传来的地方找到了他梦中的“阿诗玛”，找到了蝴蝶泉边的“金花”，欣儿的虔诚打动了观世音菩萨。蝴蝶泉边欣儿和“阿诗玛”再度相逢，蝴蝶泉水清澈见底，欣儿和“阿诗玛”的眼神一如蝴蝶泉水，欣儿的双手合住“阿诗玛”的双手，欣儿在对“阿诗玛”款款细语：“我是佛前一朵莲花，我到人世来，被世人所悟，我不是普度众生的佛，我来寻找今生的情。”蝴蝶泉边的“金花”，欣儿心目中的“阿诗玛”依旧吟唱《五朵金花》中的插曲回复欣儿：“大理三月好风光。”半年以后，听得欣儿告诉我，他心中的“阿诗玛”说，她在洱海的游船上看了欣儿那么一眼，就对欣儿的英俊形象留下深刻的印象，蝴蝶泉边的又一次重逢纯属偶然，却相信这就是缘分，欣儿却坚信这是观世音菩萨显灵。欣儿久久握住“阿诗玛”的手，他愿意放下天放下地跟着“阿诗玛”回家乡。“阿诗玛”回答欣儿，假如再一次相见，那一定是佛的安排，她愿意和欣儿长相守，不在乎年龄，不在乎地域，不在乎民族，那是佛安排他俩生生死死在一起。“阿诗玛”不让欣儿告知欣儿的下一程在哪里，她相信佛会安排，如果有缘，她会在佛的身边和欣儿三度相见，缘分自然就到了。蝴蝶泉边的“金花”，欣儿眼中的“阿诗玛”又一次在欣儿的眼前飘然而去。

大理的蝴蝶泉

和欣儿登上了玉龙雪山，和欣儿来到了丽江古城的四方街。四方街是古城的中心广场，占地约六亩。周围小巷通幽，据说是明代木氏土司按其印玺形状而建，取“权镇四方”之意。也有人说这里的道路通向四面八方，是四面八方的人流、物流集散地，故称四方街。四方街是茶马古道上最重要的枢纽站，明清以来各方商贾云集，各民族文化在这里交会生息，是丽江经济文化交流的中心。四方街以彩石铺地，清水洗街，日中为市，薄暮涤场的独特街景而闻名遐迩。其四周六条五彩花石街依山随势，向四方辐射，街巷相连，交通极为便利。置身四方街，仿佛步入张择端的《清明上河图》，一派遗世独立的景象。古城中至今保存成片的明清建筑，“三坊一照壁”“四舍五天井”“走马转角楼”式的瓦屋楼房鳞次栉比望不到尽头，中外专家称之为“民居博物馆”。丽江古城和中国北方的平遥古城是我国南北两座整体被联合国教科文组织列为世界文化遗产的城市。跟随着欣儿游走在四方街幽深的街巷，青石铺就的道路两边所有的房屋全部都是砖木结构。门窗栏栋、斗拱飞檐大都雕刻着花鸟鱼虫、飞禽走兽的花纹。丽江古城本身就是一座公园，花木繁茂。小桥流水边悠然小憩，玉笛铜箫、黄鹂鸣唱不绝于耳，潺潺流水脚下淙淙歌唱，这是一座来了就不想走的古城。

欣儿满街游荡，四处张望，他在寻找“阿诗玛”，就像《五朵金花》中的阿鹏寻找金花一般，我似乎就是那个画家或者是音乐家的角色，陪同欣儿走遍了四方街的角角落落。“阿诗玛”，你在哪里？欣儿的心头在呼唤。欣儿信心满满，阿鹏找了五朵金花，才在蝴蝶泉边和自己的金花相见，同唱一首《大理三月好风光》，有情人终成眷属。欣儿坚信他也会和心上人同唱一曲《马铃儿响来玉鸟儿唱》。

华灯初上，丽江古城越发迷人，欣儿却没有找到“阿诗玛”。欣儿心心念念的“阿诗玛”还在茫茫人海中和欣儿捉迷藏。欣儿和“阿诗玛”，两个难逃命运邂逅的人，怀揣着同一种淡泊离世的深情，相逢在香格里拉的松赞林寺，见证了他俩的一段绝世情话。他俩有着不同的命运，却有着同样的真实与纯净，我也因这一份真诚，至今感动不已。欣儿内心再次受到佛祖的提示，他的眼睛闪闪发亮，“阿诗玛”说过她会在佛的身边和欣儿三度相见，欣儿迫不及待地要我陪着他去香格里拉，去松赞林寺。

松赞林寺是云南省规模最大的藏传佛教寺院，被誉为“小布达拉宫”。该寺又称为归化寺，距中甸县5公里，依山而建，是一座古镇规模的古堡建筑群，已经有300多年的历史。寺院建筑荟萃了藏族宗教文化的精华，建筑金碧辉煌，造型丰富多彩的镀金铜瓦，殿宝角兽吻飞檐，扎仑大殿宽敞恢宏，殿中供奉诸多佛像。传说寺址是达赖喇嘛占卜求神所定，神示曰：林木幽深现清泉，天降金鹂嬉其间。游人进寺，会见到清泉终年不断，常见一对金鹂在寺院出入双对。和欣儿拾级登临松赞林寺，又见淙淙清泉，欣儿对着汩汩清泉在沉思，欣儿看着一对金鹂有所思。傍晚时分，暮霭在山间升腾，明月遥挂长天，欣儿似有心灵感应，欣儿从大理的蝴蝶泉边走到了松赞林寺的清泉边，恰有一对金鹂成双嬉戏，冥冥中这一切都暗合着欣儿的第六心灵感应会在松赞林寺会在佛的身边成为现实。夜幕悄然降临，寺内游客逐渐散去，整个松赞林寺出奇地宁静，清泉潺潺声声入耳，一幅“明月松间照，清泉石上流”的意境，王摩诘本是皈依佛祖的居士。

欣儿欣喜，欣儿激动，我亦跟随欣儿喜极而泣，我亦跟随欣儿移步向前，我亦学着欣儿张开臂膀，月光下的“阿诗玛”亭亭玉立，欣儿心中的女神“阿诗玛”从天而降，欣儿忘情地相拥“阿诗玛”。一切来得那么突然，一切来得那么自然。“阿诗玛”含笑告知欣儿，她随大理歌舞团到迪庆巡演，她来拜谒松赞林寺，倘若能和欣儿相见，她相信一切都是佛的安排。“阿诗玛”信佛，欣儿也信佛。他们相信是佛祖的安排，他们在佛祖面前海誓山盟，我成了这段旷世奇缘的唯一见证者。

香格里拉藏语的意思是“心中的日月”。欣儿是“阿诗玛”心中的日，“阿诗玛”是欣儿心中的月。香格里拉是欣儿和“阿诗玛”留下足迹最多的地方。普达措公园、独克宗古城都有欣儿和“阿诗玛”牵手并肩的身影，碧塔海两人携手走过长长的木栈道，景到深处人也不由自主地情到深处。这情、这景和碧塔海的蓝天碧水相融相交，16年后又见到了欣儿满脸的灿烂，那是发自内心的，没有办法乔装。

欣儿放下了天，欣儿放下了地，欣儿放下了上海的一切，他来到了大理，他这一生再也放不下心中的“阿诗玛”。大理的风花雪月留住了欣儿，他和“阿诗玛”在大理开设了一所民宿，每天都有天南海北的游子陪着欣儿和“阿诗玛”喝茶聊天，欣儿兴之所至会和“阿诗玛”倾情一曲《马铃儿响来玉鸟儿唱》，若兴致更高，还会有一曲《大理三月好风光》奉献。很多亲朋好友都不理解欣儿，尤其是他正在美国申请绿卡的妻子更是觉得欣儿的举措简直是不可理解。欣儿的妻子告诉我，她所做的一切都是为了欣儿，为了他俩的儿子。欣儿闻之，淡淡地一笑，说道：“有人说，人生从来不是仪仗队，不须走出相同的步伐。出走时坦坦荡荡，归去时从从容容。”说完，欣儿不再言语，他沉浸在自己的幸福之中。一晃，欣儿在大理安家已八个年头了。欣儿和“阿诗玛”天天有“风花雪月”陪伴，他找到了心中的“阿诗玛”，他和“阿诗玛”在大理过着神仙眷侣的生活。欣儿和我约定，再过一年，是他和“阿诗玛”相识整十年的日子，他要我再去大理，再走一遍当年我俩走过的昆明、石林、大理、丽江、虎跳峡、香格里拉的路线。我欣然应允。欣儿和“阿诗玛”结合整十年的大喜日子的到来，正好是欣儿的五十大寿，我是欣儿的发小，焉有不前往祝贺的道理。欣儿，我的发小，我为你此生寻找到真爱由衷地高兴。

（1997年5月游云南昆明、大理、丽江、香格里拉，欣儿找到了真爱）

玛吉阿米会知音

西藏，西藏，距离天堂最近的地方，上帝遗留在人间的最后一方净土。如果这个世界上有一个地方你一定要去，那就是西藏。它有一种说不完道不尽的人间至美让你无尽牵挂，有一种难以名状的纯净会让你的呼吸窒息。是巍峨圣洁的冰山上隐藏着多少凄美动听的故事，还是纳木错、羊卓雍措深蓝色湖水中有无数的童话世界？是对穿越地球上最美的伤疤从而带来屡屡惊喜的大峡谷的留恋，还是漫天繁星低垂使得你激动得想要拥抱银河？林芝惊艳的桃花和鲁朗的原始森林，阿里莫测的圣湖和冈仁波齐神山都会带给你太多的惊喜，更无需说心中的圣殿布达拉宫，还有大昭寺、拉卜楞寺，太多，太多。对西藏的眷恋是一种病，不去治不好。去多少次，待多久，才能收回那份无尽的思念一步三回头和布达拉宫挥泪告别？我不知道。回来没多久，又开始刻骨铭心地思念，西藏是“罂粟花”，一旦沾染，就永远告别不了。

西藏很大，花多少时间才能真正把西藏全部装进你的心里，我不知道。西藏很美，美的不仅仅是四季不同的风景，美的还有心灵干净得像纳木错碧蓝湖水的藏民，凝视你的眼神透澈得就像一碧如洗的蓝天，没有丝毫的杂质。西藏很神秘，无论你去过多少次，仿佛从来就没有真正读懂过它，那是一本天书，不会轻易让你读懂读透。一踏上这片神圣的土地，内心哪怕有一丝一毫的嘈杂和浮躁你都觉得愧对西藏。行走在西藏的任何一个地方，身边不时会有虔诚的藏民心无旁骛一步三叩首前往心目中的圣殿布达拉宫，那里是信仰的源头，是藏民一生追求的终极目标，巍然耸立在雪域高原的布达拉宫，是每一个藏民信仰升华的地方。

西藏拉萨的布达拉宫

西藏，西藏，一个可以托付灵魂的地方，跋山涉水只为接受你的洗礼，洗掉我尘世间一身的世俗。悟透了自己，才能把握自己，学会放下，生活才会更加有滋有味。西藏，西藏，仓央嘉措灵魂升天的地方，矢志不渝的挚爱凝聚成一首首爱意缠绵的诗篇飘过玛吉阿米的窗棂幻化成一朵朵美丽的格桑花送给无数的崇拜者、追随者。仓央嘉措，你是西藏的另一道文化风景，你游走在人间宣读爱的箴言，你的诗篇哭倒了多少少男少女，追寻着你的脚步，朗诵着你的诗歌，在爱情的海洋中挣扎着哭喊：君生我未生，我生君已老。

那一天，摇动着经幡，踩着八廓街的石板，踏入玛吉阿米，在二楼茶座的一角静静地落座，看到了身旁半掩的窗户有一个身影翻身跃入玛吉阿米，只为和你有个天上人间的约会。是仓央嘉措，袭多愁多病的身来会倾国倾城的貌，一如既往地在玛吉阿米，抚摸着情人的纤纤玉手，柔情似水的眸子满满的爱意尽情地流泻，一首为情人而作的诗歌脱口而出，哀婉动人的柔情蜜语令人心醉。那一天，想得近乎出神，幻化的图像始终定格在眼前久久不散，心跟随着仓央嘉措情感的流露起伏不定，实实在在地感觉到仓央嘉措就在自己的身边。仓央嘉措，此次因你而来西藏，只是为了能在玛吉阿米嗅一嗅你的气息，捕捉你遗留在玛吉阿米的灵魂，在你的见证下直至天荒地老。布达拉宫是你接受万千信众朝拜的宗教神殿，千山万水的跋涉只是为了仰望心目中的圣殿，为了获得你那抚摸，信众的虔诚在你仁慈抚摸的那一刻万千辛劳都烟消云散，信仰和灵魂浑然交织完成无与伦比的升华。布达拉宫不允许凡间的情爱亵渎信仰的神圣，八廓街是爱情深藏的地方，长长的深巷隐藏着玛吉阿米，春风沉醉的晚上悄然改装，没有随从只身一人在夜色的掩映下从布达拉宫一路走向八廓街，翻身玛吉阿米二楼的窗户，只是为了那千年的约定。玛吉阿米，人世间的爱情伊甸园。

玛吉阿米二楼靠窗户的茶座，当年仓央嘉措曾经坐过的位置，为了那前世今生的约定正在静静地等候那一刻的到来。手握仓央嘉措的诗卷，这是永恒的约定，一段跨国的奇缘必得在玛吉阿米上演，才对得起爱的伟大，才显得爱的圣洁。风是这段旷世奇缘的男主角，在玛吉阿米，风在等待那一刻的到来。为了亲自见证风这份前世今生的约定，为了再次亲临西藏亲吻这片至纯至净的雪域高原，毅然撇下手头的一切，陪同风如约来到玛吉阿米见证这段奇缘演绎的最高潮部分。还有半个小时，神交数年却从未谋面的她该悄然降临，她会给风一个怎样的惊喜？风自信，仓央嘉措的诗歌牵引着两人在虚拟世界交往了整整三年，虽未有零距离的面对面接触，彼此因仓央嘉措结缘，三年的交往该是至诚至真。“该和樱来一个最后的告别。”风称呼她为樱，身居一衣带水的东瀛地。风中的樱花，风吹过满地落樱，“风”和“樱”的组合多么浪漫，多么诗情，然风过满地落樱又是多么伤感，“风”和“樱”的三生约定选择在西藏、在拉萨、在玛吉阿米。东海之滨，零海拔跃上世界屋脊，从陆地的零米开始一路攀登至雪域高原，这么想想也都充满着诗情画意。“樱花灿烂终究短促，英的怀抱才是归宿。”明白风话语的所指，他必须跳出这段感情的泥淖回归正常的凡间生活，他的女友英一直在等待着他。风私下和我许诺，一俟与玛吉阿米的历史性会面结束，这段感情将永远封锁，回到上海就携手英步入婚姻的殿堂。

风是70后，我的忘年交，大学读理科专业却是学校“白帆”诗社的社长，酷爱诗歌，仰慕海子，敬重仓央。风从大二起每期《白帆》诗刊都有他的诗作。副社长英为文科生，与风同届，敬佩风的文学才

拉萨八廓街上的玛吉阿米酒吧

华，甘当风的助手。《白帆》在风和英的打理下办得风生水起，在高校圈里颇有名气。风大学毕业后下海创业，英毅然陪同风投入商海，不离不弃。校友四年，商海四年，事业有成，圈子内公认的一对神仙眷侣。风激情四射，充满活力，英温婉低调，不张扬。风和英之间的情感波澜不惊，每每有不解，风和英都微微一笑而过，明眼人都看得出英在默默地等待着风，但她不愿强求，风高傲的灵魂靠强求征服不了，英太了解风。一晃风和英一起走过了十年，两人依然没有结秦晋之好之意，风不着急，英也心安，莫非风和英就此一生？亲朋好友不得其解，打着灯笼也难找的英，风竟然如此不珍爱？难道风不食人间烟火，不解男女风情？风故我依然，英守候依然。风闲暇之余仍然沉浸在诗词的世界，在自己的微博也常有佳作发表。三年前，一个网名为樱的女孩引起了风的注意，她对风所写的诗歌竟然理解得那么精辟，那么透彻，一如当年大学里的英。和风一样，樱也是仓央嘉措的粉丝，樱对仓央嘉措诗歌的热爱简直到了痴迷的程度。一个东瀛女孩，对仓央嘉措诗词的见解独到深刻，不由得风赞叹不已，仓央嘉措拉近了风和樱的距离，风就此沉浸在和樱的虚拟世界。英依旧在风的身边，她依旧默默地守候，一如往常，英不干涉风的世界，甚至风让英评价樱发给他的诗作的时候，英都会很认真地发表自己的见解。终于，英的大度和包容让风觉得该和樱做一个最后的告别，他和樱商定相约在拉萨的玛吉阿米。风告诉英的决定，但风没有告诉英他决定后的决定，他要给英一个意想不到的惊喜。英真诚地为风祝福："如果你真的爱上了樱，我建议你应该抓住。缘分可遇不可求。"风感动，深深地吻英的前额，邀上我登上西行的飞机，英亲自到机场送行。

风投桃报李，和樱约定玛吉阿米见面的前半月就和我一起飞向雪域高原，重走我俩当年西藏游之路。当年的西藏游，是我邀风一起前往。飞机在西安咸阳机场短暂停留，继续飞向西宁。西宁奔向拉萨的火车在青藏线欢快地奔跑，心早已飞向了拉萨。过格尔木，翻唐古拉山，一路上可可西里无人区奔跑的藏羚羊等野生动物不时地跳进视野，冰天雪地的荒凉之地也有生灵，生命的顽强让人赞叹。火车驶离那曲，经过羊八井，拉萨就在不远的前方等候着我们再度到来。又有机会拥抱拉萨，沐浴日光城的阳光。拉萨，雪域高原的明珠，布达拉宫，世界大众心目中的圣地，我又来了。有很多人是读了仓央嘉措随即收拾行囊奔赴西藏，无论是仓央嘉措的布达拉宫还是仓央嘉措的玛吉阿米，两者于仓央嘉措都终究难以割舍。一个是信仰的圣殿，一个是爱情的暖巢，仓央嘉措的一生注定情牵两端。风飘到了拉萨，玛吉阿米将会见证他那段刻骨铭心的奇缘。

一脚踏上这片高原净土，浓浓的异域风情马上会感染你，让你在这段时间内神情恍惚，如入梦境。蓝得令人久久无法忘怀的天空，云卷云舒，变幻出各种形态欢迎你的到来。走过布达拉宫，红白相间的明丽色彩和凝聚藏传文化的奇妙造型让这座古老的宫殿焕发出迷人的光芒，松赞干布的伟大还在于留下这座世界的宝藏。和风相约首选羊卓雍措和纳木错，两大圣湖洗涤一身的世俗，再朝拜圣山南迦巴瓦、冈仁波齐。从拉萨往南行100公里，约2小时的车程，山南的羊卓雍措撩开了神秘的面纱。这是一个无可挑剔、几无纤尘的空明澄净的世界，蓝天映着碧水，白云缭绕雪山，仿佛置身神仙世界，上帝对高原的馈赠过于慷慨，羊卓雍措在藏民心中就是神女散落在人间的绿松石耳坠。纳木错在当雄，距离拉萨三个多小时的车程。像蔚蓝色的大海一样辽阔的水面，玛尼堆连成的轨迹，摇曳的五彩经幡，纳木错圣洁得让人无法抗拒。在纳木错，无比真实的云彩蔓延在青绿色的湖水上，内心感觉一片宁静。经幡寄托着藏胞对于天神的虔诚，飞扬中绘出神圣的美。红色的光芒染上云彩，镜子般的湖泊倒映美景，巨石耸立，像极了千年不动的神灵俯瞰大地。

羊卓雍措、纳木错洗尽了尘世间带来的铅华，一路沿雅鲁藏布江向东，过米拉山口，巴松措小憩片刻，奔向林芝八一镇。最是人间四月天，误入桃花盛开处，远处雪山洁白，近处神山伫立，眼前一片片娇嫩的桃花却显得格外柔媚，风身临其境不由得想起了英，曾经和风还有英在江南赏桃花，风借用唐诗对英赞赏：人面桃花相映红。从八一镇出发，和风一起朝拜南迦巴瓦峰。《中国国家地理》将南迦巴瓦峰评为中国最美雪山，冰川高耸，形状俏丽，朝霞红霞中美景如梦如幻。山间常有云雾缭绕，山下绿树成荫，景色壮观，美不胜收，震撼人心。一路再向前，走世界上最深的雅鲁藏布江大峡谷，江水滔滔向前，带走风的执着和伤痕。一睹遗世莲花墨脱，人称西藏的“西双版纳”，茫茫林海，高山湖泊，令人神往。还可体验怒江72道拐，茫茫的峰丛，千回百转的山路，让人不禁失语，沉浸在大自然布下的迷境中。藏东然乌湖秀美超越纳木错，多了一分女儿家的娟秀。站在然乌湖泊旁，近处是绿草茵茵的牧场，茂盛的青稞和油菜，依傍湖泊耸立的高山，山腰是莽莽森林，再往上是五颜六色的杜鹃花和灌木丛林，碧蓝的湖水，森林倒映，清澈见底。湖面水鸟成群，一派仙境景色。

告别林芝，再度返回拉萨，稍事休整，一路往西奔阿里朝拜神山冈仁波齐。冈仁波齐，虔诚的藏民心目中无与伦比的神山，第一次去冈仁波齐山都有种莫名兴奋、神秘和感动在心里。虔诚的朝拜者围绕着神山顶礼膜拜，通过磕等身长头的方式转山，三四十天才能完成一圈。何等力量能驱动？唯有忠贞不渝的信仰能让人的内心变得如此强大。震撼心灵的场面，风为之动容，为之感叹自己的内心远不如藏民强大，他甚至觉得自己的内心还不如英那般强大。风在风中与我耳语，他突然想到假如能在玛吉阿米见到英那该多好，他会毫不犹豫跪在英的面前向她求婚。英近10年来以超常的坚忍承受着风的一切所为，没有怨言。她是风可以靠背的墙，多少次英的那堵墙挡住了风的肆无忌惮，帮助风化险为夷。英好似一棵柳树，柔软而又坚韧，风就应该围绕柳林徐徐穿过，这样的风才是柔和的。风朝着冈仁波齐双手合十，长久地跪拜神山。猜测他的内心一定是在和神山对话，祈求神山保佑他和英。

拜别冈仁波齐，途经日喀则，朝拜班禅大师的圣殿拉卜楞寺，巧遇晒佛节。巨大的唐卡在阳光下被僧侣们徐徐铺开，佛祖慈眉善目，风觉得佛祖正在和他对话，佛祖在催促着风快快回拉萨，玛吉阿米的见面将确定风最后的归宿。风若有所悟，欲再和佛祖沟通，佛祖双目微闭，任凭风独自咀嚼，不知风是否有醍醐灌顶之感。拉萨归途，尼洋河畔有藏民在制作藏香，风虔诚地购买，他说要在玛吉阿米焚香净心迎接新的一天。他的心飞到了英的身边，英远在上海，不知能否感受到风从西藏来。神殿布达拉宫，世界上海拔最高的古代宫殿，称之为“世界屋脊明珠”，是拉萨乃至整个青藏高原的标志。这座古老的宫殿永远焕发出迷人的光彩。风身强力壮，步履矫健，高耸在海拔3 700多米的布达拉宫，风一鼓作气登上十三层，风，就是风，认定的目标百折不回头，也许英喜欢的就是这股风。

八廓街永远少不了朝拜的藏民，也少不了藏式店铺，临街的房子几乎都是店铺，鳞次栉比。商店内贩卖各式藏族服饰、工艺品，还有来自邻国尼泊尔、印度的商品。风替自己购买了一套藏族服饰，当即穿着在身，他还让老板娘将自己一头飘逸的长发扎成一头的小辫子，活脱脱一个俊逸的藏族美少年。老板娘打趣，说风是人见人爱的美少年，假如她有女儿就一定要嫁给风。风还买了一套质地精良的女式藏袍，他说要送给樱，他要让樱穿上这套藏服，与樱在玛吉阿米彻夜深谈，黎明曙光到来的时候，就像仓央嘉措那般翻身越过二楼的窗户，在夜幕中隐遁回到布达拉宫，风也将和樱就此别过，这是他和樱最浪漫的一次邂逅，也是唯一的一次。随后，风就像风一样随风而去，他的心将归属英，这是风的计划，不知远方的英包容的心是否依然。行走在八廓街，风招徕很高的回头率，风视而不见，玛吉阿米是他此行的最后归宿，他的人生将在玛吉阿米形成一道分水岭。和风并肩行走，环佩叮当，声音悦耳，忍俊不禁，称自己是风这个藏族王子的贴身跟班。风的嘴角像风一般倏尔掠过一丝笑意，俊朗的面部始终笼罩沉稳，内心的翻江倒海唯有身边的我略知一二，暗暗为英高兴，暗暗为英着急，不知樱会给风带来怎样的惊奇。

玛吉阿米，仓央嘉措和他的情人约会的地方。我和风来到了二楼，陪同风在这里喝岁月，读时光，感受仓央嘉措才懂的浪漫洪荒。到西藏，有的人是为了美景出发，有的人执着于寻找信仰，有的人在叩问和聆听另外的生命。每个人出发的理由不同，但每个人都对这里心心念念，风，这次出发的理由是什么？风和樱，玛吉阿米和仓央嘉措，还有远在上海的英，这些元素组合的影像是风对爱的追逐的收官符号。风觉得该对十年爱情长跑路做个最好的了断，他选择了西藏这块净土，他让仓央嘉措作为见证。风躲避尘世间红尘的喧嚣，在这里洗净双眸，从此执子之手，与子同老，任纷扰如浮云在身边轻飘，绝不再带走一片云彩，英从此长住在风的心间。远方的英，你可知道风的心声，风在你的身边掠过，你可听见风的耳语？记得英在机场送别风，她为风吟诵了一首诗：一生至少该有一次，为了某个人而忘了自己，不求有结果，不求执子手，只求在我最美的年华里，遇到你，一切都足矣。风听得泪流满面，深深地吻着英的额，但他就是不说一句话。

和樱约定见面的时间还有五分钟，风在他座位的对面放一套女式藏袍，还有一卷仓央嘉措的诗集，陪着风在玛吉阿米见证这一时刻的到来，有些神圣的感觉。风很平静，曾经沧海难为水，他知道见到了樱就是告别了樱，他在做男人应有的了断之举。楼梯窸窣作响，轻盈的脚步很像是寂静中听到樱花落地的声音。风背对着楼梯，他没有转身，正襟危坐，目不斜视。我替风打前站，侧身张望，一袅袅婷婷的曼妙女子手执一卷仓央嘉措的诗集款款落座于风的对面，惊为天人来。自恃阅美女无数，都在樱之下。樱的绝世之美连风都惊叹，见得风双肩微有颤抖，见得风欲语又迟，见得风手足无措，见得风低头不敢见玉人。樱落落大方，盈盈一笑间，流利的普通话如清澈的泉水滋润风的心田："我慕君才华，为君千里行拉萨。此生若能与君共执笔一幅情画，倾听君在耳边轻吟一句情话，从此绽放一地情花，共饮一杯清茶，同研一碗青砂，樱就此无憾。"感天动地，风听得眼眶濡湿，我亦擦拭眼角。樱脉脉含情的眸子凝望着风，她的表白不由得风不感动。远方的英，也许你就此回首向来萧瑟处，归去，也无风雨也无晴，英和风的十年漫漫爱情路走到了终点，未来的十年二十年，纵使相逢应不识，尘满面，鬓如霜。我为英叹息，我为英落泪，风自然会选择樱，樱是绝代佳人。我为风和樱祝福，亦喜亦又悲。

风就是风，风掠过，吹皱一池春水，风却不为所动，风的脚步依旧向前。风向樱赠藏袍，风向樱致谢，风为樱吟诗，仓央嘉措的诗句："好多年了，你一直在我的伤口幽居，我放下过天地，却从未放下过你，我生命中的千山万水，任你一一告别。如今，我有我的归宿，远方在等着我召唤。我俩从此最好是不相见，如此便可不相思，我俩最好不相知，如此便可不相思。"风郑重地托起放在樱面前的藏袍，向着樱深深地半鞠躬，泪水滴落在藏袍。樱掩嘴而笑，声音似铃铛，推开藏袍启丹唇："樱花谢了还有莲花，风过处莲花绽放一片。"风惊愕，莲是英发表诗歌的笔名，取出淤泥而不染之意。樱咯咯笑得更厉害，许久才止住。再次盈盈一笑间，樱用藏袍挡住了风的视线，移去藏袍刹那间，樱隐去，英在风面前，手持一朵绢织莲花："用一朵莲花商量我们的来世，然后用一生的时间奔向对方。"轮到风和我诧异，戏剧性，喜剧性，在玛吉阿米，仓央嘉措带来太多的不可思议。风却不顾一切，推开桌椅紧紧搂住英，他在英的耳畔呢喃："我行遍世界所有的路，逆着时光走，只为今生与你在玛吉阿米邂逅。"他抽出英握在手中的人造莲花，半跪在英面前："一次邂逅换来彼此一生的永恒，当你远离我时，我爱你更深。"英含着幸福泪，喃喃回复风："彼此一生的永恒。"风接受了英，英得到了风。

激动过后，再次落座，英唤出樱，道破天机：樱是英表妹，才貌世无双。英借樱之名，《仓央嘉措》谈。若风恋上樱，英就此消失，若风心系英，英奔风怀抱。十年爱情长跑路，风和英在玛吉阿米终于修成正果。相约同去大昭寺，穿着藏袍双手合十向神灵的方向与藏民一起长拜不起，为了朝拜也为了感谢神的安排。

风和英的故事一晃过去了十几年，爱情的结晶是一个出落得如莲花般清纯的女孩儿，如今也亭亭玉立。风一日偕妻女来拜访我说又想去西藏，笑曰："是西藏，让我相信了人间有净土，是西藏，让我相信了宁静在心间。很想在梵音诵经中，在转山转湖一路上长磕头的藏民中再次找到心灵的慰藉。"英接着风的话说："还想去玛吉阿米坐坐，和仓央嘉措对话。”风和英邀我再度同行，我摇头笑着谢绝：“有安琪，我多余。”安琪是风和英的女儿。

几天后，收到风和英从西藏寄来的照片，他们在玛吉阿米，他俩坐在十几年前的那个座位，笑容灿烂。

（2002年5月初和风游西藏，并两次到玛吉阿米）

苏州园林母子情

国庆节过去没几天，父亲就很郑重地将他的两个儿子悄悄地叫到身边告知他有一个想法。他说再过半个月是我们母亲的五十岁生日，母亲辛劳了大半辈子，两个儿子从来也没有带她走出上海到外面去看看，是否可以在母亲生日的那天陪同她到苏州园林游览，那里曾经有过母亲年轻时候的梦。我和小新弟弟不假思索，都认为父亲的建议太好了，举双手赞成。小新弟弟试探着问父亲，母亲年轻的时候在苏州园林有过什么梦？父亲似乎神情有些凝重，欲言又止，半晌才自言自语："也许你们的母亲再次到了那里她自己会告诉你们的。"我趁势向父亲提议，何不一家四口一起去苏州？十几年了，举家出游从来没有过。父亲摇头说不必，他只是反复叮咛我们要好好地陪着母亲过一个让她开心的五十大寿，回来后我们全家再为母亲设宴祝寿。我们也不再勉强父亲，其时父亲的身体状况并不尽如人意，虽不算远足，但于父亲而言走上小半天逛苏州园林，还是力不从心，我和小新弟弟都说听从父亲的安排。父亲微笑着殷殷嘱咐我们周六一早出发，到苏州后先直接去虎丘，下午去留园和拙政园，晚餐可放在观前街的松鹤楼，那里有母亲喜欢吃的几个菜，父亲报出烂熟于心的几个菜名后要求我们到了松鹤楼务必点上。随后又不厌其烦地叮嘱我们第二天到木渎游览灵岩山和天平山后就可直接坐火车回上海。父亲心里头早就有准备，他随之从口袋里掏出三张从上海到苏州的火车票，朝着我俩快活地笑着，感谢他的两个儿子帮助他圆了母亲旅游苏州的梦。父亲还硬是塞给我们100元人民币，我和小新弟弟都推却不要。小新弟弟工作也有4年了，收入稳定，我虽然在读书，但是恢复高考后的第一届学子是可以带薪读书的，每个月多少还是能够积攒些小钱，陪同母亲去苏州游玩两天，完全有能力承担这些费用。但是父亲不依不饶，我们只得接受。

母亲生于1930年10月28日，1979年的10月28日正好是她虚岁五十大寿。闻得两个儿子要陪同她去苏州旅游，喜出望外，又听得是父亲的主意，小新弟弟还不厌其烦地告诉母亲，父亲指定了到苏州后必须游览哪几个景点，我们察觉母亲的脸色顿时有些变化，似乎沉浸在往事的回忆之中，好几分钟才回过神擦拭眼角喃喃自语道："为难你父亲了。"我和小新弟弟面面相觑，猜测父母亲在年轻时代肯定和苏州的园林有一段说不清道不明的故事，带着疑惑我俩翌日一早陪同母亲直奔上海的老北站。

照父亲所说我和小新弟弟陪同母亲下了苏州火车站直接去虎丘游玩。虎丘山风景名胜区位于苏州古城西北角，有2 500年的历史，素有"吴中第一名胜""吴中第一山"的美誉，苏轼曾有"到苏州不游虎丘，乃憾事也"的千古一叹。虎丘山原名海涌山，面积仅仅0.19平方公里，却盛名海内外。据《史记》记载，吴王阖闾葬于此，传说葬后三日有"白虎蹲其上"，故名虎丘。又有说法是"丘如蹲虎"，以形为名。虎丘山海拔仅为34.3米，却有"江左丘壑之表"的风范，绝岩耸壑，气象万千，并有三绝九宜十八景之胜，其中最为著名的是云岩寺塔、剑池和千人石。云岩寺塔历史1 000多年，是位居意大利比萨斜塔之后的世界第二斜塔，为古城苏州的标志性建筑；剑池埋有吴王阖闾墓葬的千古之谜；千人石留下了"生公讲座，下有千人列坐"的佳话，南朝的梁代高僧"生公"曾说法于此。和小新弟弟一左一右陪伴母亲进入虎丘景区的大门，只见得母亲的身体微微颤抖，她步履迟缓，口中喃喃："虎丘啊虎丘，又来了。我的两个儿子陪着我又来了。他没有来，他是来不了了。"眼泪扑簌簌从母亲的眼眶涌出来，在母亲瘦削的脸颊蜿蜒，母亲任凭泪珠恣意横行，她只顾着自己久久地凝望着前方的云岩寺塔。蓦然之间，母亲甩开两个儿子，径直沿着长长的斜径一溜小跑至云岩寺塔前伫立。我和小新弟弟紧紧跟上，一声不响地伴站在母亲的身后注视云岩寺塔。母亲的心思我们猜不透，我们只能一边细细打量云岩寺塔一边小心翼翼旁观母亲的神态举止。云岩寺塔即虎丘塔，始建于隋朝（601），初建为木塔，后毁。现存的虎丘塔建于宋初，塔身全为砖砌，高47.5米，重6 000多吨，塔系平面八角形，共有七级。

明代起，虎丘塔就向西北倾斜，塔顶中心偏离底层2.3米，号称东方比萨斜塔。虎丘塔是当今我国江南现存时代最早、规模最大、结构精巧的一座佛塔，为全国重点文物保护单位。

默默地跟随母亲移步剑池，母亲在剑池前停留很长的时间。剑池若在上面看，宛若一把平铺的剑，故曰剑池，另有说法是当年吴王阖闾殉葬将鱼肠宝剑等三千兵器沉于此从而得名。剑池是虎丘最为神秘的地方，传说吴王阖闾墓地开口处就在这里。从千人石上朝北看，“别有洞天”圆洞门旁刻有“虎丘剑池”四个大字，浑厚遒劲，为唐代书法家颜真卿独子所书。圆洞内石壁上另刻有“风壑云泉”为米芾所书，这四个字将这里的景色完全概括其中，其意为站在这里侧耳可听风声，举目可观岩石，抬头可赏云彩，低头可看流泉。母亲终于和我们说话：“26年前，也是我生日的那天，我和你们的爸爸结婚，他带着我到苏州来过，他最喜欢剑池。”恍然大悟，父母亲的新婚蜜月曾在苏州的园林留下足迹。饱经沧桑的父母亲，他们的青春年华是在一个接一个的政治运动中度过，但在他们内心深处也悄然保留着一小块甜蜜回忆的地方，那是他们的爱情，那是他们幸福的见证，那是从他们身边短促滑过的一小段美好生活，他们极其珍爱，他们用沉默将其保留在心底

苏州虎丘

最柔弱的地方，他们在夜深人静的时候一定会从记忆的储存罐里偷偷地取出来幸福地品尝一下又迅速地放回秘不示人的内心最深处。醉过才知酒浓，爱过才知情重，向往美好幸福的生活是人类的天性。“我们曾经约定过，将来老了，在我五十岁的时候，你们的爸爸说要带着我和我们的孩子到苏州来故地重游。在我六十岁的时候，我们全家三代人将再一次地故地重游。苏州，是我们这个家族的起源之地。我和你们的爸爸约定一定要带着自己的孩子再走一走当年曾经留下我们足迹的苏州园林。”母亲沉湎在短暂的幸福的回忆之后长长地叹了一口气，“我们的愿望于你们的父亲来说他是心有余而力不足了，我们结婚那天在苏州虎丘云岩寺塔共同许下的这个愿望根本实现不了，你们的小莲妹妹走了这么多年了。”瞬间母亲从幸福的云端跌落到悲伤的深渊，她泣不成声，双手捂住脸，肩膀颤抖。“和你们的爸爸一路走了26年，他是一个好人，多么希望能和他此时此刻一起在这里。”我和小新弟弟忍住哀伤紧紧拥抱住母亲。沉默寡言的父亲淡然处世，坦荡为人，总想着厚道的父亲他的人生总不会都留有遗憾吧，谁知父亲还是抱憾终生。母亲再次凝望云岩寺塔最后一眼，她又在言语：“不会再来了，来不了了。”似乎冥冥中她有一种预感，她在告别虎丘前捧了一把虎丘的泥土用手帕包起来揣入怀里，泪水又沁出母亲的眼角。我和小新弟弟记住父亲的叮嘱，到了苏州，一切都随着母亲，不能扰乱她的思绪。母亲终于恢复了常态，她竭力装出轻松的模样，嘴角挤出笑容和小新弟弟说道：“我们去留园，去拙政园。”母亲头也不回，脚步加速，告别虎丘，告别昔日新婚蜜月之时和父亲在虎丘海誓山盟的云岩寺塔。

中国四大名园苏州独占其二。除北京的颐和园，承德的避暑山庄之外，就是苏州的留园和拙政园。留园为中国大型古典私家园林，占地23 300平方米，留园是清代建筑风格的代表，以园内建筑布置精巧、奇石众多而知名。留园厅堂宽敞华丽，庭院富有变化，太湖石以冠云峰为最，有“不出城郭而获山林之趣”的美名。其建筑空间处理精湛，造园家运用各种艺术手法构成了有节奏、有韵律的园林空间体系，成为世界闻名的建筑空间艺术处理的典范。留园分四个部分，东部以建筑为主，中部为山水花园，西部是土石相间的大假山，北部则是田园风光。走近留园的冠云峰，我和小新弟弟马上想起了十几年前曾经在五斗橱的玻璃下面有一张父母亲年轻时代的合影就是在冠云峰前，“文革”期间就再也找不到了。假如父母亲能够在留园的冠云峰前重新合影，多少也可以弥补他俩内心的缺憾。和小新弟弟秘密商议，无论如何再度陪伴着父母亲来苏州，游览虎丘，游览留园，陪他们走一走他俩当年游览的路线。

苏州的园林，母亲最想去的是拙政园，她和父亲用爱情的脚步丈量过整个园林。她记忆犹新，26年前她和父亲踱步悠然，走在移步换景的园子里，一对年轻人对未来的生活满含憧憬。拙政园最初为唐代诗人陆龟蒙的住宅，明正德初年（16世纪初），明代弘治进士、明嘉靖年间御史王献臣仕途失意归隐苏州后将其买下，聘著名画家、吴门画派的代表人物文徵明参与蓝图设计，历时16年建成。取名“拙政”是因晋朝《闲居赋》的一段话：筑室种树，逍遥自得，灌园鬻蔬，以供朝夕之膳食，此亦拙者之为政也。有朴实之人在自家花园为政的巧意。拙政园是江南古典园林的代表作品，也是苏州现存的最大的古典园林，占地78亩。全园以水为中心，山水萦绕，厅榭精美，花木繁茂，具有

苏州拙政园一景

浓郁的江南水乡风韵。花园分东、中、西三个部分。东花园开阔疏朗，中花园是全园的精华，西花园建筑精美，各具特色。园南为住宅区域，体现典型的江南民居多进的格局。

那一天，父母亲在拙政园的水榭旁喝茶休憩。深秋的拙政园，景色醉人，一个年轻的丈夫在向他的新婚妻子描绘着他们的灿烂明天。母亲遥想着当年的往事脸上竟然涌起少女般的绯红，她又看到了那一幕：在水榭边的茶室，父亲举起茶杯对着母亲以茶代酒宣读一个年轻丈夫的誓言，此生一定要使母亲幸福，他要保护母亲一辈子。我和小新弟弟在想，父亲之所以选择拙政园向母亲表达自己的心声，盖是因为父亲自云笨拙，且他虽无鸿鹄之志却有保护妻子营建和睦家庭幸福生活的追求，这是人类社会最小的细胞——以家庭为组成单位的最基本的生活目标，父亲当然责无旁贷。但是父亲还是没有做到，虽然他尽力了，他还是没有能力履行他曾经的誓言，父亲一辈子生活在内疚自责当中，他没有保护好他的妻子和女儿。我们听着母亲无奈的叙述，替代父亲行使职能，举起茶杯向母亲宣示，我们现在有能力保护自己的父亲母亲，会竭尽全力让父母亲度过一个愉快的晚年。现在想来，父亲偕母亲到苏州去虎丘拜谒云岩寺塔，其目的是要让巍巍高塔见证他们的爱情；父亲与母亲选择在留园的冠云峰前合影，意味着他俩的爱情基石就像这太湖石一般牢固；父亲选择在拙政园向母亲言及心声更是因为一个“拙”字引出父亲的无限感慨，在今后漫长的人生日子里父亲一定是在时时想着如何以勤补拙。父亲和母亲，一对患难与共的再平凡不过的夫妻，他们活着的唯一目的就是如何为对方多着想一些。我和小新弟弟内心的感动缓缓地蔓延开来，父母亲那些相依相伴的往事就像放电影一般一幕幕不可阻挡地浮现，盖过了展现在我们眼前的拙政园的美丽风光。

拙政园的满目繁华过尽，按照父亲的嘱咐我们的踪影落在观前街的松鹤楼。餐桌前坐定，母亲不假思索就报出了菜名。我和小新弟弟开始还暗暗吃惊，怎么这几个菜和父亲关照的完全吻合，没有细思就豁然明白，相濡以沫的父母亲彼此都在对方的心里面永驻，他们本身就是一棵心心相印的合欢树。只知道父亲要求我们替代他了却一个他已经力不从心完成的夙愿，其实母亲也在背着我们借这次出游悄悄地满足一个她感谢父亲的心愿。每到一地她都要求小新弟弟在拍照的时候哪几个景点是万万不能或缺的，等到照片冲洗出来并且放大后她要亲自向父亲作解释，她还在观前街的真丝用品商店替父亲买了一件真丝衬衫。她还要为父亲做很多事情，她只是不声张地在逐一落实。当满桌的菜肴上桌后，母亲居然变戏法一般拿出了一个搪瓷缸，每一样菜她必得挑出最好的部位小心夹出放进搪瓷缸里。不言自明，我们知道母亲这么做的目的。母亲夹起的每一筷子的菜，我都觉得那就是父母亲之间的爱情密码，暗埋着他俩几十年来患难与共之间所发生的那一串串传奇的故事。父母亲几十年来一直将他俩的这些故事紧闭在彼此的心灵之门，从不轻易地打开这扇大门。如今父亲似乎得到某种暗示，悄悄地为他的儿子们开启一条门缝，向我们透露他俩的某一段过往的历史，我们看到的是父母亲用真诚的爱串联起来的几十年来他俩一起扛起政治的沉重负荷以及生活的沉重担子却依然不离不弃相濡以沫的动人画面。母亲心满意足地看着满满一搪瓷缸子的菜，她对父亲的爱蕴藏其间。松鹤楼大堂的食客熙熙攘攘，声音嘈杂，母亲却安静地看着眼前的搪瓷缸子，她身处闹境却静中取雅，含笑沉溺在她和父亲26年前在松鹤楼的那次晚餐，那次幸福。那次晚餐，那次幸福现在全都被装进了搪瓷缸子，她明天晚上回到上海会和父亲重温他俩曾经的昨天。

我们走在秋风拂面的观前街，母亲双手抱着装满一搪瓷缸子的菜肴脚步轻快地行走在深秋的凉风中，两个儿子一左一右地呵护着她漫步。走到玄妙观附近，母亲突然提出来说她想坐一会儿，她想静一静。母亲抱着搪瓷缸子安静地坐在一边，她的脸庞忽而有微笑掠过，她好像沉浸在幸福的回忆之中，此时此刻的母亲，她是多么安静。静是自然界的一种物理状态，深层次的阅读静，那实在是一种含蓄的文化状态。耳畔突然响起了名曲《昨日再现》。幸福的时刻怎么会有第六感时不时地提醒着自己好像会有什么事情要发生，让你觉得有些忐忑不安，想起了独在上海的父亲。

母亲是一夜枕着幸福悄然入眠。晨曦微露的时候，母亲就梳洗完毕，她有一种朝圣的感觉准备着前往苏州城外的木渎灵岩山和天平山。灵岩山有灵岩塔，塔前有一块状如灵芝的“灵岩石”，山之名、塔之名均由此而来。灵岩山本是春秋时代吴王夫差馆娃宫的旧址，也是越国献西施的地方。现今尚存吴王遗迹和古迹的有：吴王井、梳妆台、玩花池、玩月池、响廊、琴台、西施洞、智积井、长寿亭和方亭等。灵岩山有“灵岩秀绝冠江南”和“灵岩奇绝胜天台”的美誉，山上多奇石，有昂首攀游的石蛇，敲打有声的石鼓，状若发团的石髻，伸首隆背的石龟，两耳竖立的石兔，形影不离的鸳鸯石，埋头藏泥的牛背石等，不一而足，故而有“十二奇石”或“十八奇石”之说。

陪母亲抵达灵岩山麓，灵岩山历来有“吴中第一峰”之称。10月下旬的灵岩山秋色正浓，一路拾级而上，缤纷的树叶在秋阳之下灵动地随风而摆使得灵岩山具有一种别样的动感风情。一叶一世界，置身灵岩山，不觉心头醉，灵岩山给予游客的是一场视觉盛宴的享受。母亲却全然不顾扑面而来的秋色赋，她径直奔向山顶，这里有许多吴王和西施的遗迹。越地绝世浣纱女西施为了越王勾践的复国宏愿凭一腔爱国热忱献身吴王侍于枕席。入吴之后，夫差为博取西施的欢心，在灵岩山建造了富丽堂皇的离宫——馆娃宫，在宫中修筑了一条“响屐廊”，让西施和宫女们歌舞时发出节奏明快的“跫跫”音响。山顶上筑有御花园，园内特地凿一口圆形深井，名曰吴王井，西施常在这里对井梳妆。母亲来到了灵岩山顶西边的御花园，她在一株开始泛红的枫叶树前停下，她摘了一片树叶迎着阳光眯缝着眼睛反复欣赏，她的内心一定又有往事钩沉。母亲瘦弱的身子背对着我们，看着她有些返老还童的模样心里却涌动莫名的心酸。那几年的风风雨雨中，母亲也是一片弱不禁风的树叶，被风吹，被雨打，历经上千个日日夜夜，却没有随风飘荡，坚定地攀附在和他相依为命的树上，不离不弃。那段岁月，母亲这片“树叶”也有寂寞孤独的时候，她只能无奈地搂着自己的三个孩子遥望太空的残月；也有黯然失魂的时候，却始终把所有的苦果独自吞进肚中；也有疼痛悲伤的时候，却任凭心底流淌着鲜血脸上依然是堆着微笑面对着孩子。母亲始终是一片依附着父亲这棵树的树叶，她离不开这棵树，她在这棵树的庇荫下吸收养料安稳地生活，她从来就没有想过要离开这棵树追求大树之外的生活。没有了这棵树，她就失去了依附，正所谓皮之不存，毛将焉附？其实在这个世界上，每个人都是一片树叶，每片树叶都有自己的灿烂世界；每个人都是一片树叶，每片树叶都有自己的绿意盎然。在树叶变黄时，在树叶行将枯萎时，我们都应该在最后的一刻迸发更为璀璨的生命的光芒，然后微笑着将自己的一切归还给大地。母亲，难道我的母亲，我的父亲正是这样？不经意地想到了这个层面，身心禁不住颤抖了一下，总觉得生命中的第六感官在提醒着自己这样的场景是和生活中的某个场景冥冥中有着暗合。

小新弟弟在为母亲照相，母亲依偎在吴王井边，她朝井洞内张望片刻，井洞深不可测，她却似乎看见了自己，也看见了父亲，她在回忆流逝岁月中的某个幸福的片段，情到深处泪水涌，母亲在流泪，泪水扑簌簌毫无顾忌地掉入了吴王井。想起来了，多少年以前的事情，应该是小莲妹妹刚满三周岁的时候，父亲在替小莲妹妹梳头，母亲笑着调侃父亲还是那么笨手笨脚，称当年在苏州灵岩山顶的吴王井前父亲用一把常州梳篦替母亲梳头，弄得母亲头疼不已，母亲还说这是父亲仅有的一次，记忆犹新。母亲虽这么说，脸上的幸福却是满满的。

母亲许久才回过神来，她又在端详着捏在手中的那片枫叶。她捏着枫叶的手在微微颤抖，她的表情骤然之间又显现出痛苦的症状。枫叶，枫叶，灵岩山的枫叶，不是约定下了灵岩山就去天平山欣赏那满山红枫似晚霞的景色作为完成此行的收官之旅。天平山以怪石、清泉和红枫并称“天平三绝”而闻名天下，其中最大的亮色就是红枫，素有天平红枫甲天下之誉。深秋时节，碧云红叶，灿烂如霞，各种颜色的树叶铺满地，引无数游客纷至沓来。我和小新弟弟在竭力地揣测此时此刻母亲的举止必定是和枫叶有关。小新弟弟悄悄和我耳语，问我可记得在1966年的9月，红卫兵从母亲的一件每年只有春节才穿上身的大衣衣兜里翻出用手帕折叠并珍藏的一片红叶，厉声斥责母亲是何种意图？是否为某种和敌人联络的秘密暗号？母亲任凭百般盘问都只是默默垂首一言不发，最后那片枫叶被红卫兵用脚跟碾得粉碎，母亲的沉默得到的回报是红卫兵那一下响亮的耳光。恍然大悟，十几年前的场景和此时此刻的场景遥相呼应，不用解释，想想都再明白不过，肯定是父亲在天平山或灵岩山采了一片枫叶赠送母亲表达他的爱之意。满山枫树叶，灿烂若赤子；愿君多采撷，此物最相思。秋叶渐黄，枫叶渐红，在这个秋的季节里，有人在回味秋天的无奈悲秋悲己，有人在期待来年的丰收希冀每年都能享受秋天的硕果，有人在盛赞枫叶似火犹如人生的晚霞依旧绚烂。千百人的心中藏着千百种的感受。深秋时节，沉浸在新婚蜜月里的父亲用红叶作为爱情的见证带着浪漫结束了他们的新婚旅行。父亲，父亲，你让我们陪同着母亲重温当年你俩走的那段爱情路，你的用意何其深刻，你对母亲的爱依然如故，装得满满的。

该去附近天平山了。母亲一反常态，毅然决然地摇头坚决不去天平山，她说了一段很有哲理的话："天平山的枫叶象征着我和你们的父亲的爱。本想再去看看那棵有着400多年树龄的古老枫树，你们的父亲赠送给我这棵树上的一片红叶。爱的枫叶被无情地蹂躏，心中的爱反而更加坚定，再去采摘一片枫叶代表不了我和你父亲之间真正的爱。留下天平山，下次再来看枫叶，走完了天平山，等于走完了全部。"母亲遥望天平山良久，她留着一片遗憾告别了苏州，她要和父亲一起来弥补这个心头的缺憾。

周日，提前几个小时回到了上海。母亲进门，驻足楼梯前，打开搪瓷缸，香味仍四溢。她脸挂笑容，脚步未迈动，声声喊父亲。没有父亲的回答，倒是亭子间的朱家阿婆探出身子，脸带慌张地告诉我们："小新的爸爸住院了，是昨天在单位上班的时候被送进医院的，昨天他单位的同事和领导都来了，没有等到你们。"我冲上前取过朱家阿婆递来的一张字条，是父亲单位留下的父亲入住的劳保医院的住院科室和床号。啪的一声，回首一看，母亲手中的搪瓷缸子坠落在地，随之母亲半个人摇摇晃晃，她扶着楼梯的扶手软绵绵地坐倒在地。

一家四口在医院团聚。父亲躺在病床上脸色苍白，床头的小卡片上写着"大出血，待查"几个字。父亲抚摸母亲的头发嘿嘿地笑，母亲趴在父亲的床头呜呜地哭，父亲也跟着泪水盈眶。不一会儿，两个人又都泪眼四望，嘴角漾着笑意。父亲伸出苍白的手替母亲抹去脸颊的泪花，母亲掏出手帕替父亲擦拭眼角的泪珠，不经意间将包裹在手帕里面的取自虎丘的泥土给抖落。父亲微笑："这是虎丘的泥土？"母亲点头。"没关系，咱家的那个花盆里不是还有虎丘的泥土。这泥土陪伴着咱们26年了，还一直都在花盆里，牵牛花每年都在这个花盆里开花。"父亲难得说这么多的话，边说边和母亲将散落在被褥上的泥土一点点小心翼翼地撮在一起，仍然放回手帕。做完这一切，母亲吩咐小新弟弟将搪瓷缸子拿来，里面还有剩余的来自松鹤楼的菜肴。“看我和孩子们给你带来什么？喏，有松鼠鳜鱼，有响油鳝丝。”母亲唠唠叨叨，她夹着满满一筷子的菜肴送到父亲的嘴边。明显地感到父亲有恶心的症状，明显地看到父亲在竭力接受母亲的那份爱，他张开了嘴巴努力地吞咽。“26年了，这松鹤楼的味道今天又尝到了。”小新弟弟和我忍住行将夺眶而出的泪水，悄悄走出病房，父母亲的大爱不忍打搅。

父亲患了绝症，生命走向了终点。父亲早知自己身染沉疴，来日不多，他不得不让自己的儿子帮着圆他的最后一个梦。人生在世，真正重要的是领悟到有一件事是自己真正要去做的，有一个人是自己真正要去爱的，父亲一如《蒙马特遗书》中所言。半年之后父亲溘然辞世，仅仅过了不到两年，母亲也随父亲而去。他俩就在天平山脚下相依相伴，他俩每年都能欣赏天平山的红枫。人生如叶，一落一生，一生一落。父亲，母亲，你们这两片叶子落得太快，你们就像天平山的枫叶，还来不及互相欣赏那份最绚烂的景色却已凋零，零落成泥碾作尘，只有香如故。我的父亲母亲，你俩一生一世一世界，一朝一夕一辈子，即使在天堂，你俩依旧初衷不改，初心不忘，你俩不会寂寞，何况还有小莲妹妹早早等候在那里，她在那边也需要父母亲的关爱，她的年龄实在是太需要依偎在你们的身边。

（1979年秋游苏州虎丘、留园、拙政园和灵岩山）

西溪湿地别样情

旺年伊始，2018新春佳节，冷冷的雨丝浸淫江南，搅了不少人出游的兴致。然T教授却突发奇想，来电问我可有兴致出游。T教授笑称我们可择一清净去处，最好是有碧水环绕的地方。那烟雨迷蒙的景致恍若一幅中国的水墨画，我们在雨中漫步，呼吸清新的空气，好好地洗一洗自己的肺，脚步追随着流水的走向随意徜徉，在蒙蒙细雨中欣赏一树树盛开的梅花，岂不乐哉？被T教授游说得兴致盎然，不假思索地回复，称此想法甚合吾意，并告知T教授有如此意境的地方唯杭州郊外的西溪湿地，这是最佳去处。电话那头，T教授开心地笑了，回我四个字："不谋而合。"二十三年前的春天，曾经和T教授一起游览过杭州的西湖，龙井、九溪十八涧和六和塔，留下了一连串有趣并幸福的回忆。将近四分之一的世纪转眼而过，再度共游杭城的景区，虽然是西溪而不是西湖，却也都是去杭州。戊戌之年的初二下午，我和T教授彼此偕夫人抵达杭州，择毗邻西溪湿地公园的酒店下榻。翌日一早，在淅淅沥沥的春雨中一行四人兴致勃勃地前往近在咫尺的西溪湿地公园。

杭州之美在于西湖，苏轼有诗赞曰："水光潋滟晴方好，山色空蒙雨亦奇。若把西湖比西子，淡妆浓抹总相宜。"西湖号称西子湖，西子乃西施，西施千古一佳人。西溪湿地自然不敢与西湖媲美。西溪湿地纯乡野风光，没有浓妆艳抹，西溪湿地就是那质朴自然的乡野村姑，不事张扬地静卧在杭州的西郊。西溪湿地的代表性景观为水塘、绿意、芦苇、青石板路等，一年四季皆可游玩。郁达夫曾经在《西溪的晴雨》中将西溪与西湖做比较：西湖"太整齐，太小巧，不够味儿"，而西溪充满了"野趣"。你在西溪既可以泛舟湖荡港汊，也可以垂钓河塘柳荫，秋风中你可以观柿听芦，冬日里你可以探访梅花，春光里你可以踏青漫步，夏日里你可以采菱赏荷，野趣妙意，令人流连忘返。

西溪湿地与西湖、西泠并称杭州“三西”，也是杭州必游的景点。盖因西湖和西泠地理位置优越于西溪，前来西溪湿地的游客相对西湖和西泠要少许多。近年来湿地其原生态的乡野风光也渐渐名声在外，尤其是影片《非诚勿扰》在西溪湿地大量取景，湿地古朴的乡村风貌，多姿多彩的水系景观在银幕上得到淋漓尽致的展现，引得游客络绎不绝，惊叹杭州除了西湖之外竟然还有如此夺人眼球的西溪湿地，西溪湿地由此声名大噪。如今的西溪湿地名列中国十大魅力湿地，是中国唯一集城市湿地、农耕湿地和文化湿地于一体的罕见湿地，西溪湿地也是全国首个国家湿地公园。

西溪湿地的形成源远流长。起始于汉晋，发展于唐宋，兴盛于明清，衰落于民国，再兴于当代。历史上的西溪占地约60平方公里，目前实施保护的西溪湿地为11.5平方公里，由“福堤、绿堤、寿堤”三堤，并有“秋芦飞雪、高庄宸迹、渔村烟雨、河渚听曲、龙舟胜会、曲水寻梅、火柿映波、莲滩鹭影、蒹葭泛月、洪园余韵”等十大景观。

西溪湿地的最大亮点是原生态，原生态的核心是灵动的流水。绿水环绕着座座村落，村落依傍着盈盈碧水点缀在旷野。西溪湿地公园宛如威尼斯水城，阡陌纵横的水道将湿地的各个景点和村落串联在一起，舟船是西溪湿地的交通工具。置身西溪，扑入你眼帘的是一幅幅尽量还原原生态的湿地风光，引得来自繁华都市的游客惊艳之声不绝。如今，西溪湿地声名鹊起，昔日清静的西溪湿地日渐人声喧哗，游客们纷至沓来，节假日期间人满为患，主要景区游客摩肩接踵，喧嚣声萦绕在湿地的上空。西溪湿地早就今非昔比，西溪湿地的旅游业日渐兴旺，旅游业是西溪湿地的产业支柱，需要吸引大量的人气，人满为患恰是西溪湿地旅游业兴旺的最好证明。游西溪湿地，本该享受的是清静，领略的是野趣，如今人头攒动的西溪湿地，已没有这样的意境。曾经和T教授几次相约要去西溪湿地一游，一想到在挤挤挨挨的人流中穿行，耳畔还有大呼小叫的南腔北调聒噪，终觉西溪湿地没有想象中的那般宁静安逸的意趣，也就此作罢。感谢滴滴答答下个不停的春雨，为我们营造了一个游客稀少的环境得以畅游。西溪之美在于静，水静景美，人静情美，心静境美。新春佳节，绵绵细雨相伴，四个结伴而行者徜徉在西溪湿地，呼吸着清冽的空气，欣赏着盛开的梅花，此番西溪湿地之行真正领略到了湿地美的精髓，均啧啧赞叹：不虚此行。

和T教授等各执雨伞一把，在西溪湿地景区信步。偌大的景区游客寥寥，细雨绵绵不绝，空气清新宜人，西溪，这才是我心目中向往的西溪。正是乍暖还寒时节，西溪湿地梅花开得正盛，踏着湿漉漉的碎石子铺就的小径走向梅花盛开的深处，缕缕沁香扑鼻而来，满心的欢喜，心情陡然开朗。密集的细雨时而飘落在脸颊，感觉到丝丝冰凉。早春二月，虽然还是春寒料峭，但春天的气息却已经在梅花丛中荡漾。一丛又一丛的梅花密密匝匝排列在湿地的河堤岸、小路边、农舍旁。西溪湿地已然成为盛开着的梅花的世界。在大地即将回春的时候，梅花率先在风雨中尽情绽放，无意苦争春，一任群芳妒。朱砂、宫粉、绿萼竞相斗妍，更有鹅黄之蜡梅，点缀在一片白色的香雪海之中，开着白色花朵的梅花蔚为壮观连天相接，倾情奉献给这片哺育她的大地，

T教授拍摄的西溪梅花

令人惊艳不已，不由得张口吟诵："忽如一夜春风来，千树万树梨花开。"T教授索性将雨伞扔掷一旁，捧着照相机迎着扑面而来的雨珠欣喜地捕捉梅花的倩影，同时又不失时机地为两位女同胞留下她们在梅花丛中的影像。天公也有作美的时分，不经意间云罅里透出一抹抹的亮色，似乎有放晴的征兆。T教授和两位女士在欣喜中穿过连天相接的"香雪海"，展现在眼前的又是一片令人惊艳的梅花，晶莹的雨珠挂在花骨朵，朵朵梅花正怒放，那是红梅，她在风雨中傲然挺立，吐着馨香。一株株红梅在瞬时间的云开日出中灿若朝霞的色彩在一片"香雪海"的映衬下显得格外妖娆，T教授不失时机地将这幅美不胜收的画面收藏在自己的镜头中。

也许天公眷顾T教授，一张张红梅怒放的照片被T教授的镜头尽收之后，淅淅沥沥的春雨又开始下了起来。T教授童心未泯，两位女同胞也依然故我，三个人迎着蒙蒙细雨欢快地徜徉在梅花丛中怡然自乐。独自躲进一竹篱茅舍避雨，推开嘎吱作响的木窗，倚窗而立，透过雨丝欣赏窗外的景致，唯觉心旷神怡，一窗盛开的梅花似乎只为你绽放。T教授在雨中来回奔跑取景，两位女同胞打着漂亮的花雨伞时隐时现在梅花丛，静中有动，煞是有趣。哂笑T教授老夫聊发少年狂，颇有返老还童的模样。T教授回首，朗声答道："你看看两位女同胞在雨中赏梅，逍遥自在，我在雨中抓拍梅花，乐在其中，你何苦独自躲在茅屋做出孤芳自赏的样子？难得放松撒欢，有机会释放自己，岂不快哉。"觉得T教授言之有理，于是乎学着T教授，拿着手机在细雨之中，在梅花丛中捕捉心仪的梅花。空山新雨，雨中赏梅，确实感觉到别有一番喜悦在心头的滋味。翻看手机中自己所拍摄的一张张千姿百态的梅花的照片，再看看依旧在梅花丛中来回穿梭的T教授，聆听着两位女同胞欣喜的欢呼声在梅花丛中飘荡，若有所悟：其实在梅花丛中行走的你也是这缤纷色彩中的一道风景，知否？知否？

西溪湿地的梅花固然令人惊艳，西溪的流水却更让人眷恋。水是西溪的灵魂，倘若西溪离开了水，西溪也就没有了生命。西溪湿地水道纵横，流水潺潺，温润如玉，西溪之大美，美在西溪水。淫雨霏霏的早春时分，寥寥的游客点缀在西溪湿地，更多的空旷留给了西溪湿地，没有摩肩接踵的人流，没有人声鼎沸的喧嚣，在这般环境中徜徉自然是赏心悦目。环顾四周，满目碧水环绕西溪，这雨中的西溪湿地，就是一座空气中弥漫着水汽的天然氧吧，深深呼吸，清新的空气沁人心脾。行走在青石板路上，只觉得步履更加轻盈，西溪难得如此安宁，此时此刻的西溪最是人间惬意地。穿梭于一处处依傍着流水的民居，虽说是经过了精心的修葺，如同作品呈现在眼前，失去了居住的功能，却也原汁原味地保存着古朴自然的原貌。粉墙黛瓦木窗櫄，翠竹丛丛倚墙角，冷不防一枝红梅蹿出墙来，恰到好处地给农舍平添一分亮丽的色彩。在一栋又一栋的竹篱茅舍、粉墙黛瓦的民居间慢悠悠地踱步，想象着西溪湿地曾经有过的鸡犬之声相闻的农家生活该是何等的安逸幸福，因为西溪湿地是风调雨顺的富庶之地，是农家安居乐业的天府之国。小心翼翼地走过一长条湿漉漉的阡陌小径，四个结伴者各执一把雨伞拾级走上一座拱形石桥，伫立桥面欣赏着倒映在碧水中的树木、桥梁、村舍的影子，忽又纵目四下远望，纷纷赞叹着原住民昔日世外桃源的生活该是不知秦汉，无论魏晋。走下石桥，但见前方有一荒芜的渡口，一叶扁舟漂在水面，微微晃荡，雨点飘落，碧水有一阵又一

T教授拍摄的西溪湿地的碧水

阵的涟漪激起，水面平添几分灵动。西溪，这才是西溪应有的景致。忽地想起韦应物的诗句“春潮带雨晚来急，野渡无人舟自横”。此景正是也。由衷赞叹这天然去粉饰的西溪湿地是恁般野趣十足。脱口而出：“这西溪湿地，任是无情也动人。”并肩撑伞行走的T教授在一旁补充道：“可惜缺少人气，缺少原住民的人气。”颇有同感，为打造西溪湿地公园，将湿地的原住民都迁徙他处。虽说是统一规划，毕竟缺少了农家生活的气息，甚为遗憾。

其实置身西溪湿地，是无须矜持骄奢的。来到西溪湿地，理当还原本我回归自然，与梅花作伴，与碧水亲吻，与茅舍相拥，整个身心就会得到极大的放松，人与自然的和谐西溪湿地能帮助你实现。你可以效仿魏晋的“竹林七贤”真性真情尽情流露，无拘无束地来一回放荡不羁，这就是天人合一。你也可以温文尔雅学一学那儒雅的饱学之士，以诗会友，择一处潺潺溪流，置一酒杯于溪流之上，与朋友随意散坐于溪流两侧，就像东晋的大书法家王羲之在兰亭的“曲水流觞”，酒杯流淌至你面前，则举杯喝酒，再欣然赋诗一首。这西溪湿地是最能再现“曲水流觞”的合适之处。倘若秋高气爽之节气，菊花遍地盛开时分，西溪湿地亦可一现《红楼梦》中大观园那般品蟹赏菊喝酒赋诗的场景，邀三五诗友前来西溪，在菊花从中，碧水之畔，举办一次诗文盛会，西溪湿地也最是合适。因为西溪湿地有水，所以说西溪是纵酒放歌话桑麻的绝佳去处，西溪是应景作画赋诗词的最美之地。西溪是脱俗的乡村美女，西溪是水做的骨肉。上善若水，泽被西溪，西溪才能成为返璞归真之士的最爱。

西溪之美纵然是在于水，水是西溪湿地的灵魂，然西溪的人文景观也不逊色，其中的洪园和高庄就是镶嵌在西溪湿地的两颗璀璨的文化明珠。洪园有洪府，洪府是洪氏家族的聚居地。明代尚书洪钟晚年归隐西溪建洪园，洪钟在西溪筑书楼、课子弟、倡文风，闲暇时与老农村翁究晴雨，怡然自得，成为了西溪隐逸文化的突出代表。现今的洪园以遗留诗文为蓝本在故地重建，有洪府、藏书楼、萝荫书屋、槿篱茅舍等景点，小桥流水，花木扶疏，是江南园林与湿地结合的典范。此外，还有令人驻足的戏曲长廊，洪昇划时代的巨著《长生殿》凝聚了中国古典戏曲最优秀的元素，为中国古典戏曲的压卷之作。在悠长的戏曲长廊，《长生殿》剧本以铜雕连环画的形式展现在游客面前，真实地再现了唐明皇李隆基与他的宠妃杨玉环缠绵凄美的爱情故事。这图文并茂的表现方式更能让游客真切地感受戏曲《长生殿》独特的韵味与魅力。

钱塘洪氏家族，在宋明两代，曾出过三位宰相，五位尚书，人才辈出，是八百年“钱塘望族”，诗礼传家，久盛不衰，洪氏家族也是杭州城市文化品格和人文精神的重要组成部分。洪氏家族对西溪湿地的影响非常大，西溪湿地的许多文化传统、民间习俗都直接来源于明代洪氏家族，存在于今的“五常”地名就是由明代洪氏“五尚书”通假转化而来。现如今，“五常龙舟盛会，十八般武艺”已是国家非物质文化遗产。洪氏家族除了官宦之途隆盛之外，康熙年间还出了一位著名戏剧家洪昇。洪昇历经十年，三易其稿，康熙七年（1668）《长生殿》问世，引起社会巨大的反响，洪昇借此与《桃花扇》的作者孔尚任并称“南洪北孔”，《长生殿》和《桃花扇》传唱数百年至今而不衰。据洪昇在《长生殿例言》中所述，《长生殿》的第一稿写于杭州，那《长生殿》似乎就应该是在西溪湿地酝酿而成，洪昇出生在西溪。第二稿修改于移家北京之后，第三稿完成于康熙十八年（1679）。《长生殿》也命运多舛，问世后的次年，因在孝懿皇后忌日演出《长生殿》，洪昇被劾下狱革去国子监监生功名，诸多好友亦受牵连。后人有“可怜一曲《长生殿》，断送功名到白头”之喟叹，潦倒的洪昇晚年回归隐钱塘，康熙四十三年（1704），《红楼梦》作者曹雪芹的祖父江宁织造曹寅在南京排演全本《长生殿》，洪昇应邀前去观赏，事后在返回杭州途中，于乌镇酒醉后失足落水而死。

如今的西溪湿地，尽可能原汁原味地复原昔日洪园的景象，努力传承博大精深的中国文化，洪园成为西溪湿地的一张亮丽的文化名片。西溪湿地的另一张文化名片是高庄。高庄的占地面积没有洪园那般大，但是比洪园更为精致。高庄不张扬地处于西溪湿地的一侧，用自己的建筑，用自己独特的文化向世人默默地诉说着昔日主人的传奇故事。

高庄，又名西溪山庄，俗称西庄。始建于清顺治十四年（1657）至康熙三年（1664）之间，是清代名士高士奇的别墅。高士奇，杭州人，学识渊博，能诗文，擅书法，精考证，善鉴赏，被清人比作李白、宋濂一流人物，所藏书画甚富。高士奇自恃才情横溢，晋京赴考，却屡试不第。尽管他满腹经纶，才气纵横，最终在京城沦落到蜗居关帝庙外卖文写字为生的境地。某日，心有不甘的高士奇突然心血来潮，提笔写字，笔走龙蛇，一幅“天子重英豪”的书法作品顷刻挥就，高高悬挂。没几天，康熙微服出宫，正好在关帝庙外看到了高士奇写的这一条幅，不禁对作者的才气大加赞赏，随即命人把高士奇召入宫中，并让翰林院对高士奇等人进行考试。两场试毕，高士奇均居榜首，于是就奉旨开始了内庭侍读的仕途。由高士奇的传奇生人转而想到了命运多舛的洪昇，其实这两位清初的汉人都属于成功人士，洪昇十年磨一剑，呕心沥血打磨《长生殿》,《长生殿》一经问世，洪昇遂名扬天下。洪昇的出名，来之于必然。高士奇的腾达，多少有些偶然，然偶然的幸运撞上了自身具备的必然，一定会成功，如同人们常常说起的机会是眷顾有准备的人。这种偶然和必然的结合堪称天作之合，正可谓“好风凭借力，送我上青云”。

目下展现在游客面前的高庄由高宅、竹窗、拈花书屋、桐荫堂、蕉园诗社等建筑组成，再现了当年康熙皇帝临幸高庄，高士奇亲自在西溪高庄接驾的历史场景。高宅墙高院深，用方砖雕刻成的“高宅”两个字高高地镶嵌在花岗岩条石门框的上方。跨入前厅，檐下挂着蓝底金字上书“西溪山庄”的匾额。厅堂中央是一幅《康熙驾临西溪图》。康熙皇帝驻跸高庄，还题诗一首，曰:“花源路几重，柴桑皆沃土。烟翠竹窗幽，雪香梅岸古。”寥寥几句，不但写出了高庄环境的清幽，也写出了一个出身马背民族的帝王向农耕文明转型的审美倾向，这也从另一个侧面彰显了汉文化的教化功能。如今踏入高庄，抬头就能望见“竹窗”二字高悬在高庄的最高处，这是康熙的御笔。说来也颇有戏剧性，高士奇作为帝王之师，却不是两榜进士出身，而且他这个老师还是康熙帝自己找来的，可见康熙皇帝对高士奇的倚重。高士奇的人生传奇，于西溪湿地来说，又是一段值得后人津津乐道的历史故事，增加了西溪湿地的文化内涵。

高庄非常精巧雅致，碧水与亭台相连，翠竹与楼阁共生，更兼墙角一株寒梅迎风冒雨独自怒放，感叹西溪风景这边独好。风雨之中游高庄，游客稀少，甚是惬意。不觉天色渐晚，算来这一整天已经行走

西溪湿地高庄的一处建筑，正中高悬康熙御笔“竹窗”的匾额

了十几公里的路程，难得如此尽兴。T教授环顾四周告知：“看来这高庄也就只剩下我们四个人还有好兴致继续闲逛。你们看，前后左右，哪里还有什么游客，如此清静的西溪，如此雅致的高庄，单独为我们四个人开放，难得，实在是难得。”四下里瞧瞧，果然是前不见游客，后不见来人，唯我们四个人在高庄优哉游哉。

风雨中暮霭逐渐四合，裹在冷风冷雨中的我不由打了个寒战，正是乍暖还寒的时分，最难将息，此时即使有三杯两盏淡酒暖肚，怎能敌他晚来风急？斯时斯地斯情斯景，唯有手握一卷残书，坐拥半窗寒烛，独自冷落在拈花书屋最有意境，此时此刻的高庄营造了这样的读书环境，然非吾辈能效仿。

西溪湿地很大，原住民早已迁居他处，一俟游客散尽，西溪生气全无。西溪湿地只为旅游而生，终究少了人文的情怀。黄昏时分，无有炊烟袅袅；夜深之时，不见屋宇灯光闪烁，西溪恍若放大了几百倍的牡丹亭。须知晓，我们面对的世界除了风景之外，还有你，还有我，还有在这片土地上世代繁衍的主人，他们才是西溪的灵魂。没有了生于斯，长于斯的原住民，修葺一新的西溪终究不过是一个在商业利益驱动下对外经营的湿地公园。这样的湿地公园，终究还是少了一些意趣。

（2018年2月新春佳节偕夫人与T教授夫妇共游杭州西溪湿地）

北魏古镇新武川

“敕勒川，阴山下。天似穹庐，笼盖四野。天苍苍，野茫茫。风吹草低见牛羊。”一曲南北朝时期在黄河以北的北朝流传的《敕勒歌》道尽了北国草原壮丽富饶的风光，抒发了草原人民热爱生活热爱家乡的豪情。轻声吟诵《敕勒歌》，眼前浮现出一派壮美无比的草原景象：广阔无垠的草原绿意盎然，一派生机勃勃，白云朵朵的湛蓝天空犹如蒙古包盖住了草原的四面八方，这就是《敕勒歌》中所描写的草原风光。短短一曲《敕勒歌》，想象何等的丰富。聆听着蒙古族歌唱家德德玛演唱的《美丽的草原我的家》，其歌词和《敕勒歌》中的描写是如此契合。意犹未尽，又在网上下载了几首马头琴演奏的乐曲，半躺在沙发闭目欣赏，整个身心都被深沉婉转的马头琴声包裹。陶醉之余，脱口再度轻声吟咏“天苍苍，野茫茫，风吹草低见牛羊”，恍惚间真的看到了无限延伸天野相接的草原就在自己的脚下。这大海一般的草原，这和天边的地平线连接在一起的壮美无比的草原景象确确实实地呈现在自己的眼前。声声惊叹之中任由自己的思绪像脱缰的骏马自由自在地奔驰，你会穷尽自己的想象尽力描绘心目中的敕勒川。《敕勒歌》所描绘的敕勒川存在于德德玛的歌声中，还存在于自己脑海那无比瑰丽的想象中。一曲《敕勒歌》，传唱上千年，倾倒世间文人骚客无数。你若没有去过草原，《敕勒歌》告诉你这就是草原；你若去过草原，你会放声吟诵《敕勒歌》，感叹短短一曲《敕勒歌》，使得任何描写草原风光的文字竟然无出其右。

《敕勒歌》乃南北朝时期北魏、东魏、北齐三朝将领斛律金所作，元朝大诗人元好问，鲜卑人的后裔，读《敕勒歌》后击节赞叹：“慷慨歌谣绝不传，穹庐一曲本天然。中州万古英雄气，也到阴山敕勒川。”

中国社会科学研究院文学所研究员曹道衡和学者沈玉成在《南北朝文学史》中评价《敕勒歌》为“语言浑朴自然，气象苍莽辽阔，如同画家大笔挥洒，顷刻之间，便在笔底出现一幅粗线条的塞外风情画”，将《敕勒歌》提升到很高的文学地位。中国语文教科书中也曾经引用《敕勒歌》作为小学语文教材，吟咏不绝，历代传承。一曲《敕勒歌》，传唱上千年。《敕勒歌》中的敕勒川究竟在哪里？广义的说法是蒙古高原阴山以南的大草原都是《敕勒歌》中所描写的敕勒川。武川，拱卫首府呼和浩特的重镇，南北朝时期的军事重镇，中国的裸燕麦之都，其阴山之南西南一隅就是斛律金笔下的敕勒川，敕勒川由此向无尽的远方延伸。武川跨越阴山南北，独特的地理位置使得这片土地千年以来就是游牧文化和农耕文化的交融之处。武川，令人神往的地方，多么期望你能引领我实地感受一下千年前的北魏重镇那厚重的历史文化；武川，多想接近你能切实感受一下千年传唱的《敕勒歌》中的敕勒川那壮美的草原景象。有幸来到北魏军事要塞武川，得以从这座千古名镇出发奔向斛律金笔下的敕勒川，奔向广袤的草原，追寻“天苍苍，野茫茫，风吹草低见牛羊”的塞外风光。

在我国北方内蒙古，自西向东绵延着一条数百公里长的著名山脉——阴山山脉，它东与冀北山地衔接，西与贺兰山、北大山、马鬃山相通，沟成了一条环内亚干旱、半干旱区南缘的生态交错带。这条生态渠道，在维护和保持内亚荒漠草原生态稳定性、涵养水源、保持水土，屏护山前河套平原乃至华北平原方面具有重要的意义。其中的大青山就坐落在阴山山地中段，为阴山山脉的主要段落，它位于内蒙古中部包头市、呼和浩特市、乌兰察布市一线以北，是阴山山地森林、灌丛——草原镶嵌景观最为完好的一部分，是阴山山地生物多样性最集中的区域。历史悠久的北魏名镇武川就坐落阴山山脉的大青山北侧，这块镶嵌在阴山脚下的风水宝地先后孕育了北周、隋、唐三代开国皇帝，故而享有“帝王之乡”的美誉。自公元五世纪始，北魏王朝在其统辖之地一共设置了六个军事重镇，六镇之中唯独武川之地名保留至今。深厚的历史文化沉淀是武川独特的旅游资源，经受千年洗礼的历史名镇武川一如其名，仿佛一员骁勇的武将静静地拱卫在首府呼和浩特的身边，护卫着内蒙古高原的心脏。绵绵阴山有一条著名的通道连接着阴山南北，史称白道。白道就在武川境内，这是一条连接农耕文化和游牧文化的重要通道，游牧民族匈奴人侵犯中原借白道南下；汉武帝兴兵北上大战匈奴，白道亦是汉军越过阴山的重要通道。金戈铁马的战火硝烟中，匈奴人最后被汉军赶出敕勒川，赶出大草原，远走异乡，白道是见证。及至百年多前，晋陕之民走西口北上草原，白道还是重要的通道。阴山脚下武川境内的白道至今还在发挥着南来北往的重要交通作用。

历史名镇武川还是革命的老区，抗日战争时期武川是大青山抗日根据地的中心地带，八路军大青山支队司令部就设在武川。武川，你是令当年的日本侵略军望而生畏的地方，烽火岁月里，青山儿女共赴国难，军民团结浴血奋战。青山处处有故事，红花年年讲传统，武川的红色旅游亦方兴未艾，2005年武川即被中宣部命名为全国100个红色旅游经典景区之一，2009年又被中宣部确定为全国爱国主义教育基地。武川华夏儿女为你骄傲，你是一座英雄的城镇，千年以来，你为捍卫

武川大青山抗日游击根据地展馆

中华民族领土的完整做出了应有的贡献。武川，你是有着红色基因的塞外名镇。

对草原风光最先的了解是通过《敕勒歌》，对北国武川的最先知晓是通过裸燕麦。好友孙注，武川人士，致力于裸燕麦研发的企业家。闻裸燕麦乃人人称颂的保健食品，颇为青睐。人生步入暮年，健康养生乃日渐重视，得昔日同窗引荐结识裸燕麦产品研发的企业家孙注，初次见面，孙注就满含热情地对我普及了裸燕麦的科学知识。

内蒙古有“三宝”：山药、莜麦、大皮袄。莜麦就是裸燕麦，裸燕麦在中国已经有五千年的历史，武川则是我国培育裸燕麦的发源地。裸燕麦营养价值极高，含有丰富的蛋白植物脂肪和乙种维生素等。根据1979年中国医学科学院卫生所对小麦、稻米、谷米、高粱、玉米、荞麦、黍子、青稞和莜麦进行营养分析结果，裸燕麦的营养成分在九种粮食中位居首位。裸燕麦所含植物脂肪多，食用后能分解出一种亚油酸物质，有防止高血压、动脉粥样硬化、冠心病等功效，每食50克裸燕麦相当于服用10粒益寿宁丸。武川的裸燕麦不饱和脂肪酸含量高，碳水化合物含量低，是高血压、糖尿病患者理想的保健食品，深受消费者的青睐。2005年武川的裸燕麦被中国农产品安全中心认证为无公害农产品。武川，你就是出产全球优质裸燕麦的地方。

聊起自己的家乡，温文尔雅的孙注满含激动，在外打拼天下十余年的武川游子对家乡的眷恋写满孙注那张斯文的脸庞。遥望北方，孙注眼眶微微潮湿，我站在他的身后，清晰地听得他在喃喃：“我的家乡武川是一个有很多故事的地方。武川不仅仅出产裸燕麦，武川还有非常深厚的历史文化。我们武川山南的西南部就属于夏老师心心念念的敕勒川。”孙注转身，盛邀我踏足其故乡武川县，感受一下北魏重镇的厚重历史，了解一下武川的红色基因，再一睹武川裸燕麦的生长地，最后走一走昔日斛律金笔下的敕勒川和蒙古高原上的大草原。

巍巍大青山东西绵延，草木茂盛，坐落在大青山山麓的武川依托大青山的绿色生态，成为首府呼和浩特的天然屏障，成为呼和浩特的后花园。数日之后，我们一行数人跟随孙注从上海飞到呼和浩特后再驱车半小时抵达武川县城，我们来到了昔日的北魏重镇、“帝王故乡”武川，来到了塞外的抗日根据地革命老区武川，来到了在全球享有声誉的保健食品裸燕麦生产之地武川。一踏上家乡的土地，好友孙注话语不绝："来到武川，我们要走一走千年帝王的故乡，感受北方游牧民族的文化在武川的传承；我们还要来一次红色之旅，大青山抗日游击根据地就在武川，红色人文资源在武川比比皆是，这是我们武川的两张旅游文化名片。"侃侃而谈自己的家乡，孙注满脸兴奋之情，见我们听得入神，孙注话锋一转："其实在我的家乡，还有第三张旅游文化名片。"跟随孙注来到武川的诸多上海客人没有等孙注说出这第三张文化名片，就不假思索地异口同声："第三张文化名片就是敕勒川。"孙注笑着摇头："非也。武川确实有一部分属于敕勒川，但敕勒川不是武川的全部。我们武川南依大青山，阴山南为川，川即《敕勒歌》中所描写的敕勒川，阴山北则为蒙古高原，武川处于川和高原的过渡地带。武川的辖地基本上都在阴山北，唯独其西南部是在阴山之南，这一部分属于《敕勒歌》中所描写的敕勒川。你们来到了我的家乡，当然要走一走草原。我之前就有说过，我们武川得天独厚的地理位置让各位既可以走一走蒙古高原上的草原，也可以走一走阴山之南敕勒川的草原。但是，武川的第三张文化名片不是敕勒川，不是草原，草原是我们内蒙古的名片。"孙注给我们普及了武川的地理知识后随即就否定了"天苍苍，野茫茫，风吹草低见牛羊"的草原风光是武川的第三张文化名片的说辞。我若有所悟，试探着和孙注交流："其实《敕勒歌》早已经提升为一种文化现象。从广义来说，阴山之南的敕勒川和蒙古高原的大草原，都再现了《敕勒歌》中所描写的那种"天苍苍，野茫茫，风吹到低见牛羊"的草原风光，《敕勒歌》成为了茫茫大草原的代名词。"孙注颔首笑答："夏老师所说甚是。""那武川的第三张旅游文化名片是由什么资源组成？"我又疑惑地望着孙注问道。孙注卖了个关子，故意让我猜一猜。思索半晌，忽地想起和孙注盖因裸燕麦结缘，且孙注对裸燕麦的研发和推介倾注了大量的心血。孙注曾经和我说起他有一个宏愿：要让武川的裸燕麦走向全国乃至全世界，莫非孙注想将这养生食品裸燕麦也衍化成一张武川的文化名片？可是这单一的裸燕麦产品孙注又如何能打造成武川的第三张文化名片？思来想去总觉得不太可能，于是乎试探着询问孙注："莫非和武川的特产有关？"孙注笑着答复："明天我们在武川一起寻找千年历史重镇武川的历史痕迹，再骑马奔驰在茫茫的草原，圆各位一个风吹草低见牛羊的草原风光梦想，实地感受《敕勒歌》所描绘的草原风光。从草原回来，我们还要在武川进行红色之旅，参观大青山抗日游击根据地，让各位在武川接受一次爱国主义教育。这第三张武川的文化名片么……”孙注故意欲言又止，仿佛是思考再三之后才回复。“当我再次邀请你和我一起在我的故乡武川高声吟诵《敕勒歌》之时，答案自然就见分晓。”孙注有意将武川的第三张文化名片究竟是什么的悬念留在了历史之旅、草原之旅和红色之旅的后面。

位于阴山北麓，南依大青山，北接草原的武川曾经是北方民族融合之所，历代兵家必争之地。武川是呼和浩特通往二连浩特口岸、满都拉口岸、希拉穆仁草原、葛根塔拉草原和王府等旅游胜地的必经之地，因为在武川境内有一条贯穿阴山的交通要道，史称白道。翌日一早，孙注带领我们驱车来到阴山脚下的一条纵贯阴山南北的通道，这就是历史上著名的白道。自秦汉以降的2 000多年，白道是连接阴山南北的唯一交通要道。阴山白道是，沟通中原与草原的交通要冲，是商旅南来北往的要道，是茶叶之路的第一站，更为重要的是白道还是西汉时期汉军北上抗击匈奴的唯一通道。孙注向我们娓娓道来 :“公元前129年，西汉大将军李广领万余骑兵出雁门关，穿过阴山白道直捣匈奴人盘踞的北方大漠，抗击匈奴，大获全胜，确保了西汉王朝北境的安宁，匈奴敬畏李广，称其为飞将军。”孙注张口吟诵诗词 :“但使龙城飞将在，不教胡马度阴山。”站在自己家乡的土地上，凝视千年古道——白道，对于这历史上著名的阴山通道孙注似乎有说不完的故事。“我们武川千年以来就一直是守护华夏中原大地平安繁荣的桥头堡。我们武川境内的白道其实也是中国最早的丝绸之路之一，中原的华夏民族和北方各民族的商贸往来走的就是这条白道。”诚如孙注所言，19世纪末德国地理学家李希霍芬首次提出丝绸之路，并为学术界所接受。丝绸之路起始于两汉时期，白道确实就是一条延续两千多年的丝绸之路。如今的白道依然可以一直通往边境口岸抵达蒙古国和俄罗斯，在当今的“一带一路”建设中，白道继续发挥着丝绸之路的作用。孙注满脸对家乡的骄傲之情，边说边俯身捡起古道上的一颗小石子握在手心，反复把玩半晌之后用力掷向南方 :“我的祖先从山西走西口到内蒙古谋

著名的阴山千年古道——白道

生走的就是这条白道。”说到这里，孙注的脸庞瞬间有些凝重，他似乎想起了自己祖上当年走西口的艰辛。

白道，武川境内的白道，原来有这么多的故事在这条白道上发生。白道，蜿蜒在绵绵阴山的白道，武川人足以引你为豪，你是中原各民族与北方游牧民族交融会合之地，游牧文明和农耕文明在武川得到了碰撞。武川还享有“帝王之乡”的美誉，武川孕育并产生了北周五位皇帝，隋文帝杨坚、唐高祖李渊的先祖均在武川任将镇守。至今在武川境内依然有战国时代的赵国以及秦朝、汉朝、北魏、金朝这五个朝代的长城遗址，有土城梁古城遗址、魏帝行宫遗址、古驿道遗址，孙注在一一介绍“帝王之乡”的历史时热情地建议我们不妨去凭吊武川境内古长城的遗址。稍顷，我们便伫立在历经千年风霜的长城遗址前，抚摸这土夯的长城遗址，心潮澎湃，浮想联翩。固守在遥远的冷兵器时代的千年古长城遗址似乎在无声地叙述着昔日金戈铁马，烽火硝烟的场面。建造长城是为了抵御异族入侵华夏大地，故华夏大地除汉族之外其他民族也纷纷加入到建造长城的行列，历史上鲜卑族也有建造长城的记载。战争推动着历史的衍变，战争最终是为了获得更理想的生存环境。武川，依偎在大青山脚下的历史名镇武川，原来你有着如此丰厚的历史底蕴，你是中华民族大融合的历史见证，你不愧为“帝王之乡”。

穿越千年的历史，孙注又带领着我们在武川实地完成一场红色之旅，接受一场爱国主义教育，我们来到了得胜沟。得胜沟位于武川得胜沟乡东南，大青山深处，地势险要。1940年春，大青山抗日游击队根据地司令部、绥远省委及省行署机关设立于此，有塞外“小延安”之称。这片红色的景区内现存有司令部、卫生队、教导队、电台遗址、抗日游击队领导人住过的窑洞和办公用的石磨、树墩，还有八路军作战使用过的战刀、手榴弹、马镫、火盆、粮食袋、火镰等大量革命历史文物。细细瞻仰这些革命文物，又听得孙注在逐一介绍：“我们武川是一片孕育着革命火种的热土。1938年秋，八路军大青山支队挺进大青山，创建了大青山抗日游击根据地，为全国19个根据地之一。”步履在这片红色的土地缓缓挪动，我们看到在距司令部的遗址不远处有两排窝棚，这是当年绥远省委、省行署机关的驻地。跟随孙注再往西南方向行走至钻天沟村，有四间石砌窝棚呈现，这是当年抗体游击队领导人和电台报务人员的驻地。村中有一棵老榆树枝繁叶茂，树下是当年的会场兼教导队的课堂。不远处的东山顶上有一丈多高的青石崖，这是司令部的固定哨位。北山接近峰巅处有一平坦缓坡，系战士铲高垫低而成，设有火力点。2006年，武川县政府对司令部遗址进行了修缮复原，新建大青山抗日游击根据地展馆，再现当年老一辈革命者在大青山浴血奋战、艰苦卓绝的战斗历程。如今的得胜沟万木峥嵘，林草茂盛，鸟语花香。身临其境，目睹遗址，既可神游抗日战场，缅怀英烈，又可回归大自然，开阔胸襟，人文景观和自然景观在得胜沟有机地交融在一起。红色之旅行将结束之际，我们来到了矗立在武川县城青山公园的大青山英雄纪念碑，怀着崇敬的心情，我们向英烈们献上花圈并致敬默哀。大青山英雄纪念碑于1989年被国家列为第二批全国重点烈士建筑物保护单位。

历史之旅和红色之旅参观完毕，午后，孙注又带领着我们驱车翻越阴山来到了心心念念的敕勒川，真可谓“天似穹庐，笼盖四野”，我们领略到了“天苍苍，野茫茫，风吹草低见牛羊”的草原风光，斛律金所描绘的草原景色让我们由衷地赞叹草原之壮美，草原之广阔，作家老舍称之为“一碧千里”，再恰当不过。天色渐晚，红日西垂，历史的武川、红色的武川以及心目中的敕勒川之行结束，想着该是孙注亮出第三张有关武川的文化名片的时候了，刚欲询问，却被孙注摆手制止，不容置喙的声音：“今天的旅游就此结束，明天再带着你们去了解我们武川的第三张文化名片。”孙注朝着我神秘地眨眨眼睛，送来一声祝福：“睡个好觉，做个好梦。梦里依然有敕勒川，有大草原，梦里还会有我们武川的第三张文化名片。”躺在床上，辗转反侧，思索着武川的第三张文化名片究竟是什么。假如没有猜错的话应该和武川的裸燕麦有关，可是这裸燕麦又如何能成为武川的第三张文化名片？百思不得其解。

又是一个阳光明媚的清晨。早起，漱洗完毕后来到宾馆的餐厅，只见孙注笑盈盈地站在餐厅的门口恭候着我们。落座，孙注示意服务员分别为我们送上一碗热气腾腾的裸燕麦粥，香气扑鼻，瞬时撩起了每个人的食欲。一碗下肚，众人都迫不及待地索要第二碗。孙注笑着询问我这裸燕麦粥的口感如何？不假思索回答：“食后满口余香。”其他几位也是啧啧称赞。孙注开心地点头，眉飞色舞地告诉我们：“世界权威植物学家一致认为今天广为人们追捧的裸燕麦的起源地是在中国，经过进一步考证后，确认是在中国与蒙古国的接壤地带，这是国际权威学者的共同认定。世界上研究栽培植物起源最著名的学者是苏联的瓦维洛夫，他于20世纪初组织了植物考察队，在世界上60个国家进行了大规模的考察，搜集了25万份栽培植物材料，并进行了综合分析和一系列的科学实验。1935年瓦维洛夫在《世界栽培作物起源八大中心》中指出：裸燕麦起源于中国的内蒙古，也就是我们武川这一带区域。1967年，苏联著名学者茹考夫斯基在《育种的世界基因资源》中指出：裸燕麦是地理特有类型，在中国与蒙古国的接壤地带由突变而生。因此，这个发源地可以认定是裸燕麦初生基因中心。由此可见，阴山北麓的武川地区以其独特的地理环境，成为孕育裸燕麦的摇篮。”孙注如数家珍一般介绍其家乡为何是裸燕麦的发源地，引经据典，娓娓道来，我们一个个都听得出神。“武川的高纬度正适合裸燕麦的生长，武川的土壤有多种微量元素，所以全球同纬度地区种植的裸燕麦中，我们武川的质量最为上乘。风靡国内的西贝莜面使用的食材就是我们武川种植的裸燕麦，这养生食品裸燕麦正是我们武川的第三张旅游文化名片，今天我就带领各位去实地感受，有请夏老师等跟我走。”孙注朝我们优雅地做了个请的手势。

“秋天的阴山像一座青铜的屏风安放在它们的北边，从阴山高处拖下来的深绿色的山坡，安闲地躺在黄河岸上，沐着阳光。”这是著名的历史学家翦伯赞在《内蒙访古》中对内蒙古的描述。黄河岸边是平展展的土默川，再往北，一个跳跃，跃上海拔2 000米左右的高原，没有一点儿商量，一下子完成了从平原到山地的地理过渡。接着是丘陵，再往北是草原。武川地处土默川平原到达尔罕草原与四子王旗草原的急骤变化带，其山间地形与丘陵地貌全部囊括。特殊的地理过渡带形成武川气候寒凉，风高气爽，昼夜温差大，日照时间长的特点。“裸燕麦是一种个性很强的作物，品质出类拔萃的裸燕麦需要极其苛刻的生长条件。武川的地形地貌和独特的气候条件恰恰具备种植优质裸燕麦的所有条件。简要来说，武川裸燕麦和相应的地理气候可以概括为“三带合一”、天孕地育。这“三带”即黄金生长带、地理过渡带、农牧交错带。武川地处北纬41度至43度，这是世界公认的裸燕麦黄金生产纬度；武川特定的地理过渡带造就了该地区气候寒凉，昼夜温差大，日照时间长的特点，这些气候特点最适合裸燕麦的生长；武川地区自古以来就是农牧交错带，裸燕麦是人最好的粮食，也是马最好的饲料，农牧交错带因为畜多地多，牲畜粪便提供了充足的肥料，在轮作田里放牧牲畜，也具有田地自肥的功能。”孙注又在对我们一行做有关裸燕麦生长的科学知识普及。武川，你真的是一颗珍贵的塞外明珠，武川“三带合一”的特殊条件，使裸燕麦成为上天恩赐给武川大地的宝贵礼物。裸燕麦的耕作和加工制作，是北方草原游牧民族和中原农耕文化互相交融的产物，是农牧交错带的一枝农业奇葩，是武川名副其实的第三张文化名片，孙注将把这第三张文化名片的内涵发挥到极致。

孙注陪同我们来到一片裸燕麦的种植区。裸燕麦，享誉全球的武川裸燕麦，原来就出自眼前这片高低起伏的丘陵地带。在这片并不起眼的土地上，裸燕麦，这武川的第三张文化名片居然有着这么深厚的文化内涵。如今这武川的第三张文化名片孙注正着力将它发扬光大。孙注指点着眼前这片生长中的裸燕麦自言自语：“瞧，这裸燕麦的长势多好！又是一个丰收年。”孙注口若悬河：“敕勒川边的武川，大青山脚下的武川，阴山南北的武川，我可爱的家乡武川，你的第三张文化名片就是裸燕麦。”孙注招呼分散的人群，声音响亮：“我们在田头参观了裸燕麦的生长，是了解裸燕麦文化的第一个环节。裸燕麦文化的第二个环节最为重要，那就是加工，现在我们实地去参观一下裸燕麦是怎样加工成半成品直接进入千家万户的，各位请跟我来。”孙注扬手，引领着我们来到裸燕麦的加工区域。呈现在我们眼前的是一座并不起眼的裸燕麦加工厂，加工厂的旁边，有一座颇具规模的现代化厂房正在热火朝天地建设。我们走进当下的这座加工厂，参观裸燕麦从田头运到加工厂，完成筛选、脱粒、干烘、分类、包装等程序，最后呈现在我们眼前的就是一袋袋规格不同包装鲜亮的裸燕麦产品。“你们看到的只不过是我们武川第三张文化名片的雏形，过不了多久，旁边这座正在建设的现代化裸燕麦加工厂就会落成，那不只是裸燕麦加工厂，还有裸燕麦产品的展厅等设施。”孙注看出了我们脸上流露出来的向往神色，绘声绘色地向我们描述即将落成的裸燕麦加工基地的蓝图，“这座加工厂我命名为燕谷坊旅游加工厂，我要用五星级宾馆的标准打造我们燕谷坊的裸燕麦展示厅。”孙注似乎就置身在这裸燕麦展示厅，眉飞色舞地向我们介绍早已烂熟于心的宏伟规划。“我要建造的是一座有着文化内涵的裸燕麦旅游加工厂，它一定会成为我们武川第三张最鲜亮的旅游文化名片。”孙注顿时口若悬河，“在我们的展示厅里除了有各种裸燕麦产品的陈列介绍之外，还有很宽敞的休息厅，游客在这里休息之余，还可以品尝我们现场用裸燕麦做成的食品。食材直接取之于田头，目睹我们是如何将田头新鲜的裸燕麦加工成半成品，然后在展示厅的休息区里品尝裸燕麦食品，游客定然不亦乐乎。我们武川处在从农耕文化过渡到游牧文化的十字路口，游客从呼和浩特一路北上奔向蒙古高原上的草原，武川是必经之地。燕谷坊旅游加工厂既是生产区，又是服务区，还是休息区，我们提供给游客各种服务，游客带着幸福带着满意从我们这儿启程奔向草原，我们将会告诉游客，从这里出发一路向北，就是从农耕文化走向了游牧文化。品尝裸燕麦加工成的食品，享受的是农耕文明带来的饮食文化，不一会儿你来到了草原上，就会品尝各种牛羊肉食品和奶制品，享受的是游牧文明带来的饮食文化。我们的广告语是：享受燕谷坊的美味，从这里出发走向草原，从农耕文明走向游牧文明。”真正感叹孙注确实将裸燕麦文化做到了极致，我们一行都纷纷对孙注啧啧称赞，祝愿他的燕谷坊旅游加工厂早日落成。孙注含笑接受，还是意犹未尽：“我们燕谷坊的第三张旅游文化名片还有最后的绝活，我们将根据市场的需要为客人量身定制裸燕麦产品，在种植的时候添加不同的微量元素，满足不同客人的身体健康需求，也可以由订单单位直接提供种子和技术服务，我们仅仅提供种植裸燕麦的这片土壤。燕谷坊未来的经营方式是多元的，随着市场经济的发展，我们这里裸燕麦生产的订单将成为燕谷坊的主打产品，真正形成一条现代农业生产的产业链。”孙注打了一个响亮的手指，双眼闪闪发光，他的美好蓝图就在他的眼前，就在一年后的今天。

我们一行数人还在回味孙注的叙述，有人送来了燕谷坊的裸燕麦半成品。接受馈赠，笑着回复孙注：“这是武川名副其实的第三张文化

作者和孙注在燕麦博物馆

名片，祝贺你，相信你一定会心想事成。”孙注盛邀我明年的这个时候出席燕谷坊旅游加工厂的落成。欣然接受邀请，感慨万千道：“武川的三张文化名片名不虚传。”

我和孙注并肩站立在即将实现孙注心目中宏伟蓝图的这片土地上思绪万千，良久，彼此四目相望报以会心一笑：“我不能够挽留昨天，但我可以把握今天。”我用亚里士多德的名言馈赠孙注。孙注心领神会，同样用亚里士多德之名言回复：“即使上帝，也无法改变过去。把握明天才是真理，为了明天，我只身来到上海滩闯荡，总觉得自己就像当年的祖辈走西口一样。但也有不同，祖辈走西口是为了生存，而我是为了实现心中的理想。当年怀揣着梦想来到上海滩打拼，那段艰难的岁月现在想来真的是我人生中的一笔宝贵财富。刚来上海的时候我只有在甜蜜的梦乡里，才感觉到人人都是平等的，但是当太阳升起，在生存的斗争重新开始时，又觉得人与人之间是多么的不平等。”惊叹孙注的文学素养，他引用的是世界名著《总统先生》里的一段话作为他斯时真实的内心写照。很能理解孙注此时此刻的心境，曾听说过“蚌病成珠”的故事，说的是蚌要经过痛苦的孕育，才能产生价值连城光彩夺目的珍珠，那蚌靠的就是坚持的力量。我们每个人在生命的道路上都要经过种种磨难和挑战，才能完善自我，才能走向成功，靠的又何尝不是坚持的力量？我用力握了握孙注的手，迎着孙注投来的真诚的目光，由衷感叹道：“许多成功人士都有这样的经历和感受。”“谢谢夏老师的理解，”孙注很是感动，“如今我的理想还是实现了。”孙注用力踩了踩脚下这片故乡的土地，手指眼前的建设工地，“我的理想就是这正在建造的燕谷坊旅游加工厂，这是我在外打拼多年后交给家乡父老的一张考卷。为家乡的父老致富尽自己所能责无旁贷。”孙注又有些激动，双眸似有些泪花闪动，稍稍嚅动嘴唇又缓缓自语，“游子在外闯荡，报效家乡的愿望一直萦绕在心，随着年龄的增长，这种愿望越来越强烈。毕竟我是从武川走出去的，我生于武川，长于武川，武川是我的故乡。”诚如孙注所言，游子离开家乡久远了，对家乡的思念之情会越来越浓，正可谓当你远离我时，我才会爱你更深。真心为孙注今天的成功点赞，有希望，有梦想，才会有方向，有动力。心存希望，幸福就会降临你；心存梦想，机遇就会笼罩你；心存坚持，成功就会眷顾你；心存感谢，世界就会包容你；心存回报，社会就会恩泽你。回报不是付出，而是人生价值的合理回归，是对自己人生价值的最高肯定。如此境界，善莫大焉。

我独自一人走进正在建设的燕谷坊旅游加工厂，想象着其一年后的模样，心情居然也开始莫名地激动。环顾四周，塞外风光一片，再细细思忖，恍然大悟孙注选择这个地点建造燕谷坊旅游加工厂的良苦用心。这里正是农耕文化和游牧文化交融的契合点，这座燕谷坊旅游加工厂并不仅仅推介武川的裸燕麦，更深的层次是还能弘扬两千年来我们民族大融合的文化，在这农耕和游牧的十字路口孙注打出当今武川的第三张旅游文化名片实在令人佩服其前瞻性的筹谋。用裸燕麦打造一个新武川，发展武川的农业经济，将武川的裸燕麦等农产品通过“一带一路”走出中国，走向世界。因为武川不能仅仅停留在历史的岁月里，不能仅仅沉浸在昔日的红色基因里，但是通过燕谷坊旅游加工厂又可以宣传武川的历史文化、红色文化，让世人知晓武川历史的厚重，武川的三张文化名片互为依存，彼此推动，届时天下谁不知武川。

《敕勒歌》又在我的耳畔响起，是孙注在吟咏，我和着孙注吟诵的节奏跟着他一起吟咏。“敕勒川，阴山下。天似穹庐，笼盖四野。天苍苍，野茫茫。风吹草低见牛羊。”风过处，歌吟的声音飘向阴山之南，飘向敕勒川，飘向孙注先祖的故乡。吟毕《敕勒歌》，孙注又用自己的手机播放一曲马头琴声，悠扬绵长，令人回味。孙注朝我们挥手，声音朗朗：“上车，我们再次奔向草原，我们从农耕文化一起走向游牧文化，我们是完成农耕文明和游牧文明相互交融的又一代使者，我们是国家“一带一路”建设的先行者。”马达隆隆，我们告别武川奔向阴山之北的另一片“敕勒川”，奔向风吹草低见牛羊的地方。车过处，恰是武川奔向国家“一带一路”建设的前进方向，前方是我们的国门，燕谷坊的产品将沿着这条道路走出国门走向世界。为你喝彩，武川的第三张文化名片。

（2017年应好友孙注之邀到其故乡武川一游）

海燕飞翔在天堂

在苍茫的大海上，狂风卷集着乌云。在乌云和大海之间，海燕像黑色的闪电在高傲地飞翔。这是勇敢的海燕，在怒吼的大海上，在闪电中间高傲地飞翔。高尔基笔下的海燕是不屈的精灵，是英雄的化身。我们农场里也有一只海燕，她叫李海燕，她也是我们心目中认定的不断向命运抗争的不屈的精灵，她始终在怒吼的大海上高傲地飞翔，哪怕狂风卷集着乌云，海燕在所不惧，一往无前。

惊闻海燕离世的噩耗，还是眼眶湿润。海燕，海燕，总想再听

李海燕生前骑马在草原的照片

听你那银铃般动听的声音；总想再看看你浅笑时露出的那颗虎牙；总想再读到你像诗歌一样清丽的散文，总想再和你回崇明岛寻找昔日共同战斗留下的足迹。如今天人永隔，海燕的翅膀折断了，斯人斯情斯景斯貌，人间就此难寻觅，梦中会有几多景，醒来泪水湿枕巾。感慨万千中，我听见回声，来自天堂和心间，海燕，你在那边依旧以寂寞的镰刀收割空旷的灵魂，不断地重复决绝又重复创作的幸福，一如人间你所期望的终有绿洲摇曳在沙漠。

初次见到海燕在我的印象中大概是1974年。那一年的秋天，我们长江农场基建队木工车间7班飞来了一只海燕。班长阿毛特地为海燕的到来开了一个欢迎会，阿毛说道，海燕初来乍到，希望大家对海燕能多多关心，我们都鼓掌表示欢迎。海燕也起身答谢，她怯生生地从最角落处站起来，微微欠身表示敬意，说话的声音像风铃摇曳一般好听。仔细打量，海燕瘦瘦弱弱的，好比河岸边随风摇摆的柳条，宝蓝色的外套稍显肥大，恰到好处地将一件贴身的小碎花衬衣给露出一个很干净的领子，该是比较刻意的装扮，既掩饰小碎花衬衣夸张的图案，又露出一抹亮色让人有满园春色关不住的审美追求。海燕齐耳的短发似乎在力图证明自己的干练，一双丹凤眼流露出真诚，浅浅一笑的时候露出的小虎牙让人感受到了她来自内心的强大，毕竟还有个虎字可以用在海燕的身上。不再记得海燕那天说了些什么，反正言语不多，回想起来应该是不负众望的意思。

班长阿毛安排海燕的工作是最轻松的了，学习用刨子将毛坯的小方凳凳面刨得光滑，海燕学得很是认真。第一次用刨子这个玩意儿，海燕的苦头吃了不少，刨子在她的手里就是不听话，一不留神，刨子在小方凳凳面上跳跃着从手中滑落，海燕用手去接，手指反而被刨刀割伤，她无法自如地驾驭这个小玩意儿。但海燕也倔得很，匆匆去卫生室包扎一下，又躲在车间一隅，双手握着刨子闷着头对着小方凳一下又一下地锲而不舍。10月的天气虽然是渐渐凉爽，几乎一整天就在角落里一声不吭地干活的海燕却汗水涔涔。毕竟是生手，数量和质量都不敢恭维。阿毛班长也有恻隐之心，他对海燕一点都不责怪，反而暗自赞赏海燕身上的那股较真劲儿。如此仅过了一周，海燕的木工活竟然有了长足的进步，她能够熟练地使用刨子在加工物的毛糙面上来回滑动了，我们都啧啧称奇。阿毛班长也对海燕赞赏有加，说了句挺有水平的话：有志者事竟成。

短暂的秋天倏而掠过，还没有做好准备冬天就来临了。偶然的一个晚上，约莫8点过后吧，我在宿舍里钻进被窝打算休息的时候，突然想到有一样东西也许落在了车间，便踅回木工车间寻找。一到晚上我们的木工车间就黑灯瞎火的，我还特意带了个手电筒。谁料走到车间门口，竟然看到有灯光闪亮，推门而入看到了海燕。她正双手握着刨子，在一块木料上一下又一下地来回推动，手势颇为娴熟。原来海燕的进步是这样练成的，真可谓冰冻三尺非一日之寒。我被深深感动，由衷地说道："李海燕，你不容易。"海燕抬头擦拭额角的汗珠，开心地朝我笑，露出的小虎牙在灯光下特别显眼。有意无意地闲聊起来，彼此竟很投缘。冷不防海燕说道："我知道你很喜欢文学，我看你也是有些水平的。"海燕的眼神很清澈，看得出她的善意。我给予海燕狡黠地一笑，拿起她身边的刨花放在自己的下颏，自我戏谑："如果有胡子就能称得上学问渊博的话，那么山羊也可以成为博士了。"海燕被逗笑，趴在工作台上捂着肚子笑得上气不接下气，她半侧身子用手指着我断断续续说："你，你真逗。"

也许是彼此对文学的热爱，笑声过后，我和海燕竟聊起了文学，我们各自如数家珍般地报出喜爱哪个作家，看过哪些文学作品。我很得意地告诉海燕："我刚刚看完赵树理的《三里湾》。"海燕不假思索："赵树理的小说散发出乡村泥土的气息。"我又告知："上个月刚看过冰心的《再寄小读者》。"海燕立马接口："冰心慈爱，母爱是冰心作品的主题。"我眼睛稍稍一眨，抛出一个自以为的冷门："我看过康濯的《我的两个房东》。"海燕笑笑，答道："康濯甩华美就像西双版纳开屏的孔雀。"轮到我惊讶于海燕的文学水平了，她知道得远比我多。那一晚和海燕聊得很是投缘，我们各自为在那个特殊的年代里寻觅到一位文学的知音而庆幸。走出木工车间时，岛上朔风凛冽，我深叹一声："冬天来了。"海燕银铃般的声音飘来："春天还会远吗？"我俩会心一笑，黑暗中我觉得自己的眼睛似乎闪闪发亮，我脱口而出："《西风颂》。"海燕张口："雪莱，我喜欢的诗人。"我惊讶于海燕的勇敢，她心头的挚爱从来不加以掩饰，真是一只勇敢的海燕。

第二天在车间遇到了埋头工作的海燕，她递给我一块木板，上面用木工铅笔写着一行字：你的工具箱里有一样东西，下班后再取。我会意，赶紧用刨子将木板上的字给刨去。挨到下班，打开工具箱，伸手一摸，是一本日记本，打开一看是一本诗抄。心禁不住怦怦跳动，海燕你送精神给养来了。躲在被窝，拧亮电筒，翻开诗抄。第一首就是英国诗人雪莱的《西风颂》，紧接着的是普希金的诗歌《假如生活欺骗了你》，再翻，闻捷的《我思念北京》，继续翻，郭小川的《青纱帐——甘蔗林》，我如痴如醉，半个通宵沉浸在诗歌的海洋。海燕，你真勇敢，你将那些被批判的诗人的诗歌工整抄录，珍藏在身，你还如此信任我，馈我一阅，你真是一只勇敢的海燕。

12月份的隆冬季节，农场里最害怕的就是开河，那是脱掉一层皮的艰苦劳动。凌晨5点起床，穿上高筒套鞋肩扛铁锹睡眼惺忪地跋涉一个多小时抵达长江边的开河工地，凛冽的朔风割得裸露在外的皮肤生疼，连续几天一干就是十个小时的高强度劳动至今想来还是有些害怕。男同胞们用铁锹挖出河底的淤泥装在小推车上，女同胞们则推着小车将整车的淤泥倒在一旁的大田用作肥料。有一段河底，淤泥特别多，铁锹无法铲起，这是我们木工车间负责的工作面。大伙儿愁眉不展之际，一只海燕轻盈地飞来，她拿起预先准备好的脸盆，直奔河底。海燕银铃般的声音在寒风中飘荡："我们接龙传递淤泥。"很快地，好多人都拿着预先准备好的脸盆奔向河底，一字儿排成两行，阿毛班长和海燕将河底的淤泥用脸盆舀起，再一个个往上传递，一而再，再而三，一鼓作气顺利完成了分配给我们木工车间的那一段开河任务。站在河堤放眼而望，整个开河工地的场面蔚为壮观，滚滚人流中一只精灵般的海燕在河底舞动着她坚强的翅膀，她是我们木工车间的海燕。海燕最喜欢高尔基的散文诗《海燕》，曾听她多次满怀激情的朗诵。此刻，海燕银铃般的嗓音又在开河工地响起，她又在朗读高尔基的《海燕》：狂风卷集着乌云，在乌云和远方的大海之间，海燕像黑色的闪电在高傲地飞翔。海燕，我们七班的李海燕，犹如不屈的精灵在河底跳动，真是勇敢的海燕。

开河任务结束，我们有一天的调整休息。一觉睡到中午，趿拉着鞋去食堂打饭，看到食堂旁边的黑板报围着好多人驻足，挤进人群，赫然一篇文章跳入眼帘，署名李海燕。这是一篇散文，篇名为《砖》。海燕通过一块小小的砖悟出人生的真谛：无数的砖凝聚在一起得以建造高楼，她愿意作为一块小小的无名的砖，默默地为社会主义的高楼做奉献。依稀还记得有这么几句：砖，我捧起一块小小的红色的砖，我就是一块小小的砖，我愿意做社会主义高楼的铺垫砖；砖，小小的红色的砖，你那红色就是光明的象征。好几天，我们基建队都在争相传诵海燕的散文《砖》，大家都知道了我们木工车间有一位出类拔萃的才女，她叫李海燕。

海燕在我们木工七班待的时间并不是很长，春天还没有来临，她就飞走了。她被调到木工一班，同时还担任车间的团支部宣传委员，如此，我和海燕的交流反而更多了，我经常会应海燕之邀写一些特定时代的宣传文章。于我来说，被海燕召唤是非常开心的事情，我可以不用干体力繁重的木工活，名正言顺地获得公假待在寝室里或者是木工车间的政宣办公室写文章，只要找来红旗杂志和毛主席的相关著作，来一个符合政治要求的内容拼接，不出两个小时就可以完成任务。剩余的时间可以自由支配，那可是绝对高兴的时光。我们几个政宣组的年轻人有时候会偷偷地溜出木工车间，到农场场部的小卖部去排队买刚出锅的鲜肉油饺，一两粮票五分钱。热气腾腾的油饺咬上一口，小心翼翼地吮吸包在油饺里面的汤汁，那个鲜啊，简直是天底下最好的味觉享受了，那种美味现在想起来嘴巴还会连连咂几下，回味无穷。这种机会真的是拜海燕所赐，海燕，谢谢你哦。

20世纪70年代初是一个物质文化和精神文化比较贫瘠的年代。我们基建队有一个图书馆，陈列的长篇小说有浩然的《艳阳天》《金光大道》，李云德的长篇小说《沸腾的群山》等，好像还有一本苏联的长篇小说《叶尔绍夫兄弟》。我们队里的图书馆也有出借，但这本书极其抢手。除此之外很难再有其他的经典文学作品可以在我们队里的图书馆找到，鲁迅的杂文集最多，图书馆的书架上排得满满的，还有就是马恩列斯毛的著作了。除了基建队可以公开出借的这些书籍外，私下里在农场的年轻人之间还流传着一些手抄本，我的印象中当时流传的手抄本有《第二次握手》《一把铜尺案》等。其实这些手抄本在我们这些缺乏精神食粮的小青年当中很受欢迎，彼此互为信任的铁杆哥儿姐儿们会偷偷地互相传阅这些手抄本。当然这个社会是由不同的性格不同的人生目标追逐的人组成的，在特定的政治形势下有个别追求积极上进的年轻人会向连队领导检举揭发谁在私下里偷阅手抄本，基建队的领导很重视，曾经有过一次清查的举动。海燕是我们木工车间的政宣负责人，被收缴的手抄本送到她那儿的有好几本。海燕曾经私下里给我看过被收缴的《第二次握手》的手抄本，她还极力推荐我看。我连夜看完归还给海燕，她问我读后感。我回复很精彩，反映科学家热爱自己的祖国，丝毫没有看到反党反毛主席的内容描写，最多的就是有关爱情和人性的描述多了些。海燕沉默不语，她低着头将我还给她的《第二次握手》的手抄本拿在手里，轻轻地抚摩手抄本的封皮，许久才说出一番我至今认为在当时是非常勇敢的话："确实有篇幅较大的人性描写，但这《第二次握手》闪烁的是无产阶级的人性光辉。小说是以描写人物为主线的，写人物当然会写到爱情。恩格斯说过，爱情是永恒的主题。"我吃惊地张大了嘴，我难以相信上述话语出自海燕之口，可海燕依然滔滔不绝，她似乎自由自在地翱翔在她自己的思维天空，"这是一部歌颂我国科学家热爱自己的祖国的小说，爱国主义贯穿这部小说的全部，真希望有一天我能在新华书店购买到这部小说。"此时此刻，除了吃惊于海燕的言行之外，内心更多的是对她的敬佩。海燕，你真是一只勇敢的海燕，在怒吼的大海上，在闪电中高傲地飞翔。

我和海燕的农场生涯延续到了1976年的元旦，春节的脚步临近了。元月8日，传来周恩来总理逝世的噩耗，举国悲痛。我们基建队也设立了灵堂悼念周总理，木工车间在海燕的主持下特设一个诗词专栏，怀念周恩来总理。我们也不懂什么诗词格律，就套用毛主席所写的词，然后按照这首词的每一行用词的数字多少且读起来能够朗朗上口为依据，最后一个字则务必做到能押韵就算完成，随即也跟着填上一个词牌名就算完成一首词。我们木工车间这期悼念周总理的诗词专栏刊出了好多首词，有《念奴娇》《采桑子》《蝶恋花》等，我也写了一首词牌为《菩萨蛮》的词被海燕刊用。我们连队有个文学爱好者应邀写了一首《沁园春》的词，开头为"呜呼哀哉，总理去世，举国悲伤"。海燕看了之后感到不是很舒服，她皱着眉头对我说，"这呜呼哀哉实在是不能接受，不古不文的，你通知他将这四个字改掉，否则就不用这首词了。”遵命，但没有完成任务。海燕亲自出马，经商讨后改成“哀痛难忍，总理去世，举国悲伤”。事后海燕和我说，她一看到这呜呼哀哉四个字，就会联想到她的老革命父亲在“文革”爆发时被造反派揪斗，造反派贴她父亲的大字报上就有呜呼哀哉，走资派今天走向了灭亡的词句，所以她一看到这四个字内心百般不是滋味，再说用在悼念总理的词里面，也实在是不妥。

新年到了，可以放假回上海阖家团圆过新年了，这一年海燕却选择了留在农场值班。她悄悄告诉我正好可以利用这段空闲看些书写些东西，还有一个更重要的任务是她还想把我们所写的悼念周总理的诗词再梳理一遍，明年春天清明节的时候木工车间出一本纪念周总理的诗歌集。悼念周总理去世的诗词专栏只选用了十首，海燕征集到的有五十几首，她想整理或过滤一遍，让每位诗词的作者都能看到自己的作品能够在木工车间的范围内发表。海燕，你真有心。海燕托我做件事情，她的妹妹李海鸽喜欢吃鱼，她买了一条特大的青鱼让我送到她在上海的家。

海燕的家住在上海西康路旁边的南阳路上的一幢公寓，乘电梯进入海燕的家，海燕的母亲亲自接待。言谈中我为海燕不能回家过年流露出一丝遗憾，海燕的母亲爽朗地笑道：“我和海燕她爸爸参加革命都三十多年了，我们把一生都献给了党，海燕不回家过年实在是不值得一提，她在农场值班也是革命工作。”原来海燕的父亲是一个局级领导干部，她的母亲也是位老干部，海燕却从来没有提起。从海燕家出来，若有所悟，海燕自小受到这样的家庭的熏陶，她骨子里的勇敢源于她父母亲。外表柔弱内心强大的海燕，我似乎看到你在开怀大笑，可爱的虎牙又无遮无掩暴露无遗。哦，海燕，你这只勇敢的海燕，你的家庭让我进一步了解了你。山东姑娘的倔劲，青岛女孩的灵气，在海燕的身上尽显。

1977年的冬天于我和海燕来说都是开心的，恢复高考了。木工车间的才女参加了首届高考，成绩优异，可以进入重点大学的中文专业深造，海燕可以飞得更高更远了，她将在文学的海洋里尽情地翱翔。晴天霹雳，体检时海燕被查出视网膜色素变性症，大学的校门被中断在可恶的眼疾面前。这一年我先海燕高考回沪，我宽慰海燕条条大路通罗马。海燕露出虎牙甜甜地一笑：“我会抓紧时间看眼睛，争取治好眼病，我会再接再厉参加高考。”海燕，厄运降临，还如此轻松，没有眼泪没有悲伤，送给告别的农场好友的是满脸灿烂的笑容，还有那颗令人忘不了的虎牙。海燕没有食言，她又参加了第二次高考，成绩依然骄人，重点大学没有问题，因为眼疾，海燕满怀的希冀最终还是成了泡影，海燕告别了美丽的大学梦。海燕依然不屈不挠，她还是在展翅飞翔，她明白她与生俱来就是在乌云和大海之间像黑色的闪电高傲地飞翔，海燕不会屈服于命运的安排，她要继续完成她的美丽的文学梦想，哪怕不周山坍塌，她也矢志不改。这个山东姑娘！

海燕1979年顶替回沪，她自知最后将与黑暗做永生的伴侣。海燕抓紧学习，如饥似渴，能看见缤纷世界的最后一段岁月，海燕的主要精力都放在看书学习上。紧接着她又华丽转身，完成做母亲的角色，让海燕的生命得以延续。海燕在书籍的海洋中饱览群书，身上的特质得到了升华，海燕有了可爱的儿子，而且目睹儿子一段最重要的成长经历，海燕满足了，她坦然地接受命运对她的严酷考验。2002年，海燕双目失明。

海燕的翅膀折断了，她再也不能自由自在地翱翔在天空，为海燕扼腕叹息。海燕却坦然接受命运的安排，早就做好了与黑暗打交道的准备。她的文学之梦丝毫没有停顿，她依然踽踽独行在她的坎坷的文学之路上。没有色彩的世界里，海燕你为自己的理想一如既往地沉浸在那寻寻觅觅，冷冷清清，凄凄惨惨戚戚的世界。“路曼曼其修远兮”，海燕你依旧上下而求索。2004年，海燕学会听音盲打电脑，她用键盘打出了《键盘上的小精灵》《风雨彩虹》和《视觉以外的风景》三本散文集，其中很多篇章被上海的《新民晚报》、《灵芝草》等报刊登载，这三本书我均有收藏。哦，海燕，尽管折断翅膀，你依旧是一只勇敢的海燕。

海燕失明后，我们有数次聚会，每次海燕都是早早地抵达，丹凤眼虽无光泽，但招牌式的微笑，且笑起来露出的那颗虎牙还是和几十年前没有区别，说话的声音还是像风中的银铃那般好听。海燕祝福我出版了长篇小说，说盲听两遍，写得很出色，随后又坏坏地笑出声来：

“学问渊博的人可以没有胡子的，山羊有胡子没有人会把它当作学问渊博的代名词。”海燕说完，纵情大笑，那颗露出的虎牙在笑声中竟然分外抢眼。我自然报之以会心的微笑，用雪莱的诗回答海燕：“冬天来了，春天还会远吗？”多年的神交和海燕该是心有灵犀一点通的了，明眼人和失明人四目相对，海燕看不到我，但美丽的文学之梦却让我们彼此有心灵的感应。送海燕回家的路上，海燕滔滔不绝，天南地北想到哪里说到哪里。抵达海燕的家门口，海燕下车，没有光芒的眸子定格在我的身上，她笑盈盈地，借着路灯的灯光我看到她的那颗小虎牙又露了出来：“作家，我差点忘记，有一样东西是专门送给你的。”海燕从她随身携带的小包里掏出一本书隔着车窗送到我的手里，是一本小说，书名是《第二次握手》。“呵，海燕，海燕，你……”我竟有些哽咽，昔日的战友情瞬间在眼前浮现。我想下车和海燕握手甚至是拥抱，海燕把住了车门，她似乎早有预料。一句话飘进车窗，往昔银铃般的声音竟然有些许沙哑：“也许我们很难有机会再见面了。”在黑暗中摸索的海燕在黑暗中消失，想不到一语成谶。

听到海燕罹患卵巢癌是在2015年的冬天，昔日农场的诸多好友纷纷向海燕伸出援助的双手，期盼有妙手回春之力将海燕从死亡的边缘拉回。其间，我们鲜有海燕的音信，只是断断续续从海燕的好友金爱芳这里听到零星的信息，然听来令人心情越发沉重。最后一次获得海燕自己提供的消息应该是在2016年的岁末，海燕通过微信传递海燕才有的不屈精神：亲爱的朋友们，我会和病魔做坚定不移的抗争，我会坚持到最后一刻。海燕，你的心声令人动容，你真是一只勇敢的海燕，生命的长河中曾经有海燕的出现，我们感到几多欣慰和自豪。谁也无法预估生命的长度，唯愿你我珍惜眼前的每一分钟。海燕还托她的好友将一首北岛的代表诗作《回答》转赠给我以示她的心声：如果海洋注定要决堤，就让所有的苦水都注入我的心中，如果陆地注定要上升，就让人类重新选择生存的峰顶。新的转机和闪闪的星斗，正在缀满没有遮拦的星空，那是五千年的象形文字，那是未来人们凝视的眼睛。这岂不是海燕的人生宣言？

海燕罹患绝症，自知大去不远，她坦然面对，随即在上海第二军医大学办理了遗体捐献登记手续，自愿将遗体捐献给国家的医学科研事业。海燕，大爱无疆的海燕，你质本洁来还洁去，你用生命最后的律动完成了你最后搏击长空的夙愿。海燕生命的钟摆于2017年9月4日停止，农场的好友纷纷吊唁祭奠。蝴蝶太美了，反而显得残忍，海燕的心地太善良了，命运反而对你不公，对你显得那么残忍。蚕蛹蜕变成蝴蝶需要很长过程，美丽的蝴蝶在蓝天下绚丽展翅飞舞却是如此的短暂。有位诗人曾经这样说过：我们有美丽的胸襟，我们才活得坦然，生活才能给我们快乐的体验。海燕，你如此笑着面对生活，因为你有美丽的胸襟，你活得坦然，你才有生活的快乐体验。

我们长江农场基建队木工车间有个人员众多的微信群，大家都为海燕的过早离世洒一掬悲伤之泪。“云中不见君，竟夕自悲秋”，这2017年的初秋，海燕离开了我们，那几天，我们这个微信群始终处于“欲祭疑君在，天涯哭此时”的悲伤氛围之中。海燕其实是微笑着飞翔到天堂的，她没有悲伤，没有眼泪，她张开翅膀羽化而登仙。人生自古谁无死？蜉蝣朝生夕死，彭祖高寿八百，宇宙间万物的生命，虽有长短，终将走向死亡。倘若不能彻悟，把握有限的生命，纵使拥有千年万年的生命，意义何在？海燕你飞向了天堂，你在天堂里和你的那些键盘上的小精灵围在一起快乐地舞蹈，你经历了风雨终于看到了彩虹，你在天堂可以看到视觉以外的风景，那是你一生追逐的文学伊甸园。遥望天穹，我们都看到了你，海燕。你正展翅高飞，飞向茫茫银河，飞向无限的宇宙。海燕，飞吧，你飞向天堂，那里没有尘世间的无尽烦恼，你从此不必再有牵挂。我想，在那里你的文学之梦，你的才华可以无限地延续。你的父亲母亲早就在那里等待着你，他们的怀抱你可以尽情地依偎，你走向他们的时候，别忘记微笑，露出你的小虎牙。

海燕，我说你是人间的四月天，笑点亮了四面风；轻灵在春的光艳中交舞着变。海燕，我听到你在说：悄悄地我走了，正如我悄悄地来。我挥一挥衣袖，不带走一片云彩。哦，海燕，去年花里逢君别，今日花开又一年，世事茫茫难自料，秋思黯黯独自悲。海燕，生如夏花之绚烂，死如秋叶之静美。

（2017年9月4日，海燕离世，写于2017年9月12日）

命运多舛杨曙捷

这是美好的时代，这是糟糕的时代。这是智慧的年头，这是愚昧的年头。这是信仰的时期，这是怀疑的时期。这是光明的季节，这是黑暗的季节。这是希望之春，这是失望之冬。我们的前途拥有一切，我们的前途一无所有。这是英国作家查尔斯·狄更斯的名著《双城记》的开卷之语，当今读来亦颇有警世之言。尤其于20世纪50年代出生的这一代而言，他们在恰同学少年，风华正茂之时恰好碰上狄更斯笔下展现的这样一个特殊的时代。大浪淘沙的社会，人生最终的归宿各不相同，但悲剧性的大起大落在我的生活圈子里没有谁比得上杨曙捷。杨曙捷，完全可以成为这个时代的弄潮儿，一代社会的精英，命运却和他开了一个巨大的玩笑，彻底改变了他的璀璨人生，毁灭了他原本可以实现的理想。他在即将迈出人生辉煌的那一步的时候，却瞬间跌入命运的谷底，至今想来，每一个熟知杨曙捷的人依然扼腕长叹，唏嘘不已。杨曙捷命运坎坷，他经历了人生巨大的痛苦，在几近绝望的最后如蚕蛹破茧而出，笑对人生，坦然接受终生与轮椅为伴的现实，他依然像苍鹰一般勇敢地在蓝天飞翔，展示其对生命高度的执着追求，可敬可佩。

时光追溯到20世纪70年代初，地点在崇明的长江农场基建队木工车间。从宿舍前往木工车间要经过一座几米宽的木桥。远远看到前面走来一个外形俊朗的小伙子似曾相识。身穿一件草绿色的军装，有些外八字的步履，不急不缓，却也显得稳重。彼此没有交集，面熟陌生，在经过去木工车间的那座木桥偶然相遇，很有礼貌地送来一个微笑侧身让我先行，不经意的细微举止渗透着令人舒服的教养，不由多留意对方几眼。年轻人的脸庞轮廓分明，两颊仿佛用刻刀雕琢过，线条沿

杨曙捷初中毕业到农场去之前所摄

颧骨两侧慢慢延伸至鬓角，立体感唰地呈现，脑海中一下子跳跃出外高加索人刚毅勇猛的形象。最令人过目不忘的是那头又浓又密的黑发，每一根头发都倔强地竖立直刺青天，那感觉看上去真有些桀骜不驯。想得太远，且有些离谱，竟也忍俊不禁。总之该是个很有个性的年轻人（后面的交往验证这个结论确凿无疑）。彼此眼神互相对视，瞬间捕获到对方那种超出同龄人的深沉，褐色的瞳仁后面有种幽深蕴含，断定将来一定是很有故事的人，没来由地顿生好感。事后得知他是我们基建运输队的装卸工，大名杨曙捷，上海73届初中毕业生。

20世纪70年代，崇明岛每年都有大批上海的应届初中毕业生横渡长江落户到农场各地，那一年的73届初中毕业生至少有两百名分到我们基建队。其中有上百号的男生被分配在基建队的不同部门，有木工车间和机电车间的，有不同的泥工班组的，还有运输队的、油漆班的、后勤班的，等等。一时没有太多的宿舍提供，全体男生们被集中在一处，临时安置在一个大仓库落脚。同一个门户进出，清一色的18岁左右的男孩同住一个屋檐下，想象得出是一个可以把屋顶都掀翻的环境，于是乎每个不同的班组都推选一名室长组成临时的超级宿舍管理委员会，杨曙捷代表运输班成为这个超级宿舍的其中一个室长。这个超级宿舍按工种划分“自治区域”，运输班的领地在超级宿舍的最外边，一拨分配在运输班的毛头小伙子犹如把门的卫士可以每天监督进出的人员。

运输队干的是最繁重的体力活，每天的任务就是将驳船上的水泥、砖瓦和木材卸到河岸。粗犷的活计造就小伙子们豪放的性格，大海碗吃饭，大嗓门说话，大脚丫走路，大大咧咧不拘小节，颇有些招其他班组的刮目相看。个别自以为是的则颇有些瞧不起看不惯运输班小伙子们的做派，每每经过运输班的“自治区域”时总会有不屑的眼光停留在性情豪爽的运输班的小伙子们的身上。

才赖得搭理，只要不侵犯我的利益，运输班的小伙子们依旧快乐地我行我素，哪管其他班组辖地的春夏与秋冬。他们在这个超级宿舍里是唯我独尊的团体，他们信奉自己的“教主”，运输班的室长杨曙捷是他们这个团体的一根定海神针。杨曙捷很受他们的尊重，被他的下属称之为“羊头爿”，此乃崇明方言，比喻为脑袋头，也有领头的含义。杨曙捷生肖属羊，于是乎，“羊头爿”雅号一直尊称至今依然不辍，为了叫起来更加方便，后来索性就简称为“头爿”了。据云，此雅号还是一个女孩子叫出来的，被小伙子们听见，觉得既朗朗上口又贴切实际，开口闭口地叫开了，“头爿”从此成为杨曙捷的代名词。由此看来，杨曙捷踏上社会参加工作后的第一个“官衔”是超级宿舍划成片块的块长，当然也称之为室长。

偶尔踏进这个超级宿舍，首先扑入眼帘的是运输班的自治辖区。站立在运输班的“领地”朝着超级宿舍极目张望，纵深有数十米，一排排双人铺一字儿地排到最里端，床铺与床铺之间隔着两米宽的走道，蜗居其间的上百号人犹如蚁穴里的蚂蚁一般进进出出各自忙碌，昏暗的灯光下乌压压的一大片人影，忙个不停的小伙子们的青春气息搅和得室内的空气竟有些浑浊。

超级宿舍里有好几个室长，“头爿”杨曙捷这个室长最难当。他们运输班的辖区在最外边，上百号人每天进出的人均次数不下五次，如此每天至少有500人次在运输班的小伙子面前晃来晃去，漫不经心的小伙子大大咧咧地走过运输班的“领地”总会捎带着“移动”运输班小伙子们的“奶酪”，有的会将他们洗好晾着的衣服碰到地上，有的会将他们放在一边的面盆架撞倒，更有甚者居然会将小伙子们放在床下的鞋子踢上一脚，有意无意地觉得好玩，再补上一脚，将鞋子当作足球踢到隔着几张床的别的班组成员的床底下，诸如此类琐事几乎天天都会发生。难免会有龃龉，会有冲撞，杨曙捷再三关照手下的兄弟们能忍则忍，别为了小事情伤了和气。室长自有室长的威仪，杨室长发令，自然不得违背。然时间一长，矛盾终究不可避免。最令人头疼的就是其他班组的个别人员自诩找到了生活中的乐子，经过运输班的辖区后，低头寻找运输班小伙子们床边沿搁着的鞋子当作足球踢，还会用语言配合“看球，射门”，怨怼情绪日渐增长。当某一天运输班小伙子的鞋再次被其他班组的一个小伙子用脚勾起，飞起一脚朝着超级宿舍的大门外踢的时候，不偏不倚那只鞋子正巧与端着半盆清水漱洗回来的杨曙捷的右肩碰撞，戏剧性的是这只鞋子恰恰就是杨曙捷本尊所属。如此行径是可忍，孰不可忍。“向我道歉。”杨曙捷命令对方，瞟向他的是轻蔑的眼神和鼻缝里发出的哼哼。“我要，要你向我道歉。”分贝提高，语句捎带结巴，得到的是一个渐渐离他远去的背影。“站住！”呵斥从喉口喷涌而出，“道歉！”义正词严。对方半侧身子乜斜杨曙捷，进而挑衅般地走到杨曙捷的面前，口吻讥讽：“自出娘胎没道过歉。”

超级宿舍被惊动，人群纷纷往外涌，斗士的身后都有助阵的群体。外边空旷的场地好似古罗马的斗兽场，两个血气方刚的男孩间距一米之遥，四目相对，彼此逼视，力的角逐。其中的一个斗士发根竖起，捧着的半盆清水在手里摇晃，“哗”，半盆清水泼了出去，自以为是的对方顿时“落汤鸡”一只，一场混战即将开始。没有发号施令，在杨曙捷身后的运输班小伙子个个骁勇，他们要借此一解过往积郁在心底的不满，纷纷冲向“落汤鸡”欲挥舞拳头。“落汤鸡”的拥趸也拔拳相救他们所属的非政府组织中的这个处于劣势的“精神首领”，却无有对手干得过运输班的。“住手。”杨曙捷喝住手下的兄弟，“和你们无关。”他转身面向“落汤鸡”，“教训你是为了让你长记性。记住，自出娘胎，就要尊重人。”说完，倔强地扭头，发根竖起，大步走向超级宿舍。

等待对方继续寻衅滋事，却有一种偃旗息鼓的感觉，超级宿舍出奇地安静。深知被激怒的运输班小伙子可不是省油的灯，没有波澜再掀起，一夜竟相安无事。打那以后过往运输班领地的来往者都显得小心翼翼，“落汤鸡”更显得是一只斗败的公鸡，不敢正面和杨曙捷交集，运输班就此多少有些趾高气扬，他们对室长杨曙捷更是五体投地地尊崇。不是冤家不聚头，这对欢喜冤家没过多久又无端地牵扯在一起。

食堂，每个窗口都有近二十人排队，晚餐高峰时段。居中一窗口，木工班有人排在很前面，紧随其后的是“落汤鸡”和他班组的人员，杨曙捷也排在这一排的后面。呼啦啦来了好多木工班的小伙，不由分说就插队到“落汤鸡”的前面，“落汤鸡”他们忍无可忍。“排到后面去。”“落汤鸡”呵斥。视而不见，听而不闻，还又加塞了两个。眼见得“落汤鸡”和他的伙伴都准备在食堂上演一场“拳击”真人秀，杨曙捷上前拨开肢体接触的双方：“到后面排队去。”木工班的这几个员工年龄稍长，不屑一顾：“你是谁？”言下之意眼睛里根本就没有杨曙捷这根葱。义正词严地反击：“我是共青团团员，是农场运输班的干部。”木工车间的领导正巧在旁边的队列里听到杨曙捷的声音，留意的同时也呵斥下属老老实实地到后面去排队。干戈化为玉帛，超级宿舍里，“落汤鸡”竟主动走到杨曙捷的面前，叫了他一声：“阿哥，你是模子。”爱憎分明的“头爿”杨曙捷和“落汤鸡”就此成为好友。

杨曙捷此举也许是为人处世的本能使然，吾之从广义人生更深的层面理解其乃是一种做人的格局。格局是一种气度，是一种情怀，是心灵里山高水阔，是精神深处天地澄明。无论多大的格局，首先要有一种尊重。胸怀要存有世界，心底要大公无私。太自私的人，没有格局，太无情的人，也不会有格局。“头爿”杨曙捷尚未达到如此的精神高度，但他有人生格局的雏形，足矣。想必他未来的人生会很精彩，如此秉性之人尽管会踽踽前行但定会成就人生的大气象，大意境。苍天无眼，杨曙捷的大好前程竟然毁于一旦，惜哉，痛哉。

杨曙捷担任运输班班长之后没多久就调到了木工车间，很快地他参加工作后的第二个“官衔”随之来临，杨曙捷出任木工一班的班长。木工车间几个班组唯独一班的活计最辛苦，是唯一实行早中两班制的班组。他们的工作是将整根原木切割成待用的方料再输送给其他班组使用，杨曙捷自嘲自己原来是搬木头的，现在是锯木头的，换汤不换药。木工一班唯一的优厚待遇是中班下班后有夜宵供应，那是一碗热气腾腾撒着葱花添加猪油佐之以白菜肉丝的烂糊面，木工车间绝大部分人都享受过这份佳肴。只要和木工一班的人员有不错的交情，等到深夜12点他们中班下班后，一碗香喷喷的烂糊面就会如约送给睡眼惺忪的你，杨曙捷曾给过我这份馈赠。

记忆犹新。初冬，杨曙捷调到木工车间的第一个年头，我俩尚未有过密的交往。夜深人静之时，躲在蚊帐里偷看小说《牛虻》，合卷已

杨曙捷在长江农场基建队木工车间政宣办公室学习

是子夜。起身如厕返回宿舍时恰逢杨曙捷中班下班，手捧一碗热气腾腾香气扑面的烂糊肉丝面迎面走来。深深地嗅了嗅，有很多馋虫立马在喉口爬动，脱口而出："真香啊。"孰料杨曙捷闻之不假思索："你等在这里别走。"他返回自己的宿舍，又很快地出来，噔噔噔地一溜小跑消失在四合的夜幕。紧接着又见到他三步并作两步向我走来，双手捧着一个搪瓷碗，一碗令人垂涎三尺的烂糊肉丝面递到我的面前。"热的，快吃，碗明天还。"简短的词语，情深意真，至今回想，历历在目，难以忘怀。如今也算半个饕餮之徒，四十多年前的那碗烂糊肉丝面每每回想堪称珍馐。一个冬天的子夜，饥肠辘辘之时有一位交集并不过甚者捧给你一碗热气腾腾的烂糊肉丝面，其感动可想而知。张嘴欲表感激，杨曙捷的话语挡在了前头，语速太快他又会有些结巴："不要说，说啥谢谢，就一碗面。"转身，脚步跨进自己的宿舍。黑黑的背影，微八字的步履，根根竖起的倔强的黑发，哦，此乃"头爿"杨曙捷。

杨曙捷参加工作后的第三个"官衔"是木工车间的团支部副书记，尔后又晋升为团支部书记，并从木工一班调任到新组建的木工八班。木工八班是负责做成品木门的班组，木工的技术含量有所提高，但经常要去现场的建筑工地干木工活。他们在施工现场为建筑物安装木门，也要爬到高高的屋顶在斜坡面挥舞锤子钉上用于挂瓦片的木条等木工活。那段岁月属于杨曙捷风华正茂的时代，颇有天生我材必有用的挥斥方遒意气。斯时木工车间的团支部在基建队很活跃，尤其是政宣工作更是一枝独秀。

20世纪70年代在进行了一轮“批林批孔”的政治运动后，掀起学习哲学的思潮，要求年轻人学习哲学的辩证法，因为黑格尔的辩证法和费尔巴哈的唯物主义是马克思主义哲学的直接来源。木工车间的团支部紧紧跟上形势，率先成立了学哲学的小组，从图书馆借来许多哲学著作，其中有黑格尔的《哲学全书》，还有恩格斯的《反杜林论》等。热血沸腾的年轻人努力地啃读生硬的哲学大师、无产阶级导师的皇皇巨作，一知半解却也学得认真。每每见到政宣办公室灯火通明，年轻的志同道合者会聚一起遥想哲学的浩瀚天空中那些璀璨的星星所散发的光芒沐浴在自己的身上便激情满怀更加发奋地学习，艰涩的辞章稍稍读懂片言只语但竟然也能悟出其中的一些哲学道理，其心头的高兴可想而知。那些日子，物质匮乏，精神贫瘠，能徜徉在哲学的海洋中捧一掬智慧之水尝一尝真的是其乐无穷。学习完毕，总能听到杨曙捷引吭高歌《战地新歌》中的歌曲，几次听到他在唱“手握一杆钢枪，身披万道霞光，我守卫在边防线上，为我们伟大祖国站岗”，多么羡慕杨曙捷的璀璨人生，他的无量前途由此一直铺展到远方他所追求的目标。然天妒英才，上苍竟然绝情地让他早早淡出这个充满名利竞争的尘世，让他回归于他实在不该接受的大隐隐于市的那种周而复始的枯燥生活，谁不为他嗟叹？老天，这不公的命运为何落在了杨曙捷的头上？痛哉，痛哉。

哲学，太深奥，初中生学哲学，太可笑。车间党支部书记是颇有点不以为然的，很不赞同团支部空灵的学习追求，屡屡露出反对的意愿。很少会有人顶撞，生杀大权捏在其手，将来的“上调”一言九鼎，不学也罢。杨曙捷偏不这么认同，生性倔强的他闻知哲学学习小组行将解散，颇为愤愤不平，颧骨两边的肌肉微微抖动，硬刺刺的头发根根直竖，心里着急，“头爿”的话语又有些结巴：“凭啥说哲学小组要停？我，我去问，总得有个理由。”八字步迈成一连串的小碎步，听得争论的声音很响，最后是一句乃弱者无力反抗的声音：“行，你们不学，我，我一个人学。”这个杨曙捷的性格，就是一个倔字。由此杨曙捷和他的直属领导再想重修旧好怕是比较难的了，毕竟有隔阂各存在心。然“头爿”依然独自行走，全然不当回事。其实他的内心多少还是有些纠结的，要不咋每天不怎么唱歌了？江山易改，禀性难移，吃一堑长一智于个性鲜明者来说很难做到。刚刚言语冲撞党支部书记，接踵而至的是杨曙捷又和车间主任结下“梁子”，孰是孰非自在人心，明眼人自有评说，明眼人恰恰自诩聪明，沉默不语拒绝评说。

农场的职工除却每年春节统一放假半个月之外，平时每个月只休息一天，剩余的休息日可以在一年中的任何时间段申请回沪休假。有了假期，并不是说支配权是自己掌握，还得车间主任予以批准，这道坎很难通过。公关术国人最擅长，何时一条不成文的规定在木工车间悄悄流传，尝得甜头者传授秘笈，遵嘱效法，屡试不爽。杨曙捷凡人一枚，自然也要回沪省亲。获悉只要带上香烟敬上一支，其耳背再插上一支，甜言蜜语奉上，保能获得准假。还有补充说明，千万不要带“飞马”，“牡丹”最好。“头爿”又犯倔，激动之时话语又结巴：“不，不给，我，我的假期，凭啥不批。”拿着请假条找到车间主任，直截了当，语言也不结巴：“我没有带香烟，我要请假回上海探亲。”做好了格斗的准备，架势也像被拖到斗兽场的角斗士，偏偏要分出个胜负。“头爿”似乎有些自不量力，却无所顾忌。没有他人所说的敬烟讨好才能获准假期，车间主任二话没说就在杨曙捷的请假条上写上了“同意”二字。

有胆量的“头爿”，木工车间的两位最高领导都敢于得罪，还要不要上调回上海了？好心规劝，给予的回答是：“明知不对，何故要从？”善哉此言，善哉“头爿”。前景善哉？不得而知。心中有追求的“头爿”，其后还是有段阵痛的日子伴随左右，心里明白痛从何来，却依然不改初衷，秉性照旧。好言相劝，韩信还受过胯下之辱，退一步海阔天空。“头爿”摇头称这不是他的风格，我行我素依然。惜哉，惜哉。

1977年冬天，高考恢复。“金榜题名”并“衣锦荣归”上海之时，杨曙捷为我送行，很真诚地说上一句祝贺的话：“你本来就是一块读书的料。”劝其也可参加下届的高考，笑笑：“心里还没底。”谦虚还是不行？不得而知，其实杨曙捷的才气在我们木工车间是数一数二的。再度获悉杨曙捷的音信并和他相见是在上海第九人民医院神经外科的病房，我又看到了杨曙捷。我不敢相信这是“头爿”你，你居然半身瘫痪将要终身与轮椅为伴？无法接受这严酷的现状，往后的日子会像但丁《神曲》中的描绘，你该如何面对？你才仅仅22岁的花样年华！无法再看杨曙捷那张强行欢笑的脸，敷衍几句抽身躲到病房的走廊，任由泪水在脸颊肆意蜿蜒，“头爿”，“头爿”，痛哉，惜哉。

追溯那段令杨曙捷痛不欲生的日子，几回抹泪哭“头爿”，快四十年过去，依旧心头沉重，泪眼婆娑中敲打着沉重的文字。时光倒流至1978年的夏天。杨曙捷参加第二届的高考，几门科目笔试完毕后，感觉甚好，志愿表填写的是上海财经学院，想得很远，国家的繁荣富强离不开金融，商品社会发展的高等模式必定是金融资本的活跃，生活在70年代的年轻人有如此远见令人击节，“头爿”有此前瞻性的感悟吾之以为恰恰源于他在哲学小组所读的相关书本中获得的一知半解，哲学小组的存在于“头爿”而言得到了真正的体现。哲学是关于世界观的学问，杨曙捷多少获得了一丝哲学思想的精髓，深思熟虑之后填报了上海财经学院，那些对杨曙捷他们学习哲学嗤之以鼻者想来未必能有这般的放眼。“哲，智也。”（《孔氏传》）“知人则哲。”（《尚书》）哲学是人类最高智慧的结晶，“头爿”想必悟出了这个道理。等待发榜的日子里多少还有些忐忑不安，夜深人静之时杨曙捷还常常扪心自问，是否自己太好高骛远，一个完整的初中都没有正儿八经读过的小年轻莫非太过狂妄？

一如既往，白天正常上班。这一天，天空湛蓝，白云飘拂，秋风阵阵拂面而过令人心旷神怡。木工八班的杨曙捷和班组的其他人员出外勤，他们要完成几栋三层楼宿舍的屋面建筑。一切烂熟于心，信手拈来的活计，程序性地一道道进行。椽子上面铺油毛毡，油毛毡上面钉滚瓦条。气候宜人，蓝天白云下，年轻人干得甚欢，高处纵目远眺，隔着长江，对岸就是繁华的都市大上海，那里有杨曙捷梦牵萦绕的高等学府。杨曙捷挥舞铁锤，开心地干活，愉快地哼曲。眨眼之间手头的活儿即将干完，登高再次瞭望远方思绪万千，他看到了自己未来的光明前程，他的脚步正在走向那片灿烂的未来。骤然间一声撕心裂肺的凄厉惨叫：“啊！”是杨曙捷的叫声。现场所有的人目睹杨曙捷生生地重重地从高空一脚踏空坠落在一堆碎砖瓦砾中，“头爿”身体最直接的接触面是他的脊背。同伴们迅速地围绕着杨曙捷，同伴们看着他痛苦万丈的表情，都不忍瞩目，含泪声声呼唤：“曙捷，曙捷，头爿，头爿。”

急救车迅速送杨曙捷到崇明县第二中心医院，系列的检查后主治医生沉痛地宣布中枢神经摔断。晴天霹雳的消息，等候的人群无不掩面抽泣，再也看不到一个活生生的“头爿”迈着外八字的步履向你走来了，漫漫人生路，杨曙捷将在轮椅上度过余生。与此同时，天大的喜讯传来，杨曙捷的大学录取通知书来了，他被上海财经学院录取了。苍天，苍天，你竟如此捉弄人，造化，造化，你为何不眷顾我们的“头爿”？

杨曙捷醒过来了，细若游丝的声音只有贴着他那瘦削的像被刀雕琢过的脸颊才能听见，声音仿佛来自天边，又像发自大地的深处，“哪里？我在哪里？”谁敢搭话？病房里安静得连掉一根针的声音都能听见，出奇地安静。杨曙捷感到自己的身体飘了起来，飘到了上海，飘到了财经学院。他尝试着挪动自己的身体，驾驭自如的身躯怎么会不听使唤？杨曙捷睁开了眼睛，他终于看见自己一动不动地躺在病床上，身边都是朝夕相处的兄弟姐妹们。善意的谎言蒙骗暂时，杨曙捷闻知笑笑，给予坚强的回答：“我会尽快康复，篮球场上再见。”闻言，有人捂嘴冲出病房趴在门背后失声痛哭。曙捷，“头爿”，怎敢对你吐真言？你的大好前程已经在你的脚下铺展开来，可你一脚还没有来得及踏进人生美好的伊甸园，却阴差阳错地走进了鬼门关。痛哉，惜哉。

杨曙捷转院到上海第九人民医院继续康复治疗。我前往九院探望他时，适逢上海财经学院招生办的老师也来探望他，郑重承诺：一俟康复，即可就学，上海财经学院的大门始终为他打开。杨曙捷亦信誓旦旦：一定会用自己的双脚跨进财经学院的大门。此时陪伴者有杨曙捷的母亲，她强忍悲伤附和儿子：“对，曙捷康复后我亲自送你进大学。”坐在杨曙捷的床头，彼此心里头明镜一般，善意的语言劝慰太苍白无力，相对无言，强颜欢笑，默默无声中握手告别，还没走到病房的门口，被“头爿”唤住。“方便的话带一本《钢铁是怎样炼成的》给我，还有《牛虻》。”“头爿”的吩咐，还须怎样的解释？他其实什么都知道，他很清楚将要面对的是一条怎样的生活道路。纵然心存侥幸，幻想着奇迹发生能迈着坚定的步伐跨进财经学院的大门，但内心更多的还是做好了第二种生存的准备。揣着明白装糊涂，是国人善良的表现，对于清醒的人来说无此必要，只能跺脚咬牙切齿地诅咒老天对杨曙捷的不公，痛哉，惜哉。

漫漫的人生路坦然接受终生与轮椅为伴的事实必得有一个漫漫的心理调节过程。杨曙捷被他的弟弟推着坐着轮椅从医院离开时，他的内心是阴暗一片的，他看不到光明，上帝把他对美好生活追求的大门彻底关闭。茶饭不思，拒绝访客为杨曙捷的真实写照。夜深人静之时，杨曙捷将自己包裹在无尽的黑暗之中，眼睛里的光芒还是灼灼逼人，他不甘心命运的摆布，他又不得不屈服命运的无情捉弄，“伤口”在夜阑人静的时候会更加椎心地疼痛。“头爿”在长长的夜总是发出长长地叹，一如海子在诗歌中的呐喊：深夜里我再也不敢梦见的灵魂啊，总是在夜深人静时反复地梦见我！一个孤独的灵魂坐在蓝色无边的水上鳞片剥落。哦，曙捷，你梦见的灵魂是一如雄鹰飞翔在蓝天，期待实现自我价值的灵魂，你躲在孤独的房间里回望四周的黑暗沉沉依然在寻找这颗能实现自我飞跃的灵魂。高空一坠使你孤独的灵魂面对周遭的一片漆黑寻觅不到一线光明的罅隙，你陷入了极度的绝望。曙捷，曙捷你在呐喊：问苍茫大地，我该如何？

有谚语曰：改变一切的最好方式是时光。杨曙捷陷入极度的困境之时，家人和农场好友始终如一的大爱温暖了“头爿”，润物细无声的关怀打开了“头爿”紧闭的心扉。渐渐地他总是听到有个声音在他的耳畔响起：每个生命都有自己绽放的刹那，每个生命都很平凡，但每个生命都不卑微。真正的智者，不会让自己的生命陨落在无休止的自怨自艾中。曙捷似乎找到了今后人生的方向，其修远兮的漫漫人生路，他开始了重新规划，曙捷站在了另一个全新的生命高度。牛顿说过：愉快的生活是由愉快的思想造成的。拿破仑拥有一般人所追求的一切，荣耀、权势、财富、地位等，然而他却说：“我这一生从来没有度过一天快乐的日子。”而海伦·凯勒，一个又聋又瞎的女子，她却说：“我发现生命是这样的美好。”

再度与之相见是在“头爿”的家里，他在自学相关大学课程。话匣子打开，一如农场里桀骜不驯的模样，语言犀利，无所顾忌，刀削般的颧骨没有了，脸庞显得圆润，身体明显发福。“一切都是命，命里注定，不服不行。”看得很开，“上帝为你关上一扇门的时候，同时会为你打开一扇窗，我现在有大把的时间，我可以安心地研究股市，做做股票。”还是钟情于自己的理想，只是在另一片田地耕耘，辛苦一些，寂寞一些，却执着且沉浸在快乐中，一如当年农场里踽踽独行的哲学学习者，依然是独自一人不屈不挠地行走在自我设定的人生道路上。告别时，杨曙捷摇着轮椅送我到他的家门口，我挥手劝他回去，他笑着用手指指蓝天：“我也要享受阳光带来的温暖。”哲学的语言，昔日杨曙捷在农场那般环境下组成的哲学学习小组，他在学习时一定是读到了哪位哲学家说过这样的哲学语言，我想类似的语言总会有哲学家说过，杨曙捷牢牢记住了，心情释然，为“头爿”的自我解放而由衷高兴。回首再度握手，赠送曙捷尼采的名言：每一个不曾起舞的日子，都是对生命的负责。《权力意志》一书中尼采又言：内心强大的人，才是真正有思想的人，才能真正无所畏惧。曙捷眯缝着细长的眼睛微笑着点头认同，沐浴在灿烂阳光下的“头爿”摇着轮椅一步一步向前，他走得坚定有力，昔日的杨曙捷真的回来了，他的倔劲分明写在他的脸上。

幸福的家庭总是相似的，而不幸的家庭各有各的不幸。杨曙捷的人生变故确实不幸，他的家庭此后又遭遇种种不幸，每一次降临的不幸都足以击垮这个家庭的成员。常人难以理解杨曙捷和他的家人如何承受如此的重负，责怪老天爷为何如此苛刻杨家人。然“头爿”一家人却坚强无比，笑对人生，没有眼泪，没有悲伤，团结坚强，乐观豁达是这个家庭的精神支柱。杨曙捷欣逢生于一个极具亲情的家庭，尤其是他的弟弟和弟妹，对曙捷敬重如山。弟弟杨曙亚成婚前首先告知对方的是他需要照料哥哥的一生，“头爿”的弟妹答曰：“这也是我的责任。”鸟须巢，蛛需网，人需友情，“头爿”同时拥有一批极重友情的农场的铁杆好哥儿们，38年来每年初四在“头爿”的家中团聚，从未间断且延续绵绵。亲人和铁杆哥儿们数十年来不离不弃的大爱支撑着“头爿”直面人生笑着活下去的信念。坐在轮椅上的杨曙捷每天笑迎太阳的升起，每天有他的工作，他的人生很潇洒，很充实。哦，“头爿”，想起来了，我们不是也有“海誓山盟”？那就是相伴到永远。

（2017年9月写于上海）

童年趣事说小雨

小雨刚出生的时候，人见人爱。一头鬈发乌黑发亮，松松软软的。两只大眼睛扑闪扑闪的，眼睫毛微微翘起，乌黑发亮的眸子定睛在某个来了兴趣的静物会一动不动地看上好一会儿的时间。圆滚滚的脸庞，鼻梁也算挺直。笑起来的时候还有一个酒窝伴随着小雨开心的笑声时隐时现，抱在怀里，陡增骄傲之情。淮海路上曾经有过一道流动的风景，漂亮的小张阿姨常常带着小雨出门沿淮海路溜达，行人的目光总会驻留在他们的身上，有行人啧啧：这个可爱男孩的神态和模样像极了秀兰·邓波儿。那段时光小雨和小张阿姨这两个美丽的天使给淮海路带来生动的气息。

小雨牙牙学语时，每天总有没完没了地提问，真奇怪他的小脑袋里会有这么多的为什么，当然小雨的问题往往会令人忍俊不禁。满一岁的时候，抱着小雨到卫生间小便，小雨在小便时自己放了个屁，觉得好奇，马上提问："啥在叫？"回答他："屁在叫。"又问："屁在哪里？看不见。"憋不住笑出声来，回答小雨："在你的身体里。"又提要求："你帮我找。"不知如何回答，只能装聋作哑。谁知小雨好长时间还在纠结，在床上爬来爬去地寻找他制造的空气。后来想想这叫的声

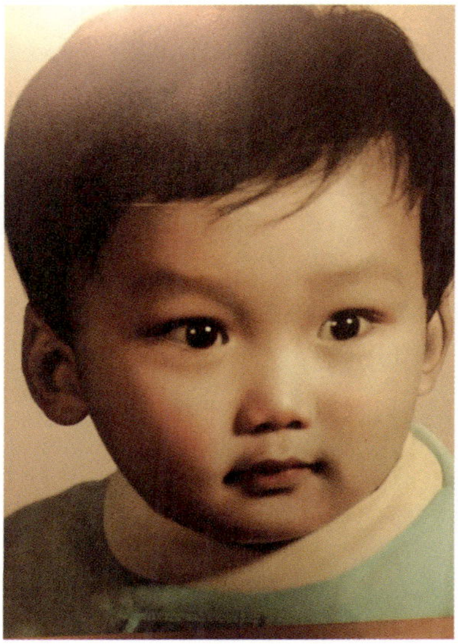

小雨一周岁半时的留影

音是来自他的身体，噔噔噔地跑到壁橱的大镜子前撩起裤衩寻找身体后面“啥在叫”的发源地，最终还是无功而返，很不甘心地回到床上继续睡觉。诸如此类有趣的事情，不一而足。

小雨一岁半的时候，半夜发烧，且咳嗽不止，爸爸妈妈抱着他赶紧到瑞金医院挂急诊。寒风萧瑟，小雨浑身被毛毯裹得严严实实。一路疾跑，赶到瑞金医院。急诊室的大门挂着厚厚的棉帘遮挡呼啸的朔风，抱着小雨掀开棉帘跨进急诊室时，小雨的绒线帽被棉帘捎带掉落在地，大人浑然不觉，小雨急得大叫：“帽帽掉了，帽帽掉了。”这还不够，小雨在毯子里双脚拼命乱蹬，手扯住门帘不让大人走动，直到妈妈顺着小雨的指点捡起了他的那顶绒帽，小雨才破涕为笑，双手紧紧抓住绒线帽不肯松手，生怕再次掉落。有同来带孩子急诊的家长见状连连称赞：这孩子聪明。

小雨的三舅舅小雨称呼为阿勤舅舅的在外办工作，陪同外宾回来后带来一盒进口的巧克力。小雨吃了两颗，欲罢不能。阿勤舅舅逗小雨，得连叫三声舅舅好才能再赏赐巧克力，小雨迫不及待连叫了三声阿勤舅舅好。阿勤舅舅又提要求，给舅舅连亲三下才能再次享用巧克力，小雨赶紧将粉嘟嘟的脸蛋凑向了舅舅。舅舅故意用胡茬扎小雨，为了美味的巧克力，小雨皱眉忍住。阿勤舅舅又问小雨：“小狗狗是怎么叫的？”小雨不假思索“汪汪汪”地连叫三声。阿勤舅舅大笑，当着小雨的面从盒子里拿出巧克力，小雨的眼睛瞪得老大，闪闪发光，他的嘴巴张开了。阿勤舅舅取出一颗巧克力从小雨的嘴边划过，小雨正要张开嘴巴吃巧克力，阿勤舅舅大笑着将巧克力送进了自己的嘴里。小雨的脸色变了，他两只拳头捏得紧紧的，嘴巴憋了好几次，冷不防地大叫：“阿勤舅舅坏，阿勤舅舅是大灰狼。”看来用大灰狼形容阿勤舅舅小雨还不解恨，他眼珠子骨碌碌转动了好几下，实在想不出更好的词儿解恨，蓦地爆出一句：“阿勤舅舅‘咣当’。”说完大哭起来。阿勤舅舅笑岔了气，连连说道：“真有趣，太有趣了。”他将一盒巧克力全部送到小雨的面前，小雨这才破涕为笑，马上张口：“阿勤舅舅好，最好。”

小雨不肯好好午睡令人头疼。每到午睡之时他总是没完没了地缠着要听故事，听完后就会有无穷无尽的问题要提问，而且越问越来劲。

试着好多法子想让小雨能够好好地午睡，都没成功。一日又到午睡时间，小雨早早地准备了一大堆的问题，他说昨天听的故事还有地方没有明白，今天要问个“水落石出”。太难缠了，这个小雨。心生一计，打算吓唬小雨一下。小雨早就乖乖地在自己的床上躺下，眼睛眨巴眨巴的，他满肚子的疑惑在等待着“释疑解惑”。偏偏不理睬小雨，故意躲藏在壁橱里然后轻轻地唤他的乳名。他一骨碌地翻身起床，满世界地寻找，只闻其声，不见其人。小雨试图用自己的叫唤来换得一睹其人的结果，却满是失望，房间里空荡荡的，依然只有他一人。一个个房间四处寻找没有人影，耳边厢却一次又一次地听到在呼唤着他的名字。小雨惊慌，声音里带着哭腔：“听见，看不见；听见，看不见。”一边拖着哭腔一边重复着这句话一边几个房间团团地寻找。故意和小雨闹着玩，他在这个房间就躲到那个房间的壁橱里呼唤他，他到那个房间又故意躲到另一个房间的壁橱声声叫唤。小雨被吓哭了，就像没头的苍蝇在几个房间里团团转，声音一声比一声拖得长。就像盼来了救星，小雨猛听得声音又传来：“只要好好睡觉，就能看得见。”“好好睡觉，好好睡觉。”小雨忙不迭地回答。打这以后小雨的午睡就乖乖的了。

小雨眨眼到了进托儿所的年龄，仅仅去了几天，就死活不肯去托儿所，于他来说托儿所如同恐怖的“地狱”。当天晚上，小雨就有意无意地咳嗽不止，知道小雨在耍小花招，故意不搭理。小雨无奈，只得钻进自己的小床入睡。早上，相安无事，一如昨日搀着小雨去淮海路国泰电影院隔壁的国泰托儿所。从大楼出来，拐弯至大方布店门口，小雨冷不防抓住人行道上的隔离铁栏杆号啕大哭死也不肯去托儿所，反复地向妈妈哀求：“今天不去，明天去。”妈妈要上班，不能在家陪伴小雨。妈妈使劲拽着小雨往托儿所的方向走，小雨竟然一屁股坐在地上抱住妈妈的腿哭得越发厉害，边抽泣边央求：“就今天一天，一天。”行人见状纷纷替小雨求情：孩子这样大哭不肯去托儿所，肯定有原因的。见状，小雨哭得更凶，且卡着嗓子很用力地咳嗽。结果，妈妈请假陪小雨一天。后又故技重演，但断不会让步。过半个月，小雨也就适应天天去托儿所的生活了。

元宵佳节，带小雨去豫园赏灯。20世纪80年代上海的老城厢卫生设施比较陈旧，小雨见道路一侧的上街沿有许多马桶排列有序，很是兴奋，发表自己的见解："这么多的鼓放在这里，怎么没有见到敲鼓的人？人在哪里？"笑着没有回答，任由小雨自我想象。果然不一会儿，小雨自己给自己找答案："敲鼓的人也一定是去看灯了。"赶忙点头附和道："是的，他们也去看灯了。"走不多远，见一巷子里有爆米花的在劳作，好些人围作一团。小雨又有见解发表："他们在烤火啊，可以回家的呀，外面太冷了。"凭借自己来到人世间仅仅几年的经历，能够将互不相干的场景串联且找到一个解释，想象力也够丰富的。平时里也有些怵小雨，烦小雨，每天那没完没了的问题实在是太多太多，童心的好奇没法满足。

幼儿园的学习生活小雨是最开心的，瑞金一路幼儿园是示范性的幼儿园，带小雨的幼教老师亲切和蔼，深谙幼儿心理学，寓教于乐让小雨在幼儿园轻松愉快，无拘无束。每天小雨都是高高兴兴地到幼儿园学习，小雨过了两年幸福的幼儿园生活。小雨在幼儿园最感兴趣的就是画画，无拘无束的想象力让小雨的图画获得老师的好评。卢湾区少年宫的美术指导老师到瑞金一路幼儿园来选拔绘画的新苗，一眼看中了小雨，希望家长能送小雨到少年宫得到进一步的指点。美术老师告诉小雨的家长，他认为小雨的绘画自己想象的成分很多，不是单一的模仿，很有创造力，他很喜欢小雨。小雨进了卢湾区少年宫的美术班，学习了一段时间，小雨的绘画有长足的进步，美术指导老师也很看好小雨。这个当口，却发现小雨患有近视，小雨今后学习的路很漫长，保护视力为头等大事。权衡再三，让小雨退出少年宫的美术班，今天想来，还是有些遗憾，小雨的绘画天才也许就此被埋没。

为了让小雨的眼睛得到放松，每个星期天，爸爸都会带小雨到复兴公园游玩，这是小雨最开心的。明媚的春光里小雨在公园的草坪上放风筝，放眼瞭望，对治疗近视有帮助。风筝放得正欢，迎面来了一个外国小朋友，手里拿着一艘遥控的电动船要和小雨交换。小雨死活不肯，老外的孩子死活要换，围上来好多游客，串掇小雨的爸爸赶紧让小雨用风筝换那艘遥控电动船，都知道是太划算的买卖。有一女游客嚷嚷着："这外国人的冲头你们正好斩一刀。"小雨的爸爸看看小老外的妈妈，她站在旁边正微笑着看着两个男孩，她没有阻止自己的孩子在进行一桩不等价的交换。职业的敏感促使小雨的爸爸上前请教何故不阻拦自己的孩子？答复令人深思："待会儿我会带着我的孩子去卖风筝和电动船的地方，让他了解风筝和电动船的价值分别是多少，让他明白一艘电动船可以换多少个风筝。明白了这个道理，以后他就再也不会了。按照中国的说法是让孩子吃一堑长一智。"醍醐灌顶，遂向小老外的母亲表示感谢，这才是真正的教育。

小雨在上小学之前的一个暑假，带他去浙江嵊泗旅游，同行的是爸爸学院的许多教师。T教授是爸爸的好朋友，敢于直言。旅途中很多游客不文明的举止T教授都会指出，绝大部分的教师则采取眼开眼闭事不关己的态度。下午组织去海边游泳，大家集合在住宿地前的空旷广场准备统一出发。太阳光很强烈，一棵硕大的柳树成了遮阴的好去处。T教授见到有一女游客折断许多柳条做成一顶遮阳帽，戴在头上自鸣得意，很严肃地批评女游客的不文明行为。女游客无言以答，悻悻而去。老师们私下里也都纷纷议论T教授，仁者见仁，智者见智。小雨在一旁冷不防地插嘴："T老师真是个热血青年啊。"一语既出，教师们都哈哈大笑，称小雨这个小不点概括得太精准了，年近天命的T教授依旧血气方刚，果真像个热血青年。T教授恰好过来，闻知也摇头笑对小雨："你这个小家伙。"小雨见T教授故作愠怒状，马上从随身携带的小包里拿出两个颜色嫩黄的梨子，双手紧捏梨柄在柳树下贼忒兮兮地迎向T教授："两个黄鹂鸣翠柳。"惹得所有的老师个个捧腹大笑。笑声中T教授搀着小雨，走向大海。小雨一再声明：浅水可以，深水不去。海水没过膝盖，T教授搀着小雨步伐不停地往前推进，小雨抱着T教授骇得一个劲地大叫："深水不去，深水不去！"T教授也笑着和小雨开玩笑："你也有害怕的时候，做个热血青年朝前走。"周遭的游伴又是一阵哈哈大笑。

嵊泗的旅游结束，大家在住宿地的门口集合准备出发去码头。爸爸忽地想起还得买些水产品，便嘱咐小雨在原地看着行李别乱走。正好导游来了，一声令下，老师们提起行李准备跟随导游出发了。小雨看看爸爸还没有回来，身边又有一堆行李，他又提不动，开始着急。灵机一动，小雨从行李中拿出一包海产品大声叫起来："我这里开始有奖活动，谁帮我拿行李，我就奖励谁。"老师们觉得小雨甚是有趣，纷

小雨8岁时爸爸带着他和T教授父女在九寨沟树正瀑布前的合影

纷逗噱小雨，三位老师各拿其中的一件行李，然后问小雨要奖励。小雨眼珠滴溜溜地一转，又叫道："比一比谁的力气大，一下子拿三件行李，我就奖励谁。"老师们又捧腹开怀大笑，其中的一位老师说："行，三件行李我来拿。"眼见得他要上前提小雨看管的行李时，小雨猛然发现爸爸来了，话题一转："你们都不是真心的，我宣布有奖活动结束。"T教授朝着爸爸笑言："这个孩子绝顶聪明。"他亲自到书店买了一本漫画选送给小雨，并在扉页题写了一句话勉励小雨。这本漫画选小雨一直珍藏到现在。

小雨上小学了。当时卢湾区第二中心小学是上海市屈指可数的优秀小学。小雨的老师教学经验丰富，教学方式以严谨严厉为主，小雨又有些不适应了。五年的小学生活闹出了许多匪夷所思的事情，至今饭后茶余津津乐道地提及还让人喷饭。小雨在学校里吃午饭，每个月最后一周的星期一是交下个月饭钱的日子。班主任老师再三叮嘱56元饭钱必得不多不少地缴纳，临了还极其严肃地告诉她的学生们，哪个小朋友如果在周一交给老师的是100元的整张票面，老师肯定不收，因为这么多的小朋友都交100元的整张票面，老师肯定没有零钱找给大家，所以带100元票面的小朋友就意味着下个月在学校里是没有午饭吃的。老师的再三嘱咐，全班的小朋友都记得牢牢的。休息日小雨在爸爸的陪伴下去复兴公园玩乐，之后独自去社科院隔壁的三联书店蹭免费画册阅览，交饭钱的事情早就忘记在爪哇国。到周一早上背着书包出门的时候，才想起来要交饭钱，告之必得不多不少56元。没有零钱，顺手给了小雨一张100元的钞票，小雨着急得叫起来："不行的，老师说不收100元的，每个小朋友都交100元，老师找不开的。"安慰小雨："不要紧的，其他小朋友都交56元，老师就会有零钱找给你了。"小雨将信将疑拿着这100元去了学校。

班级晨会课，老师收饭钱。轮到小雨走上讲台，他交上100元。老师问小雨上周末老师是怎么叮嘱的？小雨如实回答。老师告诉小雨，既如此，那老师就不能收小雨的100元，老师要求小雨自己想办法解决，否则下个月就没有饭吃。下课，小雨来到设在学校门口的小卖部，他想让小卖部负责售货的退休老师帮忙将100元换成零钱。退休老师告诉小雨，换零钱是不可以的，如果买东西可以找零钱给小雨。老师推荐了好多学习用品，小雨都有，而且小雨想想老师推荐的东西价格也贵，他也不想买。但100元还是得换成零钱，不然下个月就没饭吃了。小雨两颗乌黑的眼珠子转动了几下，他问老师是不是只要他买了东西老师就可以找零钱给他？老师肯定地点头称是。小雨马上递给老师100元，声音很响地说："老师，我买一分钱的草纸，请你找99元9角9分给我。"看着老师尴尬的模样，小雨还补充了一句，"谢谢老师。"老师这下火上心头，气呼呼地拉着小雨到他的班主任老师那里告状，说小雨这个孩子实在太促狭，不兑换零钱给他，他竟想出这么个馊主意，令老师哭笑不得。班主任老师"扑哧"笑出声来，赶紧向小卖部的退休老师道歉，顺势也收下了小雨的100元，并找给了小雨44元，但给了小雨一个警告，说这笔账她会记在小雨的头上。

小雨在学校里学完了汉语拼音和一些词语，开始学习课文了。老师教学一篇《送雨衣》的文章，这是一堂全区观摩的公开课，语文老师自然不敢懈怠。学校的大礼堂，老师在深情朗读：夜深了，敬爱的周总理在办公室里紧张地办公，警卫员为总理站岗。下雨了，邓颖超妈妈为警卫员送雨衣。按照教学大纲的要求，小雨他们得掌握一个句式，什么时候谁在怎样的地方怎样地干什么。老师谆谆教诲：夜深了敬爱的周总理还在办公室里紧张地办公，想想看，在你们的身边还有谁在这个时候会干些什么呢？学生回答：夜深了，敬爱的老师还在办公室里紧张地备课。老师满意。又有学生回答：夜深了，爸爸还在厂里紧张地加班。老师也很满意。学生们纷纷举出很多类似的例子，课堂气氛甚是活跃。轮到小雨回答了，他的声音特别响亮："夜深了，贪婪的财主还躲在地窖里偷偷地数金币。"大礼堂里瞬间笑声一片，谁都没料到小雨爆了个冷门。讲台上老师估计气得脸都发绿，一下课就将小雨留下罚站并通知小雨的家长去学校。这堂课她设计得好好的，将德育教育和语文教学有机地结合在一起，探索一条寓教育于学习的教学新路，后面的德育教育活生生地被小雨的回答给破坏了，老师怎能气不打一处出来。

学校办公室，老师气呼呼地告状，她拿出一沓班级学生的作业本，余怒未消："你看看其他小朋友是怎么写的。"瞄了一眼，都是程式化的歌颂性质的句式，但也只得赔着笑脸听从老师的教训，小雨还得在老师的手下学习好几年呢。领着小雨从学校回家，路上，小雨开腔："从来没有见到夜深了，老师在办公室里紧张地备课。我们放学了，老师们也都回家了。我看到过的，有一次在吃晚饭的时候，我路过学校，我看到学校里的灯都是关着的。"不想搭理小雨，知道他说得没错，但不知道该怎么回答。小雨又在自言自语："夜深了，妈妈还在紧张地为我洗衣服。现在家里都有洗衣机的，妈妈为什么还要在夜深的时候紧张地洗衣服？"看看小雨那张纯真的脸，不由"扑哧"一笑，再想想班主任那张余怒未消的脸，着实五味杂陈。身边奔跳眼神无邪的小雨该怎么教育他？小雨并没错。有点犯晕，丰子恺曾经说过：比起说教，我更想让孩子快乐。是不是还可以补充，比起说教，我更想让孩子在生活的实践中自己去明辨是非，这才是真正的教育，顿悟该如何教育小雨。其实每个孩子都有自己的特点，每个孩子都是花朵。花朵千万，孩子万千，花朵有不同的花期，孩子这朵花的绽放也该有孩子自己特定的花期。顺应孩子这朵花的花期绽放时间，培育这朵花儿那才是最好的教育。

夜晚，和小雨一起站在阳台上看淮海路的街景。与以往的灯红酒绿车水马龙截然相反，整条淮海路黑灯瞎火，沉寂一片，为配合地铁一号线的工程，淮海路的商业全线停业。自言自语，其实是在说给小雨听：这么晚了，淮海路上还有工人在加班呢。小雨歪头聆听，大眼睛扑闪扑闪，爸爸趁势让他再好好动脑筋想出一句更好的句式。不大会儿，小雨在作业本上写下：夜深了，敬爱的工人叔叔为建设地铁紧张地加班。太好了，当即表扬了小雨，并告知小雨写得好。小雨这才告诉爸爸，他看过《阿凡提的故事》才说出财主数金币的句子。小雨没错，正因为财主贪婪才会在夜深的时候偷偷数金币，但小雨后一句写得更好，是小雨亲自看到的。含糊地表扬小雨，不再展开，害怕小雨纠缠的话题会不由自主地引到他的语文老师身上从而产生副作用。不由想起德国著名教育家雅思贝尔斯很经典的对于教育的诠释：教育的本质就是一棵树摇动另一棵树，一朵云推动另一朵云，一个灵魂召唤另一个灵魂。教师和家长对孩子的最好的教育就是言传身教，带着孩子飞翔，让孩子学会飞翔，送给他们一对会飞的翅膀。僵化的程式化的模仿和复制式的教育，只能把孩子带进教育的死胡同，这样的教育无法培养出优秀的学生。传递一种举一反三的学习技能，充分挖掘孩子想象的学习翅膀，这样的孩子想不优秀都很难。

这件事情的发生倒真的要好好考虑如何对小雨因势利导。都说教养和教育是孩子一生中不可或缺的重要课程，每个父母都应该以身作则来培养孩子这样的品性和素质。想起了马卡连柯的教诲：家庭是社会的一个天然基层细胞，人类的美好生活在这里实现，人类胜利的力量在这里滋长。儿童在这里生活着，成长着——这是人类主要的快乐。于是乎，每天傍晚爸爸都带着小雨下楼散步，从淮海路拐弯行走在茂名路，茂名路转到长乐路，长乐路回到瑞金路，一个圈子慢悠悠地步行半个多小时，将明天要上的语文课的要点串联成一个精彩的故事，小雨听完后便按要求回答问题。如此，小雨的语文成绩提高得非常快，二年级就有文章被儿童刊物录用，四年级时开始写想象中的科幻长篇故事，每个星期天下午自己都会到三联书店蹭免费读物阅览。

小雨读完二年级，放暑假时带着他去四川旅游，同行的有T教授父女俩。在乐山大佛面前，小雨对T教授说道：“我在大佛面前觉得自已真渺小。”年仅8岁的稚童竟然会有哲学般的语言出自其口，真为小雨感到骄傲。行至都江堰，面对恢宏的水利工程，在参观纪念李冰父子的二王庙时，小雨又有感而发：“他们都是英雄。”意犹未尽，补充道：“为人民办好事的人，人民就会纪念他。”因果关系陈述得极其准确。及至一行四人游玩峨眉山，旅游大巴进入峨眉山景区的停车场，小雨在下车时，突然抛出一个问题：“峨眉山有四大怪，你们谁知道？”满车的游客皆哑然。小雨在众人疑惑的眼光中如数家珍：“第一是峨眉山的猴子胖得像猪八戒，第二峨眉山的蚯蚓粗得可以当腰带，第三峨眉山的青蛙叫声像弹琴，第四峨眉山的蝴蝶模样像枯叶。”满车厢的游客都为小雨的“博学多识”鼓掌，T教授问小雨这知识是从哪里学到的？小雨调皮地眨眨大眼睛，回答：“出发前我自己到三联书店翻书看到的。”

九寨沟和长江三峡是此次旅行的重头戏。在从成都到九寨沟的旅途中，导游为了活跃气氛，搞了一个脑筋急转弯的有奖猜测活动，小雨在全车厢几十位游客中独占鳌头。导游问：“谁是百兽之王？”小雨不假思索：“动物园的园长。”众人鼓掌，小雨奖品到手。导游又出题：“什么东西越洗越脏？”小雨张口即答：“水越洗越脏。”再次掌声，又获奖品。导游第三个问题是：“为什么暑假要比寒假长？”小雨兴奋得从座位上跳起来，冲着导游大叫：“因为热胀冷缩。”满车厢是一片笑声，都为小雨的机敏鼓掌。导游笑着“颁给”小雨第三份奖品后很严肃地警告小雨：“后面的问题禁止小雨回答。”

进入九寨沟的景区，同一辆旅游大巴上的一批来自广州的大学生争先恐后地要和小雨合影，小雨也乖巧地称呼他们为叔叔。更有甚者，一位成都的女游客一定要小雨当她的干儿子，小雨趁势叫了一声干妈，女游客大喜，从口袋里掏出一只白煮蛋塞给小雨。夜晚，带着小雨抬头仰望满天的星星，小雨很有想象力地说道：“如果李白在，一定会写诗。”鼓励小雨也可以尝试。小雨想了想脱口而出：“地上的九寨沟多美丽，连天上的星星都争着欣赏你。”惊叹小雨，真的是诗歌一样的语言。

从重庆朝天门码头上船一路顺水而下，长江三峡的美丽画卷逐渐展开。当客轮在白帝城靠岸时，小雨站在船头吟诵李白“朝辞白帝彩云间”的诗歌，在丰都鬼城游览时，小雨的感受是鬼城地狱里面的牛头马面并不可怕，他笑嘻嘻地和T教授说：“我们人间也有牛头马面。爸爸属马，我属牛，我和爸爸合起来就是牛头马面。”引得众人喷饭，太逗了，小雨。当我们一行伫立在高高的葛洲坝遥望时，小雨的神情似乎有些严肃，他被这壮观的水利工程震惊了，他没有天真无邪的言行表现。

旅行，增长了小雨的知识，开拓了小雨的视野，往后每年的暑假小雨总会去一些地方旅游，比如大连等。

转眼小雨长大了，小学毕业了，小雨进入卢湾区最好的私立永昌学校。就读中学后，小雨回家就晚了。小雨的父亲没有坐班制，上完课就可以自由支配时间，只要小雨放学回家，小雨的爸爸必定在家等候小雨。在爸爸的监督下，小雨做功课看书，几乎没有自己可支配的时间。小雨读小学的时候还习以为常天天有爸爸全方位的“监控”，进了中学，觉得个人的空间全部都在爸爸的监督之下，有些不自在了，为此小雨愤愤不平地叫嚷：“为什么只要我一到家，就看到爸爸在，是不是可以不看到爸爸。”刚进中学的男孩是最调皮捣蛋的年龄，小雨的顽皮也是很出格的。知道放学回家爸爸必定在家，小雨开始在外面找地方先疯玩一阵，玩够了才满头大汗地回家。小雨和同班的同学发现了一个绝对可以让他们撒欢的地方。淮海中路的人民坊是一条很宽敞的弄堂，可以直通南昌路。人民坊里面有个幼儿园，幼儿园大门口有片开阔的空地。小雨他们放学回家，正好也是幼儿园的小朋友被家长接回家的时间段，幼儿园的大门敞开。小雨他们发现一个规律，家长们接了自己的孩子后基本上是不走南昌路而是直接往淮海路那一头走，小雨他们就以幼儿园为界，将幼儿园以南通往南昌路的那一半弄堂作为活动的场地。为安全起见，将书包悄悄地放在幼儿园大门的背后，以防弄堂里人杂顺手牵羊他们的书包。自以为一切安排得天衣无缝后，他们就在弄堂里踢球奔走，玩得特别带劲。约莫5点看看幼儿园的小朋友被家长们接走得差不多了，小雨他们也知道自己该回家了，几乎每天都如此。谁料想有一天小雨他们玩过了头，直到天快暗下来这才想起来该回家了。万万没有想到幼儿园的老师都下班回家了，幼儿园的大门已经紧锁，小雨他们的书包被锁在了幼儿园。于12岁的男孩来说，碰到这样的事情确实是惊慌失措，心里害怕得不行，他们敲无数次幼儿园的大门都无济于事。直到吃晚饭的时候，小雨都没有回家。家人急急出门寻找到学校，没发现小雨，最后在三联书店找到了小雨，他很是认真地捧着一部书在津津有味地阅读，丢书包的事情似乎忘记了。

最终东窗事发，事情原委水落石出，书包也设法拿到。那天小雨是特别的乖，他知道自己犯下了很大的错误。打那以后，小雨就再也不到人民坊玩了，他自认为这个据点众人皆知，撤掉是上策。后面的一段日子小雨还是很准时地回家，渐渐地小雨回家的时间又晚了，问何故，答复学校放得晚。直到有一天晚上，家里的阿姨将丰盛的晚餐端上桌，大家一起围着餐桌吃饭的时候，只见阿姨盯着小雨不停地笑，小雨故意扭转头装作不知道。有些纳闷，欲问又止。阿姨却憋不住了，问小雨是不是要说，小雨使劲地朝阿姨眨眼睛。阿姨忍住笑连连说小雨是很听话的，没有事情的，小雨的事情阿姨她什么都没看到。小雨立马沉下了脸，气呼呼地指责阿姨："什么没有事情的？你这个样子不就是在告诉我爸爸我是有事情的。"阿姨笑岔了气，连连向小雨道歉，小雨气得扭过身子不再搭理阿姨。事后得知，小雨放学偷偷地去隔壁弄堂里的一家游戏机房玩，正好被我家的阿姨发现。我家的阿姨是在这条弄堂里的一户人家做完钟点工后再到我家来干活的，小雨正好撞在枪口上，被阿姨发现了。小雨和阿姨约定，阿姨不可以将这件事情告发出来，阿姨最终还是露馅。小雨还真动气，好几天不理睬阿姨。

小雨的中学生活就是和爸爸打游击、玩猫捉老鼠的游戏过程中过了一年又一年，好在学习成绩还是可以，平时读书不怎么用功，考试前两周小雨是非常发奋的，名次在班级里也能保持在前十名，小雨高中考取了市重点的向明中学。高中毕业，小雨读了名牌大学的法学学科中的国际经济法专业，本科毕业后又到美国留学，读完博士并获取了中国和美国纽约州的律师执照。那一年暑假，小雨从美国回来休假，他向美国的学校请了一个月的假期，参加中国的司法考试。分数公布时小雨的法律考竟然得了454分，超过录取分数线94分。小雨在美国得知这个分数时，很是开心，他在电话中和他的爸爸说道："我博士学位获得后，一定要回国。"

小雨在美国的学习结束，获得了博士学位，他的人生学习的第一阶段也基本告一段落。小雨如今在一家颇有规模的美国律师事务所上海分所工作，小雨的事业蒸蒸日上，小雨成为名副其实的一代精英，小雨完全成长了。

及至小雨而立之年，是日，与小雨促膝交心。郑重地告知：送给他人生最贵重的两大礼物，且唯此这两件礼物。见其不解，含笑捧出其中一件礼物并娓娓道来：这第一件礼物是自小雨呱呱落地的第一天开始一直到小雨10周岁的生日止，每天为小雨记录一篇成长的日记。翻阅日记，小雨童年时代的成长经历全都历历在目；第二件礼物是助小雨完成了人生学习的最高学历，获得美国大学的JD（法律博士）的毕业证书。小雨若有所悟，家长的良苦用心铭记在心。

（2017年9月写于上海）